白靈——著

新詩跨領域現象

【臺灣詩學論叢】第二輯
總序

李瑞騰

　　詩學即詩之成學，舉凡詩人之所以寫詩、詩之形式與內涵、詩之傳播與涉及公眾等活動、詩之賞讀與評判分析等行為，甚至於詩與其他文類或藝術之互動等，皆其研究範疇。而當我們為詩學做了某種界定，在該詞前面加上諸如「古典」、「現代」、「空間」、「中國」、「女性」、「身體」、「山水」、「現代派」、「跨文化」等等，那這樣的詩學，必有依其理而建構起來的系統，此即《文心雕龍‧序志》所說的「敷理以舉統」。

　　緣此，「臺灣詩學」自當在「臺灣」之「理」上去建構，包含其史地條件中的自然與人文因素：是島，則與海洋和大陸息息相關；在歷史發展進程中，原漢關係、閩客關係、漳泉關係，乃至近代以降之省內外關係、當代新舊住民關係等，都曾是眾所矚目的族群問題；除了清領，曾被荷蘭人、日本人統治過，1949年後美國人對它影響重大。想想，「詩」原本就言志、緣情，人心憂樂萬感都在其中，臺灣的詩是在這樣的背景下生長出來的，在不同的歷史階段，會有些什麼樣的詩人寫了些什麼樣的詩？會形成什麼樣的詩觀、發展出什麼樣的詩史？這些全在「臺灣詩學」的論述範圍。

　　這個「統」，對「詩」來說是「傳統」，世世代代繼承不絕；對「詩學」來說是「系統」，要能抽絲剝繭，多元統合。然則，這詩，這詩學，卻又不是孤立的，和中國有關，和東西洋有關，和全球的華文詩與詩學都有關。我們要有宏觀的視野，敏銳的思維，才

能挖得深、織得廣。

　　創立於1992年的臺灣詩學季刊社，是一個發願「詩寫臺灣經驗」、「論說現代詩學」的詩人社團，迄今已歷二十五個寒暑了，從兼顧創作和評論的《臺灣詩學季刊》，到一社雙刊（《臺灣詩學學刊》和《吹鼓吹詩論壇》），近年更輔以詩選、個人詩集、詩學論叢之出版，恢弘壯闊，誠當前臺灣文學美景之一。

　　去歲初，我們出版了「臺灣詩學論叢」四冊：白靈《新詩十家論》、渡也《新詩新探索》、李瑞騰《詩心與詩史》、李癸雲《詩及其象徵》，由秀威出版；今年，趕在25週年社慶前夕，我們接續出版第二輯六冊：向明《詩人詩世界》、蕭蕭《新詩創作學》、白靈《新詩跨領域現象》、雲朵《濛濛詩意──雲朵論新詩》、陳政彥《身體、意識、敘述──現代詩九家論》、林于弘與楊宗翰編著《與歷史競走──臺灣詩學季刊社25週年資料彙編》，蒙秀威慨允繼續支持，不勝感激。

　　我們不忘初心，以穩健的步伐走正確的詩之道路。

自序
詩是跨向全人的先鋒

白靈

詩是宇宙的奧秘，具有預測性、風向球的特質。有時隨著它拈東惹西，招來不少是非，別人不知你在作什麼，自己更不明白為何如此，總要走了好長一段路，回頭去想，才略略恍然，甚至這恍然還是另一層次的迷糊。詩就是這樣既迷人又令人深陷迷糊、爬了老半天也不見得真正看清它的東西。

應該說，詩是宇宙借人顯現自身之物，永遠站在此與彼之間的交界、邊緣、或模糊地帶發聲或發呆。短暫和一瞬是它的特質，像黎明露臉天邊，又沒有它光亮，像黃昏佈展色彩，又沒有它輝煌。它要說的常是不可說、不好說、一說即非原貌之物，它是人心裡頭萬古本然的騷動，它是介在，不，是跨在溪河兩岸間的雙腳，是一手支天一手頂地的兩手，是在夢與現實穿梭卻看不太清什麼的兩眼，它是人的能與不能的無奈表現形式。

總之，之所以有「跨」、需要「跨」，因人是全人，不願安於部分或一邊，本領又不高強，有願而無能，只好一生馬不停蹄，在諸多此與彼間跨來跨去，像眼光在諸多雲朵間跨去跨來就以為看清楚了天空，心思在諸帆間橫來掃去就以為明白了海洋。詩是人的不能用還算能的方式表現出來的一種自慰形式。

然則跨是宇宙賦予人的本能，性別之跨、工具媒介之跨、語言之跨、地域之跨，自古即在地球上此大陸與彼大陸間不停移動遷變，從來沒有停歇。如今不過是藉著科技的進步、資訊的爆發、網

路的傳輸、行動裝置的便捷，更進一步使人了解人類想要全方位的
　性是沒有止境的。

　　詩只不過讓人更能理解科學所謂質與能、無限與有限的關係，
哲學所謂有與無、不可見與可見、一與多，佛學所謂色與空，文學
所謂虛與實、意與象，乃至大腦研究的左右腦之別，其理皆一，極
易一以貫之，明白詩即明白上述各兩項之間的交界和互動之處即詩
之本質所在，其所以不易說清，就像要搞清一堆學問或名詞般，令
人容易困頓或退縮。

　　此書之形成，歷經多年的探索和實踐，將「跨」區分成各樣
可能，不過是方便入內討研而已，集中於詩之一字，此理無它，因
詩是自由的，不站在此與彼的哪一邊，因為質與能只是同一事物的
兩種形式，因此有限是無限的暫態、色空不二、有無相生、虛實無
別，詩便跨在二者之間，詩是完整的、包容的，永遠不選擇一邊，
詩是人類跨向全人、成為全人的先鋒！

目次

跨地域現象

跨時空現象

附錄

跨質能現象

質能與多一
——混沌詩學初論

摘　要

　　詩是混沌中處處生長的宇宙之花，本文由愛因斯坦的質能方程式為起點，探討混沌與詩、以及詩與質能、色空、有無、虛實、與多一的關係。透過其互動、互變、生剋、聚散、循環的特質，由此而理解詩即宇宙混沌現象之不確定性、當下忤、與客觀性的展現形式，具備了色空不二、氣血同體、同質異構、多一相應、永瞬等值、囚逃互纏、聚散循環之宇宙特性。

關鍵詞：詩、混沌、質能方程式、多一

一、前言

　　詩的發生，不只是詩本身而已，其背後隱藏的可能是宇宙更大的奧祕。人創作詩，人讀詩，必然與宇宙的本質有關，詩不只是詩，它是某種宇宙能量恰當的顯現形式，詩對應的是宇宙能量在展現時某個「恰合人性」的位置，此「恰合人性」亦是宇宙性。若「詩是宇宙之花，必然遍在於上下左右古今時空和星際的高等智慧生物之中。它是實與幻相擊之物，黑與白交合出的黎明或黃昏，是當下與永恆斜眼的對峙，是夢向現實低吼的咒語」[1]，筆者這段話要說的即是：詩是宇宙藉由人之大腦展現其自身的一種形式，此大腦之形構與宇宙有其內在之相似性與必然性，因此詩之創造必當遍在於宇宙任何時空之中，而不只是地球之詩而已。

　　詩顯現的又是宇宙自身乍現乍滅的縮影，既是宇宙之「花」，此「花」之形成當有其必然之因，而不只是語言的偶得的創造、或修辭形式或語言結構之美而已，其出現或如巴什拉所說「詩歌便不再是一種人的偶發事件、枝節、消遣。它也許是創造性演化的原則本身。人也許有一種詩的命運」[2]。這幾句話不是臆測或揣度，而是對詩的認知到其極點的一種自信與肯定。「也許是創造性演化的原則本身」這句話還不夠清晰，或許應該說：每個創造演化的過程都是詩的形式變換／變幻的展現，語言寫的詩只是詩的形式之一，更容易為人本身所感受到的形式而已。因此當巴什拉又說「詩歌是物質運動的頂峰」[3]時，他既是特指又並不是特指語言表現的詩而

---

[1] 白靈：〈五行究竟〉，見白靈：《五行詩及其手稿》序言，臺北：秀威資訊科技公司，2010年，頁1。
[2] 安德列‧巴厘諾著，《巴什拉傳》，顧嘉琛，杜小真譯，東方出版中心，2000，頁139。
[3] 弗朗素瓦‧達高涅：《理性與激情——加斯東‧巴什拉傳》（尚衡譯），北京大學出版社，1997年，頁60。

言，當他說「一個美好的物質、一個漂亮的果子常常使我們想到夢的渾然一體性」[4]，其實他若說成「宇宙的渾然一體性」就更容易理解，這時他並不是特指語言表現的詩而言，這意思是宇宙由至大無垠到至小無內的各個部分皆是「渾然一體地表現了宇宙性」，或者乾脆就說「渾然一體地表現了詩」，亦即此「宇宙性」即「宇宙之花」、即「宇宙詩」。

因此當巴什拉說「葡萄不正是葡萄藤之夢嗎？它不正是由沉睡於植物中的力量所形成的嗎？」[5]如果他改說成「葡萄不正是葡萄藤之詩嗎？」也許我們對詩就能更進一步的瞭解，因此無妨說「葡萄即該株葡萄藤運動的頂峰」，推而衍之，所有植物之果、動物之子皆是「該植物、動物運動的頂峰」、甚至任何植物動物皆是地球生物在「長期演化之中各自運動的頂峰」。於是，出現於2億3千萬年前的三疊紀，滅亡於約6千5百萬年前的白堊紀的千百種恐龍皆是地球史上中生代時期「物質運動的頂峰」，而人則是地球近代史上幾百萬年來「物質運動的頂峰」，如此所有的「頂峰」無不是一種「相對論」而已，包括人和他們寫的詩。

而上段所引巴什拉說「人也許有一種詩的命運」，這句話則是特指用語言表現的詩而言，但他說的也許還不夠澈底，那只是特指地球上的人類，也許應該更大膽地預言，凡宇宙高等有智慧的生物，不可避免地「皆有一種想用語言說出詩的命運」！那其中隱含的是一種想說出自身的「宇宙性」的衝動、或很想說「我即宇宙之子」的集體潛意識的吶喊！也許人的「集體潛意識」此後應改成「宇宙潛意識」就更為貼切與符合實情。

這樣的預言不是憑空而得，而是由科學的角度來談論的，尤其是巴什拉在二十世紀三〇年代就十分重視的愛因斯坦的「相對論」、以及二十世紀後半興起的「混沌理論」、「複雜科學」、

---

[4]　同上註。
[5]　同上註。

「耗散結構理論」，乃至近年熱門的「奈米科學」的研究和討論等，我們或皆可以轉引至詩的探究上，並以之與二千多年前的老子、莊子、釋迦摩尼的智慧啟示相互印證，透過「詩之外」的探索，對詩的發生或其「詩之內」特質或能有進一步的瞭解與認識。

近期張漢良對葉維廉曾經提出的「共同的文學規律」（common poetics，有人譯為「共同詩學」）提出質疑，認為與「比較詩學」是相互衝突矛盾的，建議詩學應該著重在語言的研究上，對於所謂的「共同詩學」是深表不解的[6]。其實詩學著重於語言的研究固是根本性命題之一，但對詩之所以發生用語言學以外的方式加以探討也不應排斥，說不定也有可能有新發現，何況詩學的研究本就可以微觀地加以考察，也可宏觀地加以探究，語言學以外說不定是更大的詩學範疇，即使哲學地或科學地介入，對詩的認知應是加分而非擾亂。因此本文一開始即說「詩是宇宙之花」，即意識到詩不只是一種「文學規律」，而是「宇宙性」、「宇宙潛隱的規律」、乃至一種「宇宙潛意識」，是試著宏觀地看待巴什拉「它（詩）也許是創造性演化的原則本身。人也許有一種詩的命運」這一命題，而擴充之，認為「每個創造演化的過程都是詩的形式變換／變幻的展現，語言寫的詩只是詩的形式之一，是更易為人本身所感受到的形式而已」，因此「宇宙所有高等智慧生物皆有一種詩的命運」，一種「拚命想用語言表現詩的命運」，如此才合乎「宇宙的渾然一體性」。因此除了「語言的詩學」之外，應也有所謂的「地球的詩學」和「宇宙的詩學」這樣的詩學探究的範疇吧？本文即擬由愛因斯坦的質能方程式開始，綜合筆者前此數年散落在一些論文中有關於「混沌詩學」的討論，將混沌與詩、以及詩與質能、色空、有無、虛實、與多一的關係再集中性地予以重新整理和更秩序化地探究，希望能對詩學範疇的擴展有一些發現。

---

[6] 張漢良：〈緬懷商禽，臆想詩學，回顧共同詩學，評估北美中國詩論〉，《創世紀詩雜誌季刊》，2010年12月，第165期，頁29。

二、質能方程式的「一」與「多」

　　相對論是討論宇宙時空和相關引力的基本理論，於二十世紀初由愛因斯坦所創立，包括了狹義相對論（特殊相對論／1905年）和廣義相對論（一般相對論／1915年）。此理論之基本假設是光速不變原理、相對性原理、和等效原理。過去傳統的古典物理學，並不適用於高速運動的物體和微觀條件下的物體，而相對論解決了高速運動問題，而由量子力學解決了微觀亞原子條件下的問題，以是相對論與量子力學此二理論乃成了二十世紀上半葉以來現代物理學的兩大支柱。其中愛因斯坦狹義相對論所導出的質能方程式$E=mc^2$可以說是二十世紀影響最深遠、最簡潔的一條方程式[7]，甚至是最短最具氣勢的一首詩，相信也不會有人反對。且此方程式歷經一百年，到了二十一世紀又由大量長期的實驗[8]、觀測[9]、和計算[10]，一

---

[7]　參見Robert Resnic & J.Walker: *Fundenmentals of Physics* (N.Y.: John Wiley & sons,Inc,1997), pp.170-171。

[8]　麻省理工學院的科學家選用了矽和硫原子來進行實驗，分別測出原子核被中子轟擊前後品質的變化以及轟擊期間發出的能量（依據伽馬線在晶格中的散射角來測量其波長，波長就決定了伽馬射線的能量），然後進行比較，就可以驗證質能公式是否準確。測量結果表明，質量和光速的平方的乘積（mc^2）與能量（E）的差異，大約為千萬分之四，足以表明質能公式的正確性。參見http://tieba.baidu.com/f?kz=899950361新華網2005年12月22日記者陳勇報導：〈美國精確實驗證實愛因斯坦狹義相對論〉一文，2010年11月27日查詢。

[9]　愛因斯坦的假設，即所有的電磁輻射——無線電波、紅外線、可見光、X-射線和伽馬射線在通過真空時速度是相同的，即都是以光速運行。據美國太空網報導，美國航天局「費米伽馬射線空間望遠鏡」一年來的觀測中觀測到一次所謂的「短伽馬射線爆發」，被命名為「GRB 090510」（GRB：美國地球物理研究委員會）。天文學家認為這種爆炸發生在中子星相撞時。進一步研究表明爆炸發生在73億光年外的星系中。費米廣域望遠鏡觀測到了2.1秒的劇烈爆炸，放射出很多伽馬射線量子，形成兩股巨大能量流，其中一股比另一股高出近一百萬倍。經過70多億光年的旅行，它們之間的速度僅有0.9秒的差別，僅在十億分之一內，因此兩股量子的速度都是一致的，由此証明愛因斯坦的相對論關於光速理論的正確性。參見Webmaster：〈時空觀測結果證實相對論合理性〉一文，見科學網2009年10月30日發佈的報導，見http://news.xinhuanet.com/world/2005-12/22/content_3957792.htm網站，2010年11月27日查詢。

[10]　據2008年11月21日的《科學》雜誌報導，法國國家科學研究院科研人員與德國和匈牙

再證實其精確性，使相對論極大地改變了人類對宇宙和自然的一般觀念，包括「暗能量」、「暗物質」觀念和其可能的出現[11]。尤其上述由法國國家科學研究院中文版於2008年11月24日發佈的「計算」更是令人驚奇，〈新發現：最終得到解釋的質子品質〉一文證實質子（原子核由質子和中子組成）[12]的95%質量來自於能量，[13]證實95%的質子質量由夸克和膠子的相互作用和各自的運動能量轉化而來，而夸克質量僅5%、膠子質量為0，即「相互作用和各自的運動能量」是可估量「秤出」的（質子、中子、電子再結合成氦、鈉、鐵等元素），這是一個很難被接受、卻令人興奮的詮釋。而令

利物理學家該研究利用全球計算力最強大的超級電腦第一次論證了愛因斯坦著名公式：$E=mc^2$。由於原子核由質子和中子組成，而他們又是由亞結構基本粒子——夸克和膠子構成。然而，膠子的品質為0。與我們所想相反的是夸克的質量只占到質子的5%，那麼其他的95%來自於哪裡呢？結果証實95%由夸克和膠子的相互作用和各自的運動能量轉化而來，這一計算確認了描述粒子間強烈相互作用理論的有效性，即質子的95%質量來自於能量。是一個很難被接受的詮釋，而它來自於闡明能量和品質是守恆的愛因斯坦著名公式$E=mc^2$。參見法國國家科學研究院中文版發佈於2008年11月24日〈新發現：最終得到解釋的質子品質〉一文，見http://www.ambafrance-cn.org/%E6%96%B0%E5%8F%91%E7%8E%B0%EF%BC%9A%E6%9C%80%E7%BB%88%E5%BE%97%E5%88%B0%E8%A7%A3%E9%87%8A%E7%9A%84%E8%B4%A8%E5%AD%90%E8%B4%A8%E9%87%8F.html的報導，2010年11月27日查詢。

[11] 據英國《每日電訊報》3月25日報導，哈勃太空望遠鏡歷時近千個小時對宇宙的同一位置總共拍了575張略微重疊的照片，期間望遠鏡繞地球飛行近600餘圈。該項目是由歐洲航天局與美國航空航天局聯手，全球幾十個國家上百名科學家共同參與，這是哈勃望遠鏡迄今為止完成的最大規模觀測，這些圖片組成了一大片拼接的太空。此次觀測顯示，宇宙膨脹的速度正在不斷加快，證實了愛因斯坦的相對論是正確的。科學家們通過對44.6萬個星系的觀測來研究宇宙中物質的分佈情況及宇宙的膨脹速度。他們發現，宇宙的膨脹速度正如愛因斯坦廣義相對論裏預測的一樣，變得越來越快。宇宙膨脹速度加快的證據顯示，諸如「暗能量」之類的宇宙物質正引起宇宙的膨脹，影響到了它的結構。參見2010年3月28日中國日報網蔡東海的報導：〈哈勃最大規模觀測顯示宇宙加速膨脹，相對論被證實〉一文，見網頁http://www.51tanmi.com/html/yuzhou/692.html，2010年11月27日查詢。

[12] 原子是一種元素能保持其化學性質的最小單位。一個原子包含有一個緻密的原子核及若干圍繞在原子核周圍帶負電的電子，原子的99.9%的重量集中在原子核。原子核由帶正電的質子和電中性的中子組成。當質子數與電子數相同時，這個原子就是電中性的；否則，就是帶有正電荷或者負電荷的離子。根據質子和中子數量的不同，原子的類型也不同：質子數決定了該原子屬於哪一種元素，而中子數則確定了該原子是此元素的哪一個同位素。

[13] 見註10。

人更稱奇的是一個原子內原子核中的一個質子的「質能比例」（5比95），竟與可見的千億星系（4%）和不可見的宇宙「暗能量」（72%）、「暗物質」（24%）的比例（約4比96）[14]具有的極端相似性。

由此當可知三〇年代巴什拉即說我們可以在「每個原子中發現了宇宙全部財富」[15]時，那種驚人的敏銳性。此種相似性一如宇宙星系再多的恆星竟也與身邊任何物質1 mole的數量相接近，比如2010年12月3日最新的天文研究指出原先認為宇宙中有一千億到一兆個星系，每個星系（包括銀河系）有一千億到一兆顆恆星。但是新觀測發現，其中佔宇宙約三分之一的橢圓星系的恆星多達一兆至十兆顆，讓宇宙中恆星總數足足增加兩倍。宇宙中恆星多達三千億兆顆，即三的後面加廿三個零，是天文學界原先估計三倍，[16]而1923年前只有一個星系（銀河），到十年前還只有幾百萬個星系，每個星系只有十億到千億顆恆星。即使如此，其所謂「三千億兆顆」（3×10^{23}）可表示如下寫法：

---

[14] 美國航空暨太空總署在2003年2月11日召開記者會，宣告最新測得的宇宙物質的成分，認為宇宙中只有百分之四是一般物質，百分之二十四是暗物質，百分之七十二是相當奇異的暗能量。也就是說，我們所熟悉的、會發光的物質，像原子、分子，以及由它們組成的恆星、星雲、星系等，在整個宇宙中是屬於稀有的一族。此乃因發現在星系中心外圍的恆星速率並沒有如預期地減慢，而由運動速率可以估計星系的質量，天文學家早就發展出一套由光度推算出質量的模式，兩相比較之下，意外發現星系的物質遠比光學望遠鏡所觀測到的多得多。隨後，愈來愈多的研究也顯示同樣的結論。依據星系運動模式，確實應該有這麼多的物質，不然這些恆星早就飛散了。而天文學家知道星系是一個穩定數十億年以上的系統，必須有大量的物質才能束縛這些高速運動的恆星。這些物質如此神祕，不發出可見光、電波、X光等電磁波，也不是黑暗的雲狀物。天文學家弄不清楚它到底是什麼，一下稱它為「迷蹤物」，一下子稱它為「暗物質」，後來統稱為暗物質。參見傅學海：〈宇宙的黑暗勢力——黑洞、暗物質與暗能量〉一文，《科學發展》2007年3月，411期，頁58-64。

[15] 安德列·巴厘諾著，《巴什拉傳》，顧嘉琛，杜小真譯，東方出版中心，2000年，頁68。

[16] 參見諶悠文綜合報導：〈宇宙繁星三千億兆顆〉一文，參見中國時報A29「國際新聞」版，2010年12月3日。

3（千億兆）00（十億兆）,000（百萬兆）,000（千兆）,000
（兆）,000（十億）,000（百萬）,000,000

　　而任何1 mole的物質其分子數目則是6.02×10^{23}，可表示如下寫法：

6（千億兆）02（十億兆）,000（百萬兆）,000（千兆）,000
（兆）,000（十億）,000（百萬）,000,000

如此星系再大再多其數目竟僅及1 mole約18克（360滴）的水、或46克的酒精的一半分子數而已。大與小之間竟也有其不可思議的相似處。

　　如此當我們再回頭檢視此質能方程式時，當知其「質中含能」（由上述關於質子含95%的能量）或「色中含空」的特性、以及「有限」（比如1 mole）實乃「無限」（6.02×10^{23}分子）的暫時黏合。因此即使在地球上，使用核能，質能互換的效能（能量＝質量×光速平方）也僅及千分之一，何況其他一般物質，此轉換更是低落、比如宇宙任何物質，上至金銀下至糞土，只要任何一公克（如果是水大約是二十滴），理應均可釋放出下列的能量：

E（能）=m（質）×c^2（光速的平方）
　　　　=一克物質的能量約二千五百萬千瓦小時
　　　　=一千瓦的電鍋使用二千五百萬小時
　　　　=一千瓦的電鍋連續開約三千年
　　　　=日月潭水庫兩天的發電量：

但除了極少數物質，此轉換根本完全無望。但此式子卻預見

了宇宙中質（mass）與能（energy）之可互換乃其常軌，即有限即無限之聚集，將此聚集解離或再聚集皆其常態，代表了愛因斯坦站在「有限」的這一端，對「無限」那一端的眺望，又明白宇宙間此二者的關聯和互動，是恆久地處在變動之中，這很像老子關於道之「有／無」間的辯證，釋迦摩尼「色即是空，空即是色」的體悟。此式的威力在後來的廣島和長崎的兩顆原子彈中早已見出，但人類離真正能將它們的能量完全釋放的地步還甚為遙遠。亦即所有的有限物質（有／色）都是無限能量（無／空）的暫時性聚集，所有的「差異」（物質結構／多）或物質的多重樣態在轉化為能量的當中，會趨向於「同一」（能的形式／一），拓而言之，有限即無限，色即空，有即無，多即一，未顯現的、不可見的（比如暗物質／暗能量）遠比可見的（比如宇宙星辰）大太多了，現已是眾所皆知的。

　　但在地球上，此種轉化由於「用力」不同，得出不同的能值，比如一克的紙、一克的木頭、一克的煤、一克的石油和一克的鈾不論形狀和結構均不同、差異甚大（多），他們最大可釋放的能量卻是相同的、同一的（一）；但由於人的能力有限，迄今仍無法使之同一，卻只能以不同的方式使之接近，且恐永遠無法達成，而「使之接近」即是近代科學一直努力的目標。

　　要完成這樣的轉化，科學不得不靠精密的儀器設計（如核電設施、同步加速器的撞擊）。因此如果愛因斯坦的「科學之詩」的式子中的兩個c，是有限物質獲得全部能量之釋放的一雙翅膀的話，如何「使之接近」此全部能量之釋放的關鍵即是這兩個c（光速平方）的尋索。在地球上任何科學形式恐永不可能與這二個c「同一」，永遠會有不同距離的「差異」，即永遠只能釋放部分的能量，方法不同，釋放值

亦不同；一個方法達成，必有另一個方法將之拋棄。

因此「一」是理想值，「多」是質能轉換得出的各種不同面貌。一如前頭提到的法國科研院研究的95%質子的質量存在於僅有5%的質量之夸克與膠子的「相互作用和各自的運動能量」上，此點最具實質意義。任何物質原子核內的質子一律重$1.6726231 \times 10^{-27}$ kg，中子一律重$1.6749286 \times 10^{-27}$ kg，原子核外的電子一律重$9.1093897 \times 10^{-31}$ kg，只是不同物質之質子中子電子數目各自不同而具「多」種不同性質的樣態，其每一質子的上述所具有95%質子的質量存在於僅有5%的質量之夸克與膠子的「相互作用和各自的運動能量」上卻是同「一」的。當所有這些「多」種不同性質的樣態的物質以相同的一克加以完全的質能轉換（代入質能方程式$E = m\,c^2$），其能量又完全相同，但那只有進入太陽的核心才有可能。

因此當我們說「質」「能」時是就已回落到人的角度來審視。巴什拉說「不應說物質具有能量，而是應說在存在的層面上，物質是能量的，反之，能量是物質的。……原子由於自身能量的發展，它既是生成也是存在，既是運動也是物體」[17]時，說的是質能互倚的相互作用，即「運動」的重要性，質與能永在互動中存在：

對象物只是在它們的關係中才具有實在性[18]

不是存在闡明關係，而是關係闡明存在。
並無單一的現象；現象是關係的組織。並無單一的本質、單一的實體，實體是各種屬性的結構，並無單一的思想。[19]

---

[17] 安德列・巴厘諾著，《巴什拉傳》，頁139。
[18] 安德列・巴厘諾著，《巴什拉傳》，頁139。
[19] 安德列・巴厘諾著，《巴什拉傳》，頁146-147。

靜止的直覺從今後已不足以用來完全理解化學反應。

能量是物質的不可分割部分：物質和能量是平等的存在。

能量同物質一樣實在，而物質並不比能量更為實在。[20]

　　由前述質子質量的研究及宇宙暗能量的存在，可以看出質能果然可以其密切的「關係闡明存在」、同時也可明白「物質並不比能量更為實在」的意義。

　　若是落到人身上來看，人既然是肉身和意識的集合體，顯然也要面對這樣的質能轉換關係，哲學是靠對真善美之形而上的全面思索；宗教是靠苦修、佈施、和頓悟，乃至不得不以神／魔的永恆互動加以詮解；藝術（包含詩人）則是靠對人生和媒介（如語言）的穿透和往返、妙觀和逸想，出入虛／實、心／物、可見／不可見之間，是比科學更早地明白、運用質（物質）／能（精神）的同時掌握而完成其創造的。但一首詩起來，必有另一首詩與之對抗、甚至設法拋棄。因此一首詩的完成有可能95%的能量是用在思索、想像、與文本前後詞語的拉扯、糾纏、增刪、不安、躑躅的關係和互動上，最後留下的可能是不足5%的可見的文字、乃至只是殘骸。而在完成前或放棄前那種不易捕捉、理解的「關係和互動」常是一種「混沌」狀況，至下一節再討論。

三、混沌的兩面現象

　　宇宙既解體又組織、既離散又形成多個核心的這種不可分的「兩面現象」，被稱為「混沌」（chaos），它「孕育並包容了宇宙的發生」[21]，此「兩面現象」其實可視為「宇宙性」或「宇宙潛

20　安德列‧巴厘諾著，《巴什拉傳》，頁204。
21　愛德格‧莫蘭：《方法：天然之天性》（秦海鷹譯），北京：北京大學出版社，2002年，頁30。

意識」，「人性」及「詩的發生」均由此而生。既解體又組織的「兩面現象」代表的是在「混沌」之中自然充滿了「不確定性」（uncertainty）[22]，且在顯然毫不相干的事件之間，存在、潛伏著內在的關聯性。[23]比如科學與詩是兩種不同的領域，但自從科學也開始「不確定」和「模糊」（fuzzy）[24]後，科學便已向詩靠近，詩人早知的「陷身於混沌之中，靈感便自然湧出」[25]，科學卻要到二十世紀的六〇年代混沌理論逐漸成形，才對大自然中不規則不連續無規律光怪陸離的謎投予注意，「混沌科學把焦點放在潛藏的秩序、細微的差異、事物的『敏感性』，以及無法預測之事產生新事物的各種『規則』；企圖瞭解暴風雨、激流、颶風、危崖峭壁、曲折海岸，以及所有複雜現象創造成形的過程——從河流三角洲到我們人體中的神經與血管系統等」[26]，「在碎形幾何新的數學引領之下，嚴謹科學逐漸趕上現代感性的節拍；那些桀傲不馴的、野性的、幻想的素質」[27]。「逐漸趕上」表示還不夠快，顯然暫時之間也還不包括詩人如何透過語言的隨機、混亂、得出曖昧中隱含秩序之詩的機轉（mechanism），但已使二者也存在可能的關聯和互動。他們之間的差異本可以下表來表示：

---

[22] 指海森堡測不準原理（Heisenberg's uncertainty Principle），參見Robert Resnic & J.Walker: *Fundenmentals of Physics* (N. Y.: John Wiley & sons,Inc,1997), p.997。

[23] 葛雷易克（James Gleick）：《混沌：不測風雲的背後=Chaos》林和譯，臺北：天下出版公司，1995年，頁10。

[24] 參見Tetano TOSHIRO （1923- ）, Kiyoji ASAI （1923- ） & Michio SUGENO （1940-）:*Fuzzy Systems Theory and Its Applications*（Boston: Academic P, 1992），p.9。

[25] 布利格（John Briggs & F. David Peat）等：《亂中求序》（*Seven Life Lessons of Chaos*，姜靜繪譯，臺北：先覺出版社，2000），頁16。

[26] 布利格等：《亂中求序》，頁8-9。

[27] 葛雷易克：《混沌：不測風雲的背後=Chaos》，頁155。

近代科學	精確性	理性	思想	硬式	累積	群體	階石	理智	更大不安	易重複[28]	複製[29]
近代藝術	曖昧性	感性	直觀	軟式	個人	個別	不朽	情感	身心安頓	獨創	唯一

　　但被稱為具有「兩面現象」的「混沌」在上表中竟然是非此非彼的，只有在「不確定性」這一點上是現代科學與藝術的特質是同時接近的。本來傳統的近代科學就像一位理論學家這麼教他的學生：「西方科學的基本理念就是如此：如果你正計算地球檯面上的一顆撞球，你就不必去理會另一座銀河系統其星球上樹葉的掉落。很輕微的影響可以忽略，任意小的干擾，並不會膨脹到任意大的後果。」又說：「通常無解的非線性系統應被排除在科學研究之外。」但混沌理論根本駁斥這二種說法。因為非線性因素──意指玩遊戲的過程倒過來改變遊戲的規則──支配著絕大多數物理現象。一方面，物理學家不該因著它難以計算而逃避它，在另一方面，它不容許我們忽略任何變因，無論來自於遙遠的震動或是實驗者本身──這點告訴我們，觀察者始終無法與觀察對象作分離或個別考慮，儘管「我們所有的努力，就是要使自己置身例外」。在這種情況下，我們必須放棄對事件發展的決定論式之天真預測。混沌理論亦難自外於非決定論的趨勢，粉碎了唯物論者的夢想：欲以簡潔、化約的方程式來描述自然界。[30] 亦即混沌科學以及其後發展的複雜科學、耗散結構理論等等均是抗拒科學走向化約主義的趨勢所推展出來的。因為相當簡單的數學方程式可以形容像天氣或瀑布一樣粗暴難料的系統，只要在開頭輸入小差異，很快就會造成南轅北轍的結果，這個現象被稱為「對初始條件的敏感依賴」的所謂蝴蝶

---

[28] 指一般科學研究經常是站在別人的基礎上做微小的變革，其創新常是集體的研究結果。能獨自完成創新甚是不易。

[29] 指科學的應用而言，大量而普及的應用科學的成果，與科學研究的精神不一定有關。

[30] 葛易克：《混沌：不測風雲的背後＝Chaos》，頁10。

效應，其實與詩的創造過程一字之差使詩之意義全然改觀的現象相當類近，上節巴什拉所說「不是存在闡明關係，而是關係闡明存在」，說的即是詩與混沌對「微小關係」變動、互動的極端敏感性，常有使其趨向「解體」或「組織」的兩面走向。

「混沌」的「兩面現象」中的「解體」即離散即「質向能的釋放」（無序化）、其中的「組織」即「能向質的聚斂」（有序化），二者透過往復「互動」循環即形成所謂的「宇宙四元關係」（無序、互動、有序、組織）[31]。因此所有的「質」皆「能」的暫時粘連和合，即便一小撮可見的任何物質，已如上節所述有不可計量的能量隱含其中，這其中隱藏了十七世紀哲學家與科學家巴斯卡「兩個深淵」的奧祕[32]。精神學家容格（C. G. Jung, 1875-1961）說：

> 我對宇宙的看法是，不但其外在世界的範圍相當廣大，其內在範圍亦同樣廣泛，而介於兩者之間的便是人，時或內在，時或外在，此外，他更時常根據其情緒或性情肯定其一為真理，而否定或犧牲另外一個。[33]

他想指出的是內在世界的重要，但人的此種內在（包含宇宙的內在）究竟是本能或精神，則容格承認：「非我所能瞭解，我們只能視其性質乃是無法為人所知的強大力量之代表而已」[34]，而根據混沌理論的說法，即使一塊朽木也同時存在有混亂與秩序的兩面，在物質看似在動亂不安的外貌之下自有其秩序性的一面，因此朽木、腐朽的方式或方向不是它自身可以決定的；它是有限的，背後卻隱藏了一些更大規模的自然的規律。同樣的，看似和諧有序的外

---

[31] 愛德格・莫蘭：《方法：天然之天性》，頁39。
[32] 同莊子「至大無外，至小無內」的說法相近，另見白靈發表於漢城「韓國新詩100周年」學術研討會之〈桂冠與荊蕀——全球化下臺灣新詩的發展〉一文的討論，2007年8月。
[33] 容格（另譯揚格）：《尋找靈魂的現代人》，黃奇銘譯，臺北志文出版，1992，頁145。
[34] 同上註。

貌下也同樣有騷動不安的一面。[35]任何可見之物或人之身體莫不皆然，即使灰塵、漩渦、瀑布、箱、籠亦然。如果將既解體又組織的「混沌」代表人各種可能的「自然本能」（宇宙性）、或容格所謂「無法為人所知的強大力量」之性質，則或者可將之暫且模擬成下列圖示：

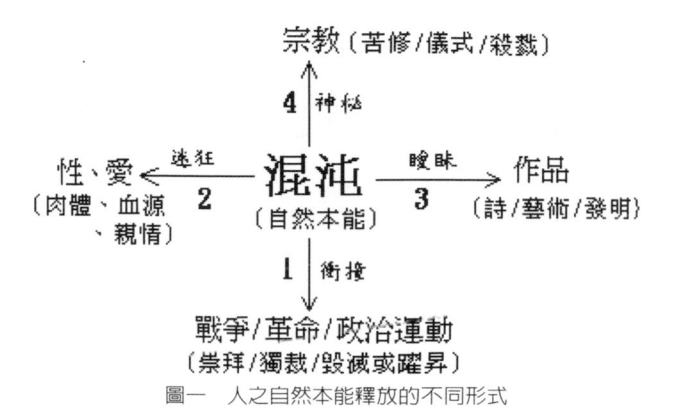

圖一　人之自然本能釋放的不同形式

　　此圖是形容此強大力量具混沌難以明晰之性質近乎人之自然本能、為宇宙所賦予，而且遍在各可見的事物乃至不可見的角落中，唯有由釋放時可能產生的各種不同形式才能粗略見之。且在互動、互變、生剋之中顯現出趨向解體（離散）或重新組織（聚斂）的衝撞性、迷狂性、曖昧性、與神祕性等特質。

　　（1）衝撞性：與戰爭／革命／政治運動有關。是向下或向上的力量，常苦於無智者或能人的牽引，造成向下力（民粹、族群逃亡、出離、毀滅及死亡）常遠大於向上力（愛國情操／制度變革／民主）。如為向下的力量，則多與特殊時空下政治運動的高壓、擠迫、個人崇拜等有

---
[35]　Todd Siler：《突破心靈藩籬》，閻起譯，臺北遠流出版，1998，頁360。

關，當衝撞力量相差過於懸殊時則衝突不斷，人民因禁忌而憤悶，最終導致時代變革、或毀滅及死亡。

（2）迷狂性：與性、愛有關。是向下或向上的力量，在個人常常受阻，因此常困擾一生。若無其他圖中（1）（2）（3）等力量的牽引，則一生不脫離肉身的食與色之大欲，男女相處和生活模式的落差、由於愛之困難甚至思維的模式皆有距離且距離永不可貼近，以迄其死亡都難以超脫。以是極易落入生物循環史的「生命固定模式」中，或常以迷醉（酒／LSD／大麻／轟趴）方式自我出離。因此向下力常呈現為或憂鬱、或躁鬱、或自殺、或佔有欲強烈、或大小鄉土情結、或戀母、或戀父、或戀童、或戀物、或亂倫。向上力常呈現為各種親情、友情、愛情、鄉愁、社區關懷等。

（3）神祕性：與宗教／禪／道／神話／民間信仰／終極關懷有關。是向上或向下的力量，以勸人向善的向上力量為主，注重繁文褥節的儀式和慶典。但不同宗教的對立常產生戰爭、恐怖、殺戮，如911的恐怖自殺攻擊即是。即使動物的集體死亡（鮭魚／鯨魚）本身也有如不可思議的儀式色彩。

（4）曖昧性：與創新、創造、作品、發明的過程有關。包含上述（1）（2）（3）點各種力量的紓發、描述、反省、和批判。企圖以已知連結未知，以向上的力量為主，所有藝術創作、科學發明、未知事物的發現、對生之疑惑不安矛盾衝突狀況的描摩等均屬之。生命的自覺和期許對政治及生命神祕的藝術性表現，皆富含了暗喻、諷刺、和曖昧，可視為超越、向上力的展現形式。

上述所有向下的力量將使人「無法超越那不易變動的生物史上之循環」，而所有向上的力量將可使向下的「堵塞的能量得以宣

洩」[36]、使人「摒除生物循環上所受到之束縛力」[37]、不再是「肉體的衍生，而是不受桎梏的上帝化身」[38]。容格說：「一位無法向人生告別的老年和一位無法去擁抱人生的年輕人同是一樣的軟弱，一樣是病態的」、「把死亡當作是人生之目標是最合衛生的」[39]。「生」自「混沌」，「死」歸「混沌」，「互動」生「秩序」或「失序」端看系統是「開放」（有能量奧援）或「封閉」（能量枯竭）而定，詩之發生原理亦如是，如上圖中（1）、（2）、（4）對（3）的奧援則詩創作的能量不可能枯竭。其彼此間的關係也可改以下圖表示：

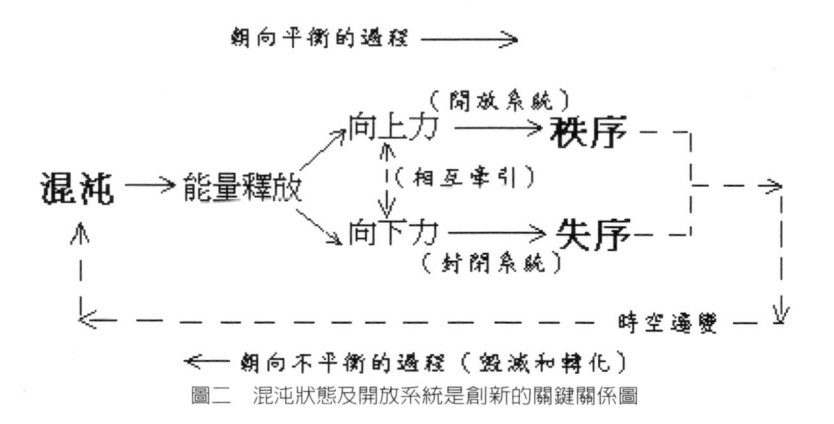

圖二　混沌狀態及開放系統是創新的關鍵關係圖

四、詩人的兩面作戰

　　單就質能方程式來看，「詩」之一字，即是方程式中那個「E」與那個「m」在轉換中試圖加以「同時把握」、或使之「互

---

[36] 容格：《尋找靈魂的現代人》，頁147。
[37] 容格：《尋找靈魂的現代人》，頁148。
[38] 容格：《尋找靈魂的現代人》，頁147。
[39] 容格：《尋找靈魂的現代人》，頁137。

等」、「互通」、「互動」的東西，詩既不可能完全呈現「E」，也不完全呈現「m」，必須呈現「E」與「m」的「互動」與「關係」，一如質子內夸克及膠子（質）與其作用運動（能）的「關係」，也一如三千億兆星球與其背後暗能量暗物質互動的「關係」，詩即是可見的語言文字（質／5%）與人內心（能／95%）互動的「關係」，不是語言文字存在，而是語言與人「互動」的「關係」使語言存在。詩即處在5%與95%互動的「兩面現象」之「混沌」之中，不論是創作或閱讀均如此，只是創作時此「兩面現象」更加顯著而已。「最豐富的事件降臨在我們身上，而我們的心靈還遲遲不曾察覺到。當我們開始睜開眼睛看著可見之物時，我們早已經同不可見之物相結合了。這種同不可見之物的根本性結合－－首先是詩歌－－使我們能對內心的命運產生興趣。……真正的詩歌是一種喚醒的功能。……喚醒存在。」[40]巴什拉說的「可見」與「不可見」的「結合」實即質能、多一、虛實有如「質子」般的「根本性結合」。

　　因此，「質」表面上是實／色／有／有限／多／象／景／顯現，「能」表面上是虛／空／無／無限／一／意／情／不顯現，前者可能只占據5%，後者可能占據95%，卻需要以「不顯現」的方式或暗中與前者「互動」以影響前者，是以一種「暗物質」與「暗能量」的「關係」暗自呈現的。當然，乘上光速c平方後的「E」，是唯一的、理想的極大值，天下所有的詩只能貼近它，卻無法等於它，只能獲得與此「極大」靠近的「同一感」，卻不可能「同一」，語言文字（質／m）越少，能量（能／m）就越大，靠近極大值就越近。詩人的本領即是尋找個人的c（非每秒三十萬公里的光速），但不可能達到理想的c值，因此c人人不會相同，有的離光速甚遠，將尋常事物（m）通過轉換而得能量不同的詩作。詩人

---

[40]　安德列・巴厘諾著，《巴什拉傳》，頁234-235。

即站在此等號「＝」的通道之中，同時召喚著等號兩方，當「有／無」同握、「色／空」同持、「有限／無限」接合、「差異／同一」趨近、「多／一」同出，詩就在那裡，存有在那裡，道、哲學、科學都在那裡；只是表現出的形式不同，說法不同而已。因此，當此能量E越貼近m（質量）×c^2（光速平方）時，則其釋放的生命能量就越大，與宇宙的本然的詩就越接近，被時間拋棄或其他詩作跨越的可能性就越低。但也永無法達至E之最大值。

詩是宇宙之「花」因此就不可能「大」或「重」。它是質能混沌中短暫的成、住、壞、空，是宇宙能量無止境的變身和輪轉中必然的精神卻也是偶合的形式，因此短或暫是常態，長或久是變態。詩人雖然不是身心靈的修行者，卻是希望透過詩語言將人生境界的領悟和了然表達到完美的「一」（E的極大值）之境。詩人與修行者俱是欲將欲求昇華之人，但詩人非修行之人，必得與凡俗交流，因此，體驗有時即使相似，但路徑畢竟不同，修行者對心靈自由度的要求是層次高遠的、恒久的、具持續性的，其修為是建構在內在時空對實存的外在時空的削減能力上，因此戒慎頗多，是將基本需求降至最低，是神性對魔性化解，是空對色的消火，是靈對身心的澈底安撫，是高孤獨對低孤獨的漠然，佛家所謂去貪去嗔去癡、乃至五蘊皆空即近乎他們追求的境界。詩人很難如上述修行者所為，他是出入於諸種需求之中，常因低孤獨的難以滿足而糾纏在逃逸與投入之間。二者（修行者與詩人）的差異、或者應該說他們尋求的生命範疇並不相同，可試以下二形式表示之，其中減號「－」有「消減」甚至「熄滅」之意，相乘號「×」有「互動」（來往於二者之間）、「糾纏」、乃至「矛盾叢生」之意。此欲求昇華的兩種形式（二者也可平行並進）為：

1. 心靈的自由度（修行者）＝內在時空對外在時空（世界）的削減能力

＝自創的時空 — 生存的時空

＝高孤獨值 — 低孤獨值

＝決定在己者 — 決定在人者

＝神性 — 魔性

＝空 — 色

＝靈 — （身 ＋ 心）

＝道 — 技

＝白 — （紅 ＋ 藍）

＝覺而形開之程度

2. 創作的可能性（詩人）＝內在與外在時空的互動力（能動
性、交纏、和矛盾）

＝以生存的時空擴大「灌注」自創的時空

＝自創的時空 × 生存的時空

＝高孤獨值 × 低孤獨值

＝決定在己者 × 決定在人者

＝神性 × 魔性

＝空 × 色

＝靈 × （身 ＋ 心）

＝道 × 技

＝詩意的棲居之程度

＝企圖填補自挖的人格的洞

　　然則外在時空的一切率皆「因緣和合」所生，因緣分散則滅。
生滅的變換，就是無常。無常感的產生，即因凡此一切「非為決定
在己者」，而多為「決定在人者」，且轉換快速、難以掌握，從未
能停留，而詩人對「去欲」，尤其「戒癮」是相當遲鈍的，即使試
圖打壓它，仍難熄滅，透過創作的昇華成了他最大卻也是最小的出

口。欲望本身包含有某種物件的缺乏感，是一種永遠無法令人滿足的東西，「表明了我們人類本身存在的局限性」、「每一次試圖滿足欲望的行動都蘊含鮮活不滅的新欲望」[41]，欲望的這種缺失性，可笑又可憐地與「苦」相連的這種局限，正是人世戰爭與愛情等題材永遠不絕的原因，也是詩人汲取不完的源井，卻必得偶爾由其中跳出，像自戰局中抽拔自己成為局外人，又有時得將自身宛如戰地記者般投身煙硝炮火之中，似乎必得來往於「有」和「無」之間，「色」與「空」之際，在「神性」與「魔性」之間反覆糾纏交纏，這是詩人會「多層次存在」、「多元自我」、創作枯竭時極易「自我解體」（自殺）的原因。因此修道者或詩人一生不斷嘗試著「統整」它們，向人生更高層次的境界盤旋而上。但要一直到人格成熟的階段，使得人「在內部生活和外部生活中使多樣性和多元性得以整合統一的一種先天傾向」能夠盡興發揮時，人生意境才算完整，詩人在這其中是「兩面作戰」，其「統整」由於天人交戰、塵緣難了，比修道人困難太多：

> 在個體化過程中，個人要獲得一種能力來解讀自己的歷史，即解讀自我人格的諸種情結，並能夠接納和包容一系列各種各樣的情緒和意象，而不必付諸外顯的行動。這種自我反思的能力打開了心靈的門戶，使人有可能獲得大慈悲，即對整個人類苦難的深厚同情心，使人有可能獲得對於相互關聯性的最終領悟，即通過多元性達到更高層次的統整性。[42]

此所謂「最終領悟」、「大悲」、「統整性」，其實即個人在內外時空的建構和拓展中明白其根源和一切可能，不逃不避，澈底

---

[41] 波利・揚-艾森卓：《性別與欲望：不受詛咒的潘朵拉》，（*Gender and Desiree*，楊廣學譯），北京：中國社會科學出版社，2003，頁94。

[42] 波利・揚-艾森卓：《性別與欲望：不受詛咒的潘朵拉》，頁75。

面對，是修道人或詩人所欲經歷和體驗的「冥合感」：

> 在最為複雜的整合階段，個人會消解那種獨立存在的自我
> 意識而開始直接體驗到無我的境界，即達到一種與所有的
> 他人和一切存在不可分地聯繫在一起的精神狀態。在這種
> 普遍聯繫的狀態中，人獲得了更大的自由，即不再受自我
> 中心的欲望的統治，不再受自我情結以及其他情結的驅
> 動，而且也不再追求那種偏執的獨立性。在佛教和精神分
> 析中，成長的目標都是超越；超越或解放（nonattachment）
> 的含義不是冷漠無情、漠不關心，而是不再受自己的情結的
> 驅使。[43]

　　這一段話具有無比的力道，「無我的境界」、「和一切聯繫在
一起」、「不再受欲望的統治」、「不追求偏執的獨立性」、「非
冷漠」、「不受情結驅使」等的精神狀態，說的正是一種「冥合
感」、與萬物處於「渾然一體」的「混沌狀態」。
　　雖然上述「無我的境界」、「達到一種與所有的他人和一切
存在不可分地聯繫在一起的精神狀態」有時可望而不可及，詩人仍
可透過自身修持和對創作的執著和領悟而不斷對之仰望，也是對
「有」與「無」合一、「色」與「空」冥合的體會，其中當隱含宇
宙奧祕的畏和敬時，詩人或才有機會向「唯一的E」、「極大值的
E」靠近。此時或如容格（C. Jung, 1875-1961）所說：

> 要瞭解藝術創作與藝術效果之祕密，唯一的辦法是，回復到
> 所謂的「神祕參與」狀況──回復到並非只有個人，而是那
> 人人共同感受的經驗，那是種個人之苦樂失去了重要性，只

---

[43] 波利‧揚-艾森卓：《性別與欲望：不受詛咒的潘朵拉》，頁75。

有全人類的生活經驗。這就是為什麼每部偉大的藝術作品都是客觀的、無我的，然而其感動力卻不因之而減少的原因。這亦是為什麼詩人之私生活與其藝術作品之間的關係無任何重要性——充其量只能給予其創作的工作一種稗益或阻礙而已。[44]

　　容格所謂「神祕參與」、「回復到並非只有個人，而是那人人共同感受的經驗」也許就是上述「一種與所有的他人和一切存在不可分地聯繫在一起的精神狀態」，或者如馬斯洛談到自我實現者較易出現的「神祕的」或所謂「高峰經驗」（peak experience），那是詩人達到某一境地均能從任何活動中輕易體會到的心靈的愉悅，「產生一種類似宗教經驗的感動。自我從其中昇華而整個人覺得非常地有力量，自信而又堅決」[45]。而詩人所追求「極大的E值」在海德格（Martin Heidegger, 1889-1976）即所謂「獨一的詩」：「每個偉大的詩人都只出於一首獨一的詩來作詩。衡量其偉大的標準乃在於詩人在何種程度上致力於這種獨一性，從而能夠把他的詩意道說純粹地保持在其中。」[46]海德格的「在何種程度上致力於這種獨一性」、「獨一的詩始終未被說出」，即是由何種速度的c朝向獨一的c的追索，在詩人各自「致力」的程度都不同，質能轉換出能量的程度也不同，但光速的c永遠無法達至。

　　質能方程式所顯示的「色空不二」，連帶我們身體的「氣血同體」、不同物均是夸克膠子等更小粒子的「同質異構」、乃至「多一相應」、「永瞬等值」、「囚逃互纏」、「聚散循環」乃皆可連帶由混沌現象中顯現之宇宙特性，還有待日後進一步闡釋。若以表

[44] 榮格：《尋求靈魂的現代人》，頁204-205。
[45] D. Schultz & S. E. Schultz：《人格理論》（陳正文等譯），第十一章〈Abraham Maslow〉，臺北：揚智文化事業有限公司，1999，頁353。
[46] 海德格（Martin Heidegger, 1889-1976）：《走向語言之途》（孫周興譯），臺北：時報文化出版社，1993年，頁25-26。

列上述詩人兩面作戰的現象或詩之形成過程，則下表或略可接近之[47]：

混沌詩學的兩面現象（左95%／右5%）
解體（出離）　×　組織（回歸） （聚散循環）
無序（亂）　×　有序（序）
意　×　象
虛　×　實
精神（心）　×　物質（物）
內（裡）　×　外（表）
看不見的　×　看得見的
無　×　有
空　×　色 （色空不二）
無限　×　有限
同一　×　差異（多重） （同質異構）
一　×　多 （多一相應）
不顯現　×　顯現 （氣血同體）
神性　×　魔性
斥力　×　吸力 （囚逃互纏）
脫軌　×　常軌
壞、空　×　成、住
陰（柔、母、女）　×　陽（剛、父、男）
彼岸　×　此岸
死（永恆）　×　生（一瞬） （永瞬等值）
離一切相　×　入一切相
能（E）　×　質（m）
$E = mc^2$ （詩人即站在此等號 "=" 的通道之中尋求各自不同於光速的c值）
萬物一體感的澈底實踐

註：相乘號「×」有「互動」（來往於二者之間）、「糾纏」，乃至「矛盾叢生」之意。

---

[47] 參考白靈：《一首詩的誕生》（臺北：九歌出版社，2004），頁60及本文的討論。

五、結語

　　詩最可能的表現是「一擊」、「一吼」，是質與能、色與空、多與一、囚與逃、虛與實互動、互變、生剋、聚散、循環時瞬間所交錯出的「明」或「暗」，它是動態的、隨機的、偶然的、乍現的、隕落或上升的、輻射或收斂的、爆裂的因此也註定將幻現而熄滅，此種混沌現象是宇宙性，自有其非線性的不確定性，亦有其在「互動關係」中不斷浮現的當下性，與可佐資旁證的科學觀測的客觀性。當然，包括對它的認識，也不是自然產生的，而是逐步認識的，它的出現是氣泡式的，難以捕捉或重現，它「現」的背後是更龐大永無以明示的「不現」。因此所有的「現」皆是一粒米，背後是無以計數的倉廩，是逗點、破折號或短瞬喘口氣似的休止符，從來無法句點。而詩人在質能與多一既解體又組織的「關係」中兩面作戰，其實每首詩皆是一個關卡、一個障礙，可能95%是「能對質暗中運作」的「障礙」，而凡是「障礙」在語言中皆有機會形成象徵，而象徵物在高達美（H.G. Gadamer，或譯加達默爾）看來並不是一物說明另一物的比喻，卻是「在一種個別而具體的東西中顯示出一種對映的整體希望」，[48]它們不會只是個人的障礙或象徵，而可能是一代人在特定時空下隱匿的集體潛意識、乃至人對宇宙呼喊和回應的宇宙潛意識。

---

[48]　王嶽川：《現象學與解釋學文論》，山東：山東教育出版社，1999年，頁223。

跨媒介現象

臺灣新詩的跨領域現象
──從詩的聲光到影像詩

摘　要

　　「跨領域」的最基本概念，在打破固有框架，跳脫本位，穿梭於不同的領域之間，以開放性的觀念瓦解了傳統藝術文學的封閉性，而詩從「詞語」向「圖象」的轉向，可看作「有框的無框化，有界的無界化」的後現代現象，其發展甚可期待。當今之「數位媒體」因具有多元複合特性，容納了文字、聲音、影像、舞蹈、戲劇、互動、感應科技等多項元素，由此延伸出各種跨界結合與創新的可能，而「詩」正是文學中最易穿梭其間的小飛俠。本文先從八〇年代中期出現的「詩的聲光」往前爬梳，指出其源頭和起因，再略述及20世紀末出現的「超文字」現象、最後論及21世紀前十年出現的「影像詩」的庶民性格，並提出未來詩的展望：詩版圖的擴張將無止境、詩的全民化庶民化成為必然、建立超文字影像詩聯網之必須、「在場」或「不在場」的「跨」都將與時俱進、以及交流建構「影像詩學」之必要等。

關鍵詞：跨領域、詩的聲光、超文字、影像詩

一、引言：有框的無框化，有界的無界化

　　詩人是人類中最不肯安份守己、不肯固守某一領域的不安份子，一向扮演著文學的先鋒角色，企圖以各種激進的實驗和形式表現其內在情感的不平衡。詩與歌、詩與畫的跨領域現象自古已然，於今更烈，尤其在資訊媒體快速變化、成長、越來越貼近人性所求和生活所需的今日，詩人更是文學界中最易躁動、敏銳地嗅聞到此項變革所帶來掀天巨浪的一群。在電腦個人化之前，詩與歌、詩與畫、詩與劇、詩與舞等的互動，在臺灣，早已受到詩人相當的矚目和實踐，尤其是前二者。

　　而自從網際網路快速地「生活化」與「大眾化」（即全球化）後，影（畫／圖／影像）音（歌／音樂／音效）正以不同形式和千軍萬馬的力道逼仄著語言文字的存在空間。尤其2005年影片分享網站YouTube的設立，以及2004年Facebook臉書、2005年Twitter推特等社群網站的成立和上線，大大改變了人與人互動聯結的形式和頻率。不只虛擬化了社交聯絡的模式，也使得影像與文字處於激烈互競的場域。由於網路此種強大的傳播能力和速度，也使得智慧型手機、平板電腦、電子書等行動裝置，在未來十年，將快速地使此類科技產品成為民生必需品，未來也將進入「C世代」—雲端運算時代。今後1990年代之後出生者，將是對電腦、網路黏著度高、社群導向虛擬化的一群人，這群人不會付錢買微軟Windows、不會買書，習慣使用網路免費服務。[1]在未來，文字不只難再與圖象影音並駕齊驅，且勢必呈大幅度落後之勢，則詩的愛好者勢必很難執著於以純粹的文字為閱讀文本，而必然向其他領域「多元化」地跨界，尋找更適宜的表現形式和媒介，詩人很難再固守單以文字呈現

---

[1]　謝佳雯、謝艾莉：〈林百里看雲端C世代來了〉，經濟日報，2011年9月3日。

的既定疆域已成了必然的趨勢。

　　所謂的「跨領域」，即是以開放性取代封閉性，反對既定疆域下的固有規範，企圖打破舊有框架，跳脫本位，穿梭於相異的領域之間。在總體性或整體性的藝術觀念下，由於去中心化的後現代理念、DV錄影技術和互動科技等數位媒材的長足進步和催化，如今跨領域創作已演進為一種潮流和顯學，集合文學、詩歌、音樂、戲劇、舞蹈等多媒體跨領域的媒材表現、裝置藝術、舞臺演出、或網路展示，成了未來藝術和文學可以不斷跨出和開疆闢土的嶄新方向。

　　而「開放性取代封閉性」、「反對既定疆域的規範」，「跳脫本位」，「穿梭諸領域之間」等跨領域的特質，其實即人的生活的整體內容，在日常活動中不會刻意去分割或分辨、或在乎當下處在什麼領域之中，只有進入特定的場域、參與特殊的認知活動、或從事創作行為時，才會開始關心所謂「領域」的問題。何況人具有的左腦與右腦在認知事物時，大致可以看出占優勢的左腦較能分割或分辨所謂的「領域」，它是有框有界線的、理性的、分析的、個人的、注重過去和未來的，與語言／文字相關聯的知識和學問均與之密切連結（所有自然科學和人文學科）；而占劣勢的右腦則較難能分割或分辨所謂的「領域」，它常把自身與外界時空溶合成一體，它是無框無界線的、感性的（直覺的）、綜合的、集體的、注重當下的，與圖象視聽影音相關聯的藝術學門均與之密切連結（包括音樂、舞蹈、繪畫、建築等所有藝術學科），如圖一所示。

　　而當代的科技的進步，使得本來無法存留或呈現的視聽影音可以快速被存取、虛擬、乃至3D化（影像立體化）、4D化（3D加上觸、動、味、嗅覺），而這是古老的印刷文本時代、乃至初期的電子時代所難以揣想的。於是過去的「劣勢右腦」未來將以符合人性需求的方式，部分取代「優勢左腦」的地位，何況詩原來就是以右腦的感性內容和「形象思維」方式，向左腦的語言區域求取適當的

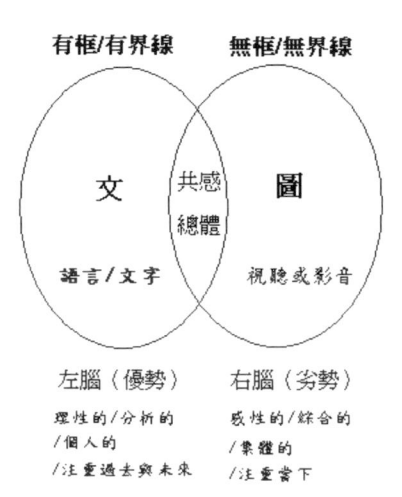

圖一　左右腦與圖文的關係

文字來表現，因此說寫詩或讀詩是一全腦運動亦不為過，只是「形象思維」部分功能在未來有可能由具象或虛擬的影音予以呈現。於是左腦已開始學習「向右腦移動」，屬於左腦的「文」向屬於右腦的「圖」移動，屬於左腦的「有框」向屬於右腦的「無框」移動，「有界線」向「無界線」移動。或者說「有框的無框化，有界的無界化」，已成了未來世代的大趨勢、大潮流，是文學家和詩人不能迴避而必須嚴肅面對的課題。本文先從80中期出現的「詩的聲光」往前爬梳，指出其源頭和起因、再略述及20世紀末出現的「超文字」現象、最後論及21世紀前十年出現的「影像詩」的庶民性格，並指出其可能的展望。

二、雙碼理論與跨領域的先河

　　跨領域可以是一個人跨不同領域，也可以是一群不同領域者透過互動、激盪出火花來。這並不是多新的觀念，早在15世紀，比

如佛羅倫斯（Florence）的銀行家族梅迪奇（Medici）[2]，即曾資助過眾多不同範疇的創作家，將雕刻家、科學家、詩人、哲學家、金融家、畫家和建築家匯聚於佛羅倫斯，因彼此交會、學習，打破不同領域與文化的界線，其後合力打造出一個嶄新觀念的新世界，此即文藝復興時代的來臨。因此，凡能在不同領域交會碰撞驚人創新的現象，即稱為梅迪奇效應（Medici Effect）。因此跨領域本身的實踐，將有助於「跳脫本位」、「開放性取代封閉性」，開展新事物、新格局。

而如19世紀法國詩人波特萊爾（Charles Pierre Baudelaire, 1821-1867）所說的「共感」（correspondances），即預示了人類自身感官所連結的知覺回應，常是各種美感經驗的相互交融，其中可能包括了色（視覺）、聲（聽覺）、香（嗅覺）、觸（觸覺）等知覺，彼此成為一種相互應合交感，彷如上節所說「無框」、「無界線」的作用，以是人與人能跨領域、人與自然、人與物的「無界線共感」恐也與「右腦結構」有關。因此當波特萊爾在1857年《惡之華》中的〈感應〉一詩中的二、三段寫到：「彷彿遠遠傳來一些悠長的回音／互相混成幽昧而深邃的統一體／像黑夜又像光明一樣茫無邊際／芳香、色彩、音響全在互相感應／有些芳香新鮮得像兒童肌膚一樣／柔和得像雙簧管，綠油油像牧場／——另外一些，腐朽，豐富，得意揚揚／具有一種無限物的擴展力量／彷彿琥珀、麝香、安息香和乳香／在歌唱著精神和感官的熱狂。」詩中的「互相混成幽昧而深邃的統一體」、「芳香、色彩、音響全在互相感應」、「具有一種無限物的擴展力量」，他說的並不只是他個人的感應，而是「右腦可貴的」、「涅槃式的」不知何謂「邊界」的作用。

2　梅迪奇（Medici）或譯美第奇家族、梅迪契家族、麥地奇家族，是義大利佛羅倫斯13世紀至17世紀時期在歐洲擁有強大勢力的名門望族。家族的最重大的成就在於藝術和建築方面，對文藝復興有很大的促進作用。見維基百科「美第奇家族（Medici）」條目：http://zh.wikipedia.org/wiki/%E7%BE%8E%E7%AC%AC%E5%A5%87%E5%AE%B6%E6%97%8F。

以是西元1849年，德國歌劇兼音樂作家華格納（Wilhelm Richard Wagner, 1813-1883）在《未來的藝術》中，曾提出「總體藝術」（Total art work）的概念，他認為唯有將音樂、歌曲、舞蹈、詩、視覺藝術，與寫作、編劇及表演相結合，才能夠產生一種全面涵蓋人類感官系統的藝術經驗，也唯有打破藝術領域間的界線，才有機會創作出最完整的藝術作品。此總體藝術觀其實即已具有跨領域的概念。

　　雙碼理論（dual-coding theory, DCT）[3]的主張或可呼應上述的說法。此理論認為人之心智結構皆能收集「文字表徵」（verbal representation）與「圖象表徵」（visual representation）兩種不同類型的資訊。如圖二「雙碼理論之多媒體效應圖」所示，圖中1號箭頭是指當感官接受到文字（verbal）資訊時，這一些文字資訊將經由文字編碼過程在「工作記憶體」（working memory，指短期記憶）中被進一步轉換為「文字系統之心象」，稱為「字象鏈結」（1）過程。同理，圖二中2號箭頭是指當感知器接受到視覺（visual）資訊時，這些視覺資訊將經由視訊編碼過程在「工作記憶體」中被進一步轉換為「圖形系統之心象」，稱為「圖象鏈結」（2）過程。圖二中3號箭頭表示建立「文字系統心象」與「圖形系統心象」間之「參照鏈結」（3）（referential connection）。學習者的學習成效（比如即時表現或形成長期記憶）即視「字象鏈結」（1）、「視象鏈結」（2）、以及「參照鏈結」（3）等三種鏈結建立之品質優劣而定。根據研究發現：文字資訊與視覺資訊「同時呈現」比「先後呈現」更能有效的幫助建立「參照鏈結」（3），提昇學習效果。因此，就雙碼理論之觀點而言，學習者如能「同時」使用「字象系統」與「圖象系統」來有效處理資訊，即能促進上述三種鏈結之建立、有效提昇學習的成效。[4]由此可見「圖文並呈」不只是人

---

[3]　Paivio, A. : *Imagery and verbal processes*: Holt, Rinehart and Winston New York.,1971。

[4]　Mayer, R. E. & Sims, V. K.: *For whom is a picture worth a thousand words? Extensions of a dual-coding theory of multimedia learning.* Journal of Educational Psychology, 1994, 86, 389-401。

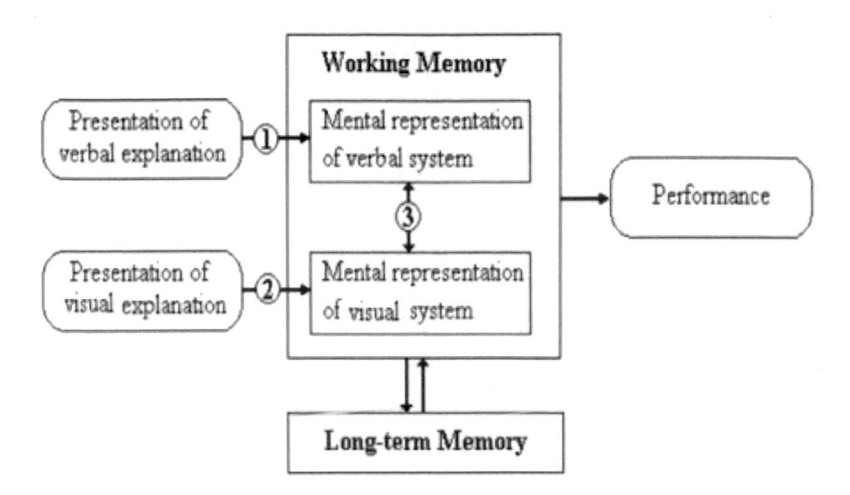

圖二　雙碼理論的多媒體效應（Mayer & Sim, 1994）

性「共感之天性」和腦結構使然，也是學習時提昇成效所需。

　　早在臺灣鄉土文學論戰（1977-1978年）之前的1976年5月25-30日，由羅青、張香華、詹澈、李男、邱豐松……等多人所創辦的草根（詩）社[5]即在臺灣省立博物館（1999年更名為國立臺灣博物館）舉辦了一場別開生面的「草根生活創作展」[6]，透過此項展覽，即提出「多元媒體創作的可能性」之深具劃時代性意義的主張。此社創立於1975年5月4日，1976年2月應邀加入該社的胡寶林[7]隨即策劃了此項「生活創作展」。胡氏由於旅居歐洲多年，對西方

---

[5]　「草根社」是其原稱，「草根詩社」則是一般對此詩社的稱呼。

[6]　舉辦日期參見阮美慧：《臺灣精神的回歸：六、七○年代臺灣現代詩風的轉折》，成功大學中文所博士論文，1992，頁330。

[7]　胡寶林生於越南西貢，以僑生的身分來臺升學，完成成功大學建築系學士後，赴瑞士留學獲蘇黎世工業大學建築碩士暨國家建築師資格。為多棲之創造力教育學者及創作者，曾與畫家、詩人創立「詩人畫會」、「草根詩社」、「新思潮藝術聯盟」，曾在臺北、瑞士、德國、奧地利、美國累積八年專業實務經驗後，任教維也納國立應用藝術大學建築系七年，兩度返國在中原大學建築系及室內設計系專任二十五年，曾任中原大學設計學院院長及室內設計學系主任。見其個人網頁http://www.boulinhu.url.tw/1-1sho.htm。

70年代的藝術思潮深有體會，為了此項展覽他還寫了一篇文章〈七十年代藝術思潮與草根生活創作展〉登在《中國時報》上，此文中說[8]：

> 展出的構想重點之一乃是把草根風格的白話詩以視覺語言作橋樑，在公共場地傳達給大眾；另一重點是把來自生活的詩還給生活，這等於是對詩的現有發表場所與方式起了一個問號，並試圖去解答。這就是「草根生活創作展」源起。

此段是強調「白話詩以視覺語言作橋樑」，要連結「大眾」與「生活」，且「對詩的現有發表場所與方式起了一個問號，並試圖去解答」，顯然對詩的「紙本」展現形式大為質疑，於是這與後來八〇年代中期出現的「詩的聲光」、20世紀末出現的「超文字」、21世紀前十年出現的「影像詩」等「發表場所與方式」有了遙遠的聯繫。胡寶林不諱言草根詩社的活動受到70年代西方藝術思潮的影響：

> 七十年代的藝術思潮有兩項重要的表徵：一是認為藝術的追求不只是創作本身；同時也是當代社會、政治及環境的問題。以一個縱橫交錯的方式去追問；一是認為新的作品不是存在於一個封閉的傳統（開放的傳統才有意義）美學體系裡，而存在於真實的空間，真實的時間裡。一切的媒體都可以是作品的形式與傳達方式。

胡氏所說兩項表徵，一是創作對「當代社會、政治及環境的問題」不能不追問，一是作品的存在應「以開放性取代封閉性」與當

8　胡寶林：〈七十年代藝術思潮與草根生活創作展〉，《中國時報》第12版，1976年5月26日。

下真實時空相呼吸，因此「一切的媒體都可以是作品的形式與傳達方式」，這與前一年《草根詩刊》中〈草根宣言〉[9]提到「創作方向」時強調「詩想是詩的語言和形式的先決條件」相互呼應，但此處更進一步指出其跨媒體的實踐方式，這似乎是迄今為止，臺灣所有詩社詩刊中恐怕是「最早」也「最具開放性」地提出「詩的跨領域可能性」的主張。

　　胡氏因此認為藝術家們應「向廿世紀人類的感官與自我意識發問，向都市的生活方式發問，向作品的形式與發表方式發問」，行文中胡氏再一度提到「向作品的形式與發表方式發問」，也就是前面所說「反對既定疆域下的固有規範，企圖打破舊有框架，跳脫本位，穿梭於相異的領域之間」！而其實際運作狀況的例證，為了存真，照舉於下：

> 除了長於繪事的草根同仁及朋友把自己的繪畫、攝影及造形作品展出外——（如謝春德的攝影，李男的繪畫，林國彰的設計等等）我們希望這次展出能作一個示範，就是詩作品不是一定要請美工畫家來配畫插畫，而詩人儘量自己製作。製作的原則：第一我們把詩還給生活，也就是把詩加工寫在一些可以連接意象的物品上，像酒瓶、椅子、衣服、器具上，如羅青的「狂飲十二拍」，邱豐松的「囚徒」等。這種做法，其實在中國歷史上的工藝、建築及服飾就常常出現。第二、如果要以畫來表現，則務求畫本身在形式上能獨立而意象則與詩相配合。畫也不一定要仰賴素描功夫，可以實驗的版畫技巧、全錄印刷機、化學原料磨擦圖片的直接轉印、剪貼及噴漆等簡單技巧去製作，創意及構圖則經由長於繪事的同仁指導建議及討論而自己動手製作。第三、利用商品及大

9　羅青：〈草根宣言〉，《草根》1卷1期，1975年5月，頁1-9。

眾媒介的工具發揮語言的創造能力，提供詩在工商社會及現實生活中有交感的可能性。譬如南方雁把題為「夏」的詩加工寫在冷氣機包裝紙箱上，胡寶林把小詩「登」在分類廣告上及把不同的詩印在名片上。第四、利用攝影媒體表現。我們特別請了攝影家謝春德幫忙製作，但攝影的模特兒是詩人本人，構思也是經過建議及討論的。……製作過程的實驗不是一切，這次參展者的共同參與製作只是一個開始，認識多元媒體創作的可能性，而展出只是一個示範；指出詩的新發表方式的可能性及透過視覺語言的創作，把生活的真實及詩與作品的感悟形式磨得更亮，更真實！

由上述例證可看出1976年5月的「草根生活創作展」及胡氏的主張即已具備了幾項「跨領域」的特點：

1. 跨領域的多元創作（詩與繪畫、版畫、插畫、攝影、造形、設計、印刷、轉印、剪貼、噴漆）。
2. 跨媒介的多元傳達（酒瓶、椅子、衣服、器具、影印機、化學原料、包裝紙箱，報紙分類廣告、名片等日常用品）。
3. 與開放性的傳統美學連結（如詩出現在中國歷史上的日用品、工藝、建築及服飾上）
4. 詩與多媒體創作的既斷又連（務求形式上能獨立，但意象則與詩相配合）
5. 將詩注入日常語言使產生活力（將語言的創造能力發揮在商品及大眾媒介的工具上，使詩與現實生活交感）。
6. 任誰皆可多元媒體創作（雖可徵詢專業達人，但宜自己動手製作）。

此項時間比須文蔚在《臺灣數位文學論》中就網路普及前關於多媒體整合的行動歸於「八〇年代初期《陽光小集》提出結合詩書畫藝術的主張開始」的說法要早了好幾年。[10]胡氏在此文另一段中並提到何妨利用工程與物理電子知識及「去專業化」的創作觀：

> 　　使光、色、音、力、舞、造形集合一體，以新的形式來闡釋傳統美學的價值。
> 　　面對這藝術完全開放之大門，怎不引得「凡夫俗子」躍躍欲試起來呢？創作已不再是藝術家、文學家的特權專業了。

　　「光、色、音、力、舞、造形集合一體」、「創作已不再是藝術家、文學家的特權專業了」，這種「類『後現代化』」跨多媒體領域的表現觀和「類『去中心化』」的創作觀，其實正是「有框的無框化，有界的無界化」後現代精神的具體先聲。胡氏所說「光、色、音、力、舞、造形集合一體」當然是泛指一切藝術彼此交融互動的可能，而若由詩領域跨出，其觸及的領域變化或可以圖三表示，則其後三十餘年陸續衍生出的「視覺詩」、「詩的聲光」、「超文字」、「影像詩」，乃至與其他領域互動、與網路科技結合、甚至未來「3D化」、「雲端化」等，均已或可包含在內：

---

[10]　見須文蔚：《臺灣數位文學論》，臺北：二魚文化，2003，頁25。另見林淇瀁（向陽）：〈超文字‧跨媒介與全球化：網路科技衝擊下的臺灣文學傳播〉一文，參見 http://tea.ntue.edu.tw/~xiangyang/chiyang/litcom5.htm。

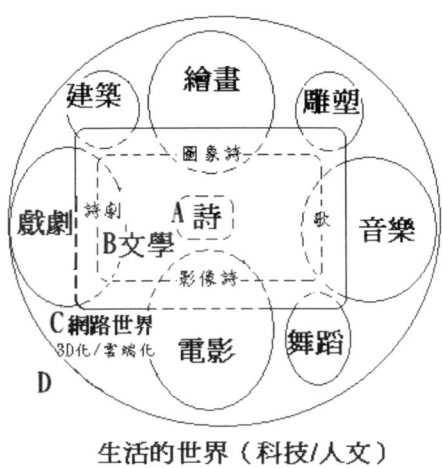

生活的世界（科技/人文）

圖三　詩的跨領域現象

　　因此胡寶林此文是一篇極重要的「詩的跨領域」主張，大大超出了過去詩與畫、詩與歌（音樂）單純跨兩界的範圍，並與其前後不同詩社或單位舉辦的各種活動有了極大區隔，而其「多媒體化」是由一群人著著實實付諸實驗和行動的。可惜的是之後並未獲得同道進一步的闡發和詩史家的重視，直到1985年「詩的聲光」承繼了上項主張，在其後的十餘年不斷反覆以行動與之相呼應為止。當然這些超前的宣示皆非緊接其後的鄉土文學論戰所關心的範疇和議題，草根詩刊也在白靈代為執編39、40、41期後於1979年6月偃旗息鼓，一直要等到1985年2月以另一形式復刊為止。

　　而在該項「創作展」與胡文出現的前後，則有詩與畫結合的例子，比如1975年5月笠詩社在臺中舉辦的「現代詩畫展」；或1976年3月林煥彰、德亮、管管、碧果等七人組成「詩人畫會」在臺北幼獅藝廊舉行的詩畫展。詩與歌結合，如1975年6月在中山堂楊弦以余光中詩作所創作舉辦的「中國現代民歌發表會」，1980年由洛夫、辛鬱、向明等24位詩人與多位民歌手參與的「詩與民歌之

夜」（國軍詩歌研究會主辦），以及其後「陽光小集」於1981年策劃的第一屆「詩與民歌之夜」（國立藝術館）集合詩人與民歌手各十餘人、和1983年該社主辦的「中國現代詩與民歌欣賞會」假高雄舉行。詩與劇或舞結合，如1978年6月，詩人季刊社與笠詩社合辦「詩的劇、唱、誦、舞大會」在臺中舉辦，1979年7月大荒詩劇《雷峰塔》第一章由音樂家許常惠譜曲、聶光炎舞臺設計，於國父紀念館演出，不無跨出較不尋常領域的企圖，但除了「詩與民歌」的結合風行一時，除了1982年杜十三（1950-2010）出版結合新詩、繪畫、散文、劇本、歌曲等不同領域之創作集《杜十三藝術探討展》，並以郵遞方式展開徵求大眾意見的回函，將讀者反應「設計」為展出內容的行動，並以超時代的「複數型」觀念和作品貫串其一生外，愛詩人或詩壇似乎對「詩與多種媒材結合」反應冷淡，在二十世紀結束前尚未能形成潮流或風尚。

三、「詞語」向「圖象」的轉向：詩的立體化

由「讀」到「看」，由「詞語符號」向「圖象符號」轉向，是這些年來時代的大趨勢，海德格早已預示世界將被以圖象來把握和理解[11]。而「語文」與「圖象」正被標示為「現代」向「後現代」轉向的重要區隔。英國社會學家拉許（Lash）曾根據李歐塔將「語言符號」（話語）和「圖象符號」（形象）分屬於不同的文化的概念，將現代主義藝術歸於「話語（讀）的文化」，後現代主義藝術歸於「形象（看）的文化」。拉許並將兩種文化的差異做了比較，比如「話語（讀）的文化」重視：（1）詞語比形象優先；（2）文化物件形式；（3）理性主義的文化觀；（4）文本的重要性；（5）自我而非本我的感性；（6）通過觀眾和文化對象的距離來運

---

[11] 海德格爾：〈世界圖象時代〉，載孫國興編《海德格爾選集》，上海三聯書店，1996，頁889。

作。而「形象（看）的文化」重視：（1）視覺的感性；（2）貶低形式主義；（3）反對理性主義；（4）做了什麼先於表達了什麼；（5）本我擴張進入文化領域；（6）通過觀眾沉浸其中來運作。[12] 亦即現代的感受性是論述優先的：言辭優於意象、意識優於非意識、意義優於非意義、理性優於非理性、自我優於本我。後現代感受性則是形象優先的：視覺感受性優於文義感受性、圖象優於概念、感官優於意義以及直接優於間接的知識模式。[13]拉許承繼的是李歐塔所強調的：一件作品最重要的並非它的意涵，而是它的「作為」，以及它所「誘發」的。「作為」比如：作品所包涵的和所傳遞的影響份量。「誘發」如：其轉變成其他事物或其他作品的潛在能量，包括繪畫、攝影、電影情節、政治行動、決策、乃至性愛的誘發、反抗行動、經濟動機等。[14]而在人類文化史上本來就存在著「詞語」和「圖象」的複雜辨證關係，任何一方均以為自身可更接近或支配「自然」。而正由於科技的進步，使得「視覺文化」的圖象霸權變為可能，越來越以「圖象符號」為主的「視覺文化」佔據著文化的支配地位，而代表理性主義的語言文字符號的「詞語（或話語）文化」之地位則受到排擠和壓制。[15]

　　1985年2月由羅青擔任社長、白靈主編的《草根》復刊，出版第42期，重新以月刊的方式發行，形式卻從裝訂成冊的詩刊突然轉變為對開「海報」、詩畫正反面並列（如圖四），大大顛覆了過去傳統詩刊的形式。而既然「海報」有貼上牆的可能，便有使之由「躺」走上「站」的企圖。此一行動標示了：（1）「文（詞語）」（詩）與「圖（形象）」（畫）並列時代的來臨；（2）

12　Lash, Scott: *Sociology of Postm odernism*, London: Routeldge, 1990, p192。

13　Lash, Scott, p.175。

14　史帝文・貝斯特、道格拉斯・凱爾納：《後現代理論：批判的質疑》，朱元鴻、李世譯，明麗文化，2005，頁187。

15　W・J・T・蜜雪兒：〈圖象轉向〉，《文化研究》第3輯，天津社會科學院出版，2000，頁14。

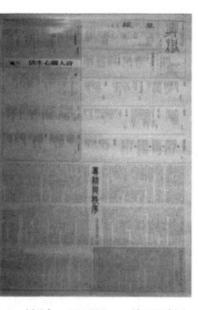

左至右：復刊第一號（44期）正面、復刊第一號（44期）反面、復刊第三號（46期）正面、復刊第三號（46期）反面

圖四　草根詩刊詩畫並列舉例

「圖」取得發言權，可自行獨立，不再是附屬或從屬於「文」；（3）「詩」向「圖」學習，從傳統「平面地躺」開始走向「立體地站」；（4）「文」（詩）對「圖」（畫）而言有相互解釋、擴張（乃至牽制）彼此意涵的功能（如圖四的「畫」及其下方或畫上的詩句）。

　　復刊的《草根》首期發表掛名「本刊」（羅青執筆）的〈草根宣言第二號〉，面對資訊科技初起，定調知識「專精」、建立新文化「秩序」兩個探索方向，創作方面首度闡揚資訊工業與電腦應用的重要性：

> 近年來資訊工業一日千里，電腦的應用日益普遍。面對此一
> 傳播媒介的革命，詩人應該把詩的思考立體化，把此一新的
> 傳播方式納入構思體系。例如，嘗試以錄影帶的方式發表詩
> 作。在一個多元化的時代裡，詩的創作與發表，也應當多元
> 化起來。[16]

16　羅青：〈草根宣言第二號〉，《草根》復刊首期反面，1985年2月。

其後羅青即在44期發表〈錄影詩學宣言〉一詩，以筆當「攝影機」並用「鏡頭語言」分鏡、特寫的方式書寫詩作，如：「鏡頭從／閃爍的路燈移向／一顆閃爍的星／拉近──來一個特寫／原來是一架飛機的尾燈／尾燈下，緩緩浮現出萬家燈火大小屋頂」，預示了日後後現代主義的引介。迄1986年6月止，此海報形式的詩刊共出九期，在出版第50期後，《草根》便正式劃上句點。

　　而由此引申，真正將詩「立體化」付諸行動、「多元化起來」是由1985年6月由白靈與杜十三在新象藝術中心策劃的「1985中國現代詩季」，在一系列展、演活動中，「詩的聲光」首度實驗性演出，長達三小時，包含了個人表演（非朗誦）、八釐米錄影、幻燈、默劇、布袋戲、舞蹈、歌唱等各種形式。但更成熟的則由白靈、羅青的「草根社」在1985年11月於清華大學及12月15日於耕莘文教院較正式成熟的演出，效果意外的好。之後最正式的演出是於1986年3月在國立藝術館公演三天，天天爆滿，形式則加上了短劇、京劇武術、和新詩相聲等。

　　此後又歷經1987年3月11-15日等五天七場在春之藝廊的「貧窮詩劇場─趙天福有聲發表會」、1987年9月28-30日等三天在實踐堂、和1992年10月3日在臺大視聽教育館之「詩的聲光」、1996年4月19-21日在耕莘實驗劇場的「耕莘文學劇坊」、1998年10月4日在知新廣場的「詩的聲光劇場」以及部分參與的1988年在社教館之「因為風的緣故」發表會、1990年於誠品書店之「詩與新環境」展演、1991年在國家音樂廳的「弘一大師五十年祭」、以及零星的其他展演、和後來由莊華堂及趙天福等接續「詩的聲光」改以「鬥熱鬧劇場」名義全臺巡迴演出，更由北部都會走入中南部民間，前後把「詩的立體化」」共延續行動了十餘載，然而如果沒有民眾眾多的良好回應，不可能持續如此長時間。

　　而由「躺」到「站」是一種「跨」的實踐和行動而非僅是主張，這正是「跨領域」的首要步驟，而在電腦尚未個人化和網路並

未聽聞的1985年，是只能把詩「推到」群眾面前。白靈在〈從躺的詩到站的詩〉一文中說：

> 躺的詩，指的是用文字印刷出來的詩；站的詩，指的是透過表演者在舞台上將詩立體展現的那些。它可以非常傳統，也可以非常現代。「詩的聲光」經常強調不要只「朗誦」一首詩，而希望能「表演」一首詩，因此自一九八五年以來曾先後「處理」過百來首新詩，只有少數的詩曾「非常傳統」地被朗誦出來，大多數的詩多少都被「加工」過，「加工」少一點的喜歡的人似乎多一些，「加工」多一些，甚至加工過了頭的，反對、甚至噓聲就會從四面八方圍攏，不，圍剿過來。而我們總不服氣，總想試試看，而且大聲疾呼，能不能有時也讓我們把詩當「素材」一看，從「詩」出發，也允許製作者或表演者加入一些他或他們的想像和創意。不錯，當詩靜靜躺著時，似乎允許讀者繞著它，從各個角度觀察、想像；當詩站起來、甚至活生生動起來時，讀者觀眾似乎得從特定的角度看它，但這不也是它的面貌或變貌之一嗎？如果這社會人人都願去看躺著的詩時，那麼要不要讓詩站著，是的確值得深究；問題是，如果這時代大多數人都「看不到」躺著的詩時，如果有人讓幾首詩也試著站起來，擋一擋大家的視線，讓他們也能發現一些還不錯的詩，進而去追索更多躺著的詩時，不是也是值得鼓勵的事？[17]

「詩的聲光」出現時，「多媒體化」仍是大家不熟悉、甚至討厭的名詞，認為是「非專業」、「譁眾取寵」，「跨領域」一詞更仍是聞所未聞，因此掌聲與噓聲交雜，掌聲多來自愛詩人或對詩不

---

[17] 白靈：〈從躺的詩到站的詩〉，《旦兮》（耕莘青年寫作會會訊）新一卷二期，1993年2月，頁5。

熟悉的閱聽大眾，噓聲則多來自部分詩人或學者專家。而嘗試使之「站」起來的詩例可見附表一，每回演出均不宜超出十八、九首詩，重複出現以不同形式展演的取其效果較佳者列入，有些一開始即不成功的均未列入，故並非全貌。具體的例證如下列前行代詩人周夢蝶、管管、向明、洛夫的截取圖例：

周夢蝶〈藍蝴蝶〉之表演及舞蹈形式　　　周夢蝶〈藍蝴蝶〉之表演及舞蹈形式
　　　　　　圖例一　　　　　　　　　　　　　　　　圖例二

管管本人〈缸〉之說書及表演形式　　　　管管本人〈缸〉之說書及表演形式
　　　　　　圖例一　　　　　　　　　　　　　　　　圖例二

向明〈仁愛路〉之團體表演形式
圖例一

向明〈仁愛路〉之團體表演形式
圖例二

洛夫〈剁指〉之趙天福個人表演形式
圖例一

洛夫〈剁指〉之趙天福個人表演形式
圖例二

中生代詩人作品的展演形式具體的例證如下列詩人渡也、羅青、林彧、和北島的截取圖例：

渡也〈旅客留言〉幻燈＋音效形式　　　渡也〈旅客留言〉幻燈＋音效形式
　　　　　圖例一　　　　　　　　　　　　　　圖例二

渡也〈旅客留言〉幻燈＋音效形式　　　渡也〈旅客留言〉幻燈＋音效形式
　　　　　圖例三　　　　　　　　　　　　　　圖例四

羅青〈驚起一條潛龍〉之李曉明等　　　　羅青〈驚起一條潛龍〉之李曉明等
國劇武術表演形式圖例一　　　　　　　　國劇武術表演形式圖例二

羅青〈驚起一條潛龍〉由李曉明等　　羅青〈驚起一條潛龍〉之李曉明等
　　國劇武術表演形式圖例三　　　　　　國劇武術表演形式圖例四

　林彧〈名片〉之團體表演形式　　　　林彧〈名片〉之團體表演形式
　　　　　圖例一　　　　　　　　　　　　　圖例二

　林彧〈名片〉之團體表演形式　　　　林彧〈名片〉之團體表演形式
　　　　　圖例三　　　　　　　　　　　　　圖例四

北島〈觸電〉之個人表演形式
圖例一

北島〈觸電〉之個人表演形式
圖例二

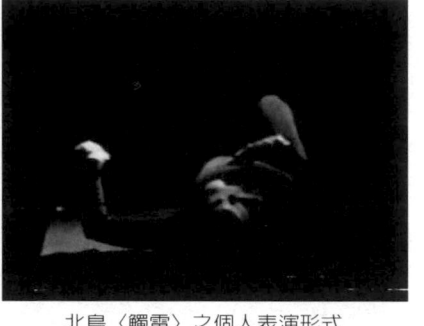

北島〈觸電〉之個人表演形式
圖例三

北島〈觸電〉之個人表演形式
圖例四

上述例證中渡也的〈旅客留言〉原詩為：

外面下著細雨　看起來似乎／車站在哭泣／／旅客留言板上
／有人用粉筆寫　　我不去了／也有人寫　　我先走了／／
走了的／要去哪裡／會不會回來呢／／在幾個潦草的字跡下
是一行／…………／看起來似乎／人生的淚水／快樂　還
是悲傷的／淚水／或者只是細細的雨………／／從不會答話
的留言板／看起來似乎／很多人來過／月臺卻空無一人／／
我站在留言板前／終於被粉筆舉起／要留話給誰呢／年老的

母親／或者妻子　朋友／或者留話給這廣闊無邊的車站／木板楞楞地看我／看我久久寫不出一個字／／外面下著細雨　看起來似乎／車站在哭泣／／如果　如果我留話給車站／車站也留話／給地球／地球也留話／給茫茫的宇宙……

　　此詩語氣和緩卻有人生虛無宇宙荒涼之感，氣氛由留言者到個人到地球到宇宙，慢慢放大，幻燈圖片自行一路，稍加呼應，如留言板、淚水雨滴均非原實體，而是另行發揮（見舉例二、四），加上音效詭異而絕佳，各保留了想像空間，而這即「圖象」取得發言權，試圖與「詞語」相互抗衡，並不見互讓或壓制對方，以能相得益彰為其宗旨。

　　另以北島〈觸電〉為例，原詩為：

我曾和一個無形的人／握手，一聲慘叫／我的手被燙傷／留下了烙印／／當我和那些有形的人／握手，一聲慘叫／它們的手被燙傷／留下了烙印／／我不敢再和別人握手／總把手藏在背後／可當我祈禱／上蒼，雙手合十／一聲慘叫／在我的內心深處／留下了烙印

而〈觸電〉的劇本[18]則是：

△舞臺上
　　舞臺中央，擺一張方桌，桌上鋪黑布。
△服裝
　　女，著黑色緊身衣，著白手套。

18　陳慧靜編劇，李允權導演，見《旦兮》（耕莘青年寫作會會訊）新四卷四期，1996年6月，頁6。

△音樂

Barber：Adagio。

△演出

1. 黑暗中，女子跪坐於桌上，雙手置於腿上，頭低垂。

2. 音樂淡入，燈光淡入，從斜後方來，在方桌形成一光圈。

3. 數秒之後，女子頭緩緩抬起，旁白開始唸詩：

「我曾和一個無形的人……留下了烙印」，同時配合旁白，女子緩緩抬起右手，在空中握了一下，手馬上縮回，女子低頭看手掌，然後慢慢把手放回原處。

4. 旁白繼續唸：「當我和那些有形的人……留下了烙印」，同時，女子配合旁白，抬起左手，重複前一項動作，不同的是，握手一動作在「一聲慘叫」之後。

5. 「我不敢再和別人握手……背後」，女子慢慢把雙手藏到背後，上半身慢慢朝桌面俯下，之後頭部帶領身子向前，向左、向右作極限伸展。.

6. 「於是（原詩是「可當」），我祈禱上蒼」：女子慢慢把頭抬起，上半身隨之舉起（上半身與腿成直角），雙手慢慢作合掌動作，「雙手合一」一出，雙手立刻一觸，女子奮力尖叫一聲，上半身隨之向桌面一趴（音樂此時嘎然停止）。

7. 音樂聲漸入，旁白清晰而緩慢唸：「在我的內心深處」，女子維持原來動作，身體慢慢向前（超出桌緣），緊貼桌面（身體與桌子成「中」之形狀），之後慢慢轉身，直至身體朝上，眼睛合閉。燈光暗、音樂停。

　　詩之「詞語」經上述「圖象化」後，以「立體化」的形象在觀眾面前演出時，其「多媒體化」後的當下效果是懾人的。而這即是「視覺符號」之產生常為「話語符號」所難以企及的極大落差的效果。其他經「媒介轉換」過的詩作且已寫成「劇本」型式的有方

群的〈E型女性〉、林煥彰的〈十五‧月蝕〉、葉紅的〈口香糖與牛仔褲〉……等多種。而如林煥彰的〈十五‧月蝕〉一詩經「再創作」後，幾如一後現代的詩劇，與原詩距離極遠，卻又若即若離，充滿了視覺符號的懸宕、混沌效果，此時詩作本身幾乎是唯一可解其疑的鑰匙。如此說來，「詞語符號」之詩在此時，未嘗不是對逐漸要取得優勢之「視覺符號」的一種抵抗、挽救、和平衡。

在「語文」向「圖象」轉向，個人桌上型電腦的普及化（1977年開始有8位元的蘋果二號apple II、1984年出現16位元PC／AT）與網際網路的飛奔還在遠方，相隔多年，上述「詩的立體化」的行動化正是臺灣視覺文化起步、朝向多媒體化和他領域「跨出去」的一個界碑。其目的無非是要打破詩僅能文字躺在冊頁的迷思，正如杜十三所說：

> 如果傳統詩都能走出冊頁之外，以門聯、屏風等形式掛向牆壁，展向廳堂；以戲臺唱詞、吟唱的方式傳遍大城小鄉，那麼，為何現代詩就非那般嚴肅的端坐在報上、書頁，等著雅士謁見，而不去思索其他日漸普及便捷的聲光媒介，活活潑潑的走進現代人的生活裡呢？正如部分的現代繪畫已從單一的畫布、畫紙邁向複數型的版畫形式，或者，走向鐳射藝術、電波媒體的科技領域，向各種視覺性的可能進行全面的探索，而其他的藝術亦或多或少有如此的實驗和回復整合的傾向——一九八〇年代的現代詩，為何就不能在稿紙或鉛字之外，朝向新的新視覺和聽覺領域，嘗試現代生活化的聲光表現，讓現代詩除了可以在書房裡「看」、在椅子面「讀」之外，也可以在牆壁上「賞」，在汽車裡「聽」，甚至在螢幕上「觀」？[19]

---

[19] 杜十三：〈演出的話〉，見「詩的聲光」1986年3月27-29日演出節目單尾頁。原文載於1985年12月15白聯合報副刊。

杜文指出傳統與後現代美學的某些類同的視覺文化生活觀，一種「複數型」的藝術觀，既前衛又「回復整合」。同時也跨領域地要「向各種視覺性的可能進行全面的探索」，甚至有朝一日要在螢幕上「觀」，而那要到九〇年代中期後才得以上路和實現，之後的發展（包括手機、筆電、網路、平板電腦、3D、雲端科技）且遠遠超出了預期。

　　由於臺灣主要的詩歌活動，在二十世紀結束前，絕大多數皆由民間社團、同仁詩社詩人自動發起，因此類似「詩的聲光」此種「勞民傷財」的非營利展演形式，很難長期維持，若非有草根（詩）社、新象藝術中心、春之藝廊、耕莘青年寫作會、中國青年寫作會、中華民國筆會、各大學學生自組的詩社、及眾多詩人、愛詩人、戲劇愛好者等或提供人力、物力、或捐款、或贊助、或委辦，否則很難能在「物力唯艱」的狀況下，一攤接一攤的斷續慘澹經營十餘載。直到九〇年代中期網路詩壇另類興起，直到2000年臺北市文化局在作家龍應台的「強硬堅持」下開闢「詩歌節」，詩歌的跨領域活動才邁向另一階段。

四、實境的虛擬：超文字和影像詩

　　在視覺文化未成為媒介主流前，「詞語符號」之所以會比「圖象符號」佔有優勢，只是肇因於媒介技術發展受到局限、無法大量儲存和傳播影音資訊所致。但隨著現代資訊科技的快速發展，各類形式大小不一輕重不一的電腦、電視、數位相機、數位攝影機、以及近年智慧型手機、和網路視訊、ipod、iphone、ipad等等，透過新穎驚奇的藝術包裝行銷手法，將各類新興電子物件層出不窮地推到閱聽大眾的面前，此類新興電子物件的共同特性均具有可顯示、移動、觸控「圖象符號」的介面，因此此類電子物件既是「圖象符號」的接收和傳播工具，也成了大量「圖象符號」的製造

工具。自20世紀九〇年代中期後，電腦由數位資訊個人化轉向了電腦網路化，資訊網路於是大肆張揚地構築了「視覺文化」的媒體平臺，包括入口搜尋網站、個人網頁、部落格、YouTube、臉書等的陸續登場，網路已成人們日常生活必需工具。它們不僅傳播現實圖景，也傳播數位科技構築的虛擬實境圖景，人與人、人與自然、人與社會之感知方式和新的時空關係於焉形成，視覺形象滲透入人們日常的文化生活已到無所不用其極的地步。二十世紀末的臺灣詩人因應這樣的變化，在詩的跨領域方面出現包括「新具體詩」、「多向詩」、「互動詩」、「多媒體詩」[20]等不同形式的「跨法」於焉誕生，先是有1996年超文字的數位詩誕生，2003年又有影像詩的出現。至於堅持印刷平面媒體者仍不少，則出現了更多圖文並置的詩畫集、詩攝影集、仿經折本的視覺設計詩集、剪貼詩集、可翻弄拼貼的詩集[21]，如中生代詩人杜十三、夏宇、陳克華、路寒袖等的圖文詩集設計莫不如此；重視「在場」效果以抵抗「不在場」的行動詩人，則有「物件詩」的「遊樂場」街坊活動，將「詩入尋常百姓家」的庶民創意行動發揮到極致，以林德俊等年輕人的「玩詩合作社」表現最為突出。[22]

限於篇幅，此節僅擬簡略討論與資訊網路有關的超文字詩和影像詩。數位詩或超文字詩作、或非線性文學是整合文字、圖形、動畫、聲音製造多重視聽效果的多媒體文本，具有讓讀者參與「互動」，甚至「再創作」一首詩的特性，是「能變化、能探索、能互

---

[20] 「新具體詩」是「借著文字、或其他符號，透過排版來達到象形的作用，甚至是形聲的效果」。「多向詩」則「意指一個沒有連續性的書寫系統，文本枝散而靠聯機串起，讀者可以隨意讀取」；「互動詩」，則開放讀者回應資訊，甚至開放讀者加入創作、共同完成作品。「多媒體詩」則是整合文字、影像和聲音的作品，接近影視媒體的創作文本。參見須文蔚：《臺灣數位文學論》，臺北：二魚文化，2003，頁52-58。

[21] 陳韋瑋：〈詩人的「藝」想「視」界〉，《美育雙月刊》178期，2010年11-12月，頁4-11。

[22] 林德俊：〈發動臺灣詩歌文創力〉，《美育雙月刊》178期，2010年11-12月，頁20-25。

動、能操作、能遊戲的詩」[23]迄今為止，參與者以蘇紹連、向陽、須文蔚、大蒙、白靈、陳黎等中生代詩人為主，其中以蘇紹連的表現最為突出。但自新舊世紀之交出現後，後續發展卻陷入遲緩，本來以為它是詩的新品種、新文類、一條「高速公路」，卻由於它創作的技術門檻較高，必須「學會影像軟體和音樂軟體搭配詩作，學會HTML、JAVA、FLASH等程式語言，然後整合文字、影像、聲音，讓詩作起了動態形貌」[24]，諸多技術門檻的設限，使年輕詩人望而怯步、願跟隨者少。

關於超文字詩的興起、發展、和困境之更進一步的討論，可參見李順興（引介與創作數位文學的先驅）、須文蔚、向陽、蘇紹連等的討論文章。下面暫以蘇紹連「FLASH超文學」網站（http://poetry.myweb.hinet.net/flashpoem/index.html）的超文字詩舉例，其96首超文字詩中至少包含了二十種特色，比如：（1）文字圖象化（〈雁過〉、〈魚沉〉、〈人球〉、〈春望〉、〈蝶〉、〈鐘擺〉）：（2）文字象徵化（〈困獸之鬥〉、〈文字蝗蟲〉、〈草場〉、〈黑金之島〉、〈水龍頭〉、〈沙漏〉）；（3）隨機拼組（〈人想獸〉、〈某種形式〉）；（4）多重選擇（〈門的情結〉、〈椅子〉、〈窟的祕密〉、〈留言簿〉）；（5）互動操作（〈對話〉）；（6）動態變化（〈時間〉、〈孩子〉）；（7）搜索探尋（〈小丑〉、〈紙鶴〉、〈遺失的羊〉）；（8）效果變化（〈風雨夜行〉、〈春夜喜雨〉、〈扭曲的臉〉、〈生命浮沈〉）。其他還有「文本拼合」、「文本破碎」、「不同路徑」、「雙重結果」、「掀開與覆蓋」、「接合操作」、「進行與停止」、「按鍵操作」、「散聚操作」、「文本重組」、「填充操作」、「拼圖遊戲」等，若非作者現身說法，閱聽者恐難窺其堂

---

[23] 蘇紹連：〈重返超文字詩的歧路花園〉，《美育雙月刊》178期，2010年11-12月，頁26-33。

[24] 同上註。

奧。「有些作品卻可能包含好幾項特色，或未能歸納於這些特色裡，而另具別的特色。我相信瞭解這些特色，就能改變傳統閱讀詩作的態度，採取新的閱讀方式，也才能獲得閱讀的新樂趣，進而探入作品的意涵中心，從中與作品互動，共同建構作品不同的結果及不同的可能」，可說用心甚苦、貢獻良多。[25]蘇氏為求簡便，又將上述特色歸納為「能變化、能探索、能互動、能操作、能遊戲」的詩，比如：

---

[25] 蘇紹連：〈重返超文字詩的歧路花園〉。

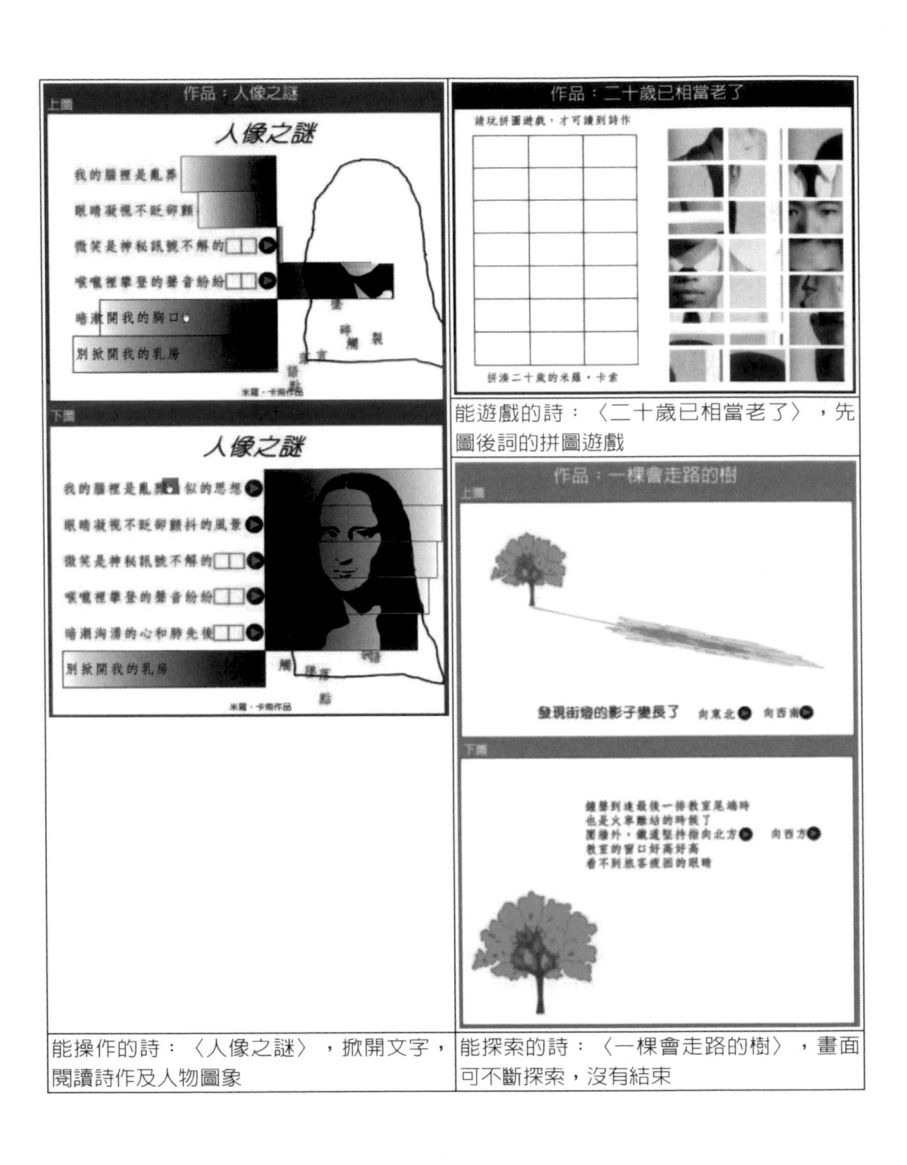

能操作的詩：〈人像之謎〉，掀開文字，閱讀詩作及人物圖象

能遊戲的詩：〈二十歲已相當老了〉，先圖後詞的拼圖遊戲

能探索的詩：〈一棵會走路的樹〉，畫面可不斷探索，沒有結束

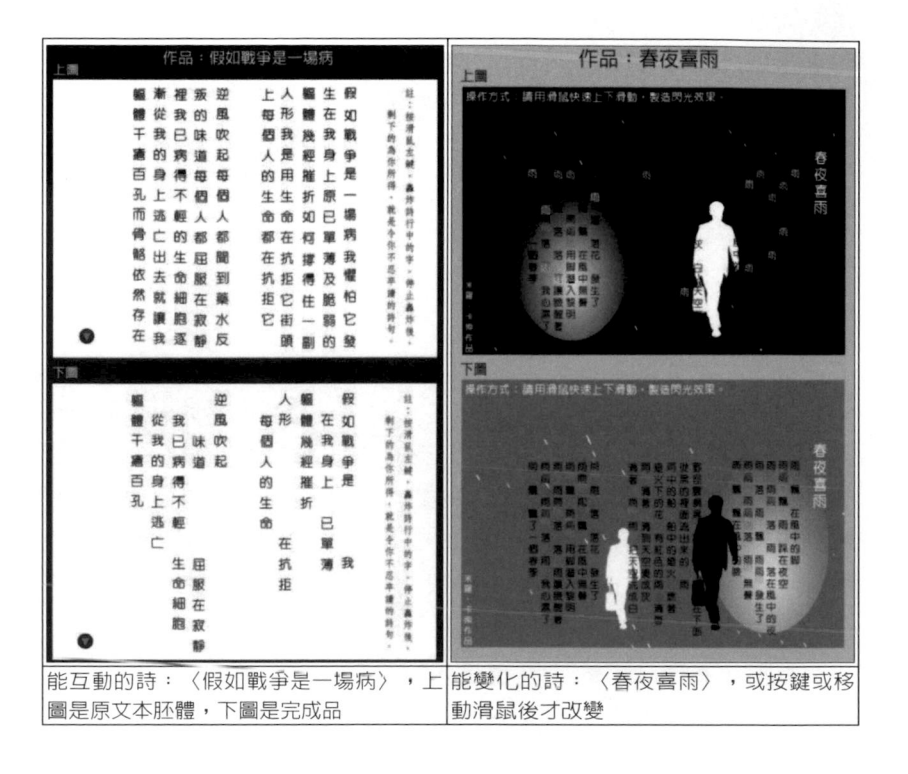

能互動的詩：〈假如戰爭是一場病〉，上圖是原文本胚體，下圖是完成品

能變化的詩：〈春夜喜雨〉，或按鍵或移動滑鼠後才改變

　　由於世紀之交後，近十年來所謂的超文字詩卻少人跟隨，但蘇紹連仍對之充滿信心，依然大聲呼籲後起者：

> 當年我即以拋磚引玉的心態來呼籲年輕詩人們投入這方面的創作，至今，我仍維持這個理念，再次呼籲，超文字詩是有很大的開發空間，軟體技術應不是問題，只要用心克服，相信可以創作出更成熟、更精緻、更動人的超文字詩。[26]

　　超文字詩的確「有很大的開發空間」，但「軟體技術應不是問

---

[26]　蘇紹連：〈重返超文字詩的歧路花園〉。

題」卻仍是問題，若沒有更強烈的誘因、更簡便的「軟體技術」，否則蘇氏所說「讓超文字詩在數位媒體上大放異彩」的期許恐會再度延宕。而「影像詩」的出現似乎又為「超文字詩」的困境打開了另一扇窗。

「影像詩」比較接近須文蔚幾項分類中的所謂「多媒體詩」，乃以整合文字、影像和聲音的創作方式，此類圖文相融合或縮小化詩意化之影視媒體短片的創作形式，顯然成為近年年輕詩人、乃至閱聽大眾最易接受、也可自行或集體創作完成的方式。尤其是2005年影片分享網站YouTube的設立，以及2004年Facebook臉書、2005年Twitter推特等社群網站的成立和上線，大大改變了人與人互動聯結的形式和頻率後，閱聽者也可以是創作者的雙向交流、互動，全拜新興網路的快速聯通及數位相機、攝影機、智慧型手機等電子物件、和剪輯軟體的便捷簡易化有關，詩化、影音化的PPT及詩意短片成了可快速傳播的極便利創作。

臺灣「影像詩」的出現應是2003年由公共電視臺「記錄觀點」資深製作人馮賢賢推出的《影像詩2003》特映會，邀請吳米森、朱賢哲、顏蘭權、鴻鴻四位導演「試著用影像去詮釋詩」，每個人用13分鐘的影像與夏宇、曾淑美、林燿德、陳克華、許悔之、商禽、黃粱等詩人的文本對話，在公視頻道播出，據聞大約有二萬名觀眾收看這部實驗性十足的影片。上述影片播出時，標示給閱聽大眾看的訊息是：

> 4位導演，4個獨特的風格，每人用13分鐘的影像來書寫他們的詩。文字詩和影像詩如何連結、如何對位與錯位？詩的影像如何限制想像，解放想像？這些影像在詩人的文本上生長出新生命。[27]

---

[27] 公共電視臺「記錄觀點」網站，見http://viewpoint.pts.org.tw/archive2.aspx?story_id=196。

「詞語」與「圖象」該「如何連結、如何對位與錯位」，彼此又「如何限制想像，解放想像」，說的不僅是「影像詩」，從「草根生活創作展」到「詩的聲光」、到「超文字詩」，乃至最原初的「詞語」之詩的創作當下，狀況莫不相近。

　　而在介紹鴻鴻的「影像詩」《現在詩進行式》這部短片時，公視網站標示給閱聽大眾看的訊息是：

> 《現在詩進行式》以「詩是現實的反映或逃避」此一命題發揮，將眾多不同世代詩人的個人生活與其作品互相映照、互為解答。我們看到詩人的外在生活方式的同時，也試圖藉著詩行潛入其內在的潭淵，並反向勾勒其詩思的現實根源。希望觀眾能從這些詩人的人間形象，見到另一條接觸他們詩作的親切途徑。[28]

　　則「影像詩」的推出反倒像是詩人詩作的詮解者、知音、甚至救援者的角色了。

　　其後由於經費所限，第二部《影像詩》的作品隔四年後才得以出爐。《影像詩2007》援引了夏宇、零雨、孫梓評以及鯨向海四位的詩作，卻產生五部短片作品，包括吳米森的《思念》，曾文珍的《繼續跳舞》、朱賢哲的《創世紀‧排練》、侯季然的《購物車男孩》、陳俊志的《沿海岸線徵友》，「用影像改寫、延伸或解構原詩文字的意境與內涵」，其中唯有吳米森的動畫短片是五位導演中唯一沒有使用詩人詩作的影像詩作品，[29]而且「以鮮豔的插畫式動畫風格，述說兩代關係的寓言，一個孩子離家後，母親變成怪物的想像。這可能是離影像詩定義最遠的一部，詩意不見得存在片中

---

29 參見林文淇：〈《影像詩》五部短片飆詩意，臺北電影節首映一票難求〉一文，見 http://www.funscreen.com.tw/TaiwanMade.asp?TM_id=21&period=112。

童話詩的語法，更多是在意念的提煉與意象的飽滿度上」，「將詩拍成影像的作品」的「影像詩」卻沒有「有所本」的文字，卻可以「是詩的」，「詩」的定義之模糊化、混沌化，或者說「有框的無框化」，直接而不需透過文字表意的「視覺詩」或者說「意象飽滿的影像」是不是被稱為詩又何妨呢？[30]

由上述兩部影像詩內容來看，「不管原詩在影片中，是以文字或聲音、完整或片段地呈現——沒錯，就是根據詩改編的電影。就像有許多電影根據小說、戲劇、漫畫、或是某位名人的離奇死亡改編而成一樣」[31]，即不管「電影」的成份是否遠大於「詩」的成份，也不管是否為具有專業的導演所攝錄或是庶民所自拍，卻為「詩」找到另一可能的窗口：

> 詩通常很短，所以影像詩作品也多半精簡。少則一兩分鐘、至多十幾分鐘，是理想的匕首型短片規格。好詩貴在一語中的，而且一語要中好多「的」，影像詩的確是深具挑戰性的創作領域。……（中略）
>
> 影像可能誤讀詩，觀眾可能誤讀影像，而又與詩正面相逢。沒錯，影像就是來亂的，不管是跟詩發展男女情慾，或是同志情誼。不亂，又怎有一個新世界可能誕生？[32]

於是透過鴻鴻策展的2007年及2008年臺北市詩歌節，展開一系列面對普羅大眾的「影像詩」徵文比賽。比如2008年標榜「移動的書桌‧行走的詩」為主題，「與跨領域藝術互動，呈現詩歌的豐富樣貌」、「影像詩徵件」則徵求「影像×聲音×文字，三度空間對位，在現實與超現實之間，再一次屬於詩歌的影像實驗，用攝影機

---

[30] 鴻鴻：〈因誤讀而相逢——我讀《2007影像詩》〉，自由時報副刊，2007年6月28日。
[31] 同上註。
[32] 同上註。

鏡頭寫詩」。2009年羅智成策展的詩歌節依循其例，其徵文宗旨
中說：

> 數位元影像詩在語言與結構上，跨界整合了電影、音樂、多
> 媒體甚至遊戲的成份，已經成為臺灣現代詩壇傲視華語世界
> 的前衛文體。[33]

2011年鴻鴻再續辦，於是「影像詩潮」隱然成形。

與上述《影像詩2003》的同一年度，2003年10月由鳳甲美術館
主辦，王嘉驥策展的「造境——科技年代的影像詩學」是由臺灣藝
術發展角度而非由詩出發的藝術造形展，鎖定了創作上同時觸及
「科技」、「藝術」與「人文」等議題，希望藉此能揭提當代科技
影像「詩學」化之可能性的探索，與傳統「造境」觀念的新解：

> 透過數位虛擬與網路的新技術，藝術家可以流連與滿足在自
> 己所遐想並羅織出來的另一度真實之中，而無須憑藉現實界
> 的經驗與實物，以作為其言說或顛覆的對象。藝術家即是自
> 己虛擬的造境之中的主宰者或甚至上帝。在虛擬的造境之
> 中，形象權、命名權與空間權如數掌握在擁有數位虛擬技術
> 的藝術家上帝手上。[34]

或許殊途同歸，或許「影像詩」不見得有這樣的「虛擬權力
慾」，其參與者（演員、攝影者、剪輯者）、創作者（編劇、導
演）、或許庶民自拍自演者只單純想「擁抱自身的生活情調」、

---

[33] 參見第十屆臺北詩歌節「數位元影像詩」徵稿網站，見網頁：http://dcc.ndhu.edu.tw/essay/news/2009/09/09/。

[34] 王嘉驥：〈造境——科技年代的影像詩學〉（策展專文），http://www.youtube.com/watch?v=c4ZAKEVBAnE。

「發揮了為詩歌厭食症者提振食慾的功效」[35]。

其後加上2008年起新聞局連續主辦「WOW! eye Taiwan 全民影音創作大賽」，雖然「WOW！eye Taiwan」是「我愛臺灣」的諧音，不免有政治意識型態，但其鼓勵庶民進行影音創作，而且反應熱烈，顯見庶民「影音的跨領域創作」之時機已到。其後「夢想高雄2010Kaohsiung FUN影音創作大賽」亦接續其後，詩人自辦的「喜菡文學網第一屆影片詩徵選」亦適時出場。乃至「私詩電影」的徵短片，實為電影工作者「他們在島嶼寫作」之「文學大師系列」紀錄影片的餘波，為四位詩人余光中、周夢蝶、鄭愁予、楊牧及兩位小說家之小詩（或摘詩）及小段文章徵求30秒至2分鐘的影音創作，投稿極為熱烈，得獎作品亦頗有可觀，未得獎者亦紛紛自行刊於YouTube網站，一時「眾影幢幢」，可見「影像詩」顯然已大有可為，而且有邁向「全民運動」的態勢。

下列作品為部分作品的截取圖片，或可略見「影像詩」之一斑，其中「私詩電影」徵求的短片中相同詩作有不同影像詩入選（如例一與例二均採周夢蝶詩作、例三與例四均採楊牧詩作），同時並附影片作者自述，常與原詩若即若離，卻也加寬了詩的想像性。進一步的說明則有待日後補充：

---

[35] 陳韋瑋：〈詩人的「藝」想「視」界〉，頁8、11。

A.
2007年臺北市詩歌節入選「影像詩」舉例一

LIVE／UFE：〈巴黎音腸2〉圖例一 （無詩／輪誦尢ㄥㄣㄩㄨㄞ等音）	LIVE／UFE：〈巴黎音腸2〉圖例二 （無詩／輪誦尢ㄥㄣㄩㄨㄞ等音）
LIVE／UFE：〈巴黎音腸2〉圖例三 （無詩／輪誦尢ㄥㄣㄩㄨㄞ等音）	LIVE／UFE：〈巴黎音腸2〉圖例四 （無詩／輪誦尢ㄥㄣㄩㄨㄞ等音）

2007年臺北市詩歌節入選「影像詩」舉例二

吳易蓁：〈湯伯伯的故事〉圖例一 （會寫詩的樂生痲瘋病人真實故事改編）	吳易蓁：〈湯伯伯的故事〉圖例二 （會寫詩的樂生痲瘋病人真實故事改編）
	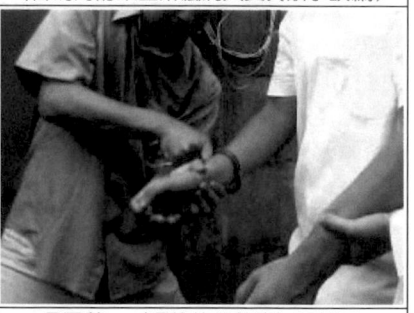
吳易蓁：〈湯伯伯的故事〉圖例三 （會寫詩的樂生痲瘋病人真實故事改編）	吳易蓁：〈湯伯伯的故事〉圖例四 （會寫詩的樂生痲瘋病人真實故事改編）

* 詩：「我以希望為圓心／竟畫出段段失望的短弧／像支支利鏃直刺我心／我瘋狂
的嘶喊著／向這灰色的世紀／我誓畫出一個理想的圓／把它密密圈住」（湯祥明
〈圓〉）

2007年臺北市詩歌節入選「影像詩」舉例三

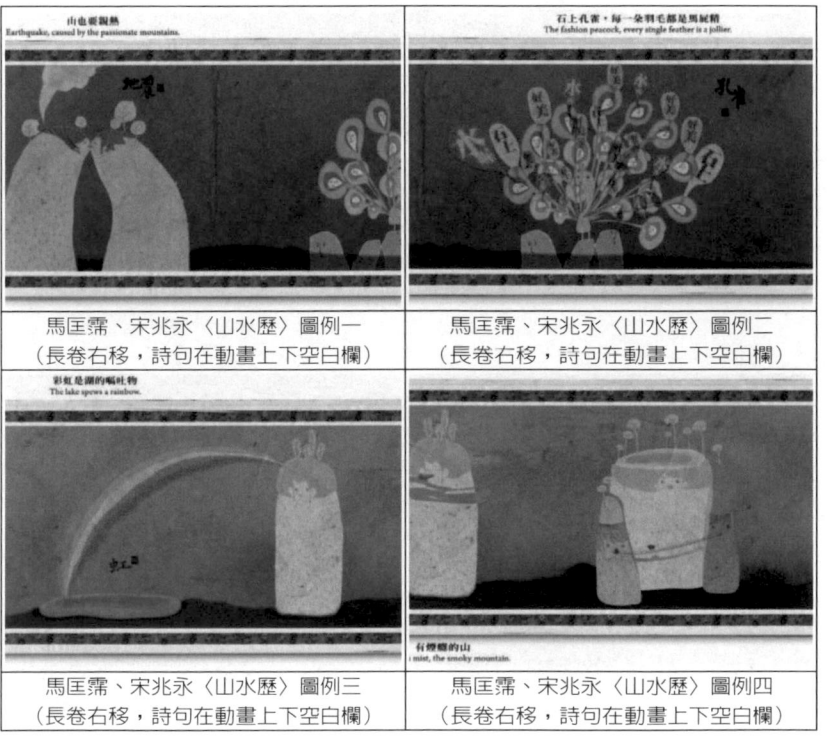

馬匡霈、宋兆永〈山水歷〉圖例一 （長卷右移，詩句在動畫上下空白欄）	馬匡霈、宋兆永〈山水歷〉圖例二 （長卷右移，詩句在動畫上下空白欄）
馬匡霈、宋兆永〈山水歷〉圖例三 （長卷右移，詩句在動畫上下空白欄）	馬匡霈、宋兆永〈山水歷〉圖例四 （長卷右移，詩句在動畫上下空白欄）

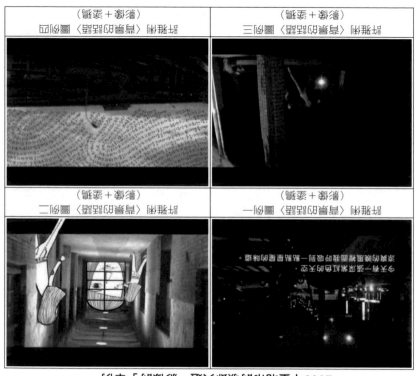

B.
2009年臺北市詩歌節入選「影像詩」範例一

2009年臺北市詩歌節入選「影像詩」舉例二

張伊雯〈葬禮〉圖例一（動畫）	張伊雯〈葬禮〉圖例二（動畫）
張伊雯〈葬禮〉圖例三（動畫）	張伊雯〈葬禮〉圖例四（動畫）

C.
2010年「私詩電影」入選的影像詩舉例一

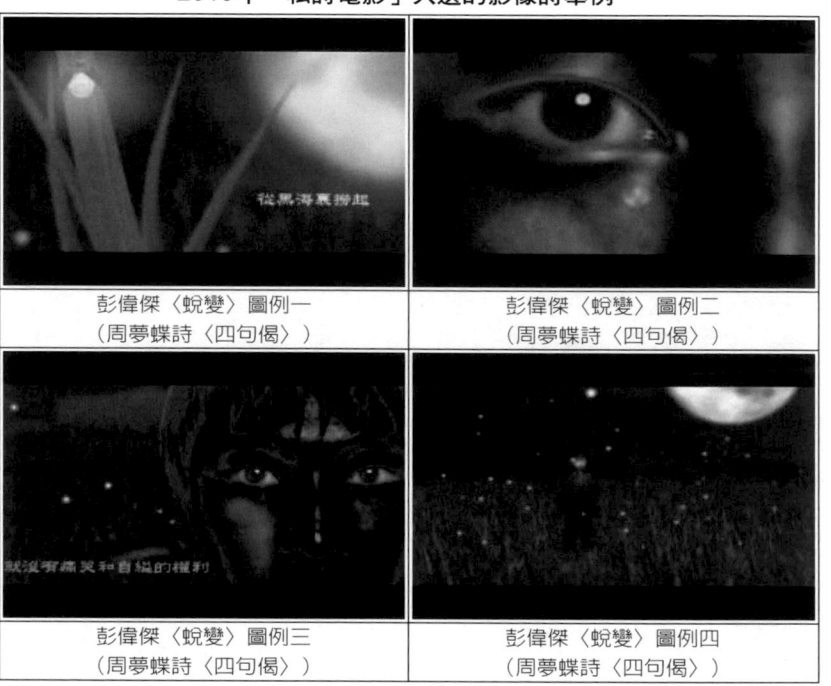

彭偉傑〈蛻變〉圖例一 （周夢蝶詩〈四句偈〉）	彭偉傑〈蛻變〉圖例二 （周夢蝶詩〈四句偈〉）
彭偉傑〈蛻變〉圖例三 （周夢蝶詩〈四句偈〉）	彭偉傑〈蛻變〉圖例四 （周夢蝶詩〈四句偈〉）

* 詩：「一隻螢火蟲，將世界／從黑海裡撈起——／只要眼前有螢火蟲半隻，我你／
就沒有痛哭和自縊的權利」（周夢蝶）
（影像詩作品參見http://www.wretch.cc/blog/fisfisamedia/9360769）

* 影片作者自述：「男孩身陷黑暗中，痛苦沾上了身，然而，在皎潔的滿月暗夜中，
螢火蟲點燃了那盞光芒，肆溢的希望，啟示了他。男孩揮別了痛苦的淚，蛻變，在
黑夜中，綻放光芒」。

2010年「私詩電影」入選的影像詩舉例二

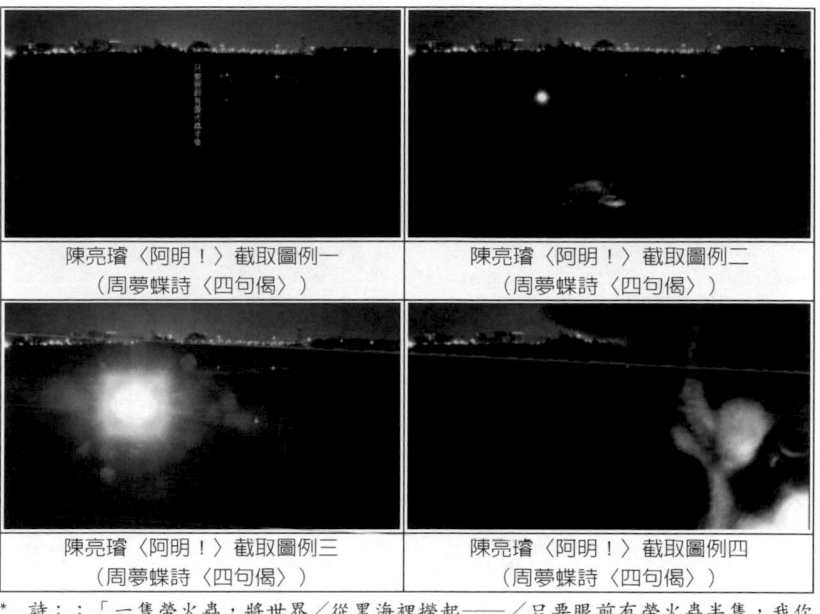

陳亮璿〈阿明！〉截取圖例一 （周夢蝶詩〈四句偈〉）	陳亮璿〈阿明！〉截取圖例二 （周夢蝶詩〈四句偈〉）
陳亮璿〈阿明！〉截取圖例三 （周夢蝶詩〈四句偈〉）	陳亮璿〈阿明！〉截取圖例四 （周夢蝶詩〈四句偈〉）

* 詩：：「一隻螢火蟲，將世界／從黑海裡撈起——／只要眼前有螢火蟲半隻，我你／就沒有痛哭和自縊的權利」（周夢蝶）
* 影片作者自述：「借這微弱的燈火，你在哪裡？」
  （影像詩作品參見http://www.wretch.cc/blog/fisfisamedia/9360769）。

2010年「私詩電影」入選的影像詩舉例三

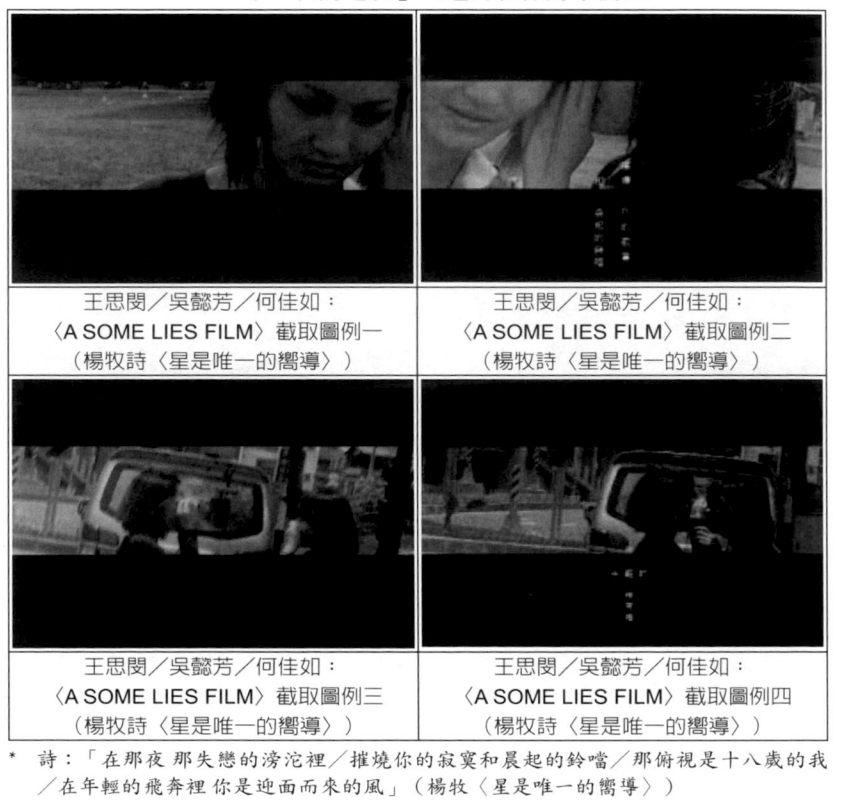

王思閔／吳懿芳／何佳如： 〈A SOME LIES FILM〉截取圖例一 （楊牧詩〈星是唯一的嚮導〉）	王思閔／吳懿芳／何佳如： 〈A SOME LIES FILM〉截取圖例二 （楊牧詩〈星是唯一的嚮導〉）
王思閔／吳懿芳／何佳如： 〈A SOME LIES FILM〉截取圖例三 （楊牧詩〈星是唯一的嚮導〉）	王思閔／吳懿芳／何佳如： 〈A SOME LIES FILM〉截取圖例四 （楊牧詩〈星是唯一的嚮導〉）

*　詩：「在那夜 那失戀的滂沱裡／摧燒你的寂寞和晨起的鈴鐺／那俯視是十八歲的我／在年輕的飛奔裡 你是迎面而來的風」（楊牧〈星是唯一的嚮導〉）

*　影片作者自述：「所以如果不再去想的話，以前就會變得很遙遠了。所以你說心是唯一的嚮導，心是，所以當時這麼近的望著你，眼底卻全都是黑暗。所以你說心是唯一的嚮導，星是。所以，我想起了這些你教會，我習慣的事情。星是唯一的嚮導」。

　　（影像詩作品參見http://www.wretch.cc/blog/fisfisamedia/9360765）

2010年「私詩電影」入選的影像詩舉例四

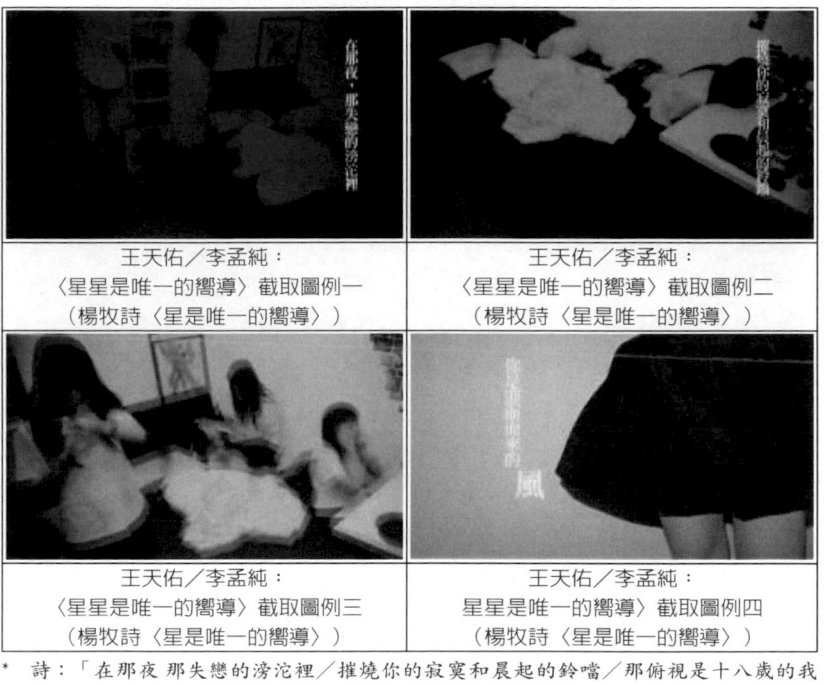

王天佑／李孟純：〈星星是唯一的嚮導〉截取圖例一（楊牧詩〈星是唯一的嚮導〉）	王天佑／李孟純：〈星星是唯一的嚮導〉截取圖例二（楊牧詩〈星是唯一的嚮導〉）
王天佑／李孟純：〈星星是唯一的嚮導〉截取圖例三（楊牧詩〈星是唯一的嚮導〉）	王天佑／李孟純：星星是唯一的嚮導〉截取圖例四（楊牧詩〈星是唯一的嚮導〉）

* 詩：「在那夜 那失戀的滂沱裡／摧燒你的寂寞和晨起的鈴璫／那俯視是十八歲的我／在年輕的飛奔裡 你是迎面而來的風」（楊牧〈星是惟一的嚮導〉）
* 影片作者自述：「18歲高中女生的青春日」。
  （影像詩作品參見http://www.wretch.cc/blog/fisfisamedia/9360769）

五、結語

　　從1975年草根（詩）社在創刊號〈草根宣言〉中標示「詩想是詩的語言和形式的先決條件」，到1976年「草根生活創作展」、與胡寶林「以開放性取代封閉性」、「一切的媒體都可以是作品的形式與傳達方式」，以及「販夫走卒」皆可參與創作的「多媒體化」主張與行動、乃至早已「跨領域化」的實踐，其後復刊號的「詩」「畫」並置、「詩的聲光」長期推展，正標出了後現代社會「做」比「說」重要的美學意義。其後接續的「超文字詩」、「影像詩」的開展，正是科學×藝術×人文相互「跨界」而藉「詩」的創意和本質加以呈現。九〇年代初筆者在〈媒介轉換〉一文即曾對後續的「文學書寫」提出五點展望：（1）書寫工具由一元而多元；（2）文學範圍由統一而分歧；（3）媒介形式由單純而繁複；（4）媒介轉換由劣質而優質化；（5）轉換方向由單向而雙向。[36] 如今看來，詩似仍在其中掙扎，亟待優質地變出新品種來，而「影像詩」乃至其3D化似是可期許之康莊大道。

　　由此或可得出下列未來詩的五項展望：

（1）詩版圖的擴張沒有止境：「詞語」向「圖象」轉向已成難以逆轉的大趨勢，詩的「詞語」對「圖象」的品質其實既是「抵抗者」，也是「守門人」和「救援者」，從「物件詩」到「詩的聲光」、由「超文字詩」到「影像詩」，既可分、又可合，無妨寄以關愛和期許。

（2）詩全民化庶民化成為必然：詩與現實及虛擬生活的聯結扮演著小飛俠的角色，而且人人得為作者、得為詩人，「圖象」是最佳誘因，詩的滲入生活可變化庶民氣質。

---

[36] 白靈：〈媒介轉換〉，《煙火與噴泉》，臺北：三民書局，1994，頁200-206。

（3）建立超文字、影像詩聯網之必須：「詩路」目前僅是詩
　　人平面文字的資料庫，應速建「詩網」結合各項詩的影
　　音創作，尤其兩岸之間，至少先建構超連結。

（4）「在場」或「不在場」的「跨」都將與時俱進：由於行
　　動裝置、互動科技等電子物件快速躍昇，未來3D化、
　　4D化、雲端化，均可使詩與影像合作帶出無限的想像空
　　間，人的「身體」與影像的互動、感應，將使「超文字
　　詩」、「影像詩」（不在場／實境再現或虛擬）、乃至
　　回頭看「物件詩」、「詩的聲光」（在場／實境／面對
　　面）均有不可思議的可能。

（5）交流、建構「影像詩學」之必要：「視覺文化」已凌駕
　　「詞語文化」之上，但其「淺碟」、「無深度」現象，
　　正有待詩的「詞語」加以「填補」、「提攜」，且「詞
　　語」與「影像」的轉換存在諸多空隙和問題，對「影像
　　詩學」的相關疑惑不能不加以深入研析、建構相關詩
　　學，以利詞語文本和影像詩文本的借鑑和參酌。

附表 「詩的聲光」歷年策劃的詩人詩作多媒體化之表現形式簡表
（1985-1998）

（按先後序）

作者	作品名稱	處理形式	演出者
01洛夫	蟋蟀之歌	團體朗誦	師大噴泉詩社
02余光中	木屐懷古組曲	團體朗誦	師大噴泉詩社
03萬志為	山水／放歌	個人朗誦	萬志為
04杜樺	影子失蹤記	朗誦＋默劇表演	張逸、俞漢明
05白靈	星教	錄影＋個人朗誦	張逸、影形工作室
06管管	春天坐著小河從山裡來	個人朗誦	管管
07管管	山之外	個人朗誦＋柳葉琴	管管、應芝苓
08向明	樹的語言	個人表演	趙天福
09杜十三	煤	個人表演*	趙天福
10杜十三	傷痕	作曲演唱	杜十三作曲、陳黎鍾演唱
11瘂弦	歌	作曲演唱	韓正皓作曲、鍾少蘭演唱
12楚戈	冬象	作曲演唱	韓正皓作曲、鍾少蘭演唱
13管管	多了或少了的歲月	作曲演唱	韓正皓作曲、鍾少蘭演唱
14張錯	彈指	三人演誦＋道具	蘇蘭、張欽凱等
15三毛	楊柳青青	多人朗誦	趙天福等
16夏宇	詩人節	多人朗誦	羅任玲等
17向陽	做布袋戲的姊夫	三人表演＋道具*	趙天福、陳惠玟等
18德亮	國三症	個人朗誦	德亮
19羅青	捉賊記	幻燈片	影形工作室
20許常德	領帶	八釐米	影形工作室
21許常德	老人與海	幻燈片	影形工作室
22許常德	照相	幻燈＋雙人舞*	施纓姿、連安琦等
23林耀德	一或〇	幻燈＋錄影	影形工作室
24林耀德	可思莫思	幻燈＋音效*	影形工作室
25羅青	怪手筆記	幻燈＋錄影	影形工作室
26羅青	驚起一條潛龍	國劇武術*	李曉明等
27羅青	隱形記	五人隱形朗誦*	影形工作室
28羅青	多次觀滄海之後再觀滄海	幻燈＋音效*	林秀玲、王智富製作
29瘂弦	鹽	個人表演＋伴舞＋伴奏*	趙天福等
30瘂弦	如歌的行板	雙人表演＋狗＋道具*	王振全、葉怡均
31瘂弦	瘋婦	個人表演*	張秀瑜
32洛夫	女鬼	雙人表演*	周幼蘭、李宜之等
33洛夫	剁指	個人表演*	趙天福
34洛夫	雨中過辛亥隧道	幻燈片	影形工作室

作者	作品名稱	處理形式	演出者
35白靈	詩與光	幻燈片＋音效*	影形工作室
36白靈	童年	個人表演＋伴奏*	趙天福
37白靈	新詩相聲	雙人相聲演出*	王振全、葉怡均
38向明	仁愛路	團體朗誦＋道具*	市立師專附小
39羅智成	一支蠟燭在自己的光焰裡睡著了	四人表演＋燈光	政大長廊詩社
40羅門	流浪人	幻燈片	影形工作室
41羅門	遙望故鄉	個人表演	趙天福
42碧果	（不詳）	螢光默劇	林介民等
43渡也	旅客留言	幻燈片＋音效*	王智富製作
44夏宇	在陣雨之間	慢動作表演*	吳宗信製作、萬象劇坊
45夏宇	南瓜載我來的	詩劇＋道具*	張樂濱（編）、孫以凡演出
46余光中	拜託拜託	多人表演	影形工作室
47余光中	西螺大橋	幻燈片	王志忠製作
48余光中	江湖上	個人表演	周幼蘭／趙天福
49余光中	大江東去	國劇身段*	李曉明
50向明	煙囪	幻燈片	王志忠製作
51向明	午夜聽蛙	國劇身段*	李曉明
52郭成義	紙鳶	幻燈片＋音效*	影形工作室
53白靈	鐘乳石	幻燈片	影形工作室
54隗振瑹等原作／白靈編詩	生命的瓶子	三幕詩劇*	吳福昌導演溫馨劇團
55周夢蝶	藍蝴蝶	個人表演（伴舞）*	施纓姿指導、李建浦表演
56管管	己未年暮暮春過新公園	多人表演＋道具	許碧華指導、北一女詩吟社
57管管	缸	個人表演＋道具*	管管
58楊牧	喇嘛轉世	團體朗誦＋服裝＋舞臺走位	實踐家專「文朗社」
59南方雁	都是一樣的	個人表演＋道具*	陳惠玟等
60黃伯飛	一枝燭光	團體表演＋道具*	集體演出
61鍾鼎文	瞭望者	個人表演*	趙天福
62白萩	藤蔓	個人表演	趙天福
63鄭愁予	颱風板車	個人表演	趙天福
64夏宇	愛情	個人表演	趙天福
65上官予	一隻白鳥	個人朗誦	吳美慧
66方旗	小舟	幻燈片	王志忠製作
67羅青	大專聯考沒有錯	團體表演＋道具	政大長廊詩社
68向陽	阿爹的飯包	個人表演*	趙天福
69夏宇	甜蜜的復仇	個人表演*	趙天福
70杜十三	橋	個人表演＋燈光＋默劇	趙天福、影形工作室

作者	作品名稱	處理形式	演出者
71杜十三	火	幻燈＋個人表演	管管、映象觀念工作室
72紀弦	休止符號	個人表演	趙天福
73蓉子	當眾生走過	個人表演	趙天福
74林錫嘉	變了樣的土地	個人表演	趙天福
75羅青	天使像	個人表演	趙天福
76洛夫	武士刀小誌	國劇武術*	李曉明
77陳義芝	雪滿前川	個人表演	趙天福
78陳義芝	歌詩集注	個人表演	趙天福、丹萱
79白靈	魔術師	幻燈＋個人朗誦	趙天福、映象觀念工作室
80梅新	現代詩	個人或三人表演	趙天福
81辛鬱	貝魯特變奏	個人表演	辛鬱
82張默	三十三間堂	個人朗誦＋伴奏	張默
83蓉子／羅門	傘／傘	個人朗誦＋道具 舞蹈演出*	耕莘實驗劇坊
84林煥彰	十五·月蝕	戲劇演出*	耕莘實驗劇坊
85梅新	課長的前途	戲劇演出	耕莘實驗劇坊
86鄭愁予	天窗	戲劇演出	耕莘實驗劇坊
87席慕蓉	樓蘭新娘	戲劇演出	耕莘實驗劇坊
88商禽	鴿子	戲劇舞蹈演出*	耕莘實驗劇坊
89陳千武	屋頂	個人表演＋伴舞＋伴奏	趙天福等
90林彧	名片	團體表演＋道具*	師大噴泉詩社
91白靈	芒鞋	戲劇演出*	創世紀詩社
92北島	觸電	戲劇演出*	耕莘實驗劇坊
93白靈	鐘擺	戲劇演出*	耕莘實驗劇坊
94方群	E型女性	戲劇演出	耕莘實驗劇坊
95葉紅	口香糖與牛仔褲	戲劇演出*	耕莘實驗劇坊
96宋澤萊	若是到恆春	個人表演+歌唱*	趙天福
97周鼎	一具空空的白	戲劇演出*	耕莘實驗劇坊
98侯吉諒	無言歌	個人表演+黑管	全方位藝術家聯盟之 「詩的聲光劇場」
99大蒙	一生	個人表演	全方位藝術家聯盟之 「詩的聲光劇場」
100須文蔚	稻草人	誦+幻燈	全方位藝術家聯盟 之「詩的聲光劇場」
101德亮	烏魯木齊	誦+幻燈	全方位藝術家聯盟之 「詩的聲光劇場」
102馮青	秋刀魚	個人表演+動畫	全方位藝術家聯盟之 「詩的聲光劇場」
103侯吉諒	鋼琴四首聯彈	個人表演+黑管	全方位藝術家聯盟之 「詩的聲光劇場」

註：有*紀號者為成效或錄影效果較佳者，部分已上網，參見「白靈文學船」網站之「詩
的聲光」（http://www.cc.ntut.edu.tw/~thchuang/index2.htm）

有框與無框
——杜十三的跨領域實踐及其小詩例證

摘　要

　　本文從媒介觀、左右腦的差異、德勒茲的生成觀和塊莖論探討杜十三一生一以貫之的跨領域行徑、文創的先覺認知，實乃人類在內在生命衝撞中藉助形式，使能量流在領域化、去領域化、再領域化三者中不斷流竄的自然趨勢，這是傳統文類和藝術界域所難消化的一塊碑石，此文從他的小詩及與繪畫的圖象之互動中，觀察其全方位也全生命地展開的全人行動之實踐力道，並探索其中所具備的可能意涵。

關鍵詞：杜十三、小詩、跨領域、左右腦

一、引言

　　杜十三（1950-2010）是不安份的，天底下幾乎沒有一個框框可束縛住他，也沒有任何一個形式他不想挑戰或衝破，他是火，沒有、也不想有固定的形狀。

　　他是以全方位的方式開始他的文藝生涯的，他就像個「藝術的過動兒」似的，在不同的領域中跳進跳出，沒有兩次他的藝術活動形式是相似的。他一生的藝術行動至少包括高中就開始的作詞作曲、大學時期就開畫展、創作劇本並演出，其後策劃1985現代詩季、詩的聲光、貧窮詩劇場、新環境藝術展、造形藝術展、洛夫詩歌新曲發表會、弘一大師紀念音樂會、文大詩牆、清水休息站公共藝術策展等等，他「火力四射」的幅度恐怕連前輩詩人藝術家楚戈都「望塵莫及」，他好像是四處放藝術煙火之人，以無比火的熱力觸及的領域至少包括了詩、散文、劇本、小說、評論、繪畫、編輯、造形藝術、環境景觀設計、作詞作曲等各方面。他是火，必須是進行式的、必須付諸行動、不斷燃燒才有形狀可言，即使那形狀為何長得如此他自己都說不清楚，而如何發出光和成為灰燼則或是他從事創作的目的。

　　如果1982年才算是他真正踏上藝文界開端的話，到他離開的2010年截止的近三十年之間，他就未曾規規矩矩出版過他的作品。即以他開創的「複數型創作集」《杜十三藝術探討展》（1982）來看，此集子包容了前述各項創作，封面是他走向一座門的背影，就隨著他連走進三道門才能打開這本書的第一頁，未打開前由第一頁隱約可以窺見後面還有兩個封面頁，這很像古厝的三進門似的，卻是創新的形式。他的這本書還要郵遞給選出的四百個藝術家、藝評家與文化界人士，請他們對其形式內容（詩歌、繪畫、劇本、歌曲與設計等五項三十件作品）做一回應，然後再作統計，書寫報告，

回信提出心得，這才算完成他的作品。杜十三如此行動，豈不很像今日在臉書（包括粉絲專頁）或部落格發表作品後，等待閱眾在網路上按讚或留言回應、臉書的粉絲專頁會以軟體統計成果，杜十三只是在三十年前做得更具體、更完整、更正式而已。

　　而他《地球筆記》在1986年初版時是有聲書形式，那時還無今日所謂的CD，他竟設計打開書，在書裡面的正中央挖一個長方形的洞剛好可以放一卷錄音帶，到了1987年第二版時名為「無聲版」，又恢復為一本書的正常形式，初版的創意成為斷版的「懸念」，這是今日「文創」概念的一種雛形。此後1993年出版《太陽筆記》第一部《愛撫》稱為「手製限量詩集」，同年出版《杜十三的詩與藝術》月曆型畫冊詩集，也同時出版《太陽筆記》第二部《火的語言》號稱「千行詩絹印限量詩集」，到了1994年又出版名為「文學版」的《火的語言》詩集。此種「文創行為」在1999年12月31日23時至2000年1月1日1時，在臺北誠品書店敦南店他又將之命名為「『詩的社會雕塑』行動創作」，亦即在跨進千禧年的那一刻，他廣邀愛詩人在那個夜晚為他出版「有聲版與手工限量版」詩集《石頭悲傷而成為玉》舉行了「世紀末詩篇發表會，那時筆者是主持人，當晚觀眾甚多，助陣的朗誦者、詩人、畫家、音樂家亦不少，而杜十三亦以他精美的設計讓在場者驚艷，整本書是長卷式、可摺疊出一本冊子，裡邊果然手工地貼了許多他的彩色畫頁，封面是銀鋁製的，書名上方貼了一粒橙紅似的小玉石。整本詩集的質感可說達至了一般詩人的創意和詩冊再很難超越的質地。等到2000年1月再出版「普及版」的同一冊集子時，則只附了一張朗誦的CD。再一次他又讓《石頭悲傷而成為玉》的「文創行動」成了後人不及趕上和及時收藏的「懸念」。他最瘋狂的行動是在弘一法師的詩歌音樂紀念會上，將代表僧侶舍利身八米高的大骨架建築放在國家音樂廳的舞臺上，這恐怕是音樂廳創立以來未曾豎立過的大道具。

　　他的跨領域行動浩浩蕩蕩，雖然早年被誤解和誤認，因「無

法歸類」而為講究倫理輩分的各個不同領域所一一排擠，他卻不改初衷，從起初到終了均一以貫之，其跨媒介行徑、文創的先覺之起因、歷程、和何以有此認知，實值探究。本文擬從媒介觀、左右腦的不同功能、德勒茲的塊莖論和生成觀探討杜十三此中原因，並從他的小詩與其繪畫、造形藝術的圖象之互動中，觀察其全方位也全生命地展開的全人行動之實踐力道，並探索其中所具備的可能意涵。

二、不純粹、塊莖論、與解轄域化

杜十三因為「不純粹」，常被排擠在各領域之外，包括詩、繪畫、音樂、編輯、造形藝術、公共藝術等等均如此，因此難以「被充分閱讀」，也少有人願意細究其行徑之所由，於是「被充分閱讀前」的杜十三被認為（或誤讀為）是個「不講究專業，炫才傲物，善憑發想像譁眾取寵的文、藝工作者」，是個「到處放風點火，什麼都要出一手的人」，並進而「對他進行間歇的排擠與扭曲」，因為所有講究專業的人都直覺地認為無人可能樣樣皆行，理由無它，只因樣樣都行只代表「樣樣不深入」、講究「玩形式，但內容夠份量嗎？」因此高健（即高行健）就認為「被充分閱讀前的杜十三」是因其創作的種類龐雜繁多，乃自始至終都背負了自己的「原罪」，但卻可發現「他似乎是一棵不斷成長的樹，只因為被不斷的風吹襲而搖曳不停，讓人很難看清他的面貌」。[1]而除了極少數有心人如高健（高行健）者外，杜十三一以貫之的「不純粹」既是他的特徵，也成了他的負擔和「原罪」，這恐怕是杜十三很難為一般閱眾和專業評論人所能「充分閱讀」的原因。

然而前輩詩人洛夫則仍肯定了他的「多方位操作」和「全方面的實驗手法」，並認為是「獨一無二」的：

---

[1]　高健：〈發現杜十三〉，見杜十三：《石頭悲傷而成為玉》（臺北：思想生活屋國際文化事業有限公司，2000），頁194-195。

杜十三富有多方面的藝術才能，這恐怕是許多詩人難
以企及的，他的多方位操作充分顯示他的確具有一種詩性智
慧，因而促使他的創作往往跨越了文字的領域，有人說他撈
過界，其實他只不過是嫻熟地運用了全方面的實驗手法去寫
詩，他並沒有逾越作為一個詩人的本分，反而是以一種前所
未見的方式去體現一個前衛詩人獨特的美學思想。

　　其實，這正是杜十三獨一無二，不可替代的最為珍貴的
藝術資產。[2]

　　洛夫說杜十三「的確具有一種詩性智慧，因而促使他的創作
往往跨越了文字的領域」，又說他「並沒有逾越作為一個詩人的本
分」，等於肯認了「跨越了文字領域」是「詩性智慧」的一種呈
現，而且此種「全方面的實驗手法」反而能「體現一個前衛詩人獨
特的美學思想」，而「前衛」與「跨越」卻又「沒有逾越」「詩人
的本分」之其中緣由，以及「詩性智慧」究竟何指，洛夫並未說
明。我們或許可從杜十三行徑之軌跡及其媒介觀、和現代科學關於
左右腦的觀察，加以蠡測。

　　杜十三「貪多務得」的一切特質說不定與他生於食指浩繁的
貧農家境排名第十三、乃不得不過繼成為隔濁水溪的黃氏總舖師和
私塾老師的養子命運有關，從小才有機會受到較好較嚴的教育。但
來往於兩個家庭的孤遺感、不安感、親情匱乏感始終緊緊跟住他。
幸好書本是他的天堂，濁水溪是他終年可凝望、思索的地上銀河。
初中時鄰居突然搬來一戶藏書兩千冊的人家，自此即擁有了不可能
更豐藏的免費圖書室。初二時偶獲師長贈予的佛洛伊德《人格論》
翻譯本，又開啟了他想親近思潮和經典的強烈欲望。進入臺中一中
後，偶因在圖書館裡發現每一本文史哲書籍的借書卡上竟均簽有

2　洛夫：〈獨一無二的跨界詩人——懷念杜十三〉，《文訊》雜誌第302期（2010.12），
　　頁41-42。

「李敖」之名，令他訝異震撼，於是更加發心努力閱讀，舉凡威爾杜蘭、馮友蘭、卡夫卡、海明威、杜思妥也夫斯基、艾略特等哲學、文學大家的作品，無不於高中時期虎嚥鯨吞似地讀完，那年十七歲他即在中央日報副刊發表第一篇散文〈玉山行〉，並在臺中一中校刊發表哲學論述〈論人類存在與本質的來去〉四萬餘字，**轟傳**全臺各明星高中。他也因緣際會的成為合唱團團長，並在年少時即自修作曲，曾以〈暮農曲〉聲樂曲和作曲名家許常惠同臺，並應邀於臺中中山堂參加「中國新曲發表會」，十九歲時還獲中視全國作曲比賽第一名。十八歲大學聯考以464分（可進臺大電機系，另考進國防醫學院醫科），因家境故，選擇分發至師大化學系。大一暑假入成功嶺受訓，接受智商測驗成績為164分。大學時在美術系選修「美學」與「美術心理學」，十九歲至二十一歲（大二至大四）連續入選全省美展、全國美展、臺陽美展多次，大三入選第二屆當代名家畫展，並代表臺灣參加第九屆「亞細亞美展」在日本東京上野美術館展出。售出生平第一張畫，收藏者為美國著名收藏家。大三，在師大大禮堂舉行個人作曲發表會，由本校音樂系協力伴奏與歌唱。大四，經審查通過後，在南海路美國新聞處舉行水彩、水墨個展，廖修平與王秀雄等老師蒞場指教。

　　由以上杜十三年輕時的種種行徑和事蹟可以看出，他的「跨領域」其來有自，他看似天生的異類，其實並非刻意的譁眾取寵，他只是不囿於傳統循規蹈矩、自設框限的架構，而是將自己的各種可能性、各種潛能熱情地探索、盡情地予以發揮罷了，是做為一個「全人」非常自然的展現。他後來沒有像他原生家庭四哥一樣的發瘋，或許也與他一生皆堅持展現一個「全人」有關。表面上他32歲才現身文壇，表面上他似乎甫出道開始，即一心要打破界線、模糊掉框框、乃至作掉所謂藝術邊界，其背後卻與他生長家庭、濁水溪的環境、諸多際會因緣有關，尤其他的情感被分割、兩個家自小被濁水溪分隔，宛似非一「全人」，「跨」不能不成為他一心想做一

「全人」的命和運。

　　杜十三此種「多元並進」而非「擇一強化」的「全人」似發展，可說跳脫了傳統社會注重「專業」的思維，此種現象或可以德勒茲的塊莖論加以闡釋。「多元並進」很像「塊莖模式」，「擇一強化」很像「樹狀模式」，二者是相對立的思維形態。樹皆有主幹並由其上再作分枝，樹狀模式或樹狀邏輯是西方傳統一元或二元系統的思想形態，是一種具有中心、原點、基底、以及層層規範化、等級制之特徵，因此指涉了一定發展領域、亦即所謂轄域化和相互歸屬關係。而塊莖的概念則類似橫歧旁出的薑、馬鈴薯、蕃薯之類的植物塊莖和鱗莖，沒有一定生長方向，其生態學特徵呈現的是無非中心、無規則、開放性、及多元化的形態，常常無法由地面枝葉直接揣測其地下成長的路徑和確切方向。即塊莖的結構既有地下的，也有一個顯露於地表的，形成由根莖和枝條所構成之多產、無序、多樣之生長系統和多元網路，卻沒有中軸、源點、也無固定的生長取向。像是各種碎塊聚攏之共生關係，此關係隨時又可切斷或割裂，從而創造新的塊莖或新的關係，因此是對外敞開的，有如地圖式可與其他轄地的異質互為聯結。塊莖也像地圖般有無數的入口和出口（類似鼬鼠洞或兔子多窟），隨時可由任一出口逃逸出去，有如相互連通的甬道迷宮，[3]可再與其他的塊莖另作連結。

　　由此可看出德勒茲的塊莖論乃非有固定的轄域，隨時可改變此轄域的形態，隨時因與其他轄域有所連結而再次擴展原有的轄域，於是「轄域化—解轄域化—再轄域化」的反覆循環成了一流動而不斷變化的過程。其路線對德勒茲而言是逃逸、是遊牧、是對原轄域的去化過程，對杜十三來說則是「領域化—去領域化—再領域化」的行徑，不拘一格而自能生長出擊，也或是洛夫稱賞杜十三有「詩性智慧」的呈現方式。而杜十三即使在詩領域的呈現上也不固

3　雷諾.柏格著，李育霖譯：《德勒茲論文學》（臺北：麥田出版社，2006），頁168。

守某一形式，時而散文詩體、時而小詩、一行詩、短詩、時而長篇大詩，又時而與音樂（音）配合成歌，與繪畫、人體、鍋碗陶瓷（影）、造形藝術、環境藝術等搭配而成視覺詩或相互發明而不知何以名之，也均與杜十三汲濁水溪之豐碩營養因而能不斷生長、沒有一刻停止的「心之塊莖」有關吧。因此當杜十三說：

> 沒有文字元號，詩仍然可能存在——以聲音、以圖象、以人的肢體、以人的「嘆息」。[4]
>
> 人是活的山、活的水、活的建築、活的玻璃和活的電視機……。[5]
>
> 所有的藝術——包括文學，必須正視不同時代的人，不同時代的環境而採取不同的美學觀念——不但要和山水鳥獸和平相處，也要和電燈泡、電冰箱……和諧共處。[6]

他說的是各種媒介在詩中的可能、或者說詩拓展至其他媒介的可能，乃因人是「活」的，必須與時俱進，既可與大自然相處、也可與人造自然共處，因而有了「不同的美學觀念」的可能性。而當杜十三說：

> 詩應該用最少的說出最多，用最簡單的說出最深沉的。詩如果是橋——無論是石頭砌成的小橋或是不銹鋼建成的大橋，重要的是要擺對時間和地點，以及放對人走的方向。[7]
>
> 「想像」和「感動」一樣，也是人類的救贖之方——人類大部分的危機都是依賴「想像」才得以解決，「文字元

---

[4] 杜十三：〈詩想錄（代序）〉，《嘆息筆記》（臺北：時報文化出版企業有限公司，1990），頁20。

[5] 杜十三：〈詩想錄（代序）〉，《嘆息筆記》，頁14。

[6] 杜十三：〈詩想錄（代序）〉，《嘆息筆記》，頁14-15。

[7] 同上註，頁18。

號」則是「想像的運動場」之一。[8]

「橋」只是「路」的一小段，目標明顯，造形各異，不同時代自有不同材質和審美觀的橋，目的皆在溝通，溝通自然、社會和人，而這三者百年來產生巨大的令人目不暇給的快速變化，因此詩不但溝通著不同的現實也溝通著不同時空範疇的「宇宙級」乃至「奈米級」的想像，溝通著不同的白天與黑夜之地平線與燈光景致，溝通著不同的意識與潛意識出入的內涵，也溝通著不同的實境與虛擬、不同層次的束縛與自由，由此他也預示了並且不斷自我實踐著：詩走向「小詩」（最少的說出最多）和詩有能力變化其身姿、與其他媒介共存乃至隱身成為「『想像的運動場』之一」的未來趨勢。

三、杜十三的媒介觀、左右腦、與生成論

不少人對杜十三此種詩與各種媒介互動、甚至「搞到」不見了文字元號的「全方面的實驗手法」，不是百思不解，就是不敢苟同而站在堅守「有文字方是詩」的立場。做為一個洛夫所謂「前衛詩人獨特的美學思想」，「全方面」就是「全方位」，不固有一株「樹」，而是任其像「塊莖」般自由生長，杜十三自有其個人的「美學說詞」和媒介觀：

> 藝術的形態是和人體的功能和人心的教養相互對應的，視覺藝術和聽覺藝術藉由「第一媒介」——直接訴諸感官的媒介進行傳達；文學藝術，尤其是詩，則是藉由「第二媒介」——透過符號媒介的想像與象徵進行傳達的。問題是，在文字元號出現以前，人類的詩則是以「歌」——語言和音樂的

8　同上註，頁16。

化合式進行傳達：而後是「筆墨」——語言和圖象的化合形式；而後才是「印刷」——純粹的文字「符號」。[9]

　　他說的是文字發展得比口頭語言（包含音）晚之外，也比音樂（音）和圖畫（影）更晚。因此只要是「第一媒介」（影、音），皆訴諸人類感官，更接近人類的生理共感基礎，這是屬於人類生物體演進的図部分，即使數千年不易驟然改變的。而生理共感也是現代科學屬於右腦之感性、不受教、不待學習、天生即具備的本能。而文字（包含音譜）等任何人為的符號為「第二媒介」，和「第一媒介」的最大不同是極易因人與時空的關係轉變而減弱甚至喪失傳達的功能，杜十三以數千年前的希獵古詩為例，說它們已難引起我們的共鳴，除了翻譯文字的隔閡和意義模糊外，也已再難引發如古希臘人對原詩在當時所引起的動人之處，他說的文字的使用即是左腦之理性、需受教、有待學習、非天生即具備的能力，而此使用的語彙語法語意均是與時改變的。然而屬於影音、訴諸人類感官的第一媒介卻大大不同，即使數千年前的名畫、數百年前的名歌，也能同樣帶給現代人有如當時的、鮮明的「第一現場」式的感受。其所憑藉的即因是「第一媒介」通常較「第二媒介」有更大的「生理共感」基石。[10]

　　以是「文」（第二媒介）都具備有向「圖」（影、音，第一媒介）轉換或成為「再創作」（Recreating）素材的機會，他的意思是一切藝術都有回到「生理共感」的趨向，或「第二媒介」幾乎都有向「第一媒介」回歸的宿命，卻也最易保有其「彈性」：

　　　　因此，在「第二媒介藝術」，諸如「文學」，接受現代科技
　　　　多種媒介多層滲透、影響的今日，是否仍須堅守它在傳統地

[9]　同上註，頁15。
[10]　杜十三：《地球筆記》（臺北：時報文化出版企業有限公司，1988），頁227。

位上的獨立性或純粹性？亦或是勇於接受「第三波」時代傳播形式的革命，為迎合現代人接受資訊的習慣，而做適度的「解放」？筆者的態度認為：兩者可以並存，也應該並存。[11]

因此，文學藝術和其他的「第二媒介」藝術一樣，由於兼俱時間和空間的複合屬性，乃是一種最有「彈性」的藝術形式：退，可以用純粹的文字形式獨立存在；進，可以轉成「再創作」的素材，和其他多種藝術的形式相互整合（synthesis）。[12]

這是杜十三寫在1985年12月時的文字和看法，距今已經近三十年了，那時早就開始了詩與歌的合作（如楊弦的民歌）、「詩的聲光」也開始起步，但那時還尚未有「跨領域」或所謂網路、行動裝置、智慧型手機、平板電腦等幫助「第一媒介」（影、音）發揚光大的科技產物，也無法預知所謂「海量資訊」竟可以靠彼等裝置快速傳輸、並將不同領域整合的電腦製作能力，杜十三此類看法及實踐方式今日竟成為「跨領域」、「文創」此類流行語的預見。當然更早之前，胡寶林於1976年也已提出將「光、音、色、舞、力」結合的觀念，但能將之一生皆不斷「全方位地」展開並付諸實踐，而非只是口頭喊喊或另闢一二蹊徑試試手腳而已的，杜十三是走在最前方的，他成了極端前衛的履踏者和實踐者。

而他對古老的、最早出現的詩的形式始終充滿了嚮往，當他說：

三千年前開始，詩溶入歌謠把一個人「吹」給另一個人；兩千年開始，詩化入筆墨把一個人「流」給另一些人；一百年

---

[11] 同上註，頁228。
[12] 同上註，頁229。

前開始，詩藉由印刷把一個人「複印」給很多人。[13]

　　他對「吹」與「流」顯然比「印」更為心儀，因那是更面對面、更密切、更互動、也更人味的詩的傳達方式。事實上「印刷詩」給別人看應不只「一百年前」[14]，而關於可「複印」之影印機的發明人車士打‧卡爾迅（Chester Carlson）發明影像傳導製作「複印本」，是在1938年才為過程技術申請專利。因此也不到「一百年」，不過杜十三只是強調詩的開始並非以文字取勝，而是與人類的「生理共感」（音、影）分不開的，也正是德勒茲強調的「景象與聲響」（visions and auditions）可以讓文學為生活發明新的可能性。[15]杜十三的「第一媒介」與「第二媒介」的分法可以圖一簡示之：

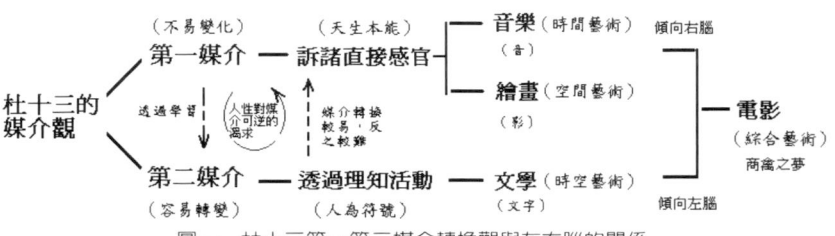

圖一　杜十三第一第二媒介轉換觀與左右腦的關係

13　杜十三：〈詩想錄（代序）〉，《嘆息筆記》，頁18。

14　雕版印刷術乃中國古代四大發明之一，其出現使書籍擺脫了人工謄抄的緩慢和容易手誤。但學術界對雕版印刷究竟出現於何時眾說紛紜，莫衷一是。以出現於六朝、隋、唐三代的可能性較大，且以唐朝（9世紀初）之說較為可信。比如唐朝元稹為白居易詩集說：「而樂天（即白居易）〈秦中吟〉、〈賀雨〉、〈諷諭〉等篇，時人罕能知者。然而二十年間，禁省觀寺、郵候牆壁之上無不書，王公妾婦、牛童馬走之口無不道。至於繕寫模勒，炫賣於市井，或持之以交茗酒者，處處皆是，……長慶四年（825年）冬十二月十日。」模勒即模刻，炫賣就是在街上叫賣，甚至以刻印的白居易詩換茶酒。其時如朝鮮、日本都曾搶著購買白居易詩，因此元氏所描寫的流行盛況並非虛言，可見9世紀初印刷術的應用已擴大到人民所愛好諷詠的詩歌了。見旋宣圓、林耀琛、許立言主編：《中華文化史500疑案》，參考http://ds.eywedu.com/500/index563.htm，2014年4月20日查看。

15　雷諾‧柏格著，李育霖譯：《德勒茲論文學》，頁35。

圖中的「文學」因倚靠的是文字，而其實它的產生是一種「形象思維」（影音／右腦）加上「邏輯思維」（文字／左腦）的整理重排組合，故理應它是二者的合作，只是在傳達時「文字元號」並無法如「影音」可直接無礙的引發「生理共感」。而如果以「語言」（仍在左腦）加上節奏、語氣、表情、聲調（在右腦，根據雅可布遜的說法）則成為「口語體的詩」，至少可引發局部的「生理共感」，這也是人性對「媒介可逆」的渴求，可見圖一「第二媒介」向「第一媒介」作「轉換」活動──如詩畫結合、詩歌合一──乃自古即是必然趨向的天性。如杜十三者，不過是極力想使「媒介可逆化」（相互轉換更為順暢）的提倡者而已，因此他說：

> 　　去除了文字元號的媒介之後，「口語體的詩」應該仍能藉由言語本身進行有效而清晰的傳達──這種情況之下，「符號」已然溶化於人之中，只剩下「人」的聲音、嘴巴、耳朵和心 ──詩成了「嘆息」，是一種呼吸，一種體溫，一種韻律，一種節奏，一種生命和一種自然。
> 　　沒有文字元號，詩仍然可能存在──以聲音、以圖象、以人的肢體、以人的「嘆息」。[16]

　　他所指「口語體的詩」不是指文字的，而是被表達、展演出來的「口語體化」的詩，自然與以聲音、以圖象、以人的肢體、以人的「嘆息」等「生理共感」更為接近。

　　杜十三此種要詩恆與人密切地連結、讓詩不只是文字，而是將它永遠「置於行動」中，只有當它們處在「變化」之中、在與人不停的互動中，才算存在才算完成，它們才有生命。這種「詩的行動觀」，或可以德勒茲的「動態的生成觀」加以旁證。德勒茲認為人

---

[16]　杜十三：〈詩想錄（代序）〉，《嘆息筆記》，頁19-20。

們常錯誤地設想有一個真實世界隱匿於生成之流的背後，那個真實世界應是一個穩定的存在，但其實並沒有，大千世界除了生成之流以外再也別無他物，亦即一切始終在不可逆的大小變動中，一切存在均不過是「生成生命」（becoming-life）之流中的一個相對穩定的瞬間，生成有「變化」、「變成」、「成為」等多種意涵，[17]不穩定不平衡才是恆定的。以是世間各種存在均有其生存價值與多元性之意義，所謂人本主義和人的主體中心論對此生成均具有大障礙。因而文學創造只在一個使生成不斷地「再領土化」的寫作中發生作用，並使生成置於被固定的制度化的表現之外，也因此「寫作是一個生成事件，永遠沒有結束，永遠正在進行中，超越任何可能經歷或已經經歷的內容」[18]。因此德勒茲說的要設法「從字詞中躍出色彩及音效」，甚至使整個語言都趨向於非語法和非句法的界限，才是獨有的創造性文學：

> 語言中的張力和言語活動中的極限……根據語調的無限變化得以實現，……言語活動的極限牽拉著整個語言，而被拉緊的富有變化或轉變的線條總是將語言帶向上述極限。……它是言語活動的外在，而不是言語活動之外。這是一幅畫或一支樂曲，然而是詞語之樂，是用詞語所作的畫，是詞語之中的沉默，彷彿詞語開始吐出它們的內容，即宏大的視覺與卓越的聽覺。[19]

德勒茲所謂「語調的無限變化」或「言語活動的極限」，其實正與人類的「生理共感」（音、影）有關，而且就位於右腦中。

---

17 吉爾・德勒茲著，劉雲虹、曹丹紅譯：《批評與臨床》（江蘇：南京大學出版，2012），頁2。
18 同上註。
19 同上註，頁244-245。

因此雅可布遜（Roman Jakobson, 1896-1982）才會強調右腦與語言中之感情語調之識別關連，他曾指出：右腦掌管了語言中帶感情成分的感歎語調之識別工作。即如果一個病人的右腦功能受了損害，但左腦正常，則病人於聽取別人說話時，雖然對說話所報導的知性內容完全明白，但卻不能清楚地掌握別人說話中所帶的情緒和感歎語調，也難以對別人之感情作出適當反應，即病人喪失了常人透過調整語音之抑揚緩急輕重以表達自己的情感愛惡的能力。

德勒茲也才會說此種「言語活動」做到極限時「是一幅畫或一支樂曲」，這與杜十三所說到那個程度時詩成了「一種呼吸，一種體溫，一種韻律，一種節奏，一種生命和一種自然」，意義是相近的。德勒茲即說當要挖掘「故事下方的東西」時，甚至「當需要毀滅自我時」：

> 那麼成為一名「大」作家顯然是不夠的，而方法必須總是不合宜的，風格成為無風格，語言令一種奇特的未知因素流露出來，好讓人們能夠達到言語活動的極限，成為作家以外的人，去占據裂成碎片的視覺，後者通過詩人的詞語、畫家的顏色或音樂家的音調得以顯現。[20]

表面上看，杜十三當年「複數型藝術」的方法豈不是「總是不合宜的」？而豈不是有奇特的未知因素流露出來」？以使他自身達到乃至超出「言語活動的極限」、而「成為作家以外的人」？像是「裂成碎片的視覺」，卻又先後或同時「通過詩人的詞語、畫家的顏色或音樂家的音調得以顯現」？也因此等到詩沒有文字元號，又何嘗不能如杜十三所信仰的「詩仍然可能存在──以聲音、以圖象、以人的肢體、以人的嘆息」呢？

---

[20] 吉爾・德勒茲著，劉雲虹、曹丹紅譯：《批評與臨床》，頁246-247。

語言文字畢竟是左腦理性教化的一部分，「生理共感」是右腦感性、不願被教化的部分，是語言不易踏踩到的。因此當德勒茲說：

> 當語言處於一定的緊張狀態時，言語活動開始承受一種壓力，迫使它陷入沉默。[21]

這種「沉默」正是影音可以取而代之的部分，而且沒完沒了，「永遠沒有結束」，一如杜十三的小詩〈打電話〉所寫的狀態：

> 黑暗中
> 遙遠的妳突然哭泣　不再說話
> 只把話筒貼在胸口
> 用噗噗的心跳回答我殷切的呼喚
>
> 如此
> 我學會了從妳的心跳聲中
> 打聽宇宙所有的消息
> 卻逐漸的聽到了　大水的聲音
> 砲火的聲音
> 地球墜落的聲音[22]

此時言語是無力的，甚至容易陷入誤讀，「不再說話」是沉默，於是「噗噗的心跳回答我殷切的呼喚」，「生理共感」取代了語言，「我學會了從妳的心跳聲中／打聽宇宙所有的消息」，好像取得了另一種溝通系統，即使它可能仍是曖昧不明的，然則「一幅畫或一支樂曲」不也是如此嗎？因此當聽到了「大水的聲音／砲火

---

[21] 同上註。
[22] 原載一九八八年十月中國時報《人間》副刊，收入《嘆息筆記》，頁86。

的聲音／地球墜落的聲音」並非虛妄之言，而是指陳「詞語沉默不語」的可能和必然，畢竟詞語有其極限。「一幅畫或一支樂曲」與「噗噗的心跳聲」，不也有等值的意義與內涵嗎？

杜十三的另一首小詩〈橋〉說的也是對語言不可信任和有所不足提出質疑：

> 他把一句謊話吐在地上
> 變成一座橋
> 架在兩岸之間
>
> 河水不相信
> 從橋底走過[23]

既是「一句謊話」還可「變成一座橋／架在兩岸之間」，可見得「慌話」的威力和世人的深信不疑和愚昧，偏偏它往往是現實，而此現實經常建立在理性教化上，卻是非理智的、堅固如橋難以被拆毀。這說明了杜十三即使用語言，又不信任語言，挪動不了語言時他得常常挪動自身，使自己「成為作家以外的人，去占據裂成碎片的視覺」，在此詩中他既是「河水不相信」就不能不有所行動，便「從橋底走過」，製造德勒茲所謂的遊牧和逃逸線了，而遊牧和逃逸始終是「一個生成事件」、「永遠正在進行中」。

四、杜十三的「跨」與小詩中呈現的時空意涵

杜十三既擅長出入、整合、重構各種媒介，使之與詩產生或即或離的各種關聯，因此深知創作的目的在人，「人是所有藝術的源

23　杜十三：《石頭悲傷而成為玉》（臺北：思想生活屋國際文化事業有限公司，2000），頁130。

頭、河床，以及海洋」[24]，當然必然「人是詩的源頭、河床，以及海洋」[25]，因此他才說：「詩應像橋梁、道路、或河流，能引人去看更寬、更廣、更深的風景，而不是成為『風景』本身」，他的「詩的橋樑說」、「詩的道路說」正印證了他跨領域到各種媒介的目的和用心。他橋樑或道路似的「跨」充滿了「未來學」的味道，那不僅是「跨領域之必然」、「跨媒介之必然」的先行觀念，其後接續引發的則會是「跨語言之必然」、「跨地區之必然」、「跨種族之必然」、「跨族群之必然」、「跨弱勢之必然」、「跨性別之必然」、乃至「跨星際之必然」、「跨陰陽之必然」、「跨靈異之必然」、「跨質能之必然」、「跨色空之必然」等等諸種接近哲學玄學之可能，接踵地未來都似乎有理由成為了可討論可關注可感受的範疇了。

　　而若將此「跨」拉回藝術和詩來看，它們當然就橋樑似「跨」在你我與生活之間，表現時當然也根本離不開生活，不能撇棄讀者不管。於是「視覺化」和「聽覺化」成了杜十三創作詩時的兩大技巧、也是極易拉近閱眾的有力武器，可以左右開弓，加上他對愛情、弱勢族群的長期關注、面對人類未來的悵惘、末世情懷以及大時代的氛圍都有敏銳的觀照和感受，這使得在將詩作題材展現於語言時，常能兼顧視覺的畫面和聽覺的聲響和節奏。因此他的詩避開了某些詩人之「舉句」維艱、寸語難行的通病，反而能融口語、韻律、熱情、悲心於一體，尤其他寫起愛情詩或相關的歌詞，經常有令人驚心之感，語句簡潔、節奏輕暢快，意象構築的畫面自然而清晰，語到畫現，還難得的是常有哲思的寓意潛隱其中。他建構的超現實畫面，不論小詩或散文詩，雖構圖玄奇，卻多能宛在眼前，而這正是眾多詩人在創作中所不能達至的境地。

　　底下試就他的幾首小詩，討論呈現在杜十三諸多創作中所欲呈現的共同時空意涵，以見出其一生欲「跨領域以終」的緣由：

---

[24] 杜十三：〈詩想錄（代序）〉，《嘆息筆記》，頁14。
[25] 杜十三：〈詩想錄（代序）〉，《嘆息筆記》，頁20。

1.人恆存在於時空的中點

　　杜十三他在《杜十三主義》一書中談到高行健的繪畫藝術時，曾提及「『性靈所在』往往即是黑白交界之處」[26]一語，雖未再深入討論，卻可藉此語思索一下「黑白交界之處」與「跨領域」的關係、以及與「性靈所在」的關係。那「交界」應是有如黎明或黃昏，沒有一天是完全相同的，而且日日時間點均在改變、景象也不停變化，沒有一時一刻不漂移其邊界、也無法看得清說得明其形式和內涵，而這正是「跨」的特性，於是「黑白交界」就如「虛實交叉」，難有定象定則，於是任何事物、媒介、領域當處在時空的遞嬗「仲介」時，其質變或量變就都處於最大的可能性中。德勒茲也一再強調「處在仲介」的重要，由此可避免枯竭、且能產生韻律，而且只有仲介物才能向混沌敞開，在藝術中，仲介物對混沌的回應就是韻律，只是能夠阻止仲介物枯竭的某種東西，混沌與韻律的共同點是，它們都是兩者之間或兩個仲介物之間的東西。韻律存在於晝夜之間、被建造物與自然生成物之間，於是只要有一個仲介物向另一仲介物的過渡，有一種異質的時空的組合，就會有韻律。如此可見「跨」與「橋」與「仲介」的力道，人正是那個「跨」與「橋」本身，人就是那個「仲介物」。因此杜十三在很多小詩和短詩（100首）組合起來的長詩〈火的語言〉中就提及「人是萬物的中點」的看法，其95至97首的小詩中說：

> 人　是萬物的中點
>
> 火　是能的中點
>
> 島　是海的中點
>
> 在上端與下端之間　人向上航行見到了神

---

[26]　杜十三：〈水與墨的戲劇——論高行健的繪畫藝術〉，《杜十三主義》（臺北：文史哲出版社），頁133-135。

向下航行變成了獸
在極大與極微之間　火向天空燃燒化成了光
向地上航行化成了灰
在過去與未來之間　島向未來航行發現了世界
向過去航行則發現了──
茫茫的苦海　　　　　　　（第95首）[27]

　　「中點」即處於「仲介」，或「仲介物狀態」，這很像化學反應中的「中間物質」或「活性物質」，介在初始的反應物和終了的生成物之間，是不穩定的，卻是活潑亂跳的、等待變化的。像上第95首所說是「人」，因此「是萬物的中點」，乃可「上」可「下」、可「神」可「獸」；是「火」，因此是「能的中點」，乃可「大」可「微」、可「光」可「灰」；是「島」，因而「是海的中點」，遂處「在過去與未來之間」、處於「發現」與「茫茫」之間。他說的不是別的，是人，是人性，每一種媒介、領域、發現因而皆是「中點」，既是易逝的，也是生命中最可注目的「焦點」，如火，即使一瞬，卻沒完沒了、向生或向死，不曾被真正完成。
　　第96首進一步將「中點論」由「島」推到「心」：

島　是你們生命的中點啊
心　是你們充滿慾望與仇恨的血中的島
心　是易燃物　是光與灰燼的中點　　　　（第96首）[28]

　　「島」由上一首「是海的中點」到了此處則成了「生命的中點」，也如同「心」，一個幾千西西的「血中的島」，始終在跳動中，「充滿慾望與仇恨」，也如「火」的具象形狀、卻是「易燃

---

[27]　杜十三：《火的語言》（臺北：時報文化出版企業有限公司，1994），頁214。
[28]　杜十三：《火的語言》，頁214。

物」、「是光與灰燼的中點」，其停下、不再「生成」（跳動）時即生命的終止。

第97首再進一步推衍到身體、心、與宇宙的關聯：

> 人身　是宇宙的中點
> 是苦海
> 心　　是人身的島
> 在內心深處和宇宙深處所有來往的波裡
> 一定存在一個古老而堅強的頻率
> 叫做★──稱之為波中的島
> 趕快上岸趕快回到你唯一的島上用心
> 繼續燃燒
> 繼續用沉默航行　繼續
> 在千億劫波之中脫掉疤尋找共鳴　　　　　（第97首）[29]

此處回到「人身　是宇宙的中點」，卻是讓人沒完沒了的「苦海」，而「心　是人身的島」，等於是「中點的中點」，如此往上推衍或往下推衍均會是沒完沒了的「中點的中點的中點的……」，於是他說「在內心深處和宇宙深處所有來往的波裡」，只能以「★」表示，那是「一定存在」的「一個古老而堅強的頻率」，不能繼續追究，只有

「趕快上岸趕快回到你唯一的島上用心」，此處「唯一的島」可以指「人身」，用身體包覆的「心」去「繼續燃燒」、「繼續用沉默航行」，繼續以「火的語言」完成自身。這些詩彷彿經文似的，卻預示了向外或向內的「跨」，由此「中點」（仲介物）向彼「中點」（仲介物）過渡，乃人性使然、甚至乃是宇宙不可說、說

29　同上註，頁214-215。

不清的德勒茲的「生成論」或杜十三的「中點論」所欲觸碰之奧祕的一環。

2.藝術行進向時空的邊界

　　杜十三在他的《杜十三主義》一書多次引用了黑格爾的這幾句話以作為他「全方位媒介觀的重要基底：「詩和藝術不應在具體現實世界裡要求保持一種絕對孤立的地位。詩本身是有生命的東西，就應深入生活裡去」，「因此，詩可以不局限於某一種藝術類型，它應該變成一種普通的藝術，可以用一切的藝術類型去表現一切可以納入想像的內容。」[30]就是「詩可以不局限於某一種藝術類型」、「應該變成一種普通的藝術」、「用一切的藝術類型去表現」這些話，使得他對一切以「文字為主」的純文學詩期以為不可，認為那終將造成「詩傳播的窄化和荒蕪化」：

　　　　因為資訊時代的來臨，日趨「混沌」的「後現代美學情境」也將昇高傳統文學藝術可以適應的溫層，而使得原本以固態形式劃清彼此界限的各類藝術開始互溶互浸，終至有如流體一樣的，只能維持各自不同的比重而不得不模糊相銜的邊界以求互存互榮。……純文學的詩作所能帶給人類的傳統想像形式的滿足，亦將無可避免的被新興的媒介所溶入、瓜分、推擠或佔領，以致亦將有如淹入了「海水」那樣的，喪失了一部分或大部分的版圖。……綜覽、分析宏觀的「詩歷史趨勢」和「微觀的詩變貌現況」之後，可以預期「純文學詩」在傳播上的日益窄化和荒蕪化則是必然的。
　　　　……詩的變化，即「人」的變化……
　　　　詩，其實就是「人」，讓我們大家從「人」重新開始，

---

[30] 見黑格爾著，朱孟實譯：《美學（第四冊）》（臺北：里仁出版社，1983），頁10、42。。

尋找詩的未來吧。[31]

　　杜十三之所以是臺灣後現代式「打破邊界」的急先鋒（從1982年起），有意鬆動世俗「分類的必然」，即因他認清了「固態形式劃清彼此界限」的不可能，乃自始至終皆堅持要破「純粹」的迷思，回到多元，試圖還原人生的本質、反映生活複雜多面向的真實面貌，因為那才是現實的生活、人性的本然，如此才將弱勢的詩與其他或弱或強的媒介或形式結合，使其更符合人生本即是包含多領域、跨領域的內容。他在《嘆息筆記》的卷五以〈符號的嘆息〉為名，即帶有為文字元號「嘆息」之意，也有期望文字元號（左腦）以「嘆息」的方式出現，以符應人類「生理共感」（右腦）的渴求，比如同樣一名名為〈聲音〉的一行詩：

　　　　昨天的聲音匯成今天的潮汐，拍響明天的海岸[32]

　　杜十三在同一本書中卻畫了兩張圖，見於頁213（下列左圖二）及頁223（下列右圖三）：

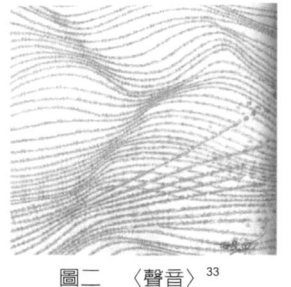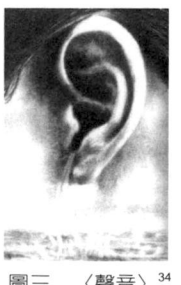

　　　　　　圖二　〈聲音〉[33]　　　　　　　　圖三　〈聲音〉[34]

[31] 杜十三：〈論詩的「再創作」〉，《杜十三主義》，頁187-207。
[32] 杜十三：《嘆息筆記》，頁212、222。
[33] 杜十三：《嘆息筆記》，頁213。
[34] 同上註，頁223。

兩張圖完全不同，是由〈聲音〉一詩「再創作」而得，卻似與原詩有一點關係，又好像完全沒關係，甚至另為題名均無不可。因此「再創作」的另一形式其實即原有形式似可觸及又不可觸及的邊界，比如圖二由點連成線、由線波動成面，點似特定又似非特定的任意符號，連接後搖擺起伏，宛若波濤潮汐，若有波即有頻率即有聲音，自左邊而來向右邊而去，宛如上下左右即是海岸。而圖中又有五根直線自波中射出或射向波內成為其成份，像是發出訊號又像埋藏掉訊號。如此「聲音」、「潮汐」（波）、「海岸」均似可在圖二中發現象關形象。

　　而圖三則與此圖二完全像兩回事，將人的側面耳朵予以誇飾，宛若小溪自耳洞傾注向下，下方是幅員不小的波浪洶湧，隱含了「昨天」過去（耳洞內）、「今日」當下（小溪），與「明天」未來（波浪）的形象，則「聲音」、「潮汐」（波）、「海岸」自然隱身在其中。但兩種領域所呈現卻又似可另再解釋，其有無真正交集是模糊的、可自由心證的，此「邊界」既有（有明顯分別）又像沒有（有一些交集關係），即因許多不同「邊界」的不同召喚，使得由此領域「跨」向另一領域成為可能。

3.永對龐偉時空的沉默

　　前舉杜十三〈火的語言〉第97首的後半三行說：

　　繼續燃燒
　　繼續用沉默航行　繼續
　　在千億劫波之中脫掉疤尋找共鳴[35]

　　從「心」或「身」的生命「中點」出發，人不能不「繼續燃

---

[35]　杜十三：《火的語言》，頁215。可與頁190，第61首參看。

燒」，其目的有二，一是「繼續用沉默航行」，一是「繼續／在千億劫波之中脫掉疤尋找共鳴」，「疤」（苦難和考驗）是「劫波」所致，燃燒掉它以「尋找共鳴」成了重大目的，「共鳴」是與處在一種類似頻率相近的「共振」狀態，如果是「人與自然」或「人與社會」有「共鳴」，則是和平、和諧，無往而不自得。若是「人與人」，尤其是「男人與女人」，處在一種可「共同分享」的親密狀態。但最終都會發現前述三者（人與自然、社會、他人）皆只能有短暫片刻的「共鳴」，甚至很大一部分是想像成份居多或過度將關係理想化的結果。尤其「男人與女人」更是經常處在「糾葛共生」（symbiotic entanglement）的現象中，夾雜著自主與依賴、親密與距離、融合及抵抗等之間的掙扎，[36]相互燃燒使生命更發光卻又燒痛了對方，以是最後必得是如〈火的語言〉末尾第100首的一行詩：

> 你所聽到的　是你自己的燃燒

最末仍必是「繼續用沉默航行」，像面對死亡一樣，那必是一個人的、只能是一個人的，必須永恆面對的龐偉時空的沉默，如同面對宇宙洪荒的沉默一般。

杜十三的小詩〈孵〉說的是「沉默」比「話語」更大的力量，看不見的力比看得見的力有更大的包容性：

> 一隻用謠言孵出的鷹
> 從他喉底深處的巢穴中
> 興奮的
> 飛出

---

[36] Ulrich Beck, Elisabeth Beck-Gernsheim著，蘇峰山，陳雅馨，魏書娥譯：《愛情的正常性混亂》（臺北；立緒出版社，2000），頁121。

謠言展開刀刃般的翅膀
　　殘忍的劃過天空
　　讓白晝的風景染成帶血的黃昏

　　天空始終沉默
　　用沉默結成繭
　　孵出了太陽[37]

　　此詩以謠言、鷹、天空構建，或可以之分別代表人、社會與自然三者之間的關係，鷹是由人所孵出的「刀刃」，竟「殘忍的劃過天空／讓白晝的風景染成帶血的黃昏」，也可以說由人建構的理性秩序（尤其可「展開」「翅膀」「染成帶血的黃昏」可看出其人為的力道），為所欲為，傷害了自然，連白晝都成了「帶血的黃昏」。德勒茲即說中理性秩序是男人的（左腦），必然要向「生成女人」[38]（右腦）前進，但「天空始終沉默／用沉默結成繭／孵出了太陽」，沉默的天空力量更大，而由男人建構的理性秩序卻是刀刃般的殘忍，二者要「糾葛共生」，其困境可見。

　　但這世界畢竟是男人與女人「糾葛共生」的世界，兩者的不同由杜十三的小詩〈女人〉一詩或可看出：

　　女人躺下來
　　夜色就
　　深了

---

37 杜十三：《石頭悲傷而成為玉》，頁110。
38 德勒茲說：「寫作與生成是無法分離的，在寫作中，人們成為女人，成為動物或植物，成為分子，直到成為難以察覺的微小物質。」見德勒茲：《批評與臨床》，頁1-2。

男人脫光衣服
從夜晚的那一邊
遊
泳
過
來

女人站起來
太陽跟著
升起
男
人
開
始
工
作[39]

　　詩中的女人像大自然的指揮家，「夜色就深了」、「太陽跟
著升起」說的是女人與自然更接近，男人則必須「游泳過來」、
「開始工作」才能一步步跟上，而且女人不用什麼力氣，男人卻費
盡了力量。怪不得杜十三會說「人世間最驚心動魄的風景，是女
人」[40]，欣賞不盡，即說明女人的不易解甚至不可解，她們「生理
共感」（右腦）的能力是比男人遠遠強烈的，而右腦不是用言語
的、言語難以傳達的、是以圖象似的沉默呈現的，其中暗含的奧祕
和能量迄今仍不可知，擅長理性左腦（其實是被教化）的男人面對
的像是另一道系統，其中隱藏了龐偉時空巨大的沉默。

---

[39]　杜十三：《石頭悲傷而成為玉》，頁128-129。
[40]　杜十三：《嘆息筆記》，頁237。

我們今後面對的即是以語言文字的左腦去面對詞語必須「沉默」的右腦時代，德勒茲說男人要想辦法「生成女人」、「生成動物」、「生成小孩」，因為其中詞語必進入「沉默」、是以「生理共感」（右腦）思考為主的，那是與宇宙時空的沉默（只剩影音）能相互共鳴的部位，「所有的藝術因此都向心航行／所有的心都向共鳴航行／所有的共鳴都向沉默航行」（《火的語言》第59首）[41]，杜十三的詩及「跨」預示了這樣的右腦時代。

4.流變成時空中的灰燼或光

當杜十三在他的詩作中說「淚珠的下半球和上半球擁有不同的時代」（見〈二十一世紀第一班列車來了〉）[42]，「我們喜歡在火中飛，我們喜歡在血中飛」（〈黑面琵鷺〉）[43]時，他說的是人身與心的「中點觀」不可能不「流變」，「流變」是為了與宇宙萬事萬物共鳴：

> 閃電是陰與陽的共鳴
> 共鳴超越速度　超越時空
> 因為共鳴本身就是到達
> 和候鳥共鳴可以到達天空
> 和鯨魚共鳴可以到達海底
> 和種子共鳴可以到達希望
> 和我共鳴　可以達到灰燼　或者
> 光
> 一句話　一首歌　一片風景　一顆樹　一段故事　一滴淚
> 一個手勢　一個表情　一雙鞋子　一聲哈欠……

---

[41] 杜十三：《火的語言》，頁185。
[42] 杜十三：《石頭悲傷而成為玉》，頁90。
[43] 同上註，頁60。

任何體內和體內的相同或相異

都有值得共鳴的頻率 　　　　（《火的語言》第57首）[44]

　　杜十三所作的幾乎是為了與宇宙時空中可能的一切產生「共鳴」，因此「燃燒」是必然的，「火了自己」是必然的，成為或者「達到灰燼　或者／光」是必然的，他的「跨」的理念可以說是一種「共鳴哲學」、「火的哲學」、「灰燼哲學」。

　　而他在一行詩〈燈〉則曾以圖象展示了詩的文字所不曾呈現的意涵，〈燈〉一詩說：

　　我們耗盡人間的能源，是為了維持愛的亮度。[45]

圖四　〈燈〉[46]

　　「愛的亮度」暗示那是「共鳴」的外顯，「亮度」是「光」，「耗盡人間的能源」是成「灰」成「燼」，因此「灰燼」是「為了維持」最大「光」的必然趨向。成「光」成「燼」看似兩個方向，卻是「共鳴」的必然路線，宇宙可能的一切莫不如此。圖四中的圖

---

[44] 杜十三：《火的語言》，頁184。

[45] 杜十三：《嘆息筆記》，頁228。

[46] 同上註，頁229。

象則隱含了一男一女互擁緊貼的的身體，加上圖中燈泡插在鋪滿石頭、寸草不生的荒地，代表能量維持的困難和可能極短暫，這些皆是「生理共感」（右腦）的形象，是詩中的文字「我們」、和「耗盡」兩詞（左腦）很難呈現的。

而在六行小詩〈石頭因為悲傷而成為玉〉中他說：

文字涅盤之後送去火葬場留下的舍利子是詩石頭拒絕說話被斧鑽逼迫吐出真言剖開的滿懷心事是玉文字是因為歡喜而成為詩石頭　是因為悲傷而成為玉[47]

「被斧鑽逼迫」是一種成為「灰燼」的命運，毀壞過程中可能有吐出「玉」，「涅盤」、「舍利子」是一種修練的極致，是對抗必朽之命運的抵抗，兩種得出的「光」（詩、玉）可能一瞬，卻才有「歡喜」才有「悲傷」。〈石頭因為悲傷而成為玉〉說的是人生悲喜的必要、成「燼」以「出光」（也有耗盡之意）的必要，石頭彷彿肉身，文字有如精神，得真言則一剖或有玉，能涅槃一焚或有詩，中間即是漫長又短暫的人生，不修不剖以面對真我則難有收成，詩僅六行，卻是杜十三對生命的辯證、也是他一生對自我的期許。

5.就是要在時空中曲折出痕跡

對杜十三而言，宇宙中的不可知到處皆是，因此人心與人身只是「中點」，必須到處「流變」、「沉默」地航行，成「灰」成「光」，尋找「共鳴」，以期對此宇宙奧妙的大能略知一二。但又何其不易，可說是處處皆是密碼，只能盡力燃燒即是，對他而言，最大的密碼在陰陽關係、黑白關係、男女關係之互動中，以是他擅長站在「黑白之交」、「陰陽之交」、「男女之交」、「文體之交」、「媒介之交」，藉以反思人生各種困境、糾葛、共生的矛盾

---

[47] 杜十三：《石頭悲傷而成為玉》，頁68。

與掙扎中，卻又不試求永遠解脫。比如〈密碼〉一詩說出了他對女人的敬意：

> 才輸入一個密碼
> 整個世界便開始氧化
> 所有的女人充滿了愛
> 所有的男人充滿了欲望
>
> 才輸入一個密碼
> 整個世界便開始還原
> 所有的女人化成了水
> 所有的男人　化成了爐[48]

「才輸入一個密碼」，表示「密碼」的普遍和無所不在，也即「氧化」（失去電了）和「還原」（獲得電子）的現象無所不在，其動力來源卻是宇宙密碼。「氧化」是朝向未來的面向，「還原」是回到過去的原貌，兩段詩卻說男人還原結果是「化成了爐」，什麼都不是，女人還原結果是「化成了水」，清澈澄淨，一如賈寶玉說男人是土女人是水，一垢一淨，而這正是「陰陽」最不可解的部分。然則「密碼」的目的無非就是要「氧化」要「還原」，結果卻截然不同，一愛一欲，一水一爐，一清一濁，無法合一，只能短暫「共鳴」，永劫循環，沒完沒了，也無非就是要在時空中曲折出痕跡。

又比如他的一行詩〈牆〉與現場裝置藝術形態（圖五）：

> 我是迷途的鐘聲，在妳冰冷的胸膛流下了苔痕[49]

---

[48] 同上註，頁86。
[49] 同上註，頁218。

此詩中聽覺的「鐘聲」無所歸路而「迷途」，最後化成具象視覺的「苔痕」留在妳的「胸膛」，以為有所倚靠，卻是「冰冷的」，無論如何，總可「糾葛共生」相偎一陣，暫解「迷途」與「冰冷」，可見不同個體「共鳴」之不易。而圖五的造形藝術，係杜十三1989年「書型藝術行動藝術」個展的作品，三排磚走向一疊磚，像牆。疊在一起像是三排磚（如人的履痕？）最終目標，是要如「鐘聲」歸憩「胸膛」。至於其未來可能如何並非最重要，只要「流下了苔痕」使得你我最終有「痕」，才最緊要。

圖五　〈牆〉（環境藝術）[50]

又比如〈痕跡〉寫的是只要走過飛過皆有痕跡，卻不見得是有形的、看得見的，而常只是曾「共鳴」過的痕跡：

飛過的天空沒有痕跡
只是開始下雨
我躲在黑暗的山谷中叫妳：
妳用欲望想來的那把傘帶來了嗎？

---

[50]　杜十三：《嘆息筆記》，頁219。

天空繼續下雨

我的全身都是妳飛過的痕跡[51]

　　「飛過的天空」自然不易留下痕跡，「只是開始下雨」，則將如另一首詩〈傷痕〉所說分離後「千條雨絲是凝固的聲音／萬盞燈火／是醒來的昨日」，是因內在的「我們心中都藏著千山萬水／蜿蜒曲折　難以攀行」，而不是外在的「山崖水際／日出　月落」，此詩亦同，內在有痕，外在有痕無痕已不緊要，重要的就是要在時空中曲折出痕跡，此時空是主觀的，客觀的時空痕跡（如下雨）只是主觀時空痕跡（全身皆任你飛過）的外顯而已。「用欲望想來的那把傘」是男的希望女的獲得保護，不為雨所傷，即使兩方已各自帶著傷或痕跡分離，但卻是相互「共鳴」過所遭。因此相互「共鳴」過、或按杜十三的詩觀「曾感動過」成了任何互動、跨領域最重要的「痕跡」。

五、結語

　　杜十三是濁水溪之子，不安而不穩，卻是澎湃的，他一生致力於一心要打破界線、模糊掉框框、乃至作掉所謂藝術邊界，其背後卻與他生長家庭、濁水溪的環境、諸多際會因緣有關，尤其他的情感被分割、原生的養育的兩個家自小被濁水溪分隔，宛似非一「全人」，「跨」不能不成為他一心想做一「全人」的命和運。他曾以「濁水溪的倒影」為題，寫了一篇自剖式的自傳，並將之公佈於網路上。而在如此濁度高、滋養度高的溪水上，倒影不曾清澈過，是破碎的，也沒一秒鐘是一樣的，可以說濁水溪每天都不一樣，他「濁水溪的倒影」亦然，但濁水溪卻是他終年可凝望、思索的地上銀河。

---

[51]　杜十三：《石頭悲傷而成為玉》，頁104。

他一生的跨領域行動雷聲大雨點也大，早年被誤解和誤認，因「無法歸類」而為講究倫理輩分的各個不同領域所一一排擠，他卻不改初衷，從起初到終了均一以貫之，其跨媒介行徑、文創先知的敏銳，是早早就走在前代前端的，本文即探討其起因、歷程、和何以有此認知。並從媒介觀、左右腦的渴求、德勒茲的塊莖論和生成觀探討杜十三此中原因，且從他的小詩與其繪畫、造形的圖象之互動中，觀察其全方位也全生命地展開的全人行動之實踐力道，並探索其中小詩與跨領域共同在時空中所具備的可能意涵，包括他的「第一第二媒介觀」、「中點觀」、「共鳴觀」、「沉默觀」、乃至「灰燼觀」、「痕跡觀」。他的「跨」非孤芳自賞式的，而是充滿了「未來學」的味道，那不僅是「跨領域之必然」、「跨媒介之必然」的先行觀念，其後接續引發的則會是「跨語言之必然」、「跨地區之必然」、「跨種族之必然」、「跨族群之必然」、「跨弱勢之必然」、「跨性別之必然」，乃至「跨質能之必然」、「跨色空之必然」等等諸種接近哲學玄學之可能，接踵地未來都似乎有理由成為了可討論可關注可感受的範疇，且又與人體左右腦結構、生理心理機能等均相涉，實值進一步探索。

跨語言現象

詩的影音建構
——以向陽的散文詩和臺語詩為例

摘　要

　　此文以向陽的散文詩和臺語詩為例，從腦神經認知科學、做／看／想成長路徑、和雙碼理論的角度，討論圖象時代中「詩的影音建構」的緣由、變化、和可能趨勢，以及其在向陽詩中所呈現的意涵。他年少「被建構」的「影音」之豐富性和他企圖重建此「影音」的走向使其能在詩壇獨樹旗幟，但「棄左返右」的渴望與深陷都城形成矛盾，這也構成了向陽一生的「難題」，那「難題」的鑰匙是向陽的也是所有詩人建構其「影音庫」之所在。

關鍵詞：向陽、影音、散文詩、臺語詩

一、引言

　　由詞語符號向視覺符號的轉向，是現代向後現代變遷轉進時最重要的社會文化特徵。此時以文字作為符碼的論述或閱讀受到壓抑、減少、忽略、甚至不受重視，而以影音圖象作為符碼的閱聽形式受到大量鼓舞、強化、流行、乃至泛濫。[1]於是電子媒介以彌天蓋地的強勢逼進所有閱聽大眾的日常生活，電子時代的「我演你看」的影音大潮早已非「我比你看」（信號時代）、「我說你聽」（語言時代）、「我寫你看」（文字時代）、「我印你看」（印刷時代）等往昔時間流中人與人交流之任何形式，可以與之比擬。此影音大潮是由小小的物質當中釋放出來的巨大精靈，不論是網際網路、平板電腦、智慧型手機、3D化、雲端化等高科技電子產物、行動裝置，讓人離平面印刷的「書籍」越來越遠。「詩」在這樣的影音大潮中不能不重新思索自己的位置。

　　在上述電子行動裝置還沒發達以前，大眾傳播理論中就曾預期「媒介的參與感」與「影響效果」成正比，今日已越來越落實為人們現實生活的重要部分。上述理論強調人對媒介「參與感」越大的往往有越大的效果，若依往昔二十世紀八〇、九〇年代電腦與手機尚未流通前、人對媒介的介入或參與程度來比較，其順序是：（1）私人談話，（2）團體討論，（3）非正式集會，（4）電話，（5）正式集會，（6）電影，（7）電視，（8）收音機，（9）電報，（10）個人通信，（11）公文，（12）報紙，（13）公佈，（14）雜誌，（15）書籍。[2]其中（1）（2）（3）及（5）（10）屬人物上的作為，與物質媒介關係似乎不大，若在過去，的確屬

---

[1]　Ｗ・Ｊ・Ｔ・蜜雪兒：〈圖象轉向〉，陳永國、胡文征譯《圖象理論》（*Picture Theory*）（北京大學出版社，2007），頁1-25。

[2]　另參閱李茂政，《大眾傳播理論》（臺北：三民書局，1990）第六章。

實，今日卻由於電腦、網路、email／msn、視訊、智慧型手機等媒介的強力介入，反而使這些「人物上的作為」更為便捷和必需。而其中（6）電影屬藝術形式一種，也是人物作為，若寫成「電影院」或「影片」則為物質上的支援，過去只有專業人士有能力為之，近年卻由於數位相機、個人DV的發明、剪輯軟體的便利、以及YouTube影片網站的超大量快速流通，使「影片上網」、「微電影」、以至與詩有關的「影像詩」的製作上網都成了潮流。此處可注意（9）電報恐已消失匿跡、（11）公文及（13）公佈大部分改用網路email傳遞，甚至可用電子LED看板的方式，而排名落後的（12）報紙、（14）雜誌、（15）書籍等的印刷媒介若不跟上時代潮流陸續想方設法地電子化或上網，最後都將離群眾越來越遠。恐怖的是，人對媒介的介入或參與，不論多寡，最後都逃不了「電子」那麼細小到看不見的無遠弗屆的魔手，「詩」最後何能例外？詩的影音建構於是不能不成為詩未來重新思索其表現內容和形式的主題之一。

　　筆者與杜十三在1985年6月在臺北新象藝術中心小劇場舉辦第一場「詩的聲光」實驗演出[3]，其中最叫座的兩首詩都是以臺語（閩南語）表演的，一首是向陽的〈做布袋戲的姊夫〉（原文為以臺語書寫），一首是杜十三的〈煤〉（原文為中文書寫），兩首表現的都是社會中下階層的小人物，透過演出者趙天福（原名趙添福）等人生動的肢體展演和道地的方言演誦，獲得滿堂彩。而那時

---

[3]　「詩的聲光」屬「1985中國現代詩季」（6月22日至7月4日）的一部份，於1985年6月29日舉行，參見DM及節目單。當時參展詩人集合各大詩社61位詩人，內容包括「詩的原貌」（手稿、定稿、生活照、小傳展）、「詩的生活」（詩人在燈籠、手帕、扇子……等器物上的題詩）、「詩的集冊」（詩集、手箚、著作）、「詩的聲音」（即「詩的聲光」）、「詩的座談」（詩人、畫家、傳播界座談「現代詩與大眾傳播」）。其中「詩的聲音」主要由白靈策劃，其餘主要由杜十三策劃。也因此才會有之前數月的1985年2月《草根》復刊時形式會突然從裝訂成冊的詩刊轉變為對開「海報」，詩畫正反面並列的形式，和之後半年的1985年12月於耕莘文教院由草根詩社具名主辦的較正式成熟的演出，以及至1998年止十餘次的「詩的聲光」展演。

「一貧如洗」的趙天福之所以以其後數十年投入現代詩演誦的緣由，與耕莘文教院的「耕莘青年寫作會」的結緣有關，而上述那兩首詩是關鍵：「（寫作班）結業時，他選擇了以傳統閩南語朗誦向陽的〈做布袋戲的姊夫〉，一時震撼了全場」[4]而這兩首詩的「在場式」的「影音建構」，即是「詩的聲光」其後十餘年（1985-1998年）能付諸行動和實踐的最重要起步和關鍵。

然則群眾和詩人們在不寫詩只「演詩」的趙天福身上感受到的力量和震撼性，從其身上或看到「新詩朗誦的轉機」、或「詩將成為另一種立體藝術」[5]，其實早於這事件九年前的1976年，在向陽以母語寫詩時，即已隱約預示了「詩的影音建構」的未來遠景。向陽在一場演講中談到他寫作臺語詩的「秘辛」時，曾指出七〇年代臺灣那種環境下根本不可能出現臺語詩的平面閱讀，一般報刊雜誌不敢刊登：

> （原音）所以我乾脆直接用讀用唸的，我記得第一次的朗誦是在臺北醫學院，那時候我大四。……找年輕詩人一起來朗誦自己的作品，我就在那邊朗誦了這四首我剛寫的臺語詩。那天的臺下有兩位其實很重要的詩人，一個叫陳秀喜，一個是後來寫兒童詩的林煥彰，他們那時候都不認識我，我當然還是一個小毛頭而已，就是一個校園詩人而已。那我就朗誦了這四首詩，朗誦完了之後，林煥彰來到我面前跟我握手，眼中掉著眼淚，陳秀喜也是。所以我就可以感覺到說，原來我用我自己的母語、用實際的生活當中語言寫的詩，具有這樣的力量。對方都是寫詩很久的詩人，他們也不是不懂詩。所以我在那裡得到了一個信心，雖然我用臺語寫詩沒有地方發表，可是它能感動人，不必透過閱讀，透過聽覺、或者聲

4　柴祖賢，〈趙天福朗誦貧窮詩〉，《中央日報》1987年3月19日，國際版。
5　柴祖賢，〈趙天福朗誦貧窮詩〉。

音……[6]

　　古今中外感人的不少，但讀完一首詩會讓人「眼中掉著眼淚」
的詩恐怕不易見，「影音化」後的詩卻有此力道，這事值得探究。
向陽1976年開始寫「臺語詩」的時空環境是「說臺語（閩南）母
語」的人比「說國語（普通話）」的人多，公開場合卻是被壓抑
的、隱聲的，因此「文字化的臺語詩」極少人寫，沒有報紙副刊敢
刊登，很像「隱的臺灣」；只好拿到少數人面前朗誦，卻獲得大大
出乎意表的迴響，此「影音化的臺語詩」倒像是一閃即逝的「顯的
臺灣」了，但要到許多年來才真正獲得彰顯。本文即擬就他的散文
詩和臺語詩為例，以腦神經認知科學和雙碼理論，討論圖象時代中
「詩的影音建構」的緣由、變化、和可能趨勢，以及其在向陽詩中
所呈現的意涵。

二、影音建構的基砥：左腦向右腦轉向

　　現代的腦神經科學研究已承認人類的左腦與右腦在認知事物
時確有不同或「不對稱」，大致可以看出占優勢的左腦是理性的、
分析的、個人的、注重過去和未來的，與語言／文字相關聯的知識
和學問均與之密切連結（所有自然科學和人文社會學科）；而占劣
勢的右腦則是感性的（直覺的）、綜合的、集體的、注重當下的，
與圖象視聽影音相關聯的藝術學門均與之密切連結（包括音樂、舞
蹈、繪畫、建築等所有藝術學科）。詩剛好是左右腦二者合作的產
物，文學未來的影音建構詩自然不能缺席。

---

[6]　王宗仁攝，〈向陽談寫作臺語詩的秘辛〉，參見YouTube網站：http://www.youtube.com/
　　watch?v=fSBYBzdlqBI&feature=related

1.左右腦和質能關係

　　在哈佛大學醫學院從事研究的腦神經學專家吉兒・泰勒（Jill Bolte Taylor, 1959-）則是第一個能將親身經歷一場嚴重傷害及左腦功能的「中風」經驗予以詳述的專家，她由於在1996年37歲時一根血管在她的左腦破裂，在接下來的四個小時，看著自己的腦功能澈底退化——無法行走、說話、閱讀、寫字，或是記得自己的人生。她在《奇蹟》一書即透過左右大腦的結構與功能，生動地描繪自己內在左右腦的細微變化、自述從中風、手術到復原細膩的生理與心理感受，此書使她獲選美國《時代》雜誌的2008年百大影響人物。[7]在她左腦逐漸「關掉」，右腦功能突顯的時刻，幾乎變成了一個嬰兒，躲在女人的軀殼裡，然後有了驚人的發現：

> 我意識到自己不再能清楚的分辨出自己身體的疆界，分辨不出我從哪裡開始的，到哪裡結束。……我感覺自己是由液體組成的……已經與周遭的空間和流體混合在一起了。[8]

　　在TED的18分鐘演講〈你腦內的兩個世界〉中她則說是：

> 因為組成我手臂的原子和分子和牆壁融合成一體了。我感覺到的只有能量。我心想：「我到底怎麼了？發生什麼事了？」在那一刻，我左腦的聲音突然消失了，彷彿有人拿了遙控器按下靜音——澈底的安靜。一開始我被大腦安靜的程度嚇到了，不過我的注意力很快又集中在周圍那片能量海。

---

[7]　林欣誼，〈吉兒・泰勒的大腦「奇蹟」〉，《中國時報・開卷周報》2009年3月15日，B1。

[8]　吉兒・泰勒（Jill Bolte Taylor），《奇蹟》（*My Stroke of Insight—A Brain Scientist's Personal Journey*），楊玉齡譯（臺北：天下文化，2009），頁33。

因為我感受不到我身體的界線，我覺得我好巨大，好像在膨脹。我覺得我和周遭所有的能量融合成一體，那個境界很美。……我無法感受到我的身體，所以我覺得巨大、膨脹，像神燈精靈那樣。我的靈魂像鯨魚般在極樂的大海中遨遊，一切都很和諧。我那時還想著，我大概沒有辦法再把這個巨大的自己壓縮回小小的身體裡面。[9]

　　吉兒·泰勒強調的「澈底的安靜」，是因「感覺到的只有能量」，是因進入「周圍那片能量海」中，而感受不到「身體的界線」，因此覺得「好巨大，好像在膨脹」，覺得「和周遭所有的能量融合成一體」，「覺得巨大、膨脹，像神燈精靈那樣」、「靈魂像鯨魚般在極樂的大海中遨遊，一切都很和諧」。這是一個腦解剖學家昏迷前四小時對自己左腦「關機」與右腦「開機」的爭執變化中對右腦生動的描述。她說那種「溶入了宇宙」[10]、「知覺也完全自由移動」[11]的感受，近乎是佛家所說的「涅槃境界」：

　　沒有左腦來分析判斷，我完全讓這種寧靜、安全、神聖、幸福以及全知的感覺給迷住了。[12]

　　「涅槃」（nirvana）是宗教用語，來自古印度。依據維基百科的解釋，於巴厘文中，意為「被吹滅」或「被熄滅」。於梵文中則有出離、解脫、無臭、無煩惱等意。從字根來說，都帶有遠離煩惱狀態的意義在。在各古印度宗教一般指一種從痛苦中解脫出來的狀態，在印度教哲學裡，意指通過肉體的解脫而與高級生命的結合，

---

[9]　吉兒·泰勒，〈你腦內的兩個世界〉，參見http://www.youtube.com/watch?v=-inPDyTx-o8。
[10]　吉兒·泰勒：《奇蹟》，頁43。
[11]　吉兒·泰勒：《奇蹟》，頁44。
[12]　吉兒·泰勒：《奇蹟》，頁44。

達到梵我合一的境界。吉兒·泰勒的敘述讓我們深刻感受到理性左腦在日常生活中對感性右腦功能長期的壓制，而由其中逃脫，有如愛因斯坦質能方程式，左腦由「色／有／實」的「質」向右腦「空／無／虛」的「能」釋放之意，此時或可表為如圖一：

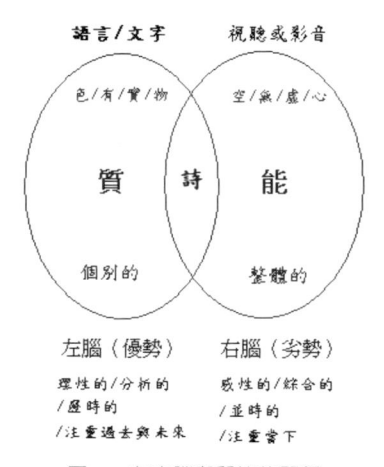

圖一　左右腦與質能的關係

　　當代的量子物理學家和科學思想家大衛·玻姆（David Joseph Bohm, 1917-1992）[13]認為，即使我們稱為「虛空」的東西也包含著巨大的能量背景，我們所知道的物質只是這種背景上面的一種小小的、「量子化的」波狀的激發，它就像汪洋大海上面的一道小波紋。我們所觀測到的整個物質宇宙應被看成是一個被激發出來的較小的式樣：它只是相對自主的、近似地週期性發生、相對穩定的投射物。也因此，可以說，擁有如此多能量的空間是「充實的」而不是「虛空的」，這也是近年暗能量（可能高達95%以上）被逐漸證

13　他是歐本海默的弟子，愛因斯坦的同事，二十世紀主要的哲人之一。其代表作有：《量子力學》、《現代物理學的因果法則與或然率》、《相對論的特殊理論》、《秩序與創造力》、《整體性與隱纏序：卷展中的宇宙與意識》。

實的理由。「能量海洋……處於隱秩序中。它不是定域化的。當你在虛空的能量上面（這種能量是巨大的）激發出一點點能量，在頂部形成細浪，那麼你就得到了物質。」[14]

如此說來，這個看似穩定，可以觸摸，可以看得見，聽得到的世界，倒很像是個幻象。這個世界並不真的在「那裡」——它是個被投射物，玻姆稱此呈現表面的物質和活動之幻象的現象為「全息運動」（holomovement；或譯「全方位運動」、「完全變易」），它是恒動的，有如萬花筒一般。此種「唯能論」也是著名的物理學家「不確定原理」的提出者海森伯格（W・Heisenberg, 1901-1976）所主張，能量不僅是使萬物保持運動的力，而且像赫拉克利特哲學中的火一樣，是構成世界的基本材料。而海森伯格、玻姆所認知的「唯能論」在吉兒・泰勒的實際經驗裡至少得到一個實證：

> 這感覺比起以肉身存在這個世界上所可能經歷的最大快樂，還要美好得多，沒有肉體疆界，真是最輝煌的祝福之一。[15]
>
> 我的左腦被訓練成把自己看成一個固體，和其他實體是分離的狀態。但是現在，自從逃出那個有限的迴路，我的右腦快樂的搭上了永恆之流。我不再疏離與孤單。我的靈魂和宇宙一樣寬廣，在無垠的大海裡快活嬉戲。
>
> 對很多人來說，如果我們把自己想成靈魂有如宇宙般寬廣的流體，與所有能量流相連，通常會讓我們感覺不安。但是在缺乏左腦的判斷來告訴我說我是固體，我的自我認知便回到這個天然的流體狀態。[16]

---

[14] 大衛・玻姆：《整體性與隱纏序：卷展中的宇宙與意識》（上海：上海教育出版社，2004），頁124。

[15] 吉兒・泰勒：《奇蹟》，頁71。

[16] 吉兒・泰勒：《奇蹟》，頁74。

由以上敘述可以看出，右腦顯然比左腦具有更大的能量、更強的聯結力、和更大的「快樂指數」。在左右腦正常運作的狀況下，尋常人之所以會迷於影音聲色因此是可以理解的，但又不可能全然地「右腦化」，隨時都有左腦「理性的提醒」。而詩既然是左腦語言思維與右腦形象思維合作的產物，如何「推」讀者「進入右腦」，增進其「快樂指數」，又「拉」住閱聽者使「回到左腦」的日常生活秩序深化其思維和看待事物的角度，因此詩的影音化聲光化（歌曲、超文字、影像詩）在視覺文化的轉向下扮演著「既推又拉」、既「詞語」又「影音」的角色，也就勢所必然了。

以是，由全然詞語文字所建構的詩不能不由過去平面印刷體「偏向左腦」的表現形式，逐漸朝電子化、超文字化、影音化「偏向右腦」的方向思索。

2.向陽的銀杏之隱與顯

向陽是早熟的詩人，13歲即寫下生平第一首詩，他也是臺灣詩壇少見的形式的堅持者，甫出道即以十行詩的形式、和母語——臺語（閩南語）——入詩的創作形式，為自己樹立了兩支獨特的旗幟[17]，在那前行代詩人巨影幢幢的詩壇就像要在高樓環繞的廣場植下兩株古意蒼蒼卻又清純自然的銀杏樹，既突兀又凸顯。1977年當他出版第一本詩集《銀杏的仰望》時，在序文及同名詩中即將「銀杏」（上億年的活化石植物）成林於其故鄉溪頭的特異性，標舉出來，既表明自己所由、所堅持有其根源，「斷非潮流『指引』下的

---

[17] 黃玠源，〈向陽現代詩研究：1973-2005〉，碩士論文，中山大學，2008；李素貞，〈向陽及其現代詩研究：1974-2003〉，碩士論文，臺南大學，2006；孟佑寧，〈向陽新詩創作歷程研究〉，碩士論文，臺北教育大學，2007；江秀郁，〈向陽新詩研究〉，碩士論文，彰化師範大學，2006；陳靜宜，〈七十年代臺語詩現象三家比較探討〉，碩士論文，東海大學，2007；林貞吟，〈現代詩的街頭運動：《陽光小集》研究〉，碩士論文，玄奘人文社會學院，2003；呂焜霖，《戰後臺語歌詩的成因與發展——兼論向陽與路寒袖的創作》，碩士論文，清華大學，2008等。

產物」（《銀杏的仰望》8[18]），且對命運的安排（生長地、環境、運途的不滿）、「一切淒風苦雨的嘲諷與打擊」，只擬「用微笑抗議，且以金黃的枝葉追求再生」（《銀杏的仰望》2-3），藉著敘述銀杏的古老歷史、孤高挺拔、雍容清純、強韌的生長力道，來暗喻自身面對命運乖舛時的頑強態度，並將時空變化下面對一切橫逆時的自處姿態予以象徵化：

> 而在風雨中，在周圍各類樹種的騷動和不安裡，她獨擁有一份寧靜。這寧靜，不是死寂。這寧靜，如狂瀾中的小船，船隨波浪浮沉，但掌舵者自有定力；這寧靜，如激湍裡的錦鯉，水勢澎湃，而鰭翼自能靭勇；這寧靜，最好屬於她自己，雨中的銀杏，雨勢滂沱，枝葉搖晃，而她不憂不懼，反能順著雨力來更新，茁長。在無奈中接受，在接受裡緩衝，也在緩衝下成長，而由於成長的喜悅，她從始至終的微笑，委婉地向一切橫逆表達了最深沉的嘲諷。可愛的雨中的銀杏！（《銀杏的仰望》4）

序文中以銀杏寓意了一株既古老又新生的植物「活過歷止」、「超越歷史」的生存之道，「不憂不懼，反能順著雨力來更新，茁長」，說的正是銀杏如何「穿越時空」從古老億萬年前來到當下的方式。「在風雨中，在周圍各類樹種的騷動和不安裡，她獨擁有一份寧靜」，沒錯，寧靜，就是「寧靜之姿」，使得銀杏的「影」與「音」億載以來始終擁有一付「從容之姿」，其實即自古迄今理想的「詩人之姿」，善意而堅忍地「努力向無盡的天空掙長」（（《銀杏的仰望》6）），其表情則是「微笑」，因為「微笑，是對付變幻與暴戾最有力的抗議」（（《銀杏的仰望》5））。

---

[18]　向陽，《銀杏的仰望》（臺北：故鄉文化出版事業經紀公司，1979）。

此株具「寧靜之姿」、「從容之姿」、「詩人之姿」的銀杏樹，今日看來，很像上小節吉兒・泰勒所說的「逃出那個有限的迴路」之日常秩序所規範的「左腦狀態」，在風雨中在騷動不安裡自然泰若地進入「右腦狀態」般「搭上了永恆之流」。銀杏這個「寧靜的象徵」事實上成了向陽詩作中的重要支柱，當他要求「靜」時，銀杏總站在那兒，先他站在那兒。

此序文中並未說明「風雨」、「狂瀾」、「激湍」、「變幻與暴戾」的實際內容，但在七〇年代那種蕭穆劃一的戒嚴時空中，在那正自「兩個遠方」回歸「兩個鄉土」的年代，個己的聲音仍消融在群體中，而向陽其實已預期如銀杏般「靜的必要」，和面對時空「變幻與暴戾」的「亂的必然」。他之後由「顯的中國」走向「隱的中國」、由「隱的臺灣」走向「顯的臺灣」，固然與臺灣主體意識的抬頭和政治民主運動的歷程有關，但銀杏的「寧靜之姿」的象徵始終是存在的、不變的，且與他後來詩的走向有著密切的牽連。他從「離騷」汲取養份而致力於「十行體」（形式的工整）和「方言詩」（楚辭也以方言入詩），「離騷」其實就是他的一株巨大挺拔的「隱的銀杏」，默默指引著他的創作方向，而「十行體」和「方言詩」則可視為他自植自長的兩株「顯的銀杏」。青壯年後他致力於與臺灣主體意識建構有關的報業工作、詩創作量不免大受影響，也都與中國與臺灣的一隱一顯變化有關。而其後他在詩中反覆於「靜」與「亂」兩者間不斷猶疑掙扎，自然都與銀杏的生存史和其所在的鄉土有著千絲萬縷的瓜葛：

　　而當你折翼倒地，陽光自你身上昇起　／　你遂冷然頓悟：你
　　是一把奔放的扇 那泥土和鄉村呵!是闔你的，軸（〈銀杏的
　　仰望〉，《銀杏的仰望》　11）

這幾句詩指出，不論銀杏倒不倒地折不折翼，它所在的泥土

和鄉村、那整個童年到少年的一大片「圖象」（包含銀杏林在內）不存放在他的語詞的左腦，而存在視聽的右腦，成了「永恆之流」的一部分，可以隨時把這把「奔放的扇」「闔軸」，與「寧靜」的根源全然冥合，可以「在金黃的銀杏葉上，刻鑿我喜愛的小詩，看它隨風飄揚」（〈兒時〉，《世界靜寂下來的時候》 32）[19]、可以「在／森林外邊，一望無垠的野地上，看到枯枝殘枒，只靠滿地落葉來保暖的一株，銀杏。這是今天下午妳走後，我的感覺」（〈野霧裡的銀杏〉，《世界靜寂下來的時候》 66-67），銀杏成了他的搭乘物和保暖物，而且必然存放或栽植在右腦裡。第一節中提到他朗誦方言詩的力量：

能感動人，不必透過閱讀，透過聽覺、或者聲音……

他說的方言詩彷彿每一首朗誦起來就是一株亮在那兒的銀杏！而似乎只有透過「影音化」，才能在每一位閱聽者面前當場在他們的右腦植入一株銀杏，因此常常印在紙上文字的方言詩是「躺」在紙上的「隱的銀杏」，當它以富有表情的聲音或肢體展演時，這些詩才彷彿獲得「生氣」、自動成了「站」在每個人的右腦裡「顯的銀杏」了。許多詩若透過跨領域以類似方式予以「影音建構」時，應該有機會獲得「向陽的銀杏效果」吧？

三、影音的多重建構與做／看／想

透過影（視覺）與音（聽覺）來接收訊息及學習乃人之本能，印刷發明以前人類早已利用圖象與聲音進行經驗與文化的傳遞。而其經驗獲取的途徑，視覺經驗佔45%，聽覺經驗佔25%，二者結合

---

[19]　向陽，《世界靜寂下來的時候》（臺北：漢藝色研文化出版事業有限公司，1989）。

則佔70%，而美視聽媒體專家R. H. Wodsworth更認為藉由視覺器官的學習約佔70%；經由聽覺器官的學習約佔20%。以是在影音媒體大肆躍進的時代應用視聽影音交流、學習不能不成為主流，詩要在這影音大潮中適應其變化，不能不對影音建構的多層次流程有所理解。

1.快感、美感、與做／看／想

筆者在〈媒介轉換〉一文中對文學欣賞和其他藝術欣賞的不同略作了分析，如欣賞文學書寫時，讀者必須（1）有慾望或動機；（2）視覺能力先實感語文符號；（3）理解能力（高級的）考察語文符號的含義；（4）驅使想像能力（低級的）發生作為，在內心建立意象而直觀之；（5）當使慾望達到滿足，即由心理作用產生美感情緒。

而如欣賞其他藝術的空間展演時其步驟可能為：（1）有慾望或動機；（2）視覺或聽覺能力直接實感各種影像或聲音符號，當能引起生理節奏的刺激或和諧時，直接先產生快感；（3）理智能力（高級的）隱伏而不易顯現，或介入較晚，對影像或聲音符號之內或之間較抽象的因果關係產生辨認作用（但現代某些強調思想活動和影像活動必須同時發生作用的藝術作品又另當別論）；（4）想像能力（低級的）對內心所生之形象與外界的形象同時發生作為；（5）慾望達到滿足時，即由心理作用產生美感情緒。[20]如上分析可知，欣賞詩的語文符號必須及早就動用理解能力（高級的），而其他影音媒介的藝術則先產生快感，再介入或不必介入理智能力（高級的），而當想像能力（低級的）介入後，慾望達到滿足時，即由心理作用產生美感。

可見得詩本身語文符號的阻隔或想像的門檻較高，其他影音

---

[20]　白靈，《煙火與噴泉》（臺北：三民書局股份有限公司，1994），頁167-68。

藝術媒介比詩又多了生理節奏的刺激或和諧，既易生快感又可生美感，這也是趙天福演詩、向陽朗誦詩會讓人看了聽了「掉淚」的原因，因為那時觸動的進「右腦的銀杏」而不只是「左腦的銀杏」。

心理學家布魯納（Bruner）認為在人類智慧生長期間，經歷了三種表徵系統的階段：動作表徵時期、影像表徵時期和符號表徵時期。動作表徵期以「做中學」的經驗為主，包括直接或有目的的經驗、設計的經驗、演劇的經驗及示範；影像表徵期以「看中學」的經驗為主，有參觀、展覽、電視、電影、錄音或廣播或靜畫；最高層次是符號表徵期，以「想中學」的經驗為主，分別為視覺符號和口述符號。若沒有前兩階段「做中學」、「看中學」的具體經驗，則很難能在「想中學」階段對抽象符號所描述的現象賦予意義。因此布魯納的認知發展理論強調，當人們研究某種新事物時最重要的是，要達到符號表徵階段「想中學」時，仍需極大量地利用動作性表徵「做中學」、和影像表徵「看中學」的同時運作，效果才易顯現。這也是閱聽者若非做／看／想三者或二者並進，即常無法跟得上詩人某些特殊感受的原因，因此「閱詩」而同時「讀出詩」（朗誦）、乃至「演出詩」來，將易使「想」直接進入一種「做」當中，右腦被啟動的部位將大為增加。而使用多媒體資源，結合文字、聲音、圖片、視訊、動畫、互動、感應等多樣媒體，尤其數位化後之多媒體更以其即時性、互動性及突破時空限制等優點來補足傳統媒體無法達成的功能，常具有「做／看／想」三者並進的效果。

由「情理事物」到「詩創作」的過程，具有實際現場經驗的「做／看」到「想」的完整過程（第一次「隱的影音建構」──影音隱入文字），而由「語文符號」到「文字讀者」卻只有「想」的過程（第二次「隱的影音建構」──文字在讀者腦內再現模糊的想像的影音），此時「文字讀者」若非「訓練有術」、或對文字敏感，則常只有望詩興嘆的份。而若「影音作者」（可以是詩人或另一作者）透過具體媒介將詩「影音化」（聲音／肢體／表情／影像

／動畫或其他）而呈現於「影音讀者」面前（現場展演或數位螢幕），則再次由「做」到達「看／想」（第三次則為「顯的影音建構」——影音加或不加文字呈現），它們可能比文字更接近情理事物或更遠地偏離詩人所欲傳達的，而其路徑可能很多，因此可能減損也可能豐富了原詩。上述說明可簡示如圖二：

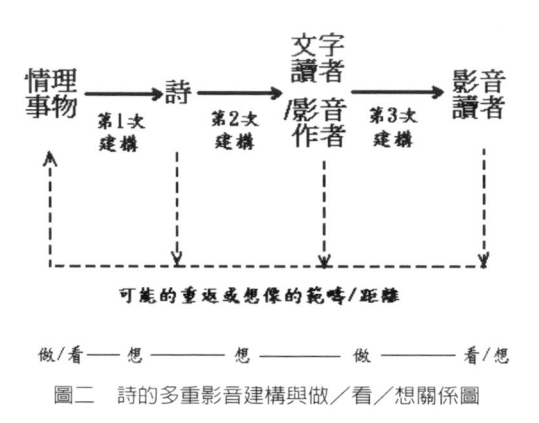

圖二　詩的多重影音建構與做／看／想關係圖

2.向陽影音建構的散文詩例

　　向陽在他的散文詩〈蟬歌〉中說：「蟬甘於山林生活，不必是他怯於飛翔，大半為的是，只有在山林的綠意盎然中，他才有歌」，這句話幾乎成了他建構詩之影音（不論是第幾次建構方式）的必須場域或背景，一切都「靜」下來時他才有歌，一如前舉的詩例，銀杏即使「看到枯枝殘枒」，也要靠自身的「滿地落葉來保暖」，處身在那樣的場域或背景，他的「想」離「做」和「看」才不會太遠。因為蟬不能用「想」而唱，因為銀杏不能用「想」而自由生長，這是向陽右腦中的「永恆之歌」、「永恆之樹」、「永恆之山」、「永恆之林」、「永恆之土」，詩人在童年少年成長環境中積極的「做」與「看」，從那裡建構出來的「永恆的影音」，才能使他保持一種吉兒・泰勒所說的「液體」或「流體」形狀，永遠

地在右腦中建構一大片「永恆的圖象」，那是他後來在任何時刻「靜」下來時，能快速地「由左返右」，輕易地進入「永恆之流」的狀態。他13歲閱讀的〈離騷〉，在這片「永恆的山林」中必然也找得到他的氤氳和迷離、節奏和秩序，因此最終將成為他右腦中「永恆的圖象」、「永恆之流」的一部分，他的十行詩、方言詩、和其他詩作都可作如是觀，此後他更長期的都會生活則與此成了強烈而矛盾、衝突的對比。

比如他的散文詩〈孤絕或者起始〉：

> 抬頭，前方的山中，翠綠的林裡，一名穿黃色夾克的男子，舉斧伐木。
>
> 身影很小，但透過迢遙的距離，仍可以感覺到：生命的躍跳。他揮曳的手肢，閃爍的斧光，展示著啄木振翅的圖騰；他黃色的夾克，在一片翠綠的林葉中，呈一種律動，彷彿水鳧，在綠波上點水。
>
> 斧斫便是一切，即使他細弱的手肢，面對奧深的自然，也欣然宣佈出：孤絕，或者起始。（《世界靜寂下來的時候》52-53）

「穿黃色夾克的男子」、「閃爍的斧光」、「細弱的手肢，面對奧深的自然」，男子的「做」是人對自然的一種「宣佈」，試圖由「右腦」走入「左腦」，要由「同」走出「異」來，是人「自我」精神的起點，也暗示了作者要「混沌」捏出自身面貌的過程。而由「左腦」返回「右腦」，那是很後面的事。〈古棧道，溪阿線上〉：

> 朝陽從莽莽蒼蒼的林間、細細密密的枝葉裡潑灑下來，塌崩的山谷浮漾著一層水霧。

古棧道無言地通過坍方、吃力地拂開傴垂著的蘆葦，一
株萬年松訝然站在老朽的枕木上……

枕木依序排列，部分落了伍，蕨類和野木耳高興地在垂
危的木屑中駐居；一行腳印，猶留驚悸的神色，陷在枕木間
的泥沼裡。

某些陳腐，如此虛幻而美麗。（《世界靜寂下來的時
候》50-51）

此詩透過「看」深入山林，姿勢像與自然為伍的小精靈，
以擬人化的角度，敘述著自然與文明抗爭的結果，「古棧道」、
「枕木」、「腳印」代表侵入的文明，「朝陽」「山谷」「萬年
松」「蕨類」「木耳」代表自然物，「無言」、「吃力」、「落了
伍」、「垂危」、「驚悸」的是文明，「潑灑」、「訝然」、「高
興」的是自然，作者細膩生動的觀察，預示了「左腦」終究戰不過
「右腦」與萬物宇宙永恆的聯結。

另一首〈我即是蝴蝶〉則是走入都會邊緣，臨高俯視時對自我
的釋放或期許：

我在岡上迎著晚風，沐浴昏暉。

夕陽洗滌了我胸中的煩慮，我擁抱著落霞的溫情。

一隻孤獨的海鷗在我心海飛翔，而我把四肢吩咐給強勁
的海風，然後羽化，然後化蝶。

蝶蝴即是片羽，片羽揚成海風；海風即是鷗鳥，鷗鳥焚
為夕陽；夕陽裡有我，我即是蝴蝶。（《世界靜寂下來的時
候》45）

此詩透過行動的「做」和「看」對過去和未來做一種期許的
「想」，這個「想」卻由「晚風」而「夕陽」而「鷗」而「海風」

而「蝶」而「風」而「鷗」而「夕陽」而「我」而「蝶」，幾乎想蛻化為眼前一切事物，可能暗示了心裡極度的不安，因此企圖透過由「左腦」逃入「右腦」的方式逃離眼下「岡上」，則對起點的自己的位階顯然有所不滿，「已做」非所「欲做」，否則也不會也需洗滌「胸中的煩慮」。或者說凡有「煩慮」（心理或生理的），皆得藉助進入「自然大圖象」的「右腦狀態」才得以釋放緩解。

而〈我獨自挾著西風〉一詩則是深入都會生活中，與故鄉景致一再對比：

> 我獨自挾著西風，在繁華的城市躊躇。
>
> 行人的眼色是那麼急促，我的步履是這麼沉重。
>
> 閃爍的霓虹，家鄉夜裡東翮西飛的螢火；匆匆馳過的車聲，狂雨暴風中的松濤竹籟；櫥窗，模特兒，五彩繽紛的衣料，山道，野蘭花，四處翔舞的蝴蝶；……
>
> 都市的面顏這麼美麗，我的鄉情那麼深沉。
>
> 我走入小巷，在闃闇中，發現東方垂淚的星子。
>
> 唉，自從有了路燈以後，我們也遺忘了天上的星月。

（《世界靜寂下來的時候》 72）

「霓虹」與「螢火」、「車聲」與「松濤竹籟」、「櫥窗，模特兒，五彩繽紛的衣料」與「山道，野蘭花，四處翔舞的蝴蝶」一在城一在鄉，是完全不搭的兩回事，但卻是「影」幢幢「音」簫簫，「現看」與「已看」形成無法太強烈的對比，才有我的「躊躇」、「沉重」、「深沉」對比城市的「繁華」、「急促」、「美麗」，於是「星子」在「垂淚」，「星月」被「遺忘」，由反省自責「想」中返回右腦「永恆的圖象」去求取救援。末句「自從有了路燈以後，我們也遺忘了天上的星月」的使用「我們」，是提醒人類不可或忘自然的「永恆圖象」。此詩顯示了向陽對隨時回首其永

恆「故鄉」、「蟬唱」、「銀杏」之「棄左返右」的極度渴望。

四、向陽的難題：靜之必要與亂之必然

　　對「棄左返右」極度渴望，卻因各種絆牽深陷都城而動不了，這個「難題」別人還不那麼明顯，對向陽而言卻是一生的「大課題」，其故鄉「永恆圖象」之「影音」的豐富性使得他這個「課題」比別人都「大」。一起初他會在詩中講求音樂性、寫方言詩，都與其年少「被建構」的「影音」的豐沛度有關，他不能不將它們「隱入」詩句、以方言「顯出」，重新建構此「影音」的豐富性以回報不可。上節末尾所舉詩例〈我獨自挾著西風〉，題目中的「獨自挾著」不可挾的「西風」，即暗喻自己的獨特擁有過的「做／看／想」的豐富性遠非當下都會生活的「做／看／想」所可比擬，「人為之影音」非「自然之影音」所可相較，但卻不可兼得，遂形成極大的矛盾與衝突。

1.共感與雙碼理論

　　波特萊爾（Charles Pierre Baudelaire, 1821-67）曾以「共感」（correspondances）一詞來說明人類連結各種感官知覺、美感經驗的相互交融，其中可能包括了色（視覺）、聲（聽覺）、香（嗅覺）、觸（觸覺）等知覺，彼此成為一種相互應合交感，彷彿感官彼此沒有疆界，「互相混成幽昧而深邃的統一體」、「芳香、色彩、音響全在互相感應」、「具有一種無限物的擴展力量」，一如吉兒・泰勒形容的右腦作用，而左腦宛如自動放了假一般。德國歌劇兼音樂作家華格納（Wilhelm Richard Wagner, 1813-83）則曾提出「總體藝術」（Total art work）的概念，他認為唯有將音樂、歌曲、舞蹈、詩、視覺藝術，與寫作、編劇及表演相結合，才能夠產生一種全面涵蓋人類感官系統的藝術經驗，亦即唯有打破藝術領域

間的界線，才有機會創作出最完整的藝術作品。此總體藝術觀其實即已具有今日「抑左揚右」之「向右腦傾斜」的概念。

由於人類工作記憶容量均是很有限的，若待處理的訊息其各內部成份（elements）互動性很強（如詩的名詞與動詞間、或詩句與詩句間），需相互參照才能瞭解，則將更耗費短期記憶容量，而產生更大的認知負荷，導致學習上更大的困難。如臺語詩的詞彙沒有固定寫法，常以音譯方式為之，此時認知負荷即大為增加，此時如行使上述的「共感」或「總體藝術」，即影音媒介或右腦功能的大量介入，常可化解此問題。雙碼理論（dual-coding theory, DCT）[21]的主張即在減輕這樣的認知負荷。

雙碼理論是Paivio提出來解釋人類對訊息接收和處理的理論。此理論認為人類的認知系統包含兩個子系統，即語文系統（verbal system）及圖象系統（imagery system）。前者負責與語文有關的訊息，如語言、文字等資訊，處理、編碼、然後儲存在文字記憶區中；後者則責處理非語文類的訊息（主要為視覺影像訊息，但亦包括其他嗅覺、觸覺、情感訊息等），將資訊處理後編碼、儲存在圖象記憶區中。Mayer將之擴展，提出「多媒體衍生學習」理論（Generative theory of multimedia learning），主要有三個鏈結關係：（1）當文字資訊將經由文字編碼過程在「工作記憶體」（working memory，指短期記憶）中被進一步轉換為「文字系統之心象」，稱為「字象鏈結」過程。（2）同理，當感知器接受到視覺（visual）資訊時，這些視覺資訊將經由視訊編碼過程在「工作記憶體」中被進一步轉換為「圖形系統之心象」，稱為「圖象鏈結」過程。（3）「文字系統心象」與「圖形系統心象」間相互整合之「參照鏈結」（referential connection）。學習者的學習成效（比如即時表現或形成長期記憶）即視（1）「字象鏈結」、（2）「視

---

[21]　A. Paivio, *Imagery and Verbal Processes*, New York: Holt, Rinehart and Winston, 1971。

象鏈結」、以及（3）「參照鏈結」等三種鏈結建立之品質優劣而定。根據研究發現：文字資訊與視覺資訊「同時呈現」比「先後呈現」更能有效的幫助建立（3）「參照鏈結」，提昇學習效果。因此，就雙碼理論之觀點而言，學習者如能「同時」使用「字象系統」與「圖象系統」來有效處理資訊，即能促進上述三種鏈結之建立、有效提昇學習的成效。[22] 由此可見「圖文並呈」不只是人性「共感之天性」和腦結構使然，也是學習時提昇成效所需。

也可說「抑右揚左」的時代已經過去，「左右腦合作」是影音大潮必然結果，而如何避免「過度向右傾斜」，詩扮演了「牽制右斜」、「抵擋傾右」的關鍵角色。

2.向陽臺語詩的影音建構

向陽在臺語詩上的成就，論者多矣[23]，蕭蕭在1978年論《銀杏的仰望》時即說他「方言詩的成就要高於其他各輯詩作」，理由是「文學的語言貴在獨創，獨創的第一層意義是蘊具時代特性」[24]，2011年陳芳明則說「他的臺語詩表現得恰到好處，但是成就較高的，還是屬於他中國白話詩的藝術」[25]，顯然見仁見智。但陳氏可能偏重於其臺語詩文字「閱覽」的部分，若將其作品視如作曲家樂譜來看，則或可包含其後被人（他人或詩人自己）「影音建構後」的面貌，其可能被詮解和再創造的部分要比其他中文詩更具彈性、

---

[22] R. E. Mayer & V. K. Sims, 「For Whom Is a Picture Worth a Thousand Words? Extensions of a Dual-coding Theory of Multimedia Learning，」 Journal of Educational Psychology 86.3(1994): 389-401.

[23] 鄭良偉，〈從選詞、用韻、選字看向陽的臺語詩〉，《向陽臺語詩選》（臺南：真平企業有限公司，2002）頁150-321；王灝，〈不只是鄉音——試論向陽的方言詩〉，《文訊》，19（1985）：頁196-210；林于弘，〈臺語詩中的反諷世界——以向陽的《土地的歌》為例〉，《臺灣詩學季刊》33（2000）：頁138-52；宋田水：〈土語民風——關於向陽的詩作〉，《臺灣詩學季刊》34（2001）：頁146-52；蕭蕭，〈向陽的詩，蘊蓄臺灣的良知〉，《臺灣詩學季刊》32（2000）：頁141-60；林淇瀁，〈從民間來，回民間去——以臺語詩集《土地的歌》為例論民間文學語言的再生〉，《臺灣詩學季刊》33（2000）：頁121-37。

[24] 蕭蕭，〈悲與喜交集的新律詩——論向陽〉，《銀杏的仰望》，頁232。

[25] 陳芳明，〈80年代後現代詩的豐收〉，《文訊》312（2011）：頁25。

可看性、和可聽性，這是「非方言詩」很難達到的，「動人」、「催淚」、「趣味」的力道恐是純粹的「閱覽者」很難想像一二的。也就是吉兒・泰勒所說的「固體的左腦」很難揣摩「液體的右腦」的「永恆之流」的狀態，「想」很難親炙「做」和「看」，「偏語詞的左腦」很難看到「偏視聽的右腦」的活潑力道。比如他最膾炙人口、被趙天福演紅的〈搬布袋戲的姊夫〉、〈阿爹的便當〉，以及後來創作的〈世界恬靜落來的時〉、雙語詩〈咬舌詩〉等，皆是臺語詩的典範，後來者恐不易超越。這些詩的「影音」皆建構自其右腦「永恆的圖象」，因此起初以「現場」（影）「朗誦」（音）取代「印刷文字」（詞語）發表，也就理所當然了。

　　為節省篇幅，即以「詩的聲光」（1985-98）演出多次的〈搬布袋戲的姊夫〉、〈阿爹的便當〉截圖說明，詩則暫略：

舉例一

趙天福演出向陽臺語詩〈阿爹的便當〉
圖例一

趙天福演出向陽臺語詩〈阿爹的便當〉
圖例二（右後有舞者）

趙天福演出向陽臺語詩〈阿爹的便當〉
圖例三（左後側有舞者）

趙天福演出向陽臺語詩〈阿爹的便當〉
圖例四

舉例二

趙天福等人演出向陽臺語詩　　　趙天福等人演出向陽臺語詩
〈搬布袋戲的姊夫〉圖例一　　　〈搬布袋戲的姊夫〉圖例二

趙天福等人演出向陽臺語詩　　　趙天福等人演出向陽臺語詩
〈搬布袋戲的姊夫〉圖例三　　　〈搬布袋戲的姊夫〉圖例四

　　而他寫於1998年的〈世界恬靜落來的時〉一詩則是他早年完成
36首臺語詩後難得的佳構：

　　　世界恬靜落來的時／就是思念出聲的時／窗仔外的風陣陣地
　　　嚎／天頂的星閃閃啊爍／世界恬靜落來的時／我置醒過來的
　　　暗暝想起著你／／我置睏未去的暗暝想起著你／想起咱牽手
　　　行過的小路／火金姑舉燈照過的田墘／竹林、茫霧、山埔／

猶有輕聲細說的溪水／世界恬靜落來的時[26]（向陽，《亂》
116-17。）

　　此詩彷如天籟，這是「非方言詩」很難達到的境地，因為「方言」最接近土地、生活的空間，與我們當下的「做／看／想」極度貼近。

　　而其實在他的1989年出版的散文詩集《世界靜寂下來的時候》已預告其後這首詩的誕生，此書原來叫做《夜之手箚》，收散文詩60則，最早的一則寫於1973年，最晚的一則寫於1979年，而臺語詩〈世界恬靜落來的時〉卻寫在1998年。此散文詩集的序言說：

　　　　這本小書，記的是一個年輕男人的幼稚和愚蠢。帶一些拙、
　　　　帶一些化不開的愁緒；也帶一些傲、帶一些脫韁的幻想。這
　　　　本小書，通通寫於世界靜寂下來的時候，如果這個世界沒有
　　　　一刻真正的靜寂——最少是寫於一個年輕男人的心靈靜寂下
　　　　來的時候。（《世界靜寂下來的時候‧序言》2）

　　「通通寫於世界靜寂下來的時候」，「最少是寫於一個年輕男人的心靈靜寂下來的時候」，「靜寂」或「恬靜」之必要可想而知。而2005年才出版的《亂》是事隔十餘年才另出的詩集，序文中他說：

　　　　這十六年間我在人生路上步出的凌亂腳跡，留存了三重身
　　　　分轉換過程中，我和變動的臺灣社會亂象對話的聲軌。
　　　　（《亂‧序》13-14）

---

[26]　向陽，《亂》（臺北：印刻出版有限公司，2005）。

正如他在〈閃亮的羽光〉中強調「寂寞」和「寧靜」之必要：

> 有時，甚至希望是，夜空中穿過清瘦穿過細密的苦苓林
> 間穿過哀怨的時光的，夜光鳥，當四周混濛八野荒茫當饒舌
> 的聲籟也靜止下來時，翔翔，並且俯仰天地，天地間唯一閃
> 亮的羽光。
>
> 於是，每夜，世界靜寂下來時，守著孤燈，任黎明一步
> 一步，走向心之內裡，讓寂寞的鐘聲亮起羽毛一般的流光，
> 走入血裡淚裡心裡和夜裡。
>
> 這是我最大的愉悅、最少的悲哀。（《世界靜寂下來的
> 時候》10-11）

「最大的愉悅、最少的悲哀」在右腦，不在左腦，那也是向陽
的「影音庫」所在。因此可將其「靜／亂」與影音建構的關係以圖
三表示之：

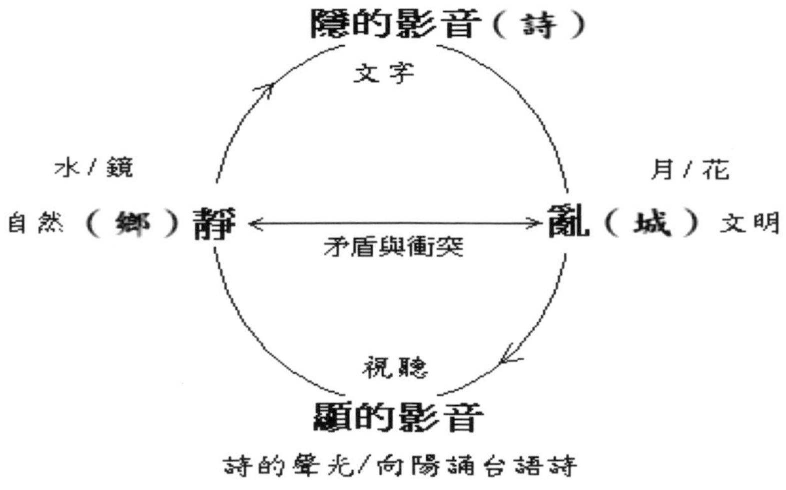

圖三　靜／動與向陽影音建構的關係

五、結語

　　由理性左腦的「語詞文化」向感性右腦的「視覺（影音）文化」傾斜是時代趨勢，「棄左返右」的渴望在向陽詩中隨處可見，卻因各種絆牽深陷大都城而難以移動，此問題對別人還不那麼明顯，對向陽而言卻是一生的「大課題」，其故鄉「永恆圖象」之「影音」的豐富性使得他這個「課題」比別人都「大」得多。他之所以會在詩中講求節奏、音韻、書寫方言詩，都與其由童幼至年少「被建構」的「影音庫」之豐沛度有關，他不能不重新建構此「影音」的豐饒性以回報不可。以是如何返回進入「最大的愉悅、最少的悲哀」之右腦的「永恆圖象」中，成了向陽的「難題」，那「難題」的鑰匙是向陽的也是所有詩人建構其「影音庫」之所在。

建構與逃逸
——路寒袖影音創作中的臺灣圖象

摘　要

　　此文以路寒袖的歌詞、臺語詩、攝影詩為例，從拉康鏡象說及左右腦分工說切入，討論影音大潮的後現代進路中，路寒袖以詩之影音化建構其自我符碼的緣由、變化、和可能趨勢，以及此種創作方式所呈現的意涵。他由主流的華語符碼中逃逸，開始架築臺語影音場域及捕捉豐富之臺灣圖象，或是他要從年幼失恃和匱乏的焦慮感中不斷逃逸又不斷建構的填補方式，卻正好敏銳地符應了「由左腦返右腦」、「輕文重圖」的時代走向，其臺語詩與歌詞獨樹一幟，為臺語文字的雅緻化鋪出了坦途。而從中心流向邊緣、由深陷到逃逸，這使得路寒袖一生始終處在不安的動態性創作中，宛如歷史中不斷變換走向的臺灣圖象。

關鍵詞：路寒袖、影音、歌詞、臺語詩、攝影詩

一、引言

　　這是一個影音大潮的年代，二十年來，自從資訊電腦化、網路化、手機智慧型化、電腦平板化、乃至文學書電子化後，由詞語符號向視覺符號轉向，已經不是紙上談兵、說說而已，資訊尤其是影音內容、形式、多元多樣的搜索、傳遞、下載、分享的能力和速度，已非三、四十年前可以想像，更非百年前的文學人、詩人可以思索。2010年離世時剛滿八十高齡的散文詩教主[1]商禽（1930-2010）曾說：

> 詩人創作，是用文字來描述詩的意象，把文字視覺化。現代詩現在多半是視覺化，而不再是聲音化。所以每一個詩人大概最終的願望，就是做一個畫家兼導演，把聲音、形象、色彩全部表達出來。[2]

　　他的意思是詩人以文字「視覺化詩的意象」，卻不夠重視「聲音化」，但「每一個詩人」無不想將之真正圖畫似地予以「視覺化」，用盡可能方法使之「聲音化」。他更指出，詩人腦中的意象太奇妙了，不將之「全部表達出來」實在不過癮。當然「商禽之夢」並非易事，卻也沒有哪個年代比現在更容易，可以應用各種軟體、硬體、與他人的創意整合、乃至集體運作等，都有機會使之付諸實踐。雖然，無論如何都很難「把聲音、形象、色彩全部表達出來」，但不無可能局部或小部分炫麗展現。但很少人會去注意，

---

[1] 白靈曾撰〈散文詩教主〉一詩，見其《昨日之肉》（臺北：秀威資訊，2010），頁175-176。

[2] 紫鵑訪問：〈玫瑰路上的詩人──詩人商禽訪談錄〉，《乾坤詩刊》第40期（2006.10），頁6-14。

「商禽之夢」及今日電影3D化等趨勢，乃人的左右腦分工和人天生「輕左重右」的本性所致。

　　光以「聲音化」這件事而言，不少臺灣詩人的作品藉由作曲家的巧手早已有機會被譜成藝術歌曲、民歌或流行歌曲，如余光中、鄭愁予、席慕蓉、夏宇、向陽、陳克華……等詩人，但能像路寒袖有將近四十首歌詞被譜成歌曲，在群眾間曾廣泛傳唱的當代詩人，還真少見。而從正統中文系出身，卻又由其中逃逸，自主流語系進入邊緣語系，以雅歌式風格獨具的臺語詩與歌詞成就創作高峰，顯然與其一貫的叛逆性格有關。不論是一度成為「拒絕聯考的小子」、或由華語而臺語、由囝仔詩而歌詞、由攝影而攝影詩、由漫遊異國而臺灣走透透，路寒袖是個雅好動盪不安的人，建構一個城堡又打壞一個城堡，他既填補又逃逸，那似乎是廣大的存在的匱乏感在背後驅動著他。

　　現代向後現代變遷轉進時最重要的社會文化特徵是文字作為符碼的論述或閱讀受到壓抑、減少，而以影音圖象作為符碼的閱聽形式受到鼓舞、強化[3]，對這樣年代的到來，臺灣詩人群中有警覺性的並不多。除了1975年，楊弦發起的「現代民歌創作演唱會」在臺北舉行，演唱了譜自詩人余光中的8首歌，包括〈鄉愁四韻〉、〈民歌手〉、〈鄉愁〉等，像一場「詩與歌的婚禮」，掀起了民歌的風潮。[4]而詩人以臺語創作的詩作及歌詞在1975年前卻乏善可陳，僅有1965年起由林宗源寫了〈病了，又擱無錢〉等幾首「近似臺語自由體現代詩」、「寫實的」，但「受限於臺語文字認識有限，和北京語相混，不很道地，成績並不是很可觀」[5]。到了七〇

---

[3]　W・J・T・蜜雪兒著：〈圖象轉向〉，見《圖象理論》（Picture Theory，陳永國、胡文征譯）（北京大學出版社，2007），頁1-25。

[4]　引自鳳凰網：〈臺灣民歌三十年：跨越遙遠的鄉愁〉，參見網路http://info.wenweipo.com/index.php?action-viewnews-itemid-48337。2013年2月26日。

[5]　宋澤萊：〈試介李勤岸、胡民祥、莊柏林、路寒袖、林沈默、謝安通、陳金順、藍淑貞的臺語詩──九〇年代臺語詩的一般現象〉，《臺灣新文學》第12期（1999.07），頁267-286。

年代，此一困境一直要到向陽在1976年寫下〈阿爹的便當〉等的臺語詩「為自由體現代詩打下了寬廣大路」，1977年，向陽的一首〈青盲雞啄無蟲說〉的「預示了臺語韻文詩的無比潛力」；1981年，宋澤萊的〈若是到恆春〉、〈m⁷通呰惜咱感情〉、〈你的青春，我青春〉向臺語流行歌曲借用了型式，1983年，向陽以〈春花望露〉、〈雨夜花〉的臺語歌詞為藍本，寫了〈春花m⁷敢望露水〉，「翻轉舊義為新義，遣詞、造句、節奏都比傳統歌詞更流暢、靈活，令人驚歎」。[6]及在八〇年代末期，林央敏的〈m⁷通嫌臺灣〉韻文詩「鼓動臺灣人的自覺」、「被譜成了二十四種不同的曲調，還獲得大獎，轟動海內外」，黃勁連也重寫臺語歌的歌詞，一時之際，「臺語韻文詩路線也璨然大備，再也不被動搖了」。[7]

而路寒袖對臺語歌詩的自覺就介在上述的向陽、宋澤萊與林央敏、黃勁連等投入此行列之間。雖然他寫下第一首臺語詩並被譜成曲是1991年，但早在1980至1984年間，路寒袖就曾以八首中文詩重新詮釋八首臺灣民謠詩作〈日日春〉（1937年，陳達儒作詞，蘇桐作曲）、〈五更鼓〉（嘉南地區流傳民謠）、〈乞食調〉（自然民謠）、〈心酸酸〉（1936年，陳達儒作詞，姚讚福作曲）、〈一隻鳥仔哮救救〉（嘉南平原民謠）、〈杯底不可飼金魚〉（1949年呂泉生作詞，呂泉生作曲），〈雨中鳥（日據時期創作歌謠，陳達儒作詞，林綿隆作曲）、〈春花夢露〉（1952年，江中青作詞，江中青作曲）等，雖然多少受到向陽、宋澤萊等前行者的影響，但這對學院派中文系背景的人而言，卻是不小的轉向，他會對當時被視為粗俗、悲情的民間歌謠如此注目，當與他自身鄉土經驗和遠地求學的心境有關，而且使用主流的華語和中文素養去詮解邊緣語言之臺灣歌謠優美的一面，自然為日後的臺語歌詩（1991年）後的創作結下了難解的情緣，也等於給自己審思鄉土文學運動（1977-1979）後

---

[6]　同上註。
[7]　同上註。

本土意識與思潮進入狂瀾熱潮的一記響亮的回應。他雖出道稍晚，他在宋澤萊所區分的「自由體現代詩」與「韻文詩」中的後者卻取得了亮麗的成績：

> 溯自七〇年以迄八〇年代，臺語詩即形成自由體現代詩及韻文詩二條路線。七〇、八〇年代，自由體詩以林宗源、向陽最好，是一書寫小人物的寫實詩，九〇年代竄起了李勤岸、胡民祥，他們專寫政治詩，注目在民主政治及國體改造上，技巧更加自由靈活，結構更嚴密，共同打造了自由體現代詩的基礎。在韻文詩方面，八〇年代林央敏、黃勁連的天下，大量的詩表現在政治、思鄉場域上，篇篇傑作。九〇年代竄起莊柏林、路寒袖，尤其路寒袖細膩化的技巧使韻文詩更為精緻，實是一大收穫。[8]

路寒袖尤其對臺語詩過度「政治化」、臺語歌詞過度「酒色化」[9]兩方面於九〇年代中及時做了矯正，如宋澤萊所讚譽的「使韻文詩更為精緻」，臺語歌詞便在這韻文詩內，路寒袖對「商禽之夢」中「聲音詩」的敏銳和成就，可說是後發先至了。而他先前在《夢的攝影機》以及進入21世紀後走向「攝影詩」則可說是「商禽之夢」中「視覺詩」的實驗者了，一音一影，正是眾多詩人群到了後現代難以迴避的路徑。本文擬從拉康鏡象說及左右腦分工說切入，討論影音大潮的後現代進路中，路寒袖以詩之影音化建構其自我符碼世界的緣由、變化、和可能趨勢，以及此種創作方式所呈現的意涵。

---

[8] 同上註。
[9] 路寒袖：〈重拾臺灣歌謠的尊嚴〉，《春天個花蕊》（臺北：平氏出版有限公司，1995），頁152-155。

二、雙重匱乏與生活於域外

　　路寒袖在他的生活的過程和詩歌的創作歷程中表現得最明顯的是他的孤獨感和漂泊感，一如他在自傳式散文短章集《憂鬱三千公尺》中所說的：

> 我在一片灰白的世界裡打著哆嗦，腦中卻是色彩明亮、氣勢雄偉奇峰盛景，這距離我登雪山歸來還不到一個月的時間，高山給我的感動已重過一座百嶽，在三千公尺以上的高山我好像才看到真正的臺灣，而被毀壞殆盡的三千公尺以下的臺灣，剩下的大概只有憂鬱了。[10]

　　這短短一百餘字，明示或暗示了幾件事：一是臺灣最原始「真正」的風貌在三千公尺以上的百嶽「好像」仍可以尋得，卻是人跡罕至；二是即使世界「一片灰白」、令人「打著哆嗦」，他的「腦中卻是色彩明亮、氣勢雄偉奇峰盛景」；三是三千公尺以下臺灣的社會紅塵滾滾，原始風貌已「被毀壞殆盡」，而這就是他「三千公尺般」的憂鬱所在；四是高山百嶽是他經常重返自然之處，一個月內就去了兩處，因為那種感動「重過一座百嶽」。

　　上述那段話寫得非常含蓄，就「只用淡筆輕描」那「海拔三千公尺以下的真實」、既「無呼號、吶喊」也「不像哀鳴」[11]。頂多在後來此書「從書肆消失」十一年後的新版序文中說得更清楚一些：

---

[10] 路寒袖：〈憂鬱三千公尺〉，《憂鬱三千公尺》（臺北：聯合文學，2003），頁87-89。
[11] 彭瑞金：〈臺灣正在雲霧旋起處──寄語憂鬱詩人路寒袖〉，《民眾日報》，1992年8月28日，頁23。

而臺灣各鄉鎮在經濟至上的快速發展下，恣意開路拓建，城鄉風貌紊亂突兀，童年的地標一一被拔除，島嶼的歷史記憶正急遽的遠逝，〈萬仔婆的電視和果園〉中的果園早就屍骨蕩然，即使連我大甲的老家，這父親與祖母窮一生之力所打造的簡陋家園，也被拆除大半，成了斷首去足的家屋。[12]

「被拔除」的童年地標、「斷首去足」的家屋，說的不只是個人感受到的「天地之間似乎只裝盛著真切的蟬鳴」[13]的實體，而是因經濟至上，而將集體的「島嶼的歷史記憶」急遽的毀壞。他不忍見到這些毀壞的改變，不得不孤獨尋求自解或逃避，因此即使「因為工作、為了理想」到臺北十多年，卻「一直無法適應臺北的生活」，因此經常：

> 放假依然喜歡往山去、往海跑。他喜歡在大自然中回味幼時的山野、溪疏、湛藍的天與汪洋的海，在那裡他可回味童年最純真的時光。[14]

甚至到後來喜歡「住在文明的邊緣，以山野為鄰」，「總覺與人為伍，恆日惴惴不安」、「常常利用閒暇時日，獨自一人往山裡逛去，尋的是荒野中野薑花的馨香，與自葉間篩灑而下的陽光錯景」[15]。在自然中一個人的孤獨感中再不必夾雜著「與人為伍的」「惴惴不安」，這是漂泊感、流浪感。甚至可以避免陷入「三千公尺的憂鬱」，但又不能完全逃脫，因為不能不牽掛者這樣的自然環境被毀壞的擔憂：

---

12 路寒袖：〈掩蓋憂鬱〉新版序，《憂鬱三千公尺》，頁8-10。
13 路寒袖：〈第二雙鞋子〉，《憂鬱三千公尺》，頁12。
14 陳秀琍：〈臺語詩與歌的新紀元：詹宏達VS.路寒袖從「畫眉」談起〉，《鄉城生活雜誌》第17期（1995.06），頁13-16。
15 路寒袖：〈野薑花的回憶〉，《憂鬱三千公尺》，頁112-113。

然而我後代呢？即使他們依然居留此地，但屆時誰來為他們
描繪野薑花的馨香與形象呢？[16]

而當一個人逃入自然，獲致短暫「不必與人為伍」的自由時，
他的心理的孤獨感是透過身體移動的自由感而表現出來的。因此漂
泊、流浪、自由獲取的方式，其實即孤獨感獲取的方式，而「自
然」即被視為人類重建自身身分的第一選擇：

一個人要重建他的身分認同以及自尊時，第一步，通常便是
退回自然的孤獨懷抱。可是，所有回歸自然物想像，同時也
包含了共生的渴望（渴望未經分化的齊一，人類和自然之
間、人和同儕之間不言自明的瞭解）……[17]

而路寒袖童年時卻樂與童伴為伍，他的孤獨感是離鄉以後開始
的。如臺語歌詞〈風雲飛過全臺灣e厝頂〉：

風雲飛過全臺灣e厝頂／夕陽沉佇橋前／中山北路e公車
／一班過一班是按怎攏
勿會停／阮打毋見佇都市e心情／到底坐佇佗一臺／偷
偷啊，偷偷啊，／偷偷走去旅行／路口閃閃熾熾e青紅燈／
阮已經分不清／中山北路e樹仔／一叢閣一叢是按怎攏勿會
冷／恁恰阮攏是踮佇臺北／恰生活佇咧競爭／恬恬啊，恬恬
啊／恬恬佇咧拼前程／汝我夢中繁華e都市／來來去去有遮
儕儂／是按怎，是按怎／是按怎攏冷冰冰[18]

---

[16] 路寒袖：〈野薑花的回憶〉，《憂鬱三千公尺》，頁114。
[17] Joanne Wieland-Btston：《孤獨世紀末》（*Contemporary Solitude*，宋偉航譯，臺北：立緒
文化事業有限公司，1999），頁126。
[18] 路寒袖：《春天個花蕊》，頁49-52。

此詩中臺語作者曾自註，如「打毋見」：「打毋」連音讀〔ㄆㄚㄇ2〕，遺失；「恁」：你們；「踮佇」：居處於。踮〔ㄅㄧㄚㄇ3〕；「恬恬：〔ㄅㄧㄚㄇ7　ㄅㄧㄚㄇ7〕，默默的；「遮儕」：這麼多。儕〔ㄗㄝ7〕，多。詩雖是寫給歌手潘麗麗唱的曲詞，描述出外人在臺北「戰戰兢兢的工作」、「為的只是如何活得更像個人」、「堅持格調，不向市場妥協」[19]，其實即路氏個人北上進入職場多年的心情、寫照和處世風格。詩中說「一班過一班是按怎攏膾停／阮打毋見佇都市的心情／到底坐佇佗一臺／偷偷啊　偷偷啊　偷走去旅行」，車子一班班為何都未靠站？我遺失在都市的心情，到底是搭乘了哪一列車，偷偷出去旅行？暗指的是自己的遊子漂泊不定的心情。「中山北路的樹仔／一欉閣一欉是按怎攏膾冷」，中山北路的樹怎麼都一叢又一叢不會冷，此二句與歌詞末「汝我夢中繁華的都市／來來去去有遮濟儂／是按怎　是按怎　是按怎攏冷冰冰」做對比，排齊的樹不冷，但夢中繁華的都市來來去去這麼多人為何都冷冰冰？暗指自己對自然物仍有所感，但都市人互擠卻令人感覺淒涼。又如他在〈臺北男人〉中說：

> ……臺北這隻機器遮大臺／到底是啥麼儂佇咧駛／啊，有夠戇癮頭啊／就是咱這陣小卒仔／毋知死活咧展氣概……毋免佇遐咧做眠夢／毋免佇遐咧暗暗仔幹／啊，穡頭撲拼作啊／逐個月薪水加減趁／總有看著天年個一工[20]

　　說臺北是一隻「大臺機器」，不知誰在幫它行駛，其實就是我們這群小人物在推動，自身以為重要地為它「展氣概」多年，才有所警醒，再不必做夢，不必過度認真，工作賺薪水即是，可以安享天年。這是理想和夢的反省，也恐怕是他多年後會返回中部的原

---

[19] 路寒袖：《春天個花蕊》，頁52。
[20] 路寒袖：《春天個花蕊》，頁116-118。

因，至少離鄉近一些。

　　而他自都會紅塵「逃逸」，向「自然」的「回返」，比如「每年至少都會上合歡山一趟」[21]，是對「真正的臺灣」和他童年一切被「毀壞」所引發的，也是他的一種存在匱乏感的填補方式。而他對早期臺語歌謠的注意和改寫，其後大量創作臺語歌詩，則是他自「中文」（華語）主流語言系統的醬缸中抽拔「逃逸」，試圖向母親的話語「臺文」（臺語）邊緣語言系統「重拾」、「面對」、或「回返」，則也可以說是他的另一種存在的匱乏感所造成：

> 這應該就是血液的呼喚了。從小聽臺灣歌謠長大的我，雖然曾經一度鄙夷輕蔑它們，可是在自己孤單寂寞、情感脆弱的時候，卻唯有它們能直抵內心深處，給我最自然、毫無掩飾的慰藉。[22]

　　「脆弱」時，卻唯它們「能直抵內心深處」，說明沉浸母語中有如「回返自然」的功效。因此「母語邊緣化的匱乏感」和「土地被毀壞的匱乏感」乃成了路寒袖貫串一生的「雙重匱乏」。「母語邊緣化的匱乏感」由「臺語歌詩」（音／韻文詩）的創作試圖填補，「土地被毀壞的匱乏感」則試圖由「插畫」、「攝影詩」（影）、乃至各鄉鎮采風攝影書寫予以填補。「匱乏感」的填補既是建構也是逃逸的路徑。因此所謂「逃逸」，是朝向自身原處場域「之外」及未觸及到的「之內」的探求，最終是對世界和對人的瞭解和自我歸返，即使所得有限或徒勞無功，一如攀登百岳一再重返自然，既留不下痕跡，所見也始終是有限的局部和角度。哲學上常以「域外」二字論述上述的「逃逸」或「回返」，德勒茲

---

[21] 路寒袖：《春天個花蕊》，頁48。
[22] 路寒袖：《歌聲戀情》（臺北：聯合文學，2003），頁174。

將「域外」看成「比所有外在世界更遙遠……」[23]，其中隱藏的正是向「域外」的「逃逸」和「越界」，到後來則正是為了開拓或「建構」一條重新折返自我的嶄新路徑，如「華語」向「臺語」的「越界」，「詩」朝「攝影」的「越界」，既是「越界」又是「出走」、「逃逸」，卻又是另一「跨領域」的「建構」。於是思想愈往域外越界就愈是一種朝向填補「存在匱乏感」的內在性褶曲。[24]上述路寒袖的「雙重匱乏」和其「影」「音」創作可以看作他對自我生命「回返」「重估」的兩種觀照方式，如圖一所示：

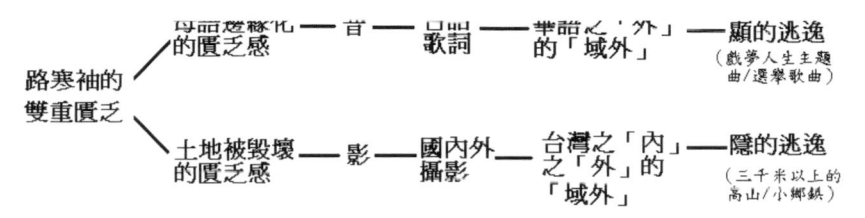

圖一　路寒袖的雙重匱乏和以影音建構逃逸的路徑

其中臺語歌詞是開放性、公眾性、一但流傳影響力驚人，是以巨大的「域外」力道挑戰主流華語，是一「顯」的「建構」也是自主流「逃逸」的方式。而路氏先是推出國外詩攝影集《忘了，曾經去流浪》、《何時，愛戀到天涯》、《陪我，走過波麗路》，再逐步轉入國內詩攝影集《走在，臺灣的路上》，則可視為對土地被毀壞後的逃避與建構，由臺灣之「外」再到臺灣之「內」，由「他山之石」再到「返照自身」：

　　　確認回家後，才可安心整理堆積在心中各個角落的異國光影

---

[23] 吉勒‧德勒茲：《德勒茲論傅柯》（Foucault），楊凱麟譯（臺北：麥田，2000），頁173。

[24] 楊凱麟：〈分裂分析傅柯：文學佈置中的越界〉，《臺大文史哲學報》第71期（2009），頁185-208。

與容顏，讓自己的心情從夢境一層一層的撤退，然後將觸覺、嗅覺調回熟悉的臺灣溫度與濕度。於是我瞭解，旅行的目的就是為了回家。[25]

不只是由「異國光影」中抽拔回臺才有「回家」的感覺，在交通還沒如今方便的八、九〇年代，連由臺北都會抽拔回自己老家，恐都有漂泊或旅行的目的「就是為了回家」——在不定感與定感之間永恆的遊走。因此對路氏而言，每回由都會紅塵逃入自然再到面對城鄉的各式本不願見不忍見的面貌，是個人心歷路程和臺灣土地圖象的「重返」和「反省」，可視為一「隱」的「逃逸」，也是回頭重新面對並「建構」的方式：

> 本以為很認識臺灣，但省視土地哺育生命的跡痕，愈是挖掘、書寫，乃發現臺灣愈寫愈豐富，特別是，二〇一〇年，以影像為臺灣文學電影重現拍片場景，從北到南，由西而東，甚至離島澎湖，短短三個月，走訪了一百五十餘處地景，這有如考前總複習，題目一看，才驚覺竟然有那麼多地方沒去過，原來自己對臺灣的認知是何等的貧乏與浮面。
>
> 走在臺灣的路上，北宜公路的豪雨乍晴、蘇花公路的彤彩晚霞、新埔劉氏雙堂屋的雨後夕照、麻豆電姬戲院的荒涼頹敗、臺東海岸公路的寂靜燠熱……，自己的生命記憶與文學的、電影的情節一幕幕的交織錯合，演繹出難以言詮而肌理層疊的情懷。
>
> 於是我知道，家鄉是永無止境的旅程。[26]

說「家鄉是永無止境的旅程」，說得可是愛、恨、喜、厭交

---

[25] 路寒袖：《走在，臺灣的路上》序（臺北：遠景，2012），頁8-9。
[26] 同上註。

雜的心情，是心中早年鄉土老家完好無缺的失落、是一切美好的失落，而自己永遠想補足卻又填補不了那塊匱乏與失落。

三、拉康三域、鏡象、與兩雙鞋子

由孤獨所產生的焦慮不安，心理學上認為與人的幼兒早期的經驗有關。比如路寒袖在繪本《像母親一樣的河》描述四歲時一個深夜，睡夢中驚醒，「發現全家杳無一人」，獨自慌亂地「尋向離家六十公尺的外公家」，卻為「磚塊砌造的大煙囪」所懾魂的情景：

> 大煙囪有如一尊巍峨矗立的巨靈，悚然的籠罩著我，原已低聲啜泣的我，內心的恐懼感頓時爆裂開來，就像土石流般沖潰低淺的自尊。我放聲痛哭，迅即狂奔起來。[27]

其後，是他母親的過世。但當他父親差他「到百公尺外的雜貨店先賒些銀紙回來。才四歲的我不知哪來的勇氣，踽踽走在黯夜薄光中，竟一點也不害怕，還敲醒了店門，跟老闆提了一大袋的銀紙；整夜，我和父親就不發一語的燒著那些銀紙」[28]。同樣黯夜薄光，效果竟然兩樣，後者彷如背後有至親相挺而不覺孤單。

而由於依賴、仰慕母親遂生害怕黑暗與陌生環境的孤獨感，因此無時無刻不想「保持和母親間的親密關係」（成長後才擴大為原鄉、族群、土地、語言、民族、國家），此渴求依偎、最好是能處於母子未分化狀態的舉動，被稱為「被動的愛」，或「依愛」[29]，或「依戀」[30]。而所謂「處於母子未分化狀態」，即位於「後佛洛

---

[27] 路寒袖：《像母親一樣的河》（臺北：遠流，2003），頁2。
[28] 路寒袖：《像母親一樣的河》，頁7。
[29] 土居健郎（DOI Takeo, 1920- ）：《日本式的愛——日本人「依愛」行為的心理分析》（黃恆正譯，臺北：遠流出版公司，1985），頁86。
[30] 加藤諦三：《自立與孤獨的心理學》（未註名譯者，臺北：培林出版社，1994），頁

依德」之精神分析學家拉康所說的「實在域」，它是拉康將人的生命活動分為三個層面或三種轄域之一。此三種轄域為：想像域（imaginary）、象徵域（symbolic）和實在域（real）。實在域是指生命之初嬰兒是某種與母親不可分離、完全沒有區分的階段，需求舒適和安全，比如嬰兒需求食物時它得到乳房（或者奶瓶），當它需求安全時它得到摟抱，這是一原初統一體存在的地方。因此，實在域圓滿具足，其中的任何需求都可得到滿足，不存在任何的缺席、喪失、或者匱乏，以是實在域中不需語言、是超越語言的，也無法以語言加以表徵。實在域從出生一直持續到6到18個月之間的某個時候，持續到嬰兒粘團開始能夠在它自己的身體與環境中的每一樣東西之間做出區分為止。但此後則成為再也不可能的存在之真，它以「不在場」、「永恆匱乏」的方式存在於後來整個生命活動中，當然也存在於其後的想像域和象徵域中。因此實在域之後是以「空」以「無」以「不在場」存在，對「在場」反而產生決定性作用，這是西方否定性哲學的傳統。因此「不在場」反過來使想像域和象徵域不斷地以虛構的方式追求實在域。[31]

　　佛洛依德和拉康都認為幼兒必須與它的母親分離，才能進入文化。而分離即造成某種喪失，當孩子知道在它自己與母親之間的區別並開始成為一個個體化的存在的時候，它喪失了其原先本來擁有的原始的統一感（和安全感、可靠感），即要成為一個文明化的成年人必然招致原初的統一體、未分化的存在、與他人（特別是母親）的融合的嚴重喪失。又因初生的嬰兒不過是肢體器官的分散組合，他對自我的認識是片段的、零碎的，沒有完整的形象。嬰兒在鏡像階段（6到18個月之間的某個時候）開始產生了最初模糊的自我形象，逐步能在鏡中辨認自己的形象，然後把自己的身體和鏡中自我認同，這一過程中，自我的認同總是藉助於他者，自我是在與

14。
[31]　福原泰平：《拉康鏡像階段》（王小峰,李濯凡譯，河北教育出版社，2001），頁45。

他者的關係中被構建的，自我即他者。此時嬰兒把鏡中影像（即拉康的小寫他者）誤認為自我，無意識地虛構了自我，感知或者說意識只是自我的功能而非自我本身，自我只是感知的場所，而非它所感知的東西。即鏡中我的影像僅僅是影像而不是我本身，而我卻認為那就是真實的「我」，並以此為基礎重新組織自己片段的、零碎的認識，構造了「自我」，這個主體「是以格式塔方式獲得的，也就是說是在一種外在性方式中獲得的」形象。[32]完整自我是小寫他者的騙局，但人還自以為有意識地去擁抱這個騙局。小寫他者是「有臉的他者」，想像域就是以想像為工具，通過對小寫他者的誤認虛構自己的感性自我。象徵域中的他者形象是「無臉的他者」，即由語言構成的巨鏡，拉康稱之為大寫他者。人只有通過「語言的澈底展示」才能進入象徵域，成為理性主體，正常人的意識雖然符合現實，但這個現實同樣是被構造出來的，不過是被大寫他者以象徵的方式構造的。

　　而名、利、情、愛、性、工作、身分認同、婚姻、權力等等都被認為是依愛心理的取代[33]，不安、憂鬱、孤獨、焦慮、憤怒、神經質、身心症、和鄉愁等等則被認為是追求「不存在的依愛對象」不得後的另一種身體表徵或轉移[34]。如此「不存在的依愛對象」反而對想像域、象徵域的「存在」產生決定性作用。這是為何在繪本《像母親一樣的河》中路寒袖會說：

　　　　雖然失去了母愛，但我的童年其實是快樂的，因為生活、遊
　　　　戲在自然之中，自然彷彿就是我另一個母親。[35]

---

[32] 拉康：《拉康選集》（褚孝泉譯，上海三聯書店，2001），頁91。
[33] 加藤諦三：《自立與孤獨的心理學》，頁18。
[34] 加藤諦三：《自立與孤獨的心理學》，頁19-27。
[35] 路寒袖：《像母親一樣的河》，頁19。

「自然」取代了母愛成為他「另一個母親」，但這種「依愛」
永無法填補，因此《像母親一樣的河》末尾才會在受挫被罰後常出
現「金點飄浮」的夢：

> 　　四周全是金色的光點，有的連綴成飛龍，有的匯聚如
> 麒麟，還有一朵朵不同形狀的雲⋯⋯這些彷如虛線構成的圖
> 象，雖然並非每次都相同，但一定會有一張高背而華麗的
> 床。它們無聲無息的在空中飄浮，晶亮閃爍，偶爾飄到我的
> 面前，甚至穿過了我的身體。好幾次，我伸手去摸、去抓，
> 一碰觸，光點就消逝了。⋯⋯
> 　　夢中驚醒，我常會想，那些飄浮的金點是否就是母親
> 不捨的淚珠？它們總在我沮喪滿溢時前來載運我的失意及一
> 切，然而，為何那麼快它們就裝滿了？我抓的青蛙，釣的
> 魚，上學的課本簿子⋯⋯，也都在裡面嗎？
> 　　我還有好多好多的東西要給母親看，特別是對她不敢聲
> 張的思念。[36]

　　「一定會有一張高背而華麗的床」顯然承載著母親，「晶亮閃
爍，偶爾飄到我的面前，甚至穿過了我的身體」，「穿過」的一剎
應是與母親「合一」的一剎，而「那些飄浮的金點是否就是母親不
捨的淚珠？」或是轉化自四歲燒銀紙祭母的印象，但顯然皆是「對
她不敢聲張的思念」的想像和影像化。因此依愛心理被定義為「企
圖否定人類存在不可分離的部分，結果卻分離的事實」[37]，內在潛
意識遂透過各種取代和轉移以補足對依愛的需求。此種人類最早、
最不易自覺的銘印現象（母親和土地），即使成長後尋尋覓覓，有
所解除也都只能是短暫的解除，因為「企圖獲得與對方之間的一體

---

[36] 路寒袖：《像母親一樣的河》，頁21。
[37] 土居健郎：《日本式的愛──日本人「依愛」行為的心理分析》，頁86-87。

感」根本是不可能的。

　　以是「為了尋求真正的永恆的一體，有些人會轉向禪及其他宗教，而同樣的動機有時也會驅使人追求美」，「那些追求美的人之中有很多常常強烈地自覺到未能獲得滿足的依愛」[38]，自覺之目的無非是對抗、逃避、乃至切斷依愛，繼而加以昇華、克服。以是除非是昇華到成為修道之人，否則「我們真正尋找的是父母式的關懷」[39]，這種所謂「被動的愛」之「依愛心理」的渴求常會貫串我們一生，形成永世的孤獨感，宛如一種「魔性」或「魔咒」，除非倚靠內在自我的力量去提昇去加以消解。

　　路寒袖的「兩雙鞋子」可說是以「在場」追尋「不在場」的另一種填補形式。第一雙鞋是國小四年級才買的「大好幾號的『中國強』布鞋」，這個人生第一雙鞋讓他「走起路來稍一用力，好像就會蹬昇屋頂」、「腳包覆在鞋子裡，暖暖地，軟軟地，安全舒適極了，像蓋被」[40]。而童年積點錢買點課外讀物「日子就突地迸發出璀璨的光彩，到了高中買了文學書籍，在作品裡「彷彿又踩著蟬聲，回到大安溪畔的花生田」、足以餵哺「長長飢餓的心靈」：

> 文學就像充滿彈性的鞋子，將我的心靈暖暖地軟軟地包覆著，只要稍一用力，就可以飛上世界的頂端。[41]

　　「第一雙鞋」是腳與鞋有「合一」感，是拉康所謂「小客體」，成了將他從想像域帶向實在域的「信物」。「第二雙鞋」是以語言的虛構完成的，成了將他從象徵域帶向實在域的符碼或能

---

[38]　土居健郎：《日本式的愛──日本人「依愛」行為的心理分析》，頁90。

[39]　A・佛洛姆（A・Fromm）：《自我影像》（Our Troubled Selves: A New and Positive Approach，陳華夫譯，臺北：問學出版社，1978），頁16。

[40]　路寒袖：〈第二雙鞋子〉，《憂鬱三千公尺》，頁13。

[41]　同上註，頁14。

指，但「不在場」（所指）的「永不在場」。如此可將他的「兩雙鞋子」放在拉康三域與鏡象說的相關位置，如圖二：

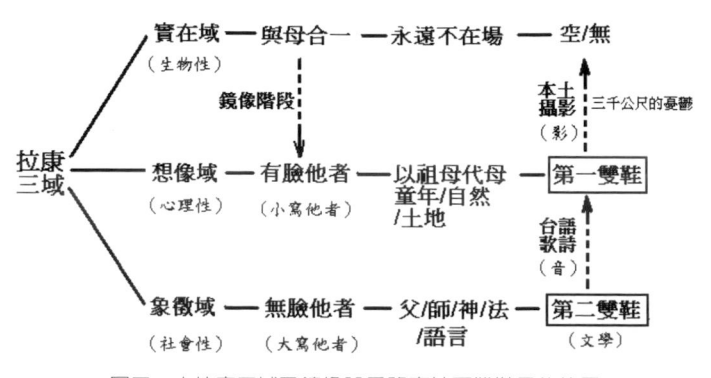

圖二　由拉康三域及鏡像說看路寒袖兩雙鞋子的位置

不論是由「第二雙鞋」之文學語言衍伸出的臺語歌詞（音），或由「第一雙鞋」踩踏出的臺灣島內或島外的攝影詩集（影），最後都是朝向「不在場」的「依愛」一路尋去，設法予以填補。就像他寫潘麗麗時其實也有他母親在世時的影子，比如〈大漢汝落知〉（長大你就知）末半：

> 母是阮愛放汝孤單／汝若大漢落知影／汝乖巧聽乎清楚毋通驚／這是媽媽個聲／彼是爸爸個聲／人生勿會駛靠運恰靠命／凡事認真撲拼才會得儂疼／企踮世間挺挺像山嶺／心肝仔囝，心肝仔囝[42]

非母親放你孤單，你長大即知其因，命與運不可靠，打拼才得人疼，立在世上要像山嶺，其中詩句正隱含了他兒時母親走前的叮嚀之語。而即使他傳唱極廣的〈春天的花蕊〉，表面上是1994年陳

---

[42] 路寒袖：《春天個花蕊》，頁66。

水扁臺北市長競選用的歌曲，但時隔近二十年再來看，仍是優美的臺語歌詩、也隱含了路氏母親的影像：

雖然春天定定會落雨／毋過有汝甲阮來照顧／毋論天外烏雨會落外粗／總等有天星來照路／／汝是春天上嬌的花蕊／為汝我毋驚淋駕澹糊糊／汝是天頂上光彼粒星／陪汝我毋驚遙遠佮艱苦／／春天的，春天的花蕊歸山墘／有汝才有好芳味／暗暝的，暗暝的天星滿天邊／無汝毋知佗位去[43]

這其中落雨「有汝甲阮（來為我）來照顧」、「春天上嬌（最美）的花蕊」、「有汝才有好芳味」，充滿不再特指過去的政治明星，反而充滿了「依愛」的孺慕之情，尤其「汝是天頂上光（最亮）彼粒星／陪汝我毋驚（不怕）遙遠佮（和）艱苦」，更是暗指天上的母親。「暗暝的天星滿天邊／無汝毋知（不知）佗位（到哪裡）去」，沒你就失了方向，即使滿天皆星星，有你嵌在其中才有了方位。今日再讀，恐怕除了至親，再也沒有任何政治人物具有這樣的魅力。而路寒袖對「政治」語言與「酒色」情感介入臺語正是極度避免的，亦即象徵域大他者對他的牽引畢竟無法與想像域小他者如母親對他的牽引可相比擬。

而他的攝影詩集均以彩色圖片面世，並以情詩形式搭配，貫串了三本異國旅行集子，不論是否有市場考量，以「情愛」取代「依愛」，內在一樣是相同的「存在的匱乏感」所驅動。如下的詩句無不可如是觀：

不管什麼樣的形體／都無法掩飾我熾烈的心／從內裡透露出的渴望／是城市最亮的風景（頁25）

---

[43] 路寒袖：《路寒袖臺語詩選》（臺南：真平企業，2002），頁42。

只要站到視窗，／天空就這麼容易觸及／而你是否看到／我鮮紅欲滴的心意？（頁26）

我把心情擺放在窗臺／每天你經過時／都有紅花綻放（頁34）

孩子，水上有船／那將是你人生的渡航／遠方會是遼闊的天空（頁38）

這淨潔的天／是如此的開放／循著階梯／一步一步攀登／你將知曉無邊無際的真諦（頁57）

在遙遠的天際／我高高舉起／用雲的言語／說予天空知悉（頁121）

大海啊／聽完你深層的祕密／我已牢記在心裡／往後，我都會是／這般自在的步履（頁167）

我即將遠行流浪／所有對家的思念／如白浪般／一路跟隨的絮語（頁215）

夜色迷離／所有流浪的光／都奔往回家的方向（頁233）

——以上路寒袖《忘記曾經去流浪》[44]

上述詩句中從「渴望」、「鮮紅欲滴」、「紅花綻放」、「遠方」、「淨潔的天」、「說予天空知悉」、「一路跟隨的絮語」、「回家的方向」等詞都暗示了愛的純真和無條件、乃至可觀而不可觸及，這是「依愛」的投射或投影。又如：

窄窄的巷子／長長的思念／妳的背影在前／我的惆悵滿天（頁155）

點亮對妳的所有思念／妳將發現它們／大得一如星球（頁164）

---

[44] 路寒袖：《忘了，曾經去流浪》（臺北：遠景，2008）。

我們一路相隨／穿越了狂暴的謠言／終於抵達夢幻的城市（頁166）

　　我走在清晨／翠綠的陰影裡／每一片的葉子都在詢問／為何妳不在身邊？／而，所有的椅子／都空在那裡／等妳（頁176）

　　不用替我擔心／在天涯的一角／我仍可種植／鬱鬱蔥蔥的相思／為生（頁188）

　　總在無人的時候／將自己全然打開／用潔白的雲朵／一層一層的擦拭／想妳的心情（頁190）

　　暗夜與暴雨遮蔽了／想妳的路徑／所以，我必須／發動意志的引擎／迎向前去（頁195）

　　天空無限寂靜／我的心徬徨得／一如盤旋的老鷹／在時間的隙縫穿梭／窺視妳淡淡的身影（頁202）

　　這是妳的背影／所透露的訊息嗎？／我會記在心底／用一輩子翻譯（頁230）

　　對妳的愛過於熾烈／以致將自己鍛鍊成鐵／又因思念太深／而，漸次剝落鏽蝕（頁267）

　　　　　　　　——以上路寒袖《何時 愛戀到天涯》[45]

　　上面的例子盡是思念的形式，如「惆悵滿天」、「大得一如星球」、「抵達夢幻的城市」、「擦拭／想妳的心情」、「暗夜與暴雨遮蔽了／想妳的路徑」、「窺視」、「記在心底／用一輩子翻譯」、「思念太深／而，漸次剝落鏽蝕」等，表明了不可得的心境，其「鏽蝕」身心，自易「惆悵滿天」。又如：

　　我把自己置身於／人間仰望的高處／奮勉的書寫／一首

45　路寒袖：《何時，愛戀到天涯》（臺北：遠景，2009）。

一首／送給妳的詩句（頁47）

　　我在時間的背後／追逐時間／直到雙翼衰老／也要見妳一面（頁50）

　　旗幟飄揚／像是亢奮的情慾／每個閣樓都將／窗戶緊閉（頁71）

　　我以思念／將自己烤得全身通紅／等待夜晚／妳的到來（頁72）

　　想妳的翅翼全然張開／讓風，一根一根的梳理／這是適合起飛的天氣／連雲都已準備就緒（頁78）

　　我的心因思念過度／而鬱結成一顆顆／晶瑩瑰麗的寶石（頁114）

　　我們能否回到童真？／妳專注的唸著故事書／給我聽／而我／乖乖的躺在妳懷裡（頁180）

　　我的每支曲子／都是戀人悲歌／唉，全世界卻只有／我低頭沉思的狗／懂得（頁213）

　　妳的眼神指揮了／一團交響樂／它們在我體內／演奏，永不停歇（頁184）

　　為情所苦的顏面／竟是如此的混濁／虛矯的花飾／厚重的道德／裹著的／無非是一顆糾結的心（頁217）

　　　　　　　　　——以上路寒袖《陪我 走過波麗路》[46]

　　上述詩句中的「仰望的高處」、「直到雙翼衰老」、「旗幟飄揚／像是亢奮的情慾」、「將自己烤得全身通紅」、「翅翼全然張開」、「鬱結成一顆顆／晶瑩瑰麗的寶石」、「妳專注的唸著故事書／給我聽」、「每支曲子／都是戀人悲歌」、「它們在我體內／演奏，永不停歇」、「糾結的心」等均是不可得的、鬱而糾結，

---

[46]　路寒袖：《陪我，走過波麗路》（臺北：遠景，2010）。

卻又旗幟鮮明，處處可見痕跡。陳義芝在《陪我 走過波麗路》序文中說路氏在異國旅行的夢想中自我解禁：「從視聽感官交擊，到觸探情感潛在的張力。波麗路扮演工具角色，『陪我』也只是一個幌子」、「在新奇的異地，現實中的路寒袖看到了燃燒著激情的、自戀的理想自我」、「路寒袖邀請讀者陪他走的不是真實人生路，而是情感想像之路」，因為「所有情愛都從想像演練萌生，塑形」[47]。「自戀式理想自我」的鍛造正是拉康鏡象說的自我投射結果，因此由想像域一再「演練萌生」，向「與母合一」的實在域尋求回返，一如其一再不斷回返自然山水是一樣的，因此可說是對其存在匱乏感的一再填補之另一形式的展現。

四、左右腦、華語母語、與路氏影音建構

本文引言曾提及，希望詩人能全方位展現其所能的「商禽之夢」，以及今日電影3D化、資訊智慧化等趨勢，乃人的左右腦不對稱分工和人天生「輕左重右」的必然本性所致。但教育卻反其道而行，「重左輕右」的設計其實是方便政治運作、社會秩序、經濟生產所需。筆者在〈詩的影音建構——以向陽的散文詩和臺語詩為例〉[48]一文中對左右腦分工已略述及：占優勢的左腦是理性的、分析的、個人的、注重過去和未來的，與語言／文字相關聯的知識和學問均與之密切連結（所有自然科學和人文社會學科）；而占劣勢的右腦則是感性的（直覺的）、綜合的、集體的、注重當下的，與圖象視聽影音相關聯的藝術學門均與之密切連結（包括音樂、舞蹈、繪畫、建築等所有藝術學科）。[49]詩剛好是左右腦二者合作的

---

[47] 陳義芝：〈解禁的情愛芭蕾〉序，見路寒袖：《陪我走過波麗路》，頁13。
[48] 白靈：〈詩的影音建構——以向陽的散文詩和臺語詩為例〉，見黎活仁、白靈、楊宗翰主編：《閱讀向陽》（臺灣：秀威資訊，2013），頁26-57。
[49] 七田真：《全腦時代》（臺北：中國生產力中心，1997），頁94。

產物，文學未來的影音建構詩自然不能缺席。該文也曾提及嚴重傷及左腦功能的「中風」經驗腦神經學專家吉兒・泰勒（Jill Bolte Taylor, 1959- ）在《奇蹟》一書及在TED的18分鐘演講〈你腦內的兩個世界〉中關於左右大腦的結構與功能的敘述，底下再略述。吉兒・泰勒曾生動地描繪自己內在左右腦的細微變化，自述她從中風、手術到復原的八年中細膩的生理與心理感受。她發現到，當左腦失靈時右腦竟使她非常驚異的是：

> 我意識到自己不再能清楚的分辨出自己身體的疆界，分辨不出我從哪裡開始的，到哪裡結束。[50]
>
> 我感受不到我身體的界線，我覺得我好巨大，好像在膨脹。我覺得我和周遭所有的能量融合成一體……。[51]
>
> 沒有左腦來分析判斷，我完全讓這種寧靜、安全、神聖、幸福以及全知的感覺給迷住了。[52]
>
> 這感覺比起以肉身存在這個世界上所可能經歷的最大快樂，還要美好得多，沒有肉體疆界，真是最輝煌的祝福之一。[53] 我的左腦被訓練成把自己看成一個固體，和其他實體是分離的狀態。但是現在，自從逃出那個有限的迴路，我的右腦快樂的搭上了永恆之流。我不再疏離與孤單。我的靈魂和宇宙一樣寬廣，在無垠的大海裡快活嬉戲。[54]

吉兒・泰勒強調左腦「關機」與右腦「開機」有一種「溶入

---

[50] 吉兒・泰勒（Jill Bolte Taylor）：《奇蹟》（*My Stroke of Insight—A Brain Scientist's Personal Journey*），楊玉齡譯（臺北：天下文化，2009），頁33。

[51] 吉兒・泰勒：〈你腦內的兩個世界〉，參見http://www.youtube.com/watch?v=-inPDyTx-o8。

[52] 吉兒・泰勒：《奇蹟》，頁44。

[53] 吉兒・泰勒：《奇蹟》，頁71。

[54] 吉兒・泰勒：《奇蹟》，頁74。

了宇宙」[55]、「知覺也完全自由移動」[56]的感受，只用右腦會讓她進入「周圍那片能量海」中，而感受不到「身體的界線」，因此覺得「好巨大，好像在膨脹」，覺得「和周遭所有的能量融合成一體」，這比拉康所說嬰兒在實在域「與母體合一」的感受看來有過之而無不及，如此拉康說實在域（潛意識）是「空」是「無」，若按上述則可與「開機」後的右腦連結，則應是「質量」全然解離後釋放的「能量」，是「無框」、是「無限」狀態

　　一般人完全只使用右腦是不可能的，就像拉康的實在域永不能達至、永遠匱乏一樣，而會不會初生嬰兒的理性左腦處於關機狀態，只有右腦在開機？如此我們似乎可把左右腦分工與拉康三域說結合，並似乎可指出路寒袖的諸多「信物」：如歡樂天堂的萬仔婆的果園／撿拾遺粒的花生田／第一雙鞋／母臨終叮嚀／金點飄浮和華麗高牀之夢／祖母影像聲音等等的位置，是他之後能不斷轉換跑道、建構自身影音城堡的入門券和堅實的感性憑藉（信物）。這些都比由社會威權理性冷酷的大他者所建構的語言象徵域更具心靈溶解力，即使後者更為堅固強悍。可表示如圖三：

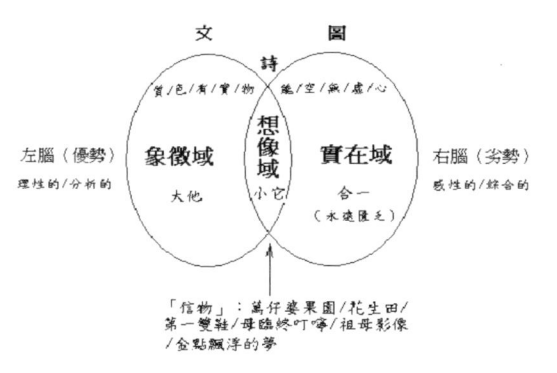

圖三　路寒袖的「信物」在拉康三域與左右腦的位置

[55] 吉兒・泰勒：《奇蹟》，頁43。
[56] 吉兒・泰勒：《奇蹟》，頁44。

今日影音大潮的出現，可說是人類文化史中繼語言、文字、印刷術之後，資訊表現傳播和接收形式的再一次飛躍。原先印刷術依賴於左腦的文字邏輯，是抽象的、理解性的，卻難以大量表達右腦所重視的圖象或影音，即感性的、形象的。於是生活可見可聽的事物全成了以理解去表現傳播和接收。而如今由於科技的力量，不過是使影音再度確立了右腦的重要，標舉了視覺文化的地位，使原來透過理解的現在又回到可見可聽的世界，因此「由文向圖」、「由左腦回到右腦」，不過是回歸人的本性而已。

　　如今，已處於一個從左腦優勢的語文文化主導的時代進入右腦逐漸優勢化的視覺文化主導的時代，這也是左腦理性的父親／法律／神權／威權之大他者代表的象徵域必然受到某種程度的壓制，改由右腦感性的母親／民俗／自然／人權，及朝向與萬物合一感之實在域取代。而純右腦思維是不可能的（如吉兒‧泰勒所述），卻是人自始至終的想望，因此最終也只能座落在左右腦協調合作的想像域內。因此由「左腦對右腦」的「移動」或可得出下列類似「移動」的關係：

　　　　左腦對右腦＝祖父對祖母＝封建族群（男）對弱勢族群（女）
　　　　＝外省對本省＝華語對母語＝國語歌曲對臺語歌曲＝城市對鄉村
　　　　＝人為對自然＝文明對原始＝象徵域對實在域＝主流對在野
　　　　＝現實對夢（理想）＝逃逸對建構

　　路寒袖會書寫祖母（代母職）甚多而對祖父略有微詞、及無意承繼其遺物（如〈衣櫃〉一詩），會由華語寫作向母語寫作轉向、會對經濟至上毀壞「真正的臺灣」有三千公尺的憂鬱、會一再回返

自然、九上玉山提倡「玉山學」，乃至近些年以四本攝影詩集大動作圖象化出書，由音而影，無非是其一貫「詩惟有先走入群眾，與群眾交融在一起，才有可能將群眾引領進詩的殿堂」[57]之理想的實踐。而由左腦返回右腦的「商禽之夢」就成了「路寒袖之夢」，而且早已付諸身體力行了。

比如他寫李天祿四個女人的四首歌詞中的陳茶，即說陳茶她的命運非常像他祖母，因為「都嫁了一個『客舍似家家似寄』的丈夫」。路寒袖對女性、弱勢寄予更大的同情，為年輕守寡被趕出家門的祖母寫了不少詩文，即使〈寫佇雲頂e名──陳茶之歌〉亦然，有極深祖母影像的認同感，也是對象徵祖父大他者的抵制和嘲諷：

> 汝的名，寫佇水中央，寫佇雲面頂／漂冬飛西，無時無陣／這是命嘛
>
> 是運定定孤單／目睭金金等天光／／我的聲，吹著風，凍著霜／盤山過嶺，一村一莊／心會酸嘛會軟／夜夜等待／腳手冷冷尸眠床／／汝的名，汝的聲，水雲一過無留痕／我的名，我的聲，風霜絕情啥儂問／啊，咱前世天註定／一生空等，無情無恨[58]

你的名寫在水中央、雲上面，來去無定蹤，這是命運，使我常常孤單，這是陳茶也是路氏祖母的怨。「汝」就是李天祿，也似他祖父，此乃典型威權時代，男性沙文主義盛行時，女卑男尊、人權不平等的普遍現象。「一生空等」，即使不想「等」，卻仍不能避免「等」，因為社會體制建立語言、符碼、和制度由象徵域大他者控制著一切，很難全然撼動。

法國社會學家德塞托（Michel De Certeau）傾向於從實踐中來看

---

[57] 路寒袖：〈重拾臺灣歌謠的尊嚴〉，《春天個花蕊》，頁152。
[58] 路寒袖：《路寒袖臺語詩選》，頁66。

待日常生活，他採取消費者生產的「戰術」操作觀點，而排斥以知識份子的精英觀點。他認為，日常生活雖然處於絕對權力或國家機器的壓制之下，但並非被這種權力完全擠壓。因為既存在著支配性的力量，也會存在著對這種支配力量的反制，日常生活即一場持續而變動地、圍繞權力對比的實踐運作。他以「戰略」（strategies）與「戰術」（tactics）區分擁有權力的強者（當權者）與缺乏權力的弱者（消費者）。弱者是社會的普羅大眾，並非毫無抵抗能力，可自覺或不自覺地採用各種遊擊戰式的「戰術」（行為和手段），在被規訓的空間環境中創造性地利用假裝、機智、遊戲、恐嚇等等各種方式[59]，由下而上地做機會性的反抗、抵制、和突破，或者以日常生活的行走（walking）方式介入、挪用權力和空間，創造窺看、觀察的機會，攪亂和打碎穩定的城市秩序。比如路寒袖上述的影音建構皆類似這樣的戰術，尤其母語對華語，是解嚴以來臺語文化史上規模最大的反制，哪一天占據主流地位也未可知。如圖四所示：

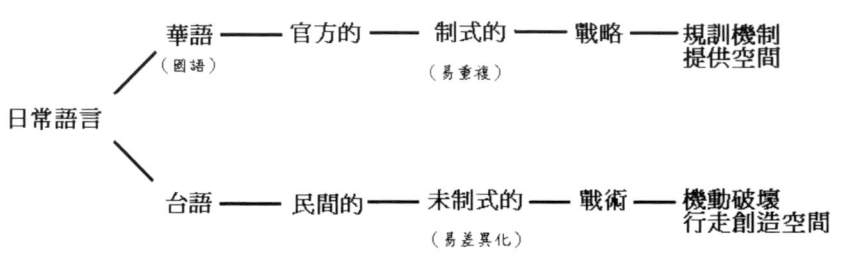

圖四　日常語言實踐中的戰略與戰術關係

　　雖然臺灣歌謠演進史，如同一部臺灣歷史的演變史，而由路寒袖在詩歌和使用語言的變化、跨領域地拉入影音，可說是一條不安的、動態性的創作流程，既是對主流的「逃逸」也是對在野的「建構」，如圖五所示：

59　Michel de Certeau, *The Practice of Everyday Life* (Berkeley: U of California P, 1984) p36-37。

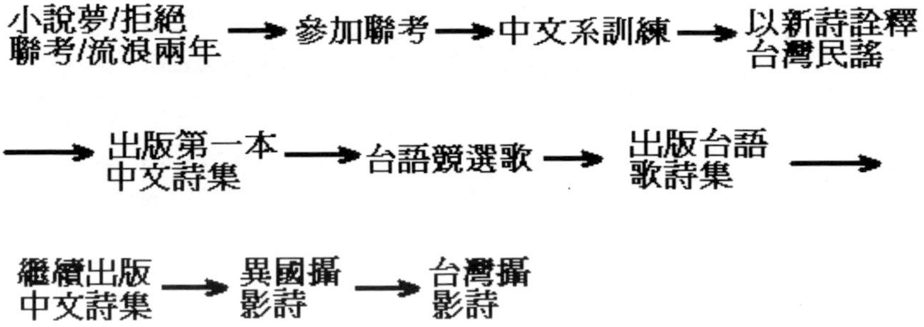

圖五　路寒袖不安的動態性創作流程圖

　　等到2012年第四本攝影詩集《走在，臺灣的路上》出版時，則已由激越而趨冷靜，他寫了花蓮、臺東伽路蘭、雙溪、九份、陽明山、烏來、灣潭、大甲、東海大學、臺中彩虹村、八卦山、日月潭、溪頭、玉山、臺南、美濃等地，那是三個月走訪150餘景點的局部。然則任一景點都是不易窮究的，這是到近年路寒袖的體會，他為日月潭寫了〈眼界〉：

　　　　如果你沒有崇高的心志／以及，遠的眼界／就只能瞥見我遼闊的邊緣／如果你無法掃蕩／桀驁亂闖的浮雲／那我的深邃啊是多麼膚淺[60]

　　這些詩句像是日月潭對路寒袖說的，也像是臺灣這塊土地對路寒袖說的，更像是路寒袖的自我警示：要有崇高的心志、要有遠的眼界、要掃蕩桀驁亂闖的浮雲。而他不安的、動態性的創作流程很像一幅縮小版的臺灣語言歷史圖象的變革，如圖六所示：

---

[60]　路寒袖：《走在，臺灣的路上》，頁172。

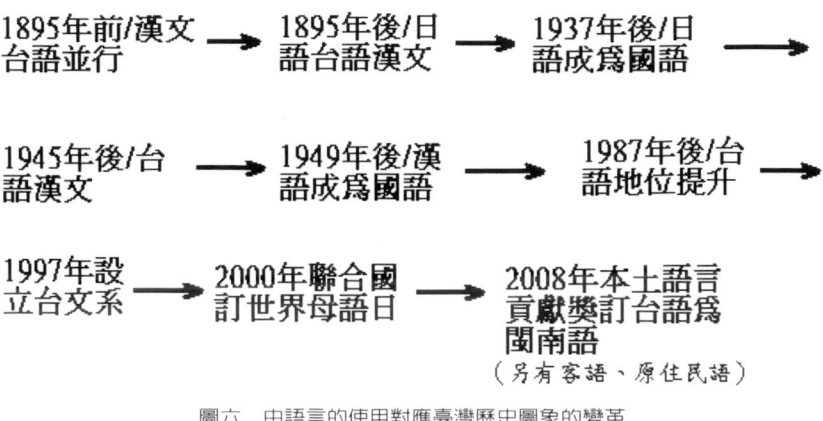

圖六　由語言的使用對應臺灣歷史圖象的變革

　　臺語和這塊土地很像年幼失恃的路氏，在歷史成長過程中即使明白：「目睭瞌（閉）了攏共款（都一樣）／汝無卡（較）重，我無卡重／地球照常咧（地）震動」[61]，但卻仍要想辦法把「夢」：「找一條索仔（繩索）甲個（將它們）相牽／牽入作夥大漢個（一起長大的）避風港」[62]，因為他相信：

> 生命總會轉彎
> 甚至是離心拋擲自我的大彎
> 涉過黑色的詆譭與冰冷的嘲諷
> 還有，隨時潑濺上身的流言
> 青春才會完全燃燒
> 拉起綿延無瑕的想望
> 生命的列車正淩越大海[63]

---

[61] 路寒袖：〈網中夢〉末三句，《春天個花蕊》，頁123。
[62] 路寒袖：〈夢咧震動〉末二句，《春天個花蕊》，頁120。
[63] 路寒袖：《走在，臺灣的路上》，頁12。

「生命的列車正淩越大海」，如不「完全燃燒」又如何淩越，而「能量」及「光」正是「質量」的「完全燃燒」，那是無止盡的旅程，「正淩越大海」指一直是現在式的，能不能淩越並不重要，這也是生命以「無瑕的想望」對「永恆匱乏」最佳的填補方式。臺語文學化和本土化或也有相近的圖象。

五、結語

「意志溢海岸／遙遠世（界的）路家己（自己）自由行（走）」[64]，路寒袖一路走來，像是用火車行走的鐵軌折疊而成（父親是火車司機），具有驚人的生之意志，此意志是「匱乏」架築成的，一個生命的空架子，其上有什麼，全都是自己填補上去的。憂鬱是他的色彩，但三千公尺的憂鬱卻是他一生亟欲填補的高度，也不管可不可能。

此文由他的雙重匱乏「母語邊緣化的匱乏感」和「土地被毀壞的匱乏感」談起，其原質卻是人人必然與母斷裂合一感的「永恆性匱乏」、加上四、五歲即失恃的催化所導致，幸好自然／童年／母親金點的夢／花生田／萬仔婆的果園拯救了他，使他之後有能力從「主流」（華語／都會）文化逃脫、建構了原先就有其雛形的「在野」（臺語／鄉村）的影音城堡，靈感和靈氣並生，也未走上極端的政治憤怒路線。

其次由拉康三域及鏡象說談及實在域匱乏的「不存在的依愛對象」反而對想像域、象徵域的「存在」產生決定性作用，由此論及路寒袖「兩雙鞋子」和相似「信物」對其創作的重要性和意涵。

末了由左右腦分工說論及路氏由華語寫作向母語寫作轉向、有三千公尺的憂鬱、一再回返自然、九上玉山提倡「玉山學」，乃至

---

[64] 路寒袖：〈四月望雨〉，《春天個花蕊》，頁94。

近些年以四本攝影詩集大動作圖象化出書，由音而影，無非是其一貫「路寒袖之夢」的付諸實踐和身體力行，卻又與整個後現代的走向和變革若合符節。而他始終不安的、動態性的創作流程倒很像一幅縮小版的臺灣語言歷史的變革圖象。

閩南語詩歌中的聲情表達與意象的力量
──以向陽到唐捐等的方言詩為例

摘　要

　　新詩在看與讀之間有頗大的傾斜，很多詩能看不能讀、不好讀，成為詩不易接近讀者巨大隔閡的主因之一。而閩南語以古音聲情在讀誦時佔有極大優勢，在看方面反而不易為中文讀者所易讀懂和親近，但在聽方面卻極易打動讀者。對於閩南語方言詩此方面的優勢與劣勢其實與人的左右腦功能有關，本文即先就「全球化」與「在地化」的議題，以不同族群追索各自主體的世界趨勢，探討消溶不同語言的不對等關係、使之平行發展的必然，再透過左右腦與詩的作用關係、及雅可布遜對聲情表達的解析，探討向陽、路寒袖、宋澤萊、蕭蕭、蘇紹連、唐捐等詩人的閩南語方言詩在新詩方面的拓展和未來的可能發展。

關鍵詞：閩南語、方言詩、聲情

一、引言

1949年之後閩南語（官方目前稱呼，臺灣民間通稱臺語）在臺灣，始終是被壓抑的語言，它的命運稍好於客家話，比原住民語系則自然是好太多了，畢竟閩南語在民間，尤其是臺灣中南部，它是日常不可或缺的溝通工具，但卻並無法暢行無阻，可以人人盡情地說母語。

即使當年日據時代，在日本統治的前半期推廣「國語」（即日語），也並未刻意壓制本地語言，比如臺北師範學校仍然設有漢文科目，聘請臺灣漢學家以閩南語教學，且日籍學生尚有「臺灣話」課程，甚至還鼓勵來臺的員警學習臺語，以便和臺民溝通，這當然是基於未來方便統治的觀點出發，此也是其後出版幾部臺語詞典會由退休日警編著的原因。直至1937年中日戰爭爆發之前，臺灣的報紙大部分也都有「漢文版」與「日文版」對照；要到1937年後的統治末期，日人才開始推動「皇民化」、「國語運動」，全面性地壓制本地語言，漢文版的報紙也全面被禁，學校裡也禁止講本地母語。[1]

到了國民政府退守來臺時，臺灣人由官方的日語又再次被賦予新的「國語」（即大陸的普通話），1951年通令各級學校要以「國語」教學，嚴禁使用「方言」，聘請教師時，如果「國語」的程度太差，也不予聘用，而學生彼此若不說「國語」，也會影響操行成績。本地臺籍學生在學校如果說母語，會受到打嘴巴、罰跪、罰錢等處罰，可說備受屈辱。到了1975年，少數族群的泰雅族語聖經、阿美族語聖經，以及羅馬字臺語聖經等，也都遭國民黨治安人員沒收。[2]可見得臺灣當局對本土方言及原住民語的壓抑程度有多嚴

---

[1] 李筱峰：〈歷代外來政權與本土語言〉，《自由時報》，2013年5月4日。
[2] 同上註。

屬。尤其是在公開場合，比如機關學校的聚會場所和慶祝活動等，到如今閩南語仍然難以暢行，僅能以「國語」表達。因此老一代出生於民初到二〇、三〇年代左右的，還有人能以閩南語讀古書之外，出生於四〇、五〇年代的一代人則幾乎難以尋之，此種現象與廣東人，尤其是香港人能以粵語讀詩詞、古書、新文學，相距何甚遠也。此現象當反映在戰後世代詩人的語言表現歷程時，閩南語的「文字化」則成了一種追索、尋找母語，求得釋放受到抑制後的重要象徵和力量。

當然，閩南語1949年之後在臺灣的發展比福建閩南地區必然要複雜，可能是因一兩百萬操著各省口音的軍民在握有政權兵權的國民政府帶領下退守臺灣，要與原有的四百萬原有百姓互動時，政令宣導溝通本極為不易，加上要強力壓制228事件（1947年）後臺灣籍民眾的強力反彈，其中便存在極大的不對等關係，因此起初外省籍人士在政經條件上比本省籍佔有較大優勢，此種不對等，由華語壓制閩南語使之無法順暢地使用展現了出來。

直到鄉土文學運動興起的七〇、八〇年代，此種母語的劣勢才開始有所扭轉，表現在詩上，則是閩南語方言詩的出現、慢慢形成群落，試圖透過局部拼音形式，打破中文的限制，乃至結合羅馬字的語音模擬，使語言與文字完全同步，而有了脫離中文自成「臺語文字化」的企圖，此現象也慢慢出現在各語詩的發展中。因此為避免「臺語」二字為「閩南語」所獨占，而拼除其他少數語言（包括原住民語），遂又有將「臺語」逐步正名為「閩南語」的趨勢，然則不論哪一種方言詩在傳播上，仍然處於少數圈圈內，尤其是拼音語言難以統一化，即使嫻熟閩南語者在閱讀時亦遭受困頓，甚至難以卒讀。

這種語言與文字同步化的趨勢，顯然有將閩南語完全拼音化、全然擺脫中文的控制之企圖，而自形成另一拼音語言體系。為突破這種因語言被壓抑、不對等，而求取脫離的困局，則是否有可能如

同粵語始終能與中文同步，也提倡將閩南語的母語予以場合公開化、教學化、對等化，使人人沒有困難地可在閩南語與中文之間「跨來跨去」，如前幾代臺灣的文人、民間之閱聽讀習慣，再一次將地方語言與文字間的「界線」設法「溶解」，似乎是可思考的一個方向。

　　本文即先就「全球化」與「在地化」的議題，不同族群追索各自主體的世界潮流，探討消溶不同語言的不對等關係、使之平行發展的必然趨勢，再透過左右腦與詩的作用關係、及雅可布遜對聲情表達的解析，探討向陽、路寒袖、蘇紹連、唐捐、蕭蕭、宋澤萊等詩人的閩南語方言詩在新詩方面的拓展和未來的可能發展。

二、在地化議題下語言平行的可能

　　在臺灣以地方語言入詩的早在日據時期便有，此與1930年代的臺灣話文運動有關。從1930年由黃石輝、1931年郭秋生等提倡臺灣話文開始，隨即展開了一場關於臺灣、臺灣主體、臺灣語言乃至於文體、文學的論爭。黃石輝發表〈怎樣不提倡鄉土文學一文〉，以基層弱勢族群的角度，強調臺灣話與文字合一後，應能使農工等基層族群閱讀及運用時更方便，鼓勵寫作人應去寫「臺灣的文學」、以「臺灣話做文」、增讀「臺灣音」、描寫「臺灣的事物」，要以勞苦大眾為對象，提倡「文藝大眾化」。其後郭秋生主張以漢字為主架構，於日本文學和北京話白話文學之外，將「臺灣話文字化」。郭秋生希望以此啟蒙普羅無產大眾，並藉以凝聚臺灣民族意識。文中也具體指出，如漢文無法周延顯示臺灣話，則可於有音無字時另造新字，同時也主張改造臺灣話文，使「言」與「文」一致，統一讀音等之實行方法。上述臺灣話文主張引來廖毓文、林克夫及朱點人等的反擊，則認為臺灣話粗俗雜遝，難以成為文學語言，並強調單純漢文的重要，若要讓基層族群文化提昇，則應從普

及中國白話文入手。如此各守本位主義，討論當然難有交集。

　　該論戰至1932年才稍稍平息，雖然於諸多相互攻詰的論述中，既未涉及文學類型的討論，也少與地方鄉土相涉，反而兩造大部分互相攻擊、亟欲澄清之部分是在於「語言」的使用方式，即以「臺灣話文」的建構與否為主要的討論觀點。「鄉土文學」只是莫名成為論戰的標靶所在，到了賴明弘的〈鄉土文學臺灣話文澈底的反對〉一文，雖已注意到臺灣話文才應該是彼此意見產生交集的所在，然而正反雙方陣營對於「鄉土文學」各有說詞，極力利用鄉土、階級、普羅大眾等等聳動字眼的投射來模糊彼此的討論焦點。因此三十年代的這波「鄉土文學論戰」討論的並非鄉土文學，而是對於臺灣話文的建設、反對與否，才是這場論爭實質的內涵所在。於是這不僅是一場「文學比重稀薄」的論戰[3]，更是一場「以語言運動為本質的文學效應」[4]，因為文學並非為主要討論對象，語言運動的意義反而大過於文學論戰的意義。論戰的正方雖然想要極力建設「純粹」的臺灣話文使用，卻反而更加突顯臺灣因特殊地理及歷史時空環境所造成的語言「混雜」的事實。[5]

　　1932年，該論戰因無法獲得交集而落幕。之後，郭秋生創辦了《南音》雜誌，開闢專欄，以漢文直譯書寫臺灣歌謠的嘗試，努力實踐臺灣話的文字化。隨後因為臺灣總督府實行皇民化政策、中日戰爭爆發、官方禁絕漢文等因素，該臺語文運動被迫停止。但仍留下一些臺語詩或歌謠體詩，如賴和（1894-1942）在1932年寫的〈相思歌〉：

　　　　前日公園會（遇）著君，

---

[3]　陳培豐：〈識字・書寫・閱讀與認同：重新審視1930年代鄉土文學論戰的意義〉，邱貴芬、柳書琴主編：《東亞現代中文文學國際學報：臺灣文學與跨文化流動》第3期，行政院文化建設委員會，2007.4，頁85。
[4]　同上註，頁95。
[5]　同上註，頁109。

怎會茲（如此）溫存？
害阮心頭掠昧（抓不）定，
規（歸，即整）日亂紛紛
〔……〕（下略）[6]

或楊華（1900-1936）在1933年左右寫的〈女工悲曲〉：

〔……〕
想轉（返）去，月又斜西又驚來遲；
呆（不）轉（返）去，早飯未食腹裡空虛；
〔……〕
冷呀！冷呀！
凍甲（得）伊腳縮手縮，難得支持，
等伊（她）身倦力疲，
直等到月落，難啼。[7]

其中即有強烈表達，希望語與文能取得一致。但不論是中國白話文還是臺灣話文，儘管兩者對立，但是當時顯然雙方均有共同的目標，即皆是面對日本所實施的「國語政策」的抵抗。亦即在這些激烈的辯證中，不論是主張臺灣話文的建設使用，或使反對臺灣話文成為唯一的書寫文字，知識分子們表達的是同一種焦慮，此焦慮來即自於在「殖民地」的特殊時空背景下，自我語言、文字、乃至文學都受到了威脅，即使他們以不同方式和立場宣洩出來，背後卻隱藏著臺灣有識份子對於殖民統治者剝奪侵略臺灣文化歷史可能發展的深層擔憂。

6　賴和：〈相思歌〉，林央敏主編：《臺語詩一甲子》，臺北：前衛出版社，1998，頁24。
7　楊華：〈女工悲曲〉，林央敏主編：《臺語詩一甲子》，頁25-26。

臺灣因其種種歷史的複雜性、和其政治地位的不確定，使其始終處在歷史浪潮的浪頭上，不同時期來到臺灣的漢人遂產生不同的認同問題。臺灣在過去四百年間，曾陸續遭受荷蘭人（1624-1661）、西班牙人（1626-1642）、明朝末年的鄭成功（1661-1683）、清朝人（1683-1895）、日本人（1895-1945）等不同文化背景的其他國家或族群統治過，留下了不少史蹟、建築、習俗、乃至血統基因，此種臺灣早期宛如「被武力和政治全球化過」的乖舛命運，是因其特殊地理位置所造成的。而1945年日本投降後，在臺灣卻又不幸爆發了1947年2月28日的「228事件」，臺灣本省人及才來臺灣的外省人冤死的甚多，此事件也形成後來「臺灣獨立運動」的起點，其對臺灣政治、經濟、社會、文化的影響既深而且遠，迄今已超過一甲子仍餘波盪漾。之後大陸、臺灣長期的對立隔閡，臺灣經濟在七、八○年代起飛、1987年解除戒嚴，進入民主運動，政治開始動盪不安，進入二十一世紀後，經濟停滯不前，族群極端對立。臺語文的書寫運動在這樣複雜的政經時空環境中時起時伏，隱時藏入流行歌謠中，顯時則成為「臺灣主體性」抗爭的工具與代表。

　　然而即使出現在閩南地區及臺灣民間南管文字及歌仔冊也是傳承不衰的方言文學，其實仍與官方主導的漢語文學並行不違、平行發展的。比如南管傳唱幾百年來，呈現在世人面前的歌詞，即使有些微差異，但方言文學的特色豈不即是：甚多自造字、借音字及俗字？這些字往往是使用於當地很久——甚至是幾百年——而為當地人所認同；卻多為一般讀書人所不以為然的。以是，南管歌詞本來的差異性就比較大（方言造字亦然），不若讀書人所用的通行漢字那麼有一致性。比如以劉鴻溝《閩南音樂指譜全集》（1953年初版、1982年增訂，菲律賓金蘭郎君社印行，簡稱《劉本》）為主的套曲文本，雖有許多方言俗字，卻竟能與1566年出版的《荔鏡記》、1604年出版的《明刊閩南戲曲絃管選本三種》

相同。[8]

　　因此如何繼續「平行」地保存並極端尊重方言文學的創作、文化內容、和公開宣揚及傳播，是應該得到鼓勵和鼎助的。這其實比強調一己本位的主體性更有意義，實因每一種方言仍有其地域本身的限制、與不同方言（閩南語、客語、不同原住民語）共同並存的複雜度、一個主體完全突顯而壓抑其他更弱勢但也自稱有其主體的方式，在實踐上是困難重重的。

　　所以所謂「在地化」的主張者認為，在資本主義為後盾的全球化趨勢下，正將各種人類文明的多元性和多樣性排擠並逐漸消滅。過去凡是不合乎標準化生產、不合乎資本化與商品化的小生產和各地特色事物，均面臨全球資本主義極大的威脅，此也促進全球「在地派」必須團結起來，促進個己地區的自我覺醒，積極投入復興在地文化元素的工作，並在文化、環境、人權、消費等方面抵制資本主義全球化的不良影響。以保障「在地」（locality）認同和特色的存續。其中，語言尤其是方言，自是其中極端重要的一環，應該受到保護和視為多元文化中不可輕忽的重要精神資產。此也是所有跨國社會運動工作者的共同呼聲：「思考全球化，行動在地化」（Think globally, act locally）的實踐和企圖。

　　各種母語的公開宣揚、保護、再創作、鼓勵平行傳播，是使文化多元化、豐富化、相互激盪發明，既平行保存了「差異」又可交叉融合後又各自發展，應是使「行動在地化」的最佳途徑。

三、生成論與平行觀看方言詩的聲情表達

　　如果從哲學家德勒茲的生成論來理解方言詩的必要性和必然性，或更有趣。德勒茲思想，主要是對生成（becoming）而非存

---

[8]　施炳華：《南管曲詞校釋念讀》序，參考網頁http://taiwanopera.moc.gov.tw/taiwanopera/taiwanese/taiwanese-south/south-music/southmusic-introduction.pdf，2014年3月20日查。

在（being）的強調。他強調的是「差異與生成」（difference and becoming），此與過去西方思想史不論形上學、政治、宗教均建立於「存在與認同」（being and identity）的基礎上有極大不同。於是由於對「差異」而非「重複」的強調，就有要從原有主流架構「逃逸」出去的傾向，是一切事物運動的必然，如此對於本來為宗主文化或主流語言建構的「轄域」進行「解轄域化」，乃是生命生成的本能。德勒茲認為大千世界除了生成之流以外再別無他物，一切存在皆不過是「生成生命」（becoming-life）之流中的一個相對穩定的瞬間。因此並無一個穩定的存在或一個真實世界隱匿於生成之流背後。於是德勒茲排斥以人作為基本存在的觀念，肯定大千世界各種多元存在均有其生存價值與意義，以是肯定動態的生成觀。於是一切傳統中的人本主義和主體中心論均被視為阻礙生成的障礙。

　　然而原有的「轄域」並不必然因另外進行「解轄域化」而遭受破壞，比如上節1930代的臺灣話文運動即在面對一種異己的文化時，會將此異己文化視為一種「他者」，面對此他者文化的衝擊時，除了與之「同化」或全然予以「排斥」外，最重要的反而是此他者的衝擊下才能真正發現自身豐富的「內在的可能性」，[9]也才會在日本殖民文化的壓制下，像一種未知的力衝擊著自我（臺灣原有語言文化）的界限，使自我發現乃至領悟到一種向不確定方向開放的可能。於是我們也可發現，在五〇、六〇年代臺灣新詩現代化的過程中，臺灣本省籍的母語受到極度壓抑的過程中，母語轉向民間歌謠的創作中以苟活生存，乃得與中文歌曲平行發展以尋求過渡，而追求在新詩中的其共同平行發展，則要一直等到七〇、八〇年代才得到能量的釋放。此時本省籍閩南母語受到國語（北京話）的壓抑，顯現的一樣是在此「他者」（國語）的衝擊下才能真正發現自身母語豐富的「內在的可能性」，臺語的流行歌曲中即潛藏了

9　　蕾寧輝：《德勒茲身體美學研究》，華東師範大學出版社，2007，頁144。

這樣的力量。

因此由臺語歌謠的整齊押韻形式逐漸走向更自由更口語更「在地化」的現代詩形式只是自然趨勢，只是時間早晚的問題，壓抑後總是會湧出噴出，因此實宜站在讚賞的角度看待方言新詩由民間歌謠的逐漸轉變和發展。此如三〇年代〈白牡丹〉（1936）的整齊形式：

> 白牡丹，白花蕊，
> 春風無來花無開，
> 無亂開，無亂嬌（美），
> 呒（不）願旋枝出牆圍。[10]（第二段）

到四〇年代〈搖嬰仔歌〉（1945）、〈菅芒花〉（1946）、〈補破網〉（1948）等歌詞仍無太大變化：

> 搖子日落山，抱子金金看
> 你是我心肝，驚你受風寒
>
> 一點親骨肉，愈看愈心適，
> 暝時搖伊睏，天光抱來惜。
> （〈搖嬰仔歌〉二、三段）[11]
>
> 菅芒花，白無香，
> 冷風來搖動，
> 無虛華，無美夢，
> 啥人相疼痛？

---

[10] 林央敏主編：《臺語詩一甲子》，頁33。
[11] 林央敏主編：《臺語詩一甲子》，頁35。

世間人錦上添花，

無人來探望，

只有月娘清白光明，

照阮的美夢。

（〈菅芒花〉首段）[12]

看著網，目眶紅，

破甲茲大孔，

想要補，無半項，

誰人知阮苦痛？

今日若將這來放，

是永遠無希望，

為著前途鑽活縫，

揣傢司（找工具）補破網。

（〈補破網〉首段）[13]

　　歌詞中保留了母語的活潑性，如第一首中「抱子金金看」的「金金看」，是中文無以翻譯的，既非「仔細看」也非「瞪著看」，卻均有其意，而且非得唸出才知其聲情表達的力道，而非如中文「純閱」即可。「暝時搖伊睏，天光抱來惜」中「搖伊睏」與「抱來惜」比中文「搖著讓他睡」、「抱來疼愛」既簡潔又聲音柔軟。又如第二首中「搖動」、「疼痛」、「探望」、「美夢」的尾字均是短而急促有力的入聲字，其聲情透過語言唸出時，人人均有差異，而非如文字「純閱」時的無力感，這是母語比文字聲情力量大的所在。而第三首中「目眶紅」、「茲大孔」、「無半項」、「苦痛」、「將這來放」、「希望」、「鑽活縫」、「補破網」

12　同上註，頁37。
13　同上註，頁39。

等尾詞亦然，「鑽」一字的母語「jng ヽ」幾乎無法以其他符號表徵，包括羅馬拼音亦然，既無以另尋拼音，則以中文標示，懂母語者即以其身體所具有語言本能發出母語，則可說以聲音之音及中文之形共同平行保留了母語。

到五〇年代的〈阮若打開心內的窗〉、六〇年代的〈寶島四季謠〉仍在拘謹的形式內打轉：

> 阮若打開心內的窗，就會看見心愛彼的人，
> 雖然人去樓也空，總會暫時給阮心頭輕鬆，
> 所愛的人，今何在？望你永遠在阮心內。
> 阮若打開心內的窗，就會看見心愛彼的人。
> （〈阮若打開心內的窗〉第三段）[14]

> 春天時，
> 草山櫻花獻嬌媚
> 紅男綠女滿滿是，
> 欣賞青春好香味，
> 輕步踏草青，
> 清風撫弄著花片，
> 增彩好情緒。（〈寶島四季謠〉首段）[15]

上述臺語歌謠均呈現句式整齊的「五七言體」或長短句型的「歌謠詞體」，此二體式之源頭實與漢、唐的五、七言詩，與唐、宋的詞有關，而歌謠詞體之中常見到的四音節句，甚至可追溯到《詩經》，此傳統兩式模型既源遠流長又影響極大，令近、現代的臺灣騷人墨客及歌詞作者在寫作臺語的白話詩歌時，幾乎都要

---

[14] 同上註，頁42。
[15] 同上註，頁45。

參照或套用這兩種體式。[16]而臺灣詩人以臺語創作的詩作及歌詞在1975年前卻乏善可陳，僅有1965年起由林宗源寫了〈病了，又攔無錢〉等幾首「近似臺語自由體現代詩」、「寫實的」，但「受限於臺語文字認識有限，和北京語相混，不很道地，成績並不是很可觀」[17]。比如林宗源1970年寫的〈一個囝仔咧哭〉（1976年作者林宗源自行出版的詩集《食品店》）：

夯（抬）頭
一片一片的烏雲
一重一重的牆仔
給（把）伊關咧

伊跪落去做土人
做土炮
點灼（著）伊內心的火（〈一個囝仔咧哭〉二、三段）[18]

　　本首詩的原作是以「把」訓讀「給」、「抬」訓讀「夯（舉）」，其餘未舉的段落中如以「孩子」訓讀「囝仔」、「他」訓讀「伊」、「那」訓讀「彼」、「能夠」訓讀「會凍」等，上舉數例均是作者自行將原作「再臺語化」後的「新作」（見1995年作者自行出版的《林宗源臺語詩精選集（上）》），而當初林宗源仍沿用中文字，是希望懂母語者見中文字能自動以閩南母語發音，類似今日懂粵語人的行為，其實正是筆者認為頗佳的擴大各種母語，

16　林央敏：〈臺語詩的節奏源遠流長──從民間歌謠到宋澤萊的節奏類型〉，《臺文戰線》第5號，臺南：臺文戰線，2007，頁11-34。
17　宋澤萊：〈試介李勤岸、胡民祥、莊柏林、路寒袖、林沈默、謝安通、陳金順、藍淑貞的臺語詩──九〇年代臺語詩的一般現象〉，《臺灣新文學》第12期，1999.07，頁267-286。
18　林央敏主編：《臺語詩一甲子》，頁47。

使新詩創作時仍以多數中文字詞為主，實有「差異」的字詞再以母語拼音字標示，如此將可擴大其語言的閱聽人口，而不局限於僅懂母語者，可惜多數母語創作者均不做如是想，而譏刺如此創作是「類臺語詩」或「類中文詩」[19]，其主體性不足，展示的有如當年本省籍詩人面對母語表現時的困窘和恐懼。

此一母語拼音該如何傳達的「困境」，後來被認為林宗源「類中文詩」仍有所限制和不足，一直要到向陽在1976年1月在文化大學山仔後寫下〈阿爹的飯包〉等的臺語詩後，才可說在閩南母語體系中「為自由體現代詩打下了寬廣大路」：[20]

> 每一日早起時，天猶未光
> 阿爹就帶著飯包
> 騎著舊鐵馬，離開厝
> 出去溪埔替人搬沙石
>
> 每一暝阮攏在想
> 阿爹的飯包到底什麼款
> 早頓阮和阿兄食包仔配豆乳
> 阿爹的飯包起碼也有一粒蛋
> 若無安怎替人搬沙石
>
> 有一日早起時，天猶烏烏
> 阮偷偷走入去灶腳內，掀開
> 阿爹的飯包：無半粒蛋
> 三條菜脯，蕃薯籤參飯

---

[19] 同上註，頁48-49。
[20] 同上註，頁48。

此詩充滿了孩童的疑惑和對父親的好奇，語言把母語與中文摻合得恰到好處，「每一暝阮攏在想」比「每一晚我都在想」更契合閩南母語的現狀，「安怎」（怎樣）、「烏烏」（黑黑）、「灶腳」（廚房）、「蕃薯籤參飯」（蕃薯乾摻飯），均甚貼切傳達了母語。原已存在流行的臺語歌詞應提供了相當多的語與文互譯的參照文本。但向陽對這些語詞的轉用另有考據，比如「什麼款」即「什麼樣子」，《儒林外史》：「鄒泰來笑曰：『這成個什麼款？那有這個道理！』」（第五十三回：國公府雪夜留賓　來賓樓燈花驚夢）比如「早頓」即指「早餐」，《世說新語‧任誕》即有：「欲乞一頓食耳。」如此「早頓」也很自然。又如「菜脯」即蘿蔔乾，而「脯」是乾肉，臺語借狀形容之。另「參飯」意雜入飯中，不用「摻飯」乃按《禮記‧儀禮大射》有「參七十」，「參」即「雜」也，與糝同，如此即將閩南母語提升至與古音相近的層次，有強大歷史文化成為其雄厚的背景，其足與中文「平行」的態勢也更明顯。

　　到1977年，向陽的一首〈青盲雞啄無蟲說〉則被臺語詩的提倡者認為「預示了臺語韻文詩的無比潛力」：

　　　飼豬飼雞飼鴨不驚風颱天
　　　儉米儉菜儉肉但望博校時
　　　不驚阮翁風颱無佇厝
　　　但望阮翁博校毋通輸

　　　豬頭無顧顧鴨卵
　　　飼豬艱苦無人問
　　　鴨卵落巢補身攔賺錢
　　　豬仔飼大豬哥老爸無欲認

雞若青盲不知風颱得倒轉
窗仔唪門會叫阮翁屈在校場軟
天若烏，地就黯
青盲雞仔啄無蟲

大風大雨豬鴨在巢雞仔佇山埔
囝仔腹肚枵啼哭四邊烏
阮翁不驚風颱出門去
厝瓦未補拜託天公伯仔毋通擱落大雨

　　上舉詩中的「青盲」即眼盲，據《詩經大雅疏》：「有眸子而無見曰矇，即今之青盲者也」，而《後漢書・李業傳》中：「託青盲以避世難」，使得此二字的古意全出。又「飼」字是以食飼人或畜，《舊唐書・陸贄傳》中有「屈指計歸，張頤待飼。」「儉」即省或節約，《論語八佾》有：「管仲儉乎？」而「博校」一詞即賭博，博，局戲，或擲骰子遊戲。《莊子・駢拇》：「問穀奚事，則博塞以遊。」韓非子・外儲說：「儒者博乎？曰：不也」均同。而「校」，較量、計較。《論語泰伯》：「有若無，實若虛，犯而不校。」末勿即別人侵犯也不計較。如此以賭博曰博校似無不可。連橫建議寫為「拔繳」，蔡培火則為「博賭」，均不若向陽「博校」音義兩近。此外「毋通」乃據陳冠學考據即不可、不要，源自《漢書・武子傳》：「毋桐好逸，毋邇宵人」。不由明坦之途者，謂之宵人」顏注：「無好逸遊之事，邇小人也」（不要好逸，不接近小人）；而桐通「通」，以「毋通」代「毋桐」充滿了古意。「枵」，音蕭shiau，餓也，閩南音接近腰。《新唐書・殷開山傳》：「糧盡眾枵，乃可圖。」以上這些音譯以古校今，雖不一定完全準確的音譯如「毋」、「校」、「枵」仍有不同，不懂母語者難以準確發音，聲情表達時仍需口傳或制約學習，否則外人難以理

解，但卻古意十足，正可見出閩南語的淵遠流長。

1981年，宋澤萊的〈若是到恆春〉、〈m⁷通吝惜咱感情〉、〈你的青春，我青春〉向臺語流行歌曲借用了型式，1983年，向陽以〈春花望露〉、〈雨夜花〉的臺語歌詞為藍本，寫了〈春花m⁷敢望露水〉，「翻轉舊義為新義，遣詞、造句、節奏都比傳統歌詞更流暢、靈活，令人驚歎」。[21]及在八〇年代末期，林央敏的〈m⁷通嫌臺灣〉韻文詩「鼓動臺灣人的自覺」、「被譜成了二十四種不同的曲調，還獲得大獎，轟動海內外」，黃勁連也重寫臺語歌的歌詞，一時之際，「臺語韻文詩路線也璨然大備，再也不被動搖了」。[22]

而路寒袖對臺語歌詩的自覺就介在上述的向陽、宋澤萊與林央敏、黃勁連等投入此行列之間。雖然他寫下第一首臺語詩並被譜成曲是1991年，但早在1980至1984年間，路寒袖就曾以八首中文詩重新詮釋八首臺灣民謠詩作〈日日春〉（1937年，陳達儒作詞，蘇桐作曲）、〈五更鼓〉（嘉南地區流傳民謠）、〈乞食調〉（自然民謠）、〈心酸酸〉（1936年，陳達儒作詞，姚讚福作曲）、〈一隻鳥仔哮救救〉（嘉南平原民謠）、〈杯底不可飼金魚〉（1949年，呂泉生作詞，呂泉生作曲）、〈雨中鳥〉（日據時期創作歌謠，陳達儒作詞，林綿隆作曲）、〈春花夢露〉（1952年，江中青作詞，江中青作曲）等，雖然多少受到向陽、宋澤萊等前行者的影響，但這對學院中文系背景的路寒袖而言，卻是不小的轉向，他會對當時被視為粗俗、悲情的民間歌謠如此注目，當與他自身鄉土經驗和遠地求學的心境有關，而且使用主流的華語和中文素養去詮解邊緣語言之臺灣歌謠優美的一面，自然為日後的臺語歌詩（1991年）後的

---

21 宋澤萊：〈試介李勤岸、胡民祥、莊柏林、路寒袖、林沈默、謝安通、陳金順、藍淑貞的臺語詩──九〇年代臺語詩的一般現象〉，《臺灣新文學》第12期，1999.07，頁267-286。。
22 同上註。

創作結下了難解的情緣，也等於給自己審思鄉土文學運動（1977-1979）後本土意識與思潮進入狂瀾熱潮的一記響亮的回應。他雖出道稍晚，他在宋澤萊所區分的「自由體現代詩」與「韻文詩」中的後者卻取得了亮麗的成績：

> 溯自七〇年以迄八〇年代，臺語詩即形成自由體現代詩及韻文詩二條路線。七〇、八〇年代，自由體詩以林宗源、向陽最好，是一書寫小人物的寫實詩，九〇年代竄起了李勤岸、胡民祥，他們專寫政治詩，注目在民主政治及國體改造上，技巧更加自由靈活，結構更嚴密，共同打造了自由體現代詩的基礎。在韻文詩方面，八〇年代林央敏、黃勁連的天下，大量的詩表現在政治、思鄉場域上，篇篇傑作。九〇年代竄起莊柏林、路寒袖，尤其路寒袖細膩化的技巧使韻文詩更為精緻，實是一大收穫。[23]

路寒袖尤其對臺語詩過度「政治化」、臺語歌詞過度「酒色化」[24]兩方面於九〇年代中及時做了矯正，如宋澤萊所讚譽的「使韻文詩更為精緻」，臺語歌詞便在這韻文詩內，路寒袖對「商禽之夢」中「聲音詩」的敏銳和成就，可說是後發先至了。比如他傳唱極廣的〈春天的花蕊〉，表面上是1994年陳水扁臺北市長競選用的歌曲，但時隔近二十年再來看，仍是優美的臺語歌詩、也隱含了路氏母親的影像：

> 雖然春天定定會落雨　　　（定定：常常）
> 毋過有汝甲阮來照顧　　　（甲阮：為我）

---

[23] 同上註。
[24] 路寒袖：〈重拾臺灣歌謠的尊嚴〉，《春天個花蕊》，臺北：平氏出版有限公司，1995，頁152-155。

毋論天外烏雨會落外粗　　　（落外粗：落多粗）
總等有天星來照路

汝是春天上嬌的花蕊　　　（上嬌：最美）
為汝我毋驚淋駕澹糊糊　　　（淋駕澹糊糊：淋到濕透透）
汝是天頂上光彼粒星
陪汝我毋驚遙遠佮艱苦　　　（佮：和）

春天的，春天的花蕊歸山坉　　（歸山坉：全山坡）
有汝才有好芳味
暗暝的，暗暝的天星滿天邊
無汝毋知佗位去[25]　　　（佗位去：到哪去）

　　這其中落雨「有汝甲阮（來為我）來照顧」、「春天上嬌（最美）的花蕊」、「有汝才有好芳味」，充滿的不再特指過去的政治明星，反而充滿了「依愛」的孺慕之情，尤其「汝是天頂上光（最亮）彼粒星／陪汝我毋驚（不怕）遙遠佮（和）艱苦」，更是暗指天上的母親。「暗暝的天星滿天邊／無汝毋知（不知）佗位（到哪裡）去」，沒你就失了方向，即使滿天皆星星，有你嵌在其中才有了方位。今日再讀，恐怕除了至親，再也沒有任何政治人物具有這樣的魅力。而路寒袖對「政治」語言與「酒色」情感介入臺語正是極度避免的。

　　由上述例子可以見出，閩南母語由於潛藏在民間流行歌曲及歌謠的巨大暗流，如隨時可浮出水面濺起浪花，故詩人在創作時也多以韻文詩的歌謠體為大宗，只有在脫離押韻時其新詩的特質才易顯現。這不像國語歌曲與新詩有較大的距離，而且中文歌詞在其後

---

[25]　路寒袖，《路寒袖臺語詩選》，臺南：真平企業，2002，42。

漸受到中文新詩的影響，即使押了韻，其新詩的質素仍可突顯，如方文山及林夕的歌詞就是例證。而在向陽的詩中，歌謠性質不大，因此增大了中文新詩與閩南語詩的差異，而路寒袖則融合了歌謠與新詩的特質，也等於重新塑造了臺語歌謠。同時閩南語文字化時語與文並不統一，產生了極大的個別差異，在有中文主流做為參照系時，其文字化的統一幾不可能（地區口音差異的自然現象），但使得其活力和「內在豐富性」更獲展現。

四、左右腦對意象的共築力量

如今對左右腦研究，已可知語言文字屬於左腦制約學習而得，而圖象影音則位於不需學習的右腦，為人類天生的智慧。它們是訴諸感官的直接性符號，因此可以衝破不同語言、不同文化的障礙，重構一種跨越時間以及空間的資訊傳播秩序，這是藝術中除語言文字的文學外，音樂、美術、建築等的巨大力量。因此圖象語言（包括影音）都具有直接被心領神會的潛能，其被感知和領會的力量是具有跨文化性的。這是因為右腦的圖象與左腦語言文字是完全不同的兩種符號體系。如今閩南語詩被音譯時，除了保留了文字的「意」外，也試著譯出「音」的局部，其中既是對傳統或正規中文語言的一種僭越、拒斥了部分的閱聽者，更保留給懂母語者自行拼出正確母語的權利。此聲音的部分卻又可能是跨文化的，可以透過身體對語言的使用，傳達出不一定能懂卻又有表情的語調，這是方言詩比一般純閱的中文詩要更有感染力的地方。比如宋澤萊的〈若是到恆春〉一詩：

若是到恆春
著愛落雨的時陣
罩霧的山崙

親像姑娘的溫純

若是到恆春
愛揀黃昏的時陣
你看海垺的晚雲
半天通紅像抹粉

若是到恆春
著愛好天的時陣
出帆的海船
有時駛遠有時近

若是到恆春
毋免揀時陣
陳達的歌若唱起
一時消阮的心悶[26]

　　此詩除了透過「意」構築了恆春不論何時（下雨／黃昏／好天／任何時候）均有可觀之處的畫面（罩霧的山崙／海垺的晚雲／出帆的海船／陳達的歌若唱起），有模糊、有彩色、有遠近、有無所不在的歌聲，更重要的是詩的主要力量來其節奏和音韻，有二三句、有三二句、有四三句、有二三二句、有二二三句，且押春韻，尾音綿延無限，宛如恆春的海岸線般。如此方言詩不適合閱只適合讀的音樂性特色，透過此詩展露無遺，即使不懂閩南母語者也能透因其音韻跌宕起伏而直接感受到。此時身體右腦直覺到的聲情使得此詩的意象大大增強，這是純閱的文字很難達到的。這也是何以「陳

────────────

[26] 林央敏主編：《臺語詩一甲子》，頁60。

達的歌若唱起／一時消阮的心悶」的原因，那時的歌比詞更重要。

又如路寒袖的〈手風琴之夢〉一詩：

那凱西的手風琴　　　　　（那凱西：沿街賣唱，

　　　　　　　　　　　　　為日語ながし的音譯）

出遊客的心情

淡水河邊彼條歌

幾十年來唱袂煞　　　　　（唱袂煞：唱不完）

歌聲浮動若風帆

駛出懷念的船港

古典情懷新時代

只偆夕陽向大海　　　　　（只偆：只剩）

水邊紅樹林

渡輪畫水影

清茶泡一杯

海鳥來相看

雲一寡寡風飛上山　　　　（一寡寡：一點點）

觀音山倒佇彼爿岸[27]　　 （倒佇彼爿（ban）岸：

　　　　　　　　　　　　　倒在那片岸）

　　此詩使用音譯字不多，而意象的構築既有心情對比（懷念的
船港／古典情懷新時代）、今昔參照（手風琴正奏出遊客的心情／
幾十年來唱袂煞）、動靜互比（紅樹林／渡輪／水影）、時空相對

---

[27] 原詩刊於張珣編：《咱的土地，咱的詩：臺語地誌詩集》，新臺灣人文教基金會出
版，2011。

（一杯茶／海鳥；風／雲／觀音山），體現出一複雜而有序的景致和從容不迫的心境，而且節奏變化大，尤其末兩句（一三一三／三二三）變化大膽，韻腳數換且非常自然，可說是方言詩的典範。

　　向陽的〈世界恬靜落來的時〉一詩是另一例子：

世界恬靜落來的時　　　　（恬靜：tiann7-tsenn7，安靜，
　　　　　　　　　　　　　靜謐）

世界恬靜落來的時　　　　（恬靜落來：安靜下來）
就是思念出聲的時
窗仔外的風陣陣地嚎　　　（陣陣地嚎：tsun7-tsun7-tek-hau2，
　　　　　　　　　　　　　一陣陣地呼號）

天頂的星閃閃啊爍　　　　（閃閃啊爍：sian2-sian2-ah-sit，
　　　　　　　　　　　　　一閃一閃地眨著）

世界恬靜落來的時
我置醒過來的暗暝　　　　（暗暝：am3-menn5，夜晚）
想起著你

我置睏未去的暗暝
想起著你
想起咱牽手行過的小路　　（咱：lan2，你我兩人）
火金姑舉燈照過的田墘　　（hue2-kim1-koo1-gia5-tenn1，螢
　　　　　　　　　　　　　火蟲拿燈。田墘：tshan5-kinn1，
　　　　　　　　　　　　　田邊）

竹林、茫霧、山埔　　　　（山埔：sian1-poo1，山野）
猶有輕聲細說的溪水　　　（輕聲細說：khinn1-siann1
　　　　　　　　　　　　　-se7-sueh，輕聲細語）

世界恬靜落來的時

上例由右邊的羅馬音譯可知，閩南語的音譯若借用漢字因未統一，乃純粹對主流文字的僭越，會因地方發音的不同而有差異，此差異只有透過身體的聲情表達，才算詩的意象的真正完成，而且得到效果可能差異極大。

　　索緒爾討論語言時說，在詞裡，重要的不是聲音本身，而「是使這個詞區別於其他一切詞的聲音上的差別，因為帶有意義的正是這些差別」[28]，而閩南方言的聲音的差別比中文來得大，因此當說話者在使各個聲音仍能互相區分的限度內可以有發音的自由，只要求有區別，而非要求聲音有不變的素質。[29]那麼此發音的自由將使得其跌宕更加可觀。其原因即是由於感性直觀是先於思維的，無須某些特定文化的積澱和知識背景作為鑰匙，只需直接訴諸聯想及想像加以還原。因此，影音皆可說是一場能指的自由遊戲，因為圖象和聲音是自然的、生理的機制存在，本身即提供了對自己的闡明，不一定要必須被感知與特定文化的所指相關聯，而可說是的前理解或前邏輯的，這也是在網路時代影音傳遞越發迅捷，方言詩在聲情表達上占了先機，其意象的力量可被強化的機會大大增殖，因此與中文漢詩的差異正成了它最可被寶貝的地帶。

　　語言學家雅可布遜（Roman Jakobson, 1896-1982）晚年特別注意左右腦與語言、非語言的關係。比如他注意到右腦和語言之外的其他心智慧力之運作關係，認為左腦在辨認語言需經編碼的程式，因此是有結構性，無法被編碼時即代表聽不懂。而右腦在聽取非語言性聲響時則大大不同，這些音響的聽取和理解是不必透過編碼過程的，雖然聽取後仍要以編碼方式進一步對這些刺激進行構思。而右腦的聽取涉及的是某些直接經驗刺激之辯認（包括視、聽、觸、嗅、味、動作等身體所感），一個人的右腦如果因電激受損而左腦

---

[28] 費爾迪南・德・索緒爾，高名凱譯：《普通語言學教程》，北京：商務印書館，1985，頁164。
[29] 同上註，頁165-166。

正常的話，左腦仍可毫無困難地聽解別人的言語，但對於鈴聲、水流聲、動物嘶吼或雞啼、狗吠、牛鳴、豬叫、兒童哭鬧、瓷器摔碎、雷鳴、金屬碰撞、步履聲、踩葉聲、飛機聲等平常極易辨別又極度豐富的日常聲響卻失去了區別的能力，這些聲響對於右腦受損的人來說可能都是差不多的聲音。因此他重新強調了非語言之聲音對人類的重要性：「右腦處理的，主要是人類日常生活上的，乃至因大自然力量之湍動而被吾人聽取的現象。」[30]「大自然力量之湍動」即是人之天生智慧中極易與之共鳴之處，雅可布遜曾強調右腦與語言中之感情語調之識別關連，他指出：右腦掌管了語言中帶感情成分的感歎語調之識別工作。即如果一個病人的右腦功能受了損害，但左腦正常，則病人於聽取別人說話時，雖然對說話所報導的知性內容完全明白，但卻不能清楚地掌握別人說話中所帶的情緒和感歎語調，也難以對別人之感情作出適當反應，即病人喪失了常人透過調整語音之抑揚緩急輕重以表達自己的情感愛惡的能力。由此可知聲情與「大自然力量之湍動」相關，易互動而生共鳴，是出自內發、內在的，乃人類天生優勢智慧，語言是外鑠的、教化的。內發的對外鑠的有降低其對人的挫傷作用、並提升其感動力。

若依聲情及左右腦使用比例來說則似乎可得出下列趨向：

可純閱的中文詩──必須讀出聲的方言詩──必須唱出的歌
（左多右少）　　　　　（左右均衡）　　　　（左少右多）

而越來越多的中生代及新世代也參與創作方言詩，比如蕭蕭的〈阮老父──父親頌歌之四〉：

人講海洋深無底

30　Roman Jakobson, *Brain and Language, Cerebral Hemispheres and LinguisticStructure in Mutual Light*, (Columbia/Ohio: Slavica Publishers, Inc.,1980), p20。

我講真失禮
阮老父的智識才是真正深無底
親像海中魚蝦遐爾濟　　　　　（遐爾濟：這麼多）
人講海洋有夠闊
我講真歹勢　　　　　　　　　（歹勢：不好意思）
阮老父的愛有太平洋的十倍大
予我會當四界看，四界踅　　　（踅：xue，盤旋）
伊的絕招、撇步無人會　　　　（撇步：絕招）
伊是阮老父

　　這是一首對親人無限懷思、以今日若稍有所成，皆肇始於父親的見識廣大、親恩浩蕩所致，以比海洋之底還深、比太平洋有十倍大形容，「伊的絕招、撇步無人」應是表達父親點子甚多，令人眼花撩亂，寫來看似誇張，實乃不知如何形容方為恰當，「真失禮」、「真歹勢」是既謙虛又不得不說，寫來幽默而風趣。此詩基本上也注意到了韻腳，尾音上揚，讀出時激情而痛暢。

　　而到了2011年蘇紹連出版詩集《孿生小丑的吶喊》，此書穿梭在華語和臺語的不同語言空間之間，也穿梭於散文詩與分行詩的不同形式之中，使兩種「孿生語言」的交互作用，用孿生的語言吶喊，是蘇紹連磨鍊了三十年才成型的詩集，其「後記」即說：

　　　　愛因斯坦曾經說過，是我們使用的語言，在決定我們能看見的空間是哪一種。多種語言的交織糅合或對立撞擊，那又是怎樣的空間？那是一種隨時要變身換腦、以及隱藏自我的空間。做為一個詩人得面臨到這樣的挑戰，穿梭在不同語言的空間，而發現許多被釋放或被塑造出來的意義。
　　　　有一天，我必須由一個隱密的靈魂救贖時，忽然發現他在我的空間裡出現，他藉由文字和影像來現身，但他竟然是

我自己的實像，卻虛幻得讓我顫慄。不知兩個「我」同時出現在一個空間相互對話時，會引爆出怎樣的意象火花和思考張力？[31]

　　他說的是「隨時要變身換腦、以及隱藏自我」的長年苦痛，現在方得釋放，卻時代已然不同，不能不「藉由文字和影像來現身」，卻不知兩個「我」同時出現在一個空間相互對話時，是真幻虛實令我「顫慄」，即已進入左腦右腦之文圖互跨的年代，則主體之真相的追索已不再置頂，反而「爆出怎樣的意象火花和思考張力」更為重要。比如《孿生小丑的吶喊》的第一首〈小丑仔的喙〉即以雙語平行展示：

1
　　小丑哥哥，你沒有權利笑。你的身體藏在大地裡，迸血！只為能在大地上開一張嘴。

　　小丑哥哥，你也沒有權利說話。你的嘴，偷偷開在大地上，呻吟；綿延的呻吟，只能淺淺如溪流自我追逐。

2
　　小丑仔弟弟，汝無權利通笑。汝的身軀藏佇土跤底，迸出血來，滾絞的血水，只為了會當佇土跤頂開一個喙！

　　小丑仔弟弟，汝亦無權利講話。汝的喙，偷偷仔來開佇土跤頂，哼呻；拖長拖棚的哼呻，幹但淺淺親像溪流水自我走相迢！

────────────
[31] 蘇紹連：《孿生小丑的吶喊》後記，臺北：爾雅出版社，2011。

此舉各取所需，語言的平行關係似乎展示了時代再無以誰壓誰，只有共襄盛舉、相互激盪地表現方是上策。

　　唐捐的〈無厘頭詩〉則是對兩種語言的同時衝撞、調侃、及諷刺：

1　殺蜜　　　　　　　　（殺蜜：什麼）

爛的
不只蘿蔔
腐鼠也有微痛的說
殺蜜
暗爽都你
阿得內傷就我　　　　（阿：為什麼；就：只有）

2　踹共　　　　　　　　（踹共：出來講）

站在輝煌的廟前
大聲喊著：
踹共
神明呵呵
笑出一些煙
我以為會被打的說

3　係賀　　　　　　　　（係賀：死了好）

從霧裡出來
良心也被漂白
蚱蜢如今

也能把我打敗
係賀
我本來也粉強的說[32]　　（粉強：很強）

　　「也有微痛的說」、「會被打的說」、「也粉強的說」皆是
流行的網路語言，是以「無厘頭」對抗正經八百，以旁歧對付正
道，可說融合了華語、臺語、網路語，對主流文化不屑、嘲諷的另
類寫法。

　　因此在主流語言之外，是極有可能通過方言自身的意義和展示
時的豐富無窮變化，通過語言的「屈曲」變化來增殖其意義，而當
此語言必須借聲音說出方可被編碼、理解時，則將使身體因發聲及
表情而不能再保持同一的、穩定的狀態，而是使身體向「多樣化」
的情境和樣態變化，[33]這是後結構「解轄域化」、因差異而不斷生
成的方式，方言詩即具備了這樣的能動性。

五、結語

　　整個臺灣的社會，是由數種民族所構成的板塊，除了福佬人
（閩南人）、客家人及原住民，百年來島上還曾有日本人、後來來
了各省籍的人，說著南腔北調的語言，如此分佈多元的情勢，不可
能不產生一個共通的語言以暫時掌控全域，國語或華語或普通話在
幾十年間取得優勢，於是其他語言受到壓抑、躲入民間，如此對持
該方言如閩南語即成為無以暢達的語言問題，也成了開啟的此一族
群走向「不確定性」的生命狀態，如此語言也成了他們生命的「關
鍵點」，而通過對這種「不確定性」一步步所進行的「確定化」，
正是閩南語方言詩逐步變化、也創發其可能的關鍵。其引動的是各

---

[32] 唐捐：〈無厘頭詩〉，《自由時報》副刊，2012年8月7日。
[33] 薑寧輝：《德勒茲身體美學研究》，頁30。

種母語的公開宣揚、保護、再創作、鼓勵平行傳播的必然趨向，也是使文化多元化、豐富化、相互激盪發明，既平行保存了「差異」又可交叉融合後又各自發展，應是在一切均全球化下仍能「行動在地化」的最佳途徑。

跨文體現象

在詩中小說
——朵思與羅英詩中的情與欲比較

摘　要

　　本文由男女左右腦和胼胝體的不同，並結合拉康三域和幻象公式，對朵思和羅英兩人的詩作略作掃描比較，以見出她們對待情與欲的不同展現方式，和其可能迥異的精神意涵。並得出她們詩的相異處在於：語言與意象的使用一節制一奔放、情感的表達一執著一迷離、欲望的展現一想像一行動、逃逸的方式一行腳一出走、以及小說的介入一融合一分離。而詩的相異處，或即二人情與欲的不同呈現方式。

關鍵詞：朵思、羅英、情與欲、幻象

一、引言

　　若在小說與詩之間做選擇，大半的女性詩人通常會把小說當首選。高敏銳度、自動化影像式的記憶是女性遠遠超越男性的特長，因此對女性作者而言，說故事、寫小說、甚至記錄歷史，應是輕而易舉的，她們到後來會去寫詩通常是不得已，詩多半是她們的第二個選擇。在1949年後，長達一甲子的臺灣詩史中，占絕大多數之男性詩人中寫詩又寫小說的極少，算一算也只有陳千武、隱地、林燿德等少數幾位，而只占一成左右的女性詩人[1]中就至少有朵思、羅英、馮青等三位。即使在詩壇中，她們類似隱形人，受到的注目不若男性詩人，其殊異的特質卻難以抹滅，尤其在女性世紀即將萌發的年代，她們先行者的腳印值得一一去點數和重新檢視。

　　前行代詩人群中，朵思、羅英兩位皆是創世紀詩社最重要的女性成員，但其參與或活動力卻非皆出於主動、自主、與積極，[2]而且由於婦女職責、家庭因素，寫作常遭長期中斷，比如朵思（1939-）算是早慧的詩人及小說家，14歲即在《公論報》副刊發表第一篇小說，16歲於《野風》月刊發表第一首詩〈路燈〉，1963年出版詩集《側影》，1965年出版短篇小說集《紫紗巾和花》，之後詩筆中輟十餘年，轉向小說和散文的經營[3]，直到1979年重回詩壇，卻要到1990年已51歲時才自印出版第二本詩集《窗的感

---

[1]　朵思做的統計，各種選集中女性入選的比例約在6.6%至16%之間，見李元貞：《女性詩學——臺灣現代女詩人集體研究》第八章及附錄二朵思提供的表格（臺北：女書文化事業有限公司，2000），頁351及393-394。

[2]　比如朵思曾說：「男詩人進入選集，爭得很厲害，女詩人消極，沒有進也就算了」、「各行各業均如此」，見李元貞：《女性詩學——臺灣現代女詩人集體研究》第一章，頁351。

[3]　比如第一、二本詩集相隔之27年中，1969年出版長篇小說《不是荒徑》（皇冠），1982年出版短篇小說集《一盤暮色》，1983年出版散文集《斜月遲遲》（黎明）、1987年出版散文集《驚悟》（敦理）。參見莫渝編：〈朵思寫作生平簡表〉，《朵思集》（臺南：國立臺灣文學館，2008），頁130-132。

覺》，與第一本詩集中間竟相隔了27年。此後朵思即以詩為創作重心，其後又出版了詩集《心痕索驥》（1994）、《飛翔咖啡屋》（1997）、《從池塘出發》（1999）、《曦日》（2004）、《凝睇》（2014）等，在詩路上算是走得漫長而堅持。

羅英（1940-2012）與朵思走的路有些不同，當然她也是早慧的，自高中時代她即開始寫詩，1956年紀弦發起的現代派大集合的百位詩人名單中她的名字也在其中，起初她發表作品在《現代詩》和《野風》雜誌上，1961年與沉冬（朱沉冬，1933-1990）由現代詩社出版詩合集《玫瑰的上午》，她先後參加了現代詩社、創世紀詩社，之後停筆十年，1981年前後又重新開始詩的創作，1982年已42歲的她才出版第一本個人詩集《雲的捕手》（林白），離詩合集《玫瑰的上午》已長達22年，1987年出版另本詩集《二分之一的喜悅》（九歌）。此後則以出版散文集及小說集為主，詩的作品則大量銳減，如在《年度詩選》及2003年的《中華現代文學大系》詩卷中才可找到小量的作品，此後即以散文及小說為創作重心，如1988年一口氣出版散文集《盒裝的心情》、《跟仙人掌握手》（1989年更名為《那天看海》）、《明天買隻貓》，小說《羅英極短篇》、《今天星期幾》，1989年出版《橡樹上的男人》後，[4]不久移居南非，作品銳減，此後只出版了《咖啡店的遊牧民族》（1993）、《貓咪情人‧PUB》（2004，2007年更名《羅英極短篇2：貓咪情人》）等兩本小說集。因此可看出女性的寫作路徑走得此男性更為艱辛、顛簸，且易因家庭職責養兒育女牽累而中斷、也易因情感的糾葛而備感困頓而時起時挫、乃至改變或轉換創作跑道，其他女性詩人席慕蓉、馮青、葉紅、江文瑜、洪淑苓等人身上也可發現類似的寫作現象。

朵思、羅英兩人詩寫作的路徑與小說始終有藕斷絲連似的瓜

4　參見羅英：《今天星期幾》所附〈羅英寫作年表〉（臺北：駿馬文化事業社有限公司，1988），頁182。

葛,朵思創作的前三十餘年(1953-1987)以散文、短篇及長篇小說為多,小說三本、散文集二本,卻只出了一本詩集,重新出發後較專注於詩的創作,迄今已出版七種詩集。女性學者鍾玲稱讚朵思「在臺灣眾女詩人中,能以寫實的筆觸,深入探索在激情領域中的女性心理,首推朵思」[5]、「在表現激情和痛苦方面,其真實動人在臺灣女詩人中無出其右者」[6]。而因朵思對小說的形態不能忘懷,在後來的分行詩與散文詩中均不忘加入小說元素,不但不斷改變視角,多用第三人稱,增加精簡敘事和跳躍情節,使得詩「兼具抒情與敘事的筆法」[7],且因視角不局限女性,因此「使她在詩人與女詩人的雙重身分上,獲得雙重的認證與肯定」[8];甚至長詩《曦日》「在敘述與敘述的銜接」上也常能「藉由意象並置所造成的空隙醞釀詩的氛圍」[9],因此詩的濃度保持不墜,且由於小說手法大量運用在詩中,使其詩質和內容形式有了更強大轉圜空間,拓展了詩的寫作範疇和可能性,乃與其他詩人寫作方式拉開了距離,遂有越老越辣的向上趨勢。

羅英最初的三十餘年(1956-1989)先是寫了兩本詩集,繼而出了六本小說及散文集,後來繼續寫了兩本小說集,因此詩也比朵思較早受到詩壇的注意,甚至被鍾玲稱讚是「開創了一個神話領域,其成就沒有其他臺灣詩人能相比」、「她的詩歌具有神話時代詩咒的魔術力量」,乃至以「現代詩壇上的巫后」稱之。[10]只可惜「巫后」就在1989年鍾玲出版其論著前後,將詩質轉嫁至散文和小

---

[5] 鍾玲:《現代中國繆司——臺灣女詩人作品析論》第四章(臺北:聯經出版事業公司,1989),頁125。

[6] 同上註,第六章,頁251-252。

[7] 洪淑苓:〈靈魂深處的節奏——朵思《從池塘出發》評介〉,(《文訊》172期,2000.02),頁24-25。

[8] 洪淑苓:《思想的裙角——臺灣現代女詩人的自我銘刻與時空書寫》第三章(臺北:國立臺灣大學出版中心,2014),頁114。

[9] 簡政珍:〈長詩的意象敘述——評朵思的《曦日》〉,(《文訊》231期,2005.01),頁29-31。.

[10] 鍾玲:《現代中國繆司——臺灣女詩人作品析論》第六章,頁218。

說，即使其極短篇：「長於佈局，巧於承轉，奇峰突兀，和詩一脈相通」（王鼎鈞），比如小說的片段：「橡樹上的男人已把他全身都支解散亂地掛滿了一樹，他自己瞧著，很欣賞地哼著一支如夜蜜蜂之鳴咽的歌。女人不喜歡這過於浪漫的人間情懷，而且那越看越覺陌生和平凡的掛在樹梢的跟一般人沒有兩樣的男人的面孔這時也令她感到疲倦和憎惡」[11]，筆法有詩意且以超現實呈現，但畢竟它被寫進小說裡，因而難以歸類為詩，加之後來她為情出走非洲，而和臺灣詩壇有了難以嫁接的隔閡和距離。當然對她的評價也出現過雜音，李元貞說羅英「詩的語言在雕飾的能力上，不下於現代派的男詩人，故甚受男詩人們器重」，言下之意，似乎是男詩人過度追捧，且李氏說她「雕飾」，但羅英初稿經常就是定稿，少有修飾。李氏又說「她在詩中面臨愛情已死的痛楚，與席慕蓉語言淺白，有時失之幼稚的詩，有異曲同工之處」、「羅英與席慕蓉雖然哀喊愛情的死亡與落空，但基本上追求愛情的心志不變，面對愛情荒涼的現實，努力以『無怨』處之」，[12]李氏顯然站在女性主義的角度論述羅英如傳統女性不斷在情愛裡屈服、受苦，而非全然以詩論詩，也忽略了她兩度離婚、最後遠走異域，而輕易以「無怨」定之，因此不免過度貶抑了羅英勇於追求情愛的勇氣，和出於幻覺式的曲折詩藝。

　　然則不論是詩或小說，女人本來就有很多話想說，她們要說的，自然不與男性同個範疇，她們在詩中展現的語言形式與內容，尤其是情與欲的呈現自然為男性所不易理解，我們只能根據她們的詩作試圖加以揣測，或可提供有如來自另一星球的男性參酌和有所認知。本文擬由男女左右腦和胼胝體的不同，並結合拉康三域和幻象公式，對朵思和羅英兩人的詩作略作掃描比較，以見出她們對待情與欲的不同展現方式，和其可能迥異的精神意涵。

---

[11] 羅英：《橡樹上的男人》（臺北：皇冠出版社，1989），頁31。
[12] 李元貞：《女性詩學——臺灣現代女詩人集體研究》第一章，頁11。

二、詩在左右腦和拉康三域中的運作

　　女性在父權結構一時仍難以崩解的時代，採取隱忍的姿態，不論採取的是靜默或嘮叨，洪淑苓所謂無效的「雙聲陳述」（即不論有聲無聲均不被理睬）角色均仍低微於男性[13]，這固是男女不平等的社會化使然，也有其生理性的結構與特質所致，尤其是大腦。一般男女大腦在結構主要有三點不同：[14]（1）下視丘前端的性雙態核或1NAH3神經核（簡稱SDN），男性的SDN比女性大2.5倍，且此神經核負責男女性的性狀態和行為。因此男性的性慾比女性強烈得多。（2）胼胝體：有神經纖維束用來溝通兩個左右半球的大腦。即使胼胝體運作仍具爭議性，[15]但女性的腦胼胝體比男人較大且厚，且神經纖維集結成球狀的厚結，靠近枕葉處女性呈圓形，男性比較薄，[16]女性所佔比例比男性高，也的確是事實，它們如成千上萬之細銅線束成一條大電纜，因而以功能磁共振掃描儀來測量左右腦思考時運作情況，發現女性常同時用左腦與右腦思考，而且用右腦能自動記錄的影像和五感比男性多得多，而男人則大多只用左腦思考，也因此女性比男性更適合寫小說。對女性敏銳感性之右腦，胼胝體是可輸送更多訊息至左腦進行分析，而且可使情緒易以左腦的語言即時反應，這使得女性的思考常是全腦運作，有研究指出：在左、右兩個大腦半球聯絡活動方面，女性比男性高出30%。（3）大腦尺寸及大腦細胞的存活長短：男女性腦部大小與體型相似，約10比9，神經細胞數卻幾乎一樣，且為彌補尺寸差異，女性有較多

---

[13] 洪淑苓：《思想的裙角——臺灣現代女詩人的自我銘刻與時空書寫》第三章，頁96。

[14] 麗塔.卡特（Rita Carter）著，洪蘭譯：《大腦的祕密檔案》（臺北：遠流出版事業股份有限公司，2002），頁112-113。

[15] 萊斯莉・羅潔絲（Lesley Rogers）著，王紹婷譯：《男生女生大腦不同？》（臺北：新新聞文化事業股份有限公司，2002）著，頁142-151。

[16] 米山公啟（Kimihiro Yoneyama）著，王麗芳譯：《女男大戰從頭說起》（臺北：聯經出版事業股份有限公司，2007），頁20。

的皺褶。[17]且在老化的過程中，腦細胞會逐漸死亡，但男性會發生得早些，死亡數目也較高。男性的前葉及顳葉區的組織最容易死亡，這部位負責思考及感情，所以老男人有時候會性情大變；女性的海馬迴及頂葉的組織較易死亡，所以老婦人的記憶力及方向感較差，這跟動情激素的分泌有關。上述三項不同中，仍以胼胝體對左右腦兩半球的運作協調最具關鍵性，其他的研究結果也顯示女性因而能處理資訊量比男人多很多，男人雖較有空間概念、較重視動態情境，較能掌握三度空間概念，但卻對靜態、要觀察的事物不感興趣。而女人對「痛覺」就較敏銳，忍受力也較高，聽覺敏銳度與辨識度都較高，口語表達能力也較好，較為重視他人的感覺與情緒反應，同情心、同理心及觀察力都較高。另外還有研究指出：音樂家比非音樂家、慣用左手者比慣用右手者的胼胝體較大，在在都顯示胼胝體大小與人類個體差異的關係。[18]

由於男女行事作風大大不同，宛如兩個不同星球的生物，可以圖一顯示男女左右腦運作模式、胼胝體、和拉康三域的關係。男人待在左腦耽於屈服甚至幫助建構拉康三域中所謂的象徵域，包括典章、制度、禮儀、邏輯、社會秩序，以科學與民主為普世價值，卻在世上不斷製造矛盾、衝突、和戰爭，愛情和性對他們而言是一時的，由於與母親互動較短、斷裂較早，雖然也有回到與母合一的渴望，卻往往以激情快速起伏、或得手後即失去欲望，是明知回不到真實域的幻滅（與母合一的不可能，相當於進到右腦無框化極致的不可能），因而往往只短暫進入想像域（相當於較薄的胼胝體及邊緣系統[19]），即快速回到象徵域的左腦，尤其是新皮質層中，那裡

17 石浦章一著，洪菁鈞譯：《別再說你不聰明：東大教授的64堂大腦聰明課》（臺北：世和印刷企業有限公司，2012），頁26-27。
18 參見http://highscope.ch.ntu.edu.tw/wordpress/?p=31437，2014.08.08查詢。
19 包含海馬迴、穹窿、杏仁核、中隔、扣帶回、嗅腦與海馬迴周圍區域。撫養、社交、玩耍等行為源自於此。見湯瑪斯‧路易士（Thomas Lewis），法里‧阿明尼（Fari Amini），理察‧藍儂（Richard Lannon）著，陳信宏譯：《愛在大腦深處》（臺北：究竟出版社，2002），頁39及47。

讓他們有秩序化自身的安全感，或是透過創作、夢、新的愛戀而短暫從象徵域逃脫，如圖一下方的箭頭所示。此時詩找到了可以連串其間的位置：

> 詩是新皮質與邊緣系統之間的橋樑，是種令人難以置信卻又極端強烈的事物。佛洛斯特寫道：「詩起於哽咽之時、委屈之處、思鄉之情、相思之苦，而絕非起於想法之中。」
> 愛也非起於想法之中。解剖學錯誤的起點使得理智無法瞭解愛，就像用叉子無法喝湯一樣。[20]

「哽咽之時、委屈之處、思鄉之情、相思之苦」是右腦的專長，尤其在邊緣系統中，「想法之中」則是指抽象思考認得文字的左腦，尤其在新皮質層上。詩所以說是「兩者的橋樑」，是因語言屬於新皮質，而情感屬於古老的邊緣系統，人類的情與欲均深陷其中，因此詩就像站在左腦與右腦之間的胼胝體，或站在象徵域與與真實域之間的想像域般，把無法表達的想辦法表達出來：

> 邊緣系統就如同其本身所啟發的藝術一般，能夠使我們超越邏輯，達到語言難以描述的境界，而新皮質層則僅懂得語言。
> 因此情感若要透過語言呈現出來，便需要經過困難的轉變。也因此人類必須將感受硬套進語言的緊身衣中。我們充滿感情的時候，通常會語無倫次、比手畫腳、或是深感挫折地靜默不語。[21]

因為語言文字屬於左腦，是制約學習而來的，詩以左腦語言說

---

[20] 湯瑪斯‧路易士等著，陳信宏譯：《愛在大腦深處》，頁50。
[21] 同上註，頁49-50。

右腦的情感,的確有「經過困難的轉變」、「硬套進語言的緊身衣中」,因此詩只能接近,而並非其本身,真正的狀況「語無倫次、比手畫腳」、或是「靜默不語」,深感挫折乃成必然,女性比較勇敢,願一而再再而三的向情感本身靠近、乃至停留其中,即使粉身碎骨,因此對女性而言,一舉指一投足皆深具意涵,它們皆是「前語言」的,比如朵思的〈肢體語言〉說的即是語言面對身體的不足和不可能:

> 消除語言重量
> 世界便從腳底開始歌唱
> 從指尖飛翔
> 從毛細孔張合的空間創造新義
>
> 選擇浪漫或傷痛或快樂
> 讓它們擁擠在平滑肌膚
> 以心靈比重等同的揮灑
> 扭動最耐咀嚼的骨骼文化
>
> 聲帶絕緣
> 眼睛、眉毛、唇角
> 左肢、右肢
> 都是密碼[22]

說「肢體語言」與「心靈比重等同」,卻是言語所不能,因此「語言重量」是最無能的,很多「密碼」說不了,卻是女性最能以肌膚或骨骼去感受。男性對此當然遜色多多,於是男性寧可躲入

---

[22] 朵思:《飛翔咖啡屋》(臺北:爾雅出版社,1997),頁142-143。

詩中，也不願長久待在女性的懷中，這是他們在行為上總是以「想法」和「理智」去瞭解女性的愛，遂遭致極大的怨懟。因此真正的真實域始終是匱乏的，無法有另一人可以與你永遠同行或合一，只能暫留想像域，最終都要退回象徵域中，因此圓滿的匱乏是恆久的，即便詩的創作、夢、戀愛、情與欲的追尋，無不如此，右腦最終是悲劇腦。

象徵域的架構從來是父權建構的，女性可以對其認同卻往往想要自枯燥乏味的邏輯與理性中逃逸，而由於她們自幼即與母親互動頻繁和漫長，成長後會要比男性要求更多更好的與人聯結、親密、和共鳴，且胼胝體厚大，連結的邊緣系統發達，因此女人極易社會化的影響「神化了男人」，卻很快發現「沒有一個男人是神」（西蒙波娃），結果就如鍾玲所說：

> 許多女性在深墜情網時，她們會無條件地投入，但通常男方卻不一定會有同等強烈的回應，也許青少年男子會同樣地熾熱，但過了這個階段，男人會追求其他的生活目標。在這種情感的天平傾向一邊的情況下，女性就必須承受內心的痛苦。此外，她必需要面對理想的幻滅。[23]

男性對女性情感「強烈的回應」即使有也常是一時的、或是階段性的，使得「情感的天平傾向一邊」的現象幾乎極為普遍，偏偏左腦「象徵域」是受控的，胼胝體「想像域」與右腦「真實域」是不受控的，也無法真正追尋到，但舊皮質的邊緣系統是祖傳的人類深沉渴求，在女性身上特別明顯，如此不對等的天平，悲劇是必然的了。

---

[23] 鍾玲：《現代中國繆司——臺灣女詩人作品析論》，頁121。

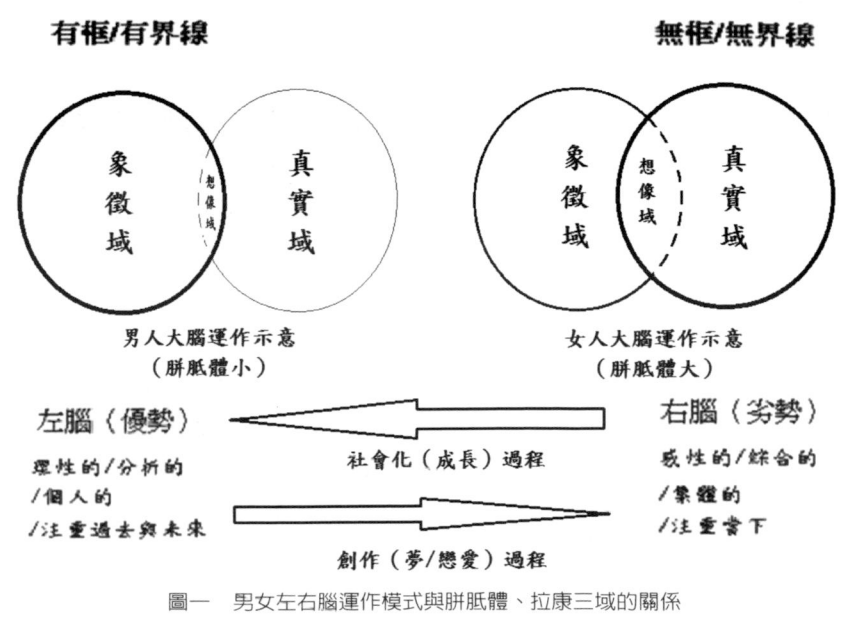

圖一　男女左右腦運作模式與胼胝體、拉康三域的關係

三、詩的直覺與朵思羅英的語言

　　女性聯絡左右腦能力強大的特質，使得她們對社會化強勢的左腦有種天生往「非社會化」的右腦逃逸的特性，前者的理性左腦像講究倫理秩序禮儀典章制度的儒家，後者的感性右腦像順應自然無爭無執能如嬰兒乎的道家，因此男性看到的世界常是必須爭可以爭不爭無以活的看似積極性、卻也常被過度理想化的部分，女性看到的則常是不必爭無須爭所有爭終究化成無的另一方向，像是消極的部分，卻有可能是更本能、更具時空長遠性、更真實不虛的部分。如同羅英說的：「貓像極了女人因此女人多喜歡貓」，因為：

　　　　貓牠全部的精神都凝聚在眼睛裡面，貓的生命像牠的身體那
　　　　樣柔軟有韌性，貓可以望見無限的遠虛幻的裡裡外外望見變

相的從前和未來。[24]

　　貓即使「柔軟有韌性」，也不可能（或為人類所難確知）有女人「可以望見無限的遠」、「虛幻的裡裡外外」和「變相的從前和未來」這樣的大腦直覺，但多數的女人卻常有此直覺的本能和能耐。她收在詩集《雲的捕手》中的散文詩〈貓〉即寫到：

　　　　在夜的一隻眼裡，我是貓。在黑色的闊葉樹下。樹上長著羽狀的迷離；以及那種開了又謝的野菊花。而我的倦意是尋找衣殼的田螺。——夜晚，復用另一眼看著。

　　　　那牧童用淚說，看到我的羊嗎？那太陽色的穿吉葛西鞋的唱歌的羊嗎？羊真是死了，我說，死在月光沒有堤岸的海裡，你亦是死的，你是那走去的水上的星光。

　　　　在夜合上的雙眼中，我是貓。是池中的蝶，是枕著甜夢的不開花的仙人掌，是影子和影子畫出來的——貓。[25]

　　這首詩很難句解，因為非常意識流和直覺，很像自動書寫寫出來的，第二段與一、三段關係似乎不大，卻非常關鍵，牧童像是她要批判的對象、或是早就不愛或想戲謔的對象，而「羊」就影射詩中的「我」了。那麼前後兩段的「我」或「貓」就是懶散地俯臥夜色中瞥眼所視或心中掠過的光影了。「我的倦意是尋找衣殼的田螺」、「池中的蝶」、「枕著甜夢的不開花的仙人掌」等句中的螺、蝶、仙人掌與貓均同，皆為自我影像的不同呈現，表達充滿「倦意」如死去的情感美誠美矣當下卻需要「衣殼」的包裹。全詩在擬人化的夜眼下進行，其實與她的散文所寫兔子因懷孕「變

[24] 羅英：〈黑貓E〉，《咖啡店的遊牧民族》（臺北：時報文化出版企業有限公司，1993），頁145。
[25] 羅英：《雲的捕手》（臺北：林白出版社有限公司，1982），頁151。

得癡呆而肥胖,眼神中的孤獨和寂寞好似是夜色,更深也更濃」[26]無異,羅英在詩中的跳躍式的抒情、乃至極端式的情的表達(羊死了,牧童也死了),在她的散文和小說中就人間多了、也平易近人多了,但鍾玲所謂「神話」或咒語式的色彩就淡了。

上節說詩介在新皮質與邊緣系統之間,既不是此也不是彼,只是借此向彼靠近的方式,羅英的詩即是那樣極度想靠近彼的詩,即使最終的彼是不在的。比如〈臘月記〉一詩也是:

那些玫瑰都昇起來
在風裡紛飛
並且歇在雲上
──太陽正在長大

有時她的髮裡躲著冰凍的月亮

以及樹下影子的細碎
睡神常走在她的腳下

我說:請把天堂推得高一點吧
走進那小小的葵樹
把烘熱的秋天
繫住我一千零一個飛遠的期待[27]

非常尋常的語言,卻省略了很多細節,詩中的「她」可能指太陽,也可能指我,羅英對她所指的對象經常是不確定,可以是此也可以是彼,「紛飛」因此可以是玫瑰也可以是期待或是繽紛的往

---

[26] 羅英:《盒裝的心情》(臺北:九歌出版社有限公司,1988),頁211。
[27] 羅英:《雲的捕手》,頁161。

事或戀，即使其後面是「冰凍的月亮」或「影子的細碎」，黑總跟隨白，死總跟隨戀，羅英情與欲起落幅度之大，使得現實夾雜超現實，宛若一連串拉康所說的能指鏈，意指（所指）則不可尋。

對照朵思的散文詩〈她穿牆而入，而出〉則是另一番景象：

> 人走到假日飯店指定的房間，說著：路沖，便將鑰匙插入心臟般插入鎖孔。女人以飄盪的腳步行過冷颼而散發久置封閉空間黴濕陰森的傢俱，穿越客廳，擦身衛浴，再發現臥室落地長窗面對的一排明鏡，正映照出坎培拉窗外富麗奪目的陽光。
>
> 午夜時分，魅影穿牆而入：紅紗曳地睡衣。黑髮。背對女人，閃躲明鏡，女人口誦佛號，然後，看她斜斜穿牆而出……
>
> 導遊翌日莫名揣測：會不會是前夜從賭場追隨回來的賭友？女人第六感卻知覺：似乎是自己佔用她的床舖[28]

此詩像靈異詩，說的是女人的直覺或「第六感」，第一個直覺的「路沖」與其後「冷颼而散發久置封閉空間黴濕陰森的傢俱（原詩寫做家具）」預示了午夜「魅影穿牆而入」的戲劇性演出，但對作者而言卻是千真萬確的旅行經驗，那是經常發生在她們身上之「虛幻的裡裡外外」和「變相的從前和未來」的一種日常經驗，只不過很難讓一般人明白其究竟是事實或神經過敏，但可以看出朵思比羅英使用了更多的事實或事件。朵思的〈第六感〉一詩說明了女性不可解的直覺和因此產生的自信，詩的後半說：

> 我的觸覺於多次元詭異轉折後，直奔

---

[28] 朵思：《朵思集》（臺南：國立臺灣文學館，2008），頁114。

未來可能發生事端的現場
我是紊亂思緒中，透明頻道上，可預先
洞悉一切的一注前衛光照。
我的靈視以潛意識滑行
我是一則滲透現實無邏輯可尋的神話
從感官外的感覺出發
再引爆口腔將現場翻覆
我被巧妙接引到情節拼裝完成的
各種樞紐[29]

　　這一段話很像「大地母親」的宣告，像古代巫女對她的信徒
說的話，是神諭。不須也無法以理性分析的，是「無邏輯可尋的神
話」、「從感官外的感覺出發」均是前邏輯前語言的，向真實域探
索，雖然永遠無法觸及，卻離左腦象徵域遠遠的，像是世間的另一
套系統。這也是拉康所說語言的缺憾，那另一套系統是語言遠遠無
法觸及的，不能說的說不出的比說出的能說的多得太多了，於是朵
思與羅英乃只能以她們的直覺和語言系統小小說了一些。

四、朵思和羅英詩中的說與不說

　　詩如其人，詩中所現，即世間所見之詩人，不管在詩中說了或
沒說。朵思和羅英的詩與她們的情或愛一樣，非起於想法之中，而
始終起於「哽咽之時、委屈之處、思鄉之情、相思之苦」的邊緣系
統，那是語言不可說的，非得說時，乃滲入了詩人的個性、氣質、
教養、與成長背景和環境。其間卻也可能充滿了複雜的社會性或象
徵域的侵蝕，尤其是語言，它代表了象徵域大他者巨大的控制，詩

---

[29]　朵思：《朵思集》，頁44-45。

是對此控制的抵抗，越節制的語言是對控制有限度的抵抗和反射，越奔放的語言代表無意識的不受控，甚至是有意以意象不斷的移轉或變幻，展現內在的情緒或欲望，沮喪或興奮、憂鬱或幻覺、生的本能與死的本能，都能追蹤到一二，也代表了要自象徵域（社會性，被大他者劃了一道痕的主體＄）逃脫，藉助想像域（心理性，要追索的小他者a）向真實域（生物性，圓融合一的主體S）追索的欲力和不自主要向之靠攏的力量，即使最終它是個幻象（S不存在），因此拉康的幻象公式說：

$$\$ \diamond a$$

此處◇是阻礙，追索的對象或詩就是那個a，此a看起來暫時扮演了不在場之S，因此a不能輕易獲得，一獲得幻象就消失，如此反覆循環，人的生之欲因a而被挑起了情，以為有那麼一個人存在，一生可能「淪陷」其中，於是要自「＄的狀態」中尋求機會，不斷逃脫，欲望因之而生、夢即因之而做、創造因之而生、詩為之而寫，即使那個a有可能被社會、大他者（尤其是父親）事先設定好，此追求仍然沒完沒了，成了永恆的情挑。

由於每個人都被大他者在身上劃了一道痕＄，其痕的深淺不一，面對◇的阻礙也不同，要追求的a的對象皆相異，亦即人人的氣質、背景、環境、際遇乃至基因差距均極遠，因此在面對情與欲的書寫時，朵思與羅英遂有了頗大的差異，比如：

1.語言與意象的使用─節制─奔放

由於男性比女性要社會化的厲害，通常在使用語言上比較節制，詩中亦然，因此朵思與羅英比起大部分的男性詩人、一部分的女性詩人在使用語言或意象時都要來得奔放。而朵思相對羅英而言，則要節制得多，比如她的〈影子〉一詩：

我親密的伴侶
時長、時短、時隱於無形

光源來自的方向
塑造了許多不同變形
的我
有時我拖著它行走
有時我踩著它
踩著自己的心，自己的頭顱
自己的思想

從年輕一直踩向年老
我的影子，用大地的容器
盛著，猶之
花缽盛著花姿的枯榮[30]

　　此詩寫的不只是影子，而是一個人被不同的大他者社會化（來
自不同方向甚至不同強弱的光源）的過程中，自我變形的姿態（塑
造了不同的我），以及我如何與之相處的歷程和感受，「拖著」是
被他影響、「踩著」是抵抗，卻經常使自己受傷（思想和心均受限
制）。由於人都無法抵禦光源（如權威或太陽），只能與他的代言
人（影子）對抗，最後還將之內化成自己的一部分（「我的」影
子，如「以父之名」般影響一生，代表父親或上位者權勢者等人的
欲望悄悄成了我們欲望的一部分），[31]如此則不得不壓制自己，忍
受它（年輕到老）、甚至美名它（如花缽盛著花姿的枯榮），猶如

---

[30] 朵思：《朵思集》，頁12-13。
[31] 齊澤克（S. Zizek，即紀傑克），格林・戴里（G. Daly），孫曉坤譯，《與齊澤克對
　　話》（江蘇：江蘇人民出版社，2005），頁95。

不是我活著而是它活著一般。這裡我們看到了朵思有節制的抵抗，以及父親（還有社會）對她時隱時顯的影響，她最強有力的抵抗則是透過後半生詩的持續追索和書寫。

羅英則是奔放性、咒語式、念珠式的書寫方式，其語言和意象常一瀉不可終止，如〈雲的捕手〉：

曾經衰敗過的
虹
自泥沼中
又伸出它
手那般的
新芽
招喚著鐵軌自山中
步出
而且伸延著
那平行卻永不致相遇的
遐思

不時也會
耳鳴且默數著年歲的
鐵軌
不時地在途中
留些眼淚
自煙囪放走
成為鴿子
成為秋後之
雲的

捕手[32]

　　包括題目在內，此詩的題旨並不清楚，全是一連串自然或人造的景象，虹、新芽、眼淚、鴿子、雲是自然的，不願也不能受規範的，而鐵軌和煙囪（來自老式火車）則是有方向有規範的，「平行卻永不致相遇的／遐思」即是鐵軌（象徵域／大他者／超我）的世俗道德規範造成的，人只能順著鐵軌的方向前行（時間的年歲被安排在人造的空間方向裡），但無論如何也要「不時地在途中／留些眼淚／自煙囪放走」，即自人為的限制裡逃逸，回到天空成為鴿成為雲的捕手，又與首段的「衰敗過的虹」回到同一位置。

　　至於「虹」是何物，羅英並未說，就如「捕手」欲接或捕何物也未說，其間只是一個能指只指向另一個能指，永遠無法指向一個所指。拉康說人就是這樣一個永遠漂移不定的驅力和欲求的混沌的王國，能指鏈就永遠處於遊戲之中，不停地滑動、漂移循環於循環中[33]，如此詩由天上「虹」到地上「新芽」，再到再度坐上「鐵軌」到「默數年歲」到流「淚」到由「煙囪」放走而成天上「鴿」和「雲的捕手」，其間是無法停下來的一系列動態景象，想使之得以固定卻又永不可能。因此羅英的詩不只是超現實的，也是後現代的，她的意象很少有意成為象徵，至少是個人的象徵，就像她無法固定、穩定自己一樣，因為所有一切的背後，都指向那是一個幻象。

2.情感的表達－執著－迷離

　　朵思在詩中情感的表達要比羅英其實更大膽，卻也更執著，她詩中情的書寫對象至少較易「對號入座」，而且其執著程度彷彿有著鳥類的「銘印現象」，執著了一生，使其不停地自我質疑，如長

---

[32] 羅英：《雲的捕手》，頁3-4。
[33] 嚴澤勝，《穿越「我思」的幻象——拉康主體性理論及其當代效應》（上海：東方出版社，2007），頁152。

詩〈歲月的節奏〉的第九節的一段：

> 認真的病著喪失女性主義意識的疾病
> 我回到好幾個輪迴之前的年代
> 模糊幻爍畫面上
> 我提著被一個日本浪人砍下的頭顱
> 四處尋找我自己[34]

　　忘卻了「女性主義意識」，頭顱在手上仍四處尋找，只因「遇見你／我看到你穿越歷史向我走來」因而阻礙了新女性的知覺，像「很幸福」卻「非常疲倦」，因無法自拔，於是作者一再自我提醒：

> 我可以追隨你的睡眠而睡眠
> 我更應該追隨自己的清醒而清醒[35]

　　那個提醒顯然是無效的，因為不需語言的邊緣系統比使用語言的新皮質力量強大得多。何況那來自13歲迄今仍未完成的同一書寫對象。[36]

　　相對的，羅英詩中的情感對象則甚難捉摸，表面上皆是不相關的小事小物小景，卻又變幻莫測，細節常省略，意旨不易摸透，尤其在《雲的捕手》詩集中，迷離如入霧中，比如〈菩提樹〉：

> 圍困在
> 月那枚由悲清所結成

34　朵思：《曦日》（臺北：爾雅出版社，2004），頁106。
35　同上註，頁107。
36　朵思：《飛翔咖啡屋》，頁190-191。

蓬鬆得

情話似的繭內之

菩提樹

突被移植在

我

夢的窗前

我的夢是河

是它全部豐盛的葉

菩提樹

忽在我流失的夢裡

消逝[37]

「菩提樹」意旨為何，顯得迷離難測，有可能是戀是美（豐盛的葉）是情又不得舒展（繭），其出現和流失和「月」和「豐盛的」究竟何指，難以揣摩，其詩中的對象常被模糊化到只餘景致或物件。

3.欲望的展現一想一行

女詩人對情的謳歌對欲的渴望有人到詩為止，有人詩只是宣示，亦即有止於詩的，有不止於詩的。止於詩的常在詩中自我反省、自我警示、鞭策、乃至自我批判，讀者較易摸竿向上，對其所示略有惕勵或鼓舞作用。不止於詩的，詩是她們事後的記錄、張貼、隱晦的懊惱或竊喜，讀者只能看她們表演，對其美姿予以嘆賞或對待自我的勇氣予以鼓掌。由此也可略見出大他者在她們身上或大或小的影響。比如朵思的著名的〈石箋〉組詩中的幾首：

---

[37] 羅英：《雲的捕手》，頁73。

20

人該清醒幾次才能活出自己？
春天，碑石在曠野訴說自己冰涼的心意
湛藍的天空，不過
以另一種俯視取代另一種分離[38]

32

慎重叮嚀自己：濾清心境，止於一種思念。
我把悲哀像油漆一樣傾倒在夜色中
再畫自己為一種暗綠色
夾在月色和燈光之間[39]

33

清淺的河流因追不到落花的腳蹤
而消瘦。酒，流在旋轉的內心舞臺
或者慢慢蒸發
或者決意在背向自己以前和塵埃對話[40]

　　「清醒幾次才能活出自己？」是對自我的一再警示，要清醒，
但背後可能大他者的超我在監視，個人過不了這個關卡，而天空之
所以能湛藍，是因能「以另一種俯視取代另一種分離」，意思是俯
視（保持距離）才能廣闊而清澈，面對自身良知比背對更有價值，
否則「分離」的痛苦是遲早要發生的，不分離就要保持安全距離。
「濾清心境，止於一種思念」可解釋上一首的距離感之重要，則可
以「把悲哀像油漆一樣傾倒在夜色中」，站在「暗綠色」就是恰好

---

[38] 朵思：《飛翔咖啡屋》，頁134-135。
[39] 朵思：《飛翔咖啡屋》，頁139-140。
[40] 同上註，頁140。

的曖昧關係，而「決意在背向自己以前和塵埃對話」更是對「背向自己」的嚴厲忠告，因為那會成為「塵埃」和灰燼。在此朵思的情與欲處在一種緊張拉扯的關係上，最終情勝過欲，在詩完成時，又退回到安全有秩序的象徵域中。

羅英的詩則不然，我們看到原始的生之欲與死之欲相併發展，愛與死、情與欲必須合而為一而後已，比如〈絲襪〉：

> 那時
> 慾望端正地坐著
> 望見
> 炎炎的太陽
> 自她腳底向身上升起
> 襪子內的黑夜
> 便迅速
> 凋零[41]

此處欲望的強大和「端正地坐著」，表示其嚴正不可忽略不可違抗，「炎炎的太陽」像火焰般「自她腳底向身上升起」，身體中那無法消除的「襪子內的黑夜」（陰暗卻端正坐著的欲望），乃有機會解圍，羅英甚多的詩皆與此情與欲處在一種緊張拉扯卻最終崩斷否則無以自處或解決的關係上，最終欲往往勝過情，聽從了原始的欲力、無從以語言或象徵域的超我加以規範包圍，而這可能是人真誠地勇敢地聽到了內在的聲音，那是外人或讀者不能隨意加以置喙的。

---

[41] 羅英：《二分之一的喜悅》（臺北：九歌出版社有限公司，1987），頁99。

4.逃逸的方式—行腳—出走

　　沒有人不想自被規範的象徵域底下逃逸，朵思是本省嘉義人，醫生世家的嚴格家教，使得她的大他者近在眼前，時時要與之對抗甚至不惜與之決裂（斷離父女關係），情與欲的挑釁是最佳的違抗方式，自13歲起到其晚境，此大他者其實並沒有消失，只是時近時遠，父愛的匱乏使其鍾愛者仍是父親另一形式的替身，由此超我像影子般時短時長時淡時濃終生跟隨著她，那其中包含了家世、門風、社會規範，她的詩即是她不斷逃逸又不斷返回的歷程和記錄。而到世界各地的旅行使她至少可一而再再而三地對前半生的境遇和逃逸方式有了反省和全然釋懷之感。比如〈企鵝模式〉的前二段：

> 　　在菲力浦島上，從海面席捲而至的激寒冷風，凜冽颳著看臺上靜坐的人潮肌膚，女人垂下雙腳，渴望讓雙腳和沙灘有最貼近的接觸，更盼望在天暗下來的第一刻，能藉由幾柱大燈看到企鵝成列鑽出白鍊似的波潮，上岸，排隊回巢。一隻上岸後不堪孤獨而又沒入海浪的企鵝，終於找到牠的同伴，抖抖翅翼，儼然穿著大禮服的紳士，搖搖擺擺，擦掠過看臺上成群的眼神[42]

　　此處「上岸後不堪孤獨而又沒入海浪的企鵝」是普世的、人類亦然的，「終於找到牠的同伴，抖抖翅翼，儼然穿著大禮服的紳士」，是孤獨感暫時解除獲得的勇氣，卻是必須以再度「沒入海浪」為代價，像回到有秩序亦安全的卻也易被社會規範住的象徵域，其意是說a（想像域／小他者·此處是指上岸）與 $ （象徵域／大他者，此處指海浪）都不能久待，來來回回成了人的常態。

---

[42]　朵思：《飛翔咖啡屋》，頁67。

朵思的另一首〈筆〉可看出情在面對大他者（超我）的掙扎：

> 女人在雪梨歌劇院看完一段舞蹈彩排之後，默聲踱到進
> 口處商品／店，她選購了幾枝白底湛藍歌劇院造形的簽字筆
> 栩栩如生的歌劇院紀念圖案，其實並不具任何意義，因
> 為她知道他必然來過，送他筆，實際的寓意是要他把心中對
> 她的感覺坦然表露
> 曾經，童年時代最殷切的夢想之一是：有朝一日，在舞
> 臺上，看到他坐在最後一排欣賞她的演出。然而，女人未曾
> 走上舞臺，甚至她旅遊歸來把購買的筆分送朋友之後，留下
> 一枝，卻始終沒有將它送出[43]

「筆」像是彼此的暗記般，可以把「感覺坦然表露」的象徵
物，但女人買回（想送出／逃逸）最後還是「留下一枝，卻始終沒
有將它送出」，又回到安全的範疇，這樣的矛盾，使得情與欲終生
無法面對面、無法有完成感，詩也就有機會寫不盡了。

羅英在詩中寫到面對欲挑釁情時，常寧可縱身其中，與之俱
焚或沒頂，展現了現代女性意識的勇氣，而其實多少也與她自小遠
離家鄉（湖北人），大他者（象徵域）未時時盯住她有關。她的
〈對鏡〉一詩是代表作之一：

> 面對
> 鏡子
> 她看自己
> 看燈光在衣服上
> 灑下

43　同上註，頁69。

涙的雪花

在凜冽的視域裡
那一襲
黑色衣裳
竟在渴的烈焰中
燃燒起來

脫下那未曾述說哀傷的
衣
她將裸露的
身體
投進
河那般的
鏡子裡
河水正
洶湧著

她在河中泅遊
流失[44]

　　「鏡子」是人面對自我要做出選擇的最有力也最不堪一擊的
工具，其實是超我的俯視，「凜冽的視域裡／那一襲／黑色衣裳」
是社會化的象徵和束縛，欲望要不斷與之對抗、拉扯、爭吵，到末
了「竟在渴的烈焰中／燃燒起來」，聽從了原始的需求，在別的版
本中她在「身體」與「投進」二詞之間多加了「原石般」三字，說

---

[44]　羅英：《雲的捕手》，頁36-37。

明了身體內在的重量和磁引很難違抗，別的版本則在後四行改動了
「河水正／洶湧著」為「河／是更洶湧的」，意味一但投入慾河
中，一切將不聽使喚，「汹遊」也會「流失」，鏡成了河，靜成了
動，「面對」時反而必須「出走」（流失），這是個人氣質個性使
然，也是人的命運的擷擇，而沒有哪一種擷擇是對或錯，只有當事
人才能了然。

5.小說的介入一融合一分離

　　由於兩人均曾熱衷於小說形式，因此其詩的小說味均甚濃，比
如下列二首：

　　　〈薔薇〉　／朵思

　　　　女人把花種在男人丟棄的鐵盒裡，渙散的菸草味，隨待
　　越長越挺立
　　　　的那株薔薇，在空氣和水分灌溉下愉快的成長
　　　　把薔薇的刺統統剪下的那個早晨，女人把花朵一瓣瓣放
　　入嘴裡慢慢
　　　　咀嚼，一如用力在啃咬那個曾讓她著迷卻沒有一絲菸草
　　味的男子[45]

　　　〈抽煙人〉　／羅英

　　逃逸的激情
　　滲進逐漸衰老的
　　煙霧

---

[45]　朵思：《飛翔咖啡屋》，頁59。

她用細瘦的手指
撥弄窗玻璃上
深秋枯黃著的
憂愁
煙從她心的底層
升起又匆匆地消逝[46]

　　一個把「著迷」（情的猶存）當花瓣一片片吃掉、把「沒有一絲菸草味」（欲的消失）當薔薇的刺剪掉，是對自我的修正，面對情與欲嚴正的態度。另一個是把「逃逸的激情」當「煙霧」看待，「升起又匆匆地消逝」，看似較為輕鬆。其後羅英中年後轉而寫散文和小說為主，與詩終於分了家，只偶有小作，似乎激情消失後，再度勇於面對真相，對人生就如實對待。而朵思的未完成式終生影響著她，遺憾、懊惱與自我救贖相互掙扎，小說式的人生加入詩後，其詩的質與量越晚年就越豐盛了。

五、結語

　　人的個性、氣質、家庭背景、社經環境、情感際遇乃至基因，差距本來就極遠，因此在面對情與欲的書寫時，人人均不同，男男不同、女男不同、女女也不同，這是朵思與羅英在詩中書寫情與欲時，必然有頗大的差異，因此可拿來比對互參，以見出人類情感的豐富性，和社會大他者對人的掌控和影響。而女人本來喜歡小說就多於詩，因為她們要說的能說的比男性天生就多得多，何況大腦結構在自然上本就不與男性相同，思維方式也非同個範疇，她們在詩中展現的語言形式與內容，尤其是情與欲的呈現常為男性所不易理

---

[46]　羅英：《二分之一的喜悅》，頁31-32。

解，我們只能根據她們的詩作試圖加以揣測，或可提供有如來自另一星球的男性參酌和有所認知。本文即由男女左右腦和胼胝體的不同，並結合拉康三域和幻象公式，對朵思和羅英兩人的詩作略作掃描比較，以見出她們對待情與欲的不同展現方式，和其可能迥異的精神意涵。並得出她們的相異處在於：語言與意象的使用—節制—奔放、情感的表達—執著—迷離、欲望的展現—想像—行動、逃逸的方式—行腳—出走、以及小說的介入—融合—分離。

跨地域現象

平行與交錯

——《兩岸四地中生代詩選》出版的意義和影響

摘　要

　　臺灣前行代詩人大規模「移花接木」似地填補了「中國新詩史」中五〇、六〇年代「尷尬的空檔」，成了「不得不被提及的那幾個名字」；但臺灣中生代卻在「之後的30年」幾乎「被尷尬的忽略」。臺灣部分詩人雖被「接枝」至五、六〇年代的中國新詩史中，但其後大陸七、八〇年代長出的「果實」卻嘗不出他們基因中該有的「香味」，因此這種「接枝」的效果近乎是失敗的、空心的，因此不能不說是兩岸新詩史上極大的「戲謔」或「玩笑」。大陸詩人由於「運動性格強烈」，自有其自身的主張和路數，《兩岸四地中生代詩選》一書[1]之出版正顯示了兩岸詩風在長遠發展中平行卻交錯不足的可慮現象，這與各自的本位主義、中心與邊陲的思維作祟有關。此中生代詩選一方面彰顯了兩岸詩路在其語言風格上的差異，也彰顯了過去諸多新詩史編纂上的偏頗、政治操弄、和交流不足的現象。此文先從一甲子以來前行代、中生代、新生代的劃分和命名著手，指出代際之間在兩岸詩史中的演變，並從複雜科學混沌邊緣之突現現象的角度，觀察當代詩史中兩岸「中生代」不

---

[1]　吳思敬、簡政珍、傅天虹主編：《兩岸四地中生代詩選》（北京：作家出版社，2009年6月）。

同的命運和詩風的差異，並指出兩岸未來繼續平行與交錯的可能
方向。

關鍵詞：中生代、詩、混沌邊緣、突現

一、弔詭的詩史：空檔與空白

　　海峽兩岸的新詩史和新詩選集各自一直存在著弔詭和盲點。即使本文擬討論的《兩岸四地中生代詩選》一書亦然，但它已是二十年來首度將兩岸中生代詩人置於同一平臺，約略按「比例原則」同時呈現兩岸四地詩人作品的第一本詩選。

　　在臺灣1987年解嚴前，舉凡大型的詩壇聚會、大部頭詩選集絕大多數概以「中國」二字當抬頭，比如1980，當瘂弦編選《當代中國新文學大系》「詩卷」時，厚近九百頁，選入詩人152家，所選均以臺灣詩人為主幹，並不包含大陸1949年以後的任何詩人，蕭蕭與向陽於1981年主編的《中國當代新詩大展》一書中並無大陸詩人，筆者與杜十三在1985年策劃舉辦的「一九八五中國現代詩季」的各種座談、展示、聲光表演中，參與者全是臺灣當時的老中青三代詩人，當時臺灣是以「中國」或「自由中國」自居的，因此七、八〇年代臺灣即使由五、六〇年代風起雲湧的「現代主義」回頭，興起「向現實主義回歸」的所謂鄉土文學論戰（1977.4-1978.1）和運動，此鄉土卻有大小鄉土之分，「中國性」始終遠大於「臺灣性」。[2] 一直到1989年，即使由臺灣的楊牧及美國的鄭樹森兩位編選的《現代中國詩選》兩大冊，選入詩人97家，層面才首度擴及海峽兩岸，但1949年之後大陸詩人也僅選了北島、江河、舒婷、楊

2　1977年4月份的《仙人掌》雜誌（第2期，頁53-73）上王拓在題為〈是「現實主義」文學，不是「鄉土文學」〉的文章中，認為鄉土文學的興盛是可喜的現象。但鄉土文學書寫的對象，除了農村學，也還應該包括以描寫都市生活為主的社會現實，因此建議以「現實主義文學」這個稱謂，來取代「鄉土文學」這個標誌。此論戰之辯論兩方最重要的差異，莫過中國立場和臺灣立場的歧異，但「臺灣主體性」（臺灣性）尚未浮出檯面。一直到1983年6月4日，發生「侯德健事件」（〈龍的傳人〉作詞者）後，才產生1983、1984年在黨外雜誌引發思想性的「臺灣意識論戰」，「中國結」與「臺灣結」成了論戰的主軸，而論戰的起點卻是詹宏志討論文學的文章〈兩種文學心靈〉，《書評書目》第93期，頁23-56，1981。

煉、顧城等五家。可見得到那時，即使大陸第三代詩人已風起雲湧，但就臺灣學者的觀點而言，臺灣詩作品的質素還遠遠走在大陸的前面。

1981年，臺灣的詹宏志以〈兩種文學心靈〉一文評論兩篇聯合報文學獎得獎作品，曾慨嘆道：「有時候我很憂心，杞憂著我們卅年來的文學努力，會不會變成一種徒然的浪費？如果三百年後，有人在他中國文學史的末章，要以一百個字來描寫這卅年的我們，他將會怎麼形容？提及哪幾個名字？」[3]他的文章很快招來反論，許多後來成為「文學臺獨」重要理論家如彭瑞金、高天生和李喬等人，紛紛為文強調臺灣文學自有其「獨特的歷史性格」，這也成了臺灣文學思潮中強調了臺灣文學的「本土性」、「自主性」和「去中國性」等論說的開端。沒想到詹宏志近30年前的看法已部分不幸而言中，但至少詹文所提1981年「之前的30年」的臺灣前行代詩人卻極大規模地「移花接木」似地「接枝到中國新詩史」中，填補了五〇、六〇年代「尷尬的空檔」，成了所有大陸詩選或詩史都「不得不被提及的那幾個名字」；但臺灣中生代卻在「之後的30年」幾乎「被尷尬的忽略」。

比如今日隨便上網一查，大陸「中國詩歌庫」網站關於「中國現代詩歌發展概述」項下，五、六〇年代只列了「中國現實主義」、「現代派詩群」、「藍星詩群」、「創世紀詩群」等四項，臺灣占了三個，主要的28個代表詩人臺灣有23個（82%）、大陸5個（18%），但自七〇年代朦朧詩派起列舉的29個詩群詩派，臺灣一個也沒有。[4]同一網站之「中國現代詩歌史」項下，「50年代代表詩人」「60年代代表詩人」共列舉了15位詩人，臺灣占了12位（80%），僅昌耀、任洪淵、食指三位是大陸詩人（20%），而「70年代」、「80年代」、「90年代」的代表詩人大陸列舉了60

3 　同註1詹宏志〈兩種文學心靈〉一文。
4 　參見大陸「中國詩歌庫」網站，http://www.shigeku.org/，2010年5月25日。

位，臺灣也是一個都沒有。[5]又上述網站之「中國現代詩人年表」項下，五〇、六〇年代列舉了51位詩人，臺灣占了34位（67%），大陸17位（33%），自七〇年代起的30年共列舉了386位詩人，臺灣僅列了17位（4%），而其中也被選在此本《兩岸四地中生代詩選》（51位選入，大陸30位，臺灣13位，港澳8位）中的臺灣詩人僅有蘇紹連、陳克華、白靈、林耀德四位，其餘9位均不在其列。其餘網站「層層相襲」，人選及比例大致相似，網站大的臺灣前行代詩人「風光依舊」，而臺灣中生代才有機會「偶爾露臉」，網站小的則大多「全軍覆沒」，比如「中國現代詩歌大全」網站共收藏519位詩人的5174首詩[6]，或「中國現代詩歌精品資料庫」網站共收藏308位詩人的4380首詩[7]，或廈門靈石島的「新詩庫」共收274位詩人的3998首詩[8]等，臺灣前行代大放異彩，中生代黯淡無光的命運均大同小異。[9]而如「中國現代詩歌三百首」網站所列臺灣前行代風頭一如「中國詩歌庫」的「詩歌史」（五、六〇年代中15位占12位），但在其他年代裡中生代則掛零。

　　平面紙本的詩選集更不必談了，即使如對臺灣新詩研究極熟稔的陳仲義2010年的新作《百年新詩百種解讀》，所選一百多首詩中也僅列了紀弦、余光中、鄭愁予、洛夫、瘂弦、羅門、席慕蓉、夏宇等的8首詩，並將他們均歸為第一輯的「五四～朦朧詩前」，即均視他們屬於1978年朦朧詩年代前的人物或詩作，其中洛夫的〈邊界望鄉〉寫於1979年訪港時，但畢竟出現在五〇年代，但席慕蓉

5　參見注3同一網站之「中國現代詩歌史」項下，http://www.shigeku.org/shiku/xs/indexls.htm，2010年5月20日查詢。

6　參見大陸「中國現代詩歌大全」網站，http://www.shixue.org/xlib/xd/sgdq/index.htm，2010年5月20日查詢。

7　參見大陸「中國現代詩歌精品資料庫」網站，http://www.shigeku.org/xlib/xd/zgsg/，2010年5月20日查詢。

8　參見大陸「靈石島」網站http://www.lingshidao.cn/，2010年5月20日查詢。

9　參見大陸「中國現代詩歌三百首」網站http://hi.baidu.com/ofelie/blog/item/2b8e9bec348e692662d09f94.html，2010年5月20日查詢。

的〈悲喜劇〉寫於1981年38歲第一詩集《七里香》出版後、1983年《無怨的青春》出版前,而夏宇的〈甜蜜的復仇〉寫於24歲的1980年,至少席、夏二人寫詩、出版詩集均不早於朦朧詩,影響力主要在八〇年代後,卻被歸為「朦朧詩前」的詩人,不免顯得尷尬。

如前所列,詹宏志的預測臺灣「卅年來的文學努力」(至1981年止)在大陸新詩史中並不曾闕如,但1981年「之後三十年的文學努力」卻恍如空白。一群在五、六〇年出現在臺灣的詩人「幸運地」成了大陸新詩史的「救火隊」、「消防員」,而承繼了他們的真傳並真正予以發揚光大的臺灣中生代詩人卻成了「大陸新詩史的朦朧隊伍」,幾乎難見蹤影,而與臺灣前行代關係不那麼密切的朦朧詩群及第三代詩人反倒順理成章地「似連實斷」地「接枝」了其後的詩史,不能不說是新詩史上極大的「戲謔」或「玩笑」。

回到臺灣詩壇亦然,比如2010年才由臺灣文學館出齊的「臺灣詩人選集」多達66冊,編輯計畫從發想到出版,超過8年,歷經7任文建會主委、3位臺灣文學館籌備處主任、2任國立臺灣文學館館長才完成的大部頭詩叢,由於世紀之交已是政治或文化上「臺灣性遠大於中國性」的原因,入選者有超過一半的詩人竟均屬於同一本土詩人群「笠詩社」的成員,而《兩岸四地中生代詩選》所選的13位詩人卻僅蘇紹連與陳義芝入選,其餘中生代詩人再度成為「臺灣新詩史的朦朧隊伍」,被企圖消滅在歷史中。

如此,《兩岸四地中生代詩選》中的臺灣中生代一邊成了「大陸新詩史的朦朧隊伍」、另一邊成了「臺灣新詩史的朦朧隊伍」,雙頭「被刻意空白化」的結果,勢必在以後的新詩批評史中成為「可議的議題」,引發強烈的反彈。若不是基於藝術和作品的考慮,卻只因強烈的本位主義、以大小土地面積較比的本土意識、地域的主觀性和自尊心、政治意識型態的偏執、乃至中心與邊陲思維作祟等等,使得兩岸的新詩沿革和新詩優劣難以較不偏頗地擺在既競爭又各自發展、既平行又交錯的較佳狀態中去觀察,卻一直任其

存在著弔詭和盲點，主要的評論家無心、也無力於此，任其目盲似地前行亂撞，顯非整個現代漢詩之福。

　　尤其臺灣部分詩人雖被「接枝」至五、六〇年代的中國新詩史中，但其後七、八〇年代在大陸長出的「果實」卻與此臺灣前行代詩人基因中該有的「香味」有別，因此這種「接枝」的效果其實是失敗的，近乎「空心的」，大陸詩人由於「運動性格強烈」，自有其自身的主張和路數，《兩岸四地中生代詩選》的出版正顯示了兩岸詩風在長遠發展中一直平行卻交錯不足的可慮現象，這與各自的本位主義、中心與邊陲的思維作祟有關，此書的出版一方面彰顯了兩岸詩路在語言風格上的差異，也彰顯了過去新詩史的偏頗、政治操弄、和交流不足的現象。「要是說過去我們的選本多半取歷史縱向角度的詩，那麼，現在的這個選本，卻更像是取一個時代的橫切面」（謝冕）[10]，此詩選有意填補這個「橫切面」的遺漏和空缺，卻只是兩岸中生代二十年來「首度交錯的開端」，但它會不會是單一個「一現即滅」的泡沫呢？

二、平行的「中生代」與受限的交錯

　　2005在臺灣舉辦過一場「臺灣中生代詩家論」的現代詩研討會[11]，它是繼2003年舉辦過的「臺灣前行代詩家論」的研討會[12]而舉行的。2005年10月大陸的《江漢大學學報》（第5期）也恰巧推出「關於『中生代』詩人」專號，而「中生代」此一名詞的正式共同浮出於兩岸詩學研究論壇是2007年3月於珠海舉行的「兩岸中生代詩學高層論壇暨簡政珍作品研討會」。而比上述「中生代」此一地

---

[10] 謝冕：〈承上啟下的中生代〉，見《兩岸四地中生代詩選》序，頁3。
[11] 於臺灣彰化師大舉行，隔兩年才出版了林明德主編的《臺灣新詩研究：中生代詩家論》一書（臺北：五南出版，2007）。
[12] 亦於臺灣彰化師大舉行，其後出版了由彰化師範大學國文系主編的《臺灣前行代詩家論》一書（臺北：萬卷樓出版，2003）。

質學名詞更早用於文藝上的是臺灣的出版品《臺灣中生代藝術家》（2001）[13]，稍晚的則有《臺灣藝術經典大系・建築藝術卷・3，臺灣建築中生代的文藝復興》（2006）[14]，《愛恨情愁紀錄片：臺灣中生代紀錄片導演訪談錄》（2009）[15]等，「中生代」一詞已具有普遍化的趨勢。而「新生代」也是地質學名詞，兩岸都曾大量使用過，或用「新世代」稱之，均較無爭議。[16]倒是「中生代」、「新生代」此二地質學名詞之前的「古生代」一詞從未被使用，也不曾稱之為「老生代」，臺灣則是在世紀之交後改用「前行代」稱呼五〇、六〇年代出現的詩人，如此自1949之後的一甲子剛好有了三代的代際稱呼，今日的「前行代」或「中生代」自然也曾「新生代過」、或「新世代過」，比如現在的臺灣中生代詩人皆曾出現在簡政珍等主編的《臺灣新世代詩人大系》（1990）、《新世代詩人精選集》（1998），乃至朱雙一著作的《戰後臺灣新世代文學論》（2002）一書中，如此看來「戰後新世代」一詞由1945年嬰兒潮開始的出生者繼承後，幾乎延續到2002年他們都已近六十歲了似乎還成立，因此「新生代」又似乎沒有「新世代」一詞來得「長壽」。

並不像X世代（excluding generation）、Y世代（young generation）、N世代（net generation）等二戰後區分特定世代的方式，或大陸「第

---

[13] 張心龍：《臺灣中生代藝術家》（臺北：皇冠文化，2001）。

[14] 賴素鈴：《臺灣藝術經典大系・建築藝術卷・3，臺灣建築中生代的文藝復興》（臺北：藝術家出版，2006）。

[15] 蔡崇隆：《愛恨情愁紀錄片：臺灣中生代紀錄片導演訪談錄》（臺北：同喜文化，2009）。

[16] 如吳文譯：《日本新生代：時尚・消費・自由・個人主義》（臺北：遠流出版，1988）。王福東總編輯：《第三波攻勢：新生代的崛起》（臺北：臻品藝術中心，1992）。吳晨榮：《無畏先鋒：上海新生代非主流美術現象文化透視》（上海書店出版社，2003）。范雲：《新生代的自我追尋：臺灣學生運動文獻彙編》（臺北：前衛出版，1993）。阮義忠：《當代攝影新銳：十七位影像新生代》（臺北：雄獅出版，1987）。王福東：《臺灣新生代美術巡禮》（臺北：皇冠出版，1993）。簡政珍等主編：《臺灣新世代詩人大系》（臺北：書林出版，1990）。簡政珍主編：《新世代詩人精選集》（臺北：書林出版，1998）。朱雙一：《戰後臺灣新世代文學論》（臺北：揚智文化，2002）。

三代」、「中間代」等特指某一短期年代詩群，臺灣所謂「前行代」、「中生代」、「新生代」是按年齡層粗分詩人輩份的。今日的前行代於五、六○年代曾是新生代，在七○、八○年代曾是中生代，同樣的今日的中生代在七○、八○年代曾是新生代，而自2010年起逐次也進入前行代的行列，而「70後」的新生代很快也要陸續進入中生代，這是時間之箭最公平也最無情的對待。這樣的劃分，可說正誠如吳思敬於〈當下詩歌的代際劃分與「中生代」命名〉一文所言，應該具有「宏觀描述」、「溝通海峽兩岸」、「消解大陸詩壇『運動情結』」等三方面的效用[17]。

　　若按艾瑞克森（Eric H. Erickson）的心理社會發展論（亦稱為「人格發展論」）將人的生命區分為八大階段：嬰兒期（受孕到出生）、幼兒期（出生至3歲）、學齡前兒童期（3至6歲）、學齡兒童期（6至12歲）、青少年期（青春期，12至20歲）、成年早期（20至40歲）、成年中期（中年期，40至65歲／或一說60歲）、以及成年晚期（老年期，65歲以上／或一說60歲）。而新生代即在20至40歲之間，中生代即在40至60歲（或65歲）之間，前行代即自60歲（或65歲）起。如以圖一表示即可看出上述一甲子以來兩岸詩人三代代際的演變：

---

[17] 吳思敬：〈當下詩歌的代際劃分與「中生代」命名〉，《文學評論》，2007年第4期。

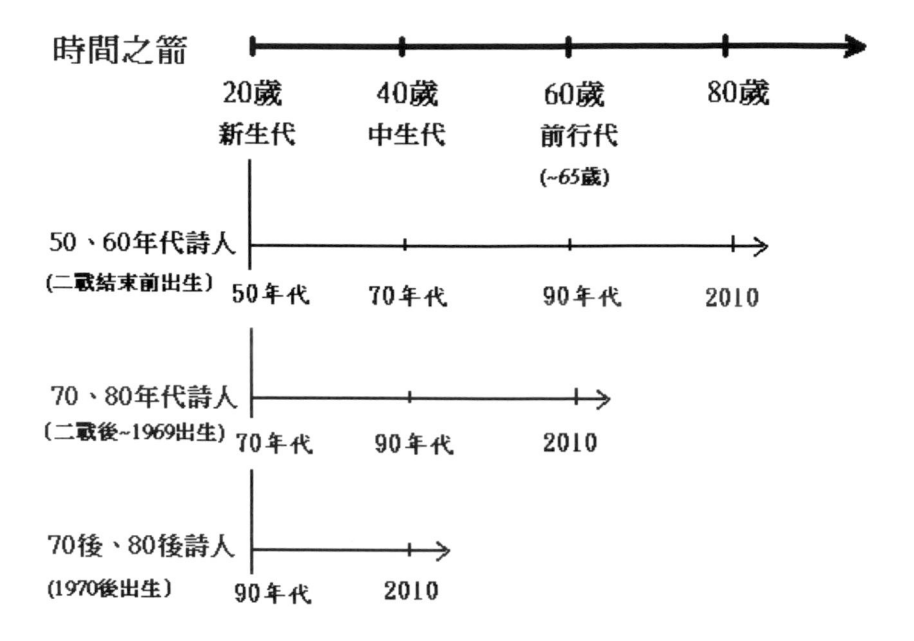

圖一　一甲子以來時間之箭與代際的關係圖（迄2010年止）

　　海峽兩岸隔絕數十載，由敵對時期的猜忌、欠缺瞭解狀態，到初步稍有互動時期的好奇、與揣想，到末了往來漸趨頻繁後，差異性逐步拉近。甚至到近十年時移境轉，一方本來有匱乏的經過三十年奮鬥後經濟大好、人民信心大增，另一方本來創造了經濟奇蹟的突然為政客所利用分化，大搞族群對立、政治惡鬥，經濟近二十年陷入停滯不前，唯餘人民的自由自主的意識和爭取歷程可供另一方在未來參酌。而兩方優劣勢在進入二十一世紀後的大逆轉，直接間接也影響了兩岸詩壇的互動模式。比如除了在九〇年代前後幾年稍有較密切的交流和互動外，之後又沉寂如常。此後若有往來，卻又常將所有光環向少數一、二人聚焦，成就所謂「天王現象」。這當然是時代在快速流轉中各行各業篩選領頭羊的普遍法則，但文學畢竟不是一、二人之文學史，因此《兩岸四地中生代詩選》的出版便

標識出一較正常、可以相互觀摩較比的模式，雖然受限於篇幅和所選人數，仍不免有抽樣性、諸多遺漏、以偏概全的隱憂。但正好藉助此一選集，也約略可以看出，兩岸新詩在長期的發展中路徑的歧出、思維形式的不同、以及表現手法的差異。

在此之前，由於歷史因緣和臺灣的特殊地理位置，使得臺灣在五○、六○年代得以在半開放系統狀態下，接受西方現代思潮的洗禮，在紀弦等人和現代詩、藍星、創世紀三大詩社的相互激盪下，將新詩帶向一不可思議的高峰。而在大陸，由於1949年後的長期封閉系統，使得大陸新詩的現代主義運動、和蓬勃發展比起臺灣足足晚了近三十年。因此「從整體上看，大陸對臺灣詩界的介紹和引進是較為積極、也較為客觀和全面的」[18]，從八○年代起包括《臺灣詩選》（一）（二）（人民文學，1980、1982）、《臺灣詩人十二家》（流沙河編，1983）、《臺灣中年詩人十二家》（流沙河編，1987）、《臺灣現代詩選》（春風文藝，劉登翰編，1987）、《當代臺灣詩萃》（湖南义藝，藍海文編，1988）、《臺灣青年詩選》（人民文學，張默編，1991），而在1987及1988年達至高潮，「這兩年僅結集出版各類介紹臺灣詩的選本，就多達十餘部」[19]。劉登翰當年所編的選集厚達六百多頁，當年40歲以下算是新生代的僅選了羅青、沙穗、向陽三人。而張默當時所選的青年詩人（主要是40歲以下）正是今日臺灣的中生代一輩（40-60歲）。除1991年張默《臺灣青年詩選》中引介的臺灣青年詩人（今日已是中生代）外，關於臺灣中生代、新生代的引介幾乎陷入停頓二十載。

而臺灣在引介大陸詩人作品方面，約由1984年起步，大規模的引入詩作是先由詩刊開始，主要是在《創世紀》、《藍星》、《葡萄園》、《秋水》、《笠》、《新陸》等詩刊刊登大陸詩人作品或

---

[18] 沈奇：《拒絕與再造──兩岸現代漢詩論評》（臺北：三民書局，2001年），頁164。
[19] 同上註。

製作專輯，開始是推介性質，後來主動投稿逐漸增多。但整個八〇年代所推介的仍以朦朧詩派諸將及其前後詩人為主。1988年臺北新地出版社推出了《朦朧詩選》、《北島詩集》、《顧城詩集》三本書，1989年洛夫及大陸李元洛二人所編《大陸當代詩選》由臺北爾雅出版，均未及於「近年來流派紛雜，技藝尚未成熟，而有待審慎評估的所謂現代主義第三代的實驗性作品」[20]。1989年，臺灣的楊牧及美國的鄭樹森兩位編選的《現代中國詩選》I及II兩冊（洪範出版），厚達九百頁，選入詩人97家約四百八十首詩，層面擴及海峽兩岸，但1949之後大陸竟僅有北島、江河、舒婷、楊煉、顧城等五家，也均屬朦朧詩的大將。一直要到1991年1月及4月創世紀詩刊之第82、83兩期，連續推出「大陸第三代現代詩人作品展」，當年大陸朦朧詩後更新的聲音才在臺灣讀者面前現身，到1993年至92期止，「兩年之內，幾已囊括了第三代及第三代後青年詩人中的絕大部分代表人物」[21]。等到1995年張默與蕭蕭合編《新詩三百首》近一千四百頁時，雖不免有偏愛臺灣詩人之嫌，但已將朦朧詩後第三代詩人的于堅、翟永明、韓東、嚴力、歐陽江河、海子、默默等詩人均納入，當時此書中包括北島在內的大陸中生代詩人（1949-1964出生）就選了32家，層面已相當周延。[22]一直到1999年臺北唐山出版社一口氣推出十本由臺灣黃梁主編的「大陸先鋒詩叢」，共出版了朱文、海上、馬永波、余怒、周倫佑、虹影、于堅、孟浪、柏樺等九本個人詩選，及一本詩論合集，到了2009年8月，臺灣的黃梁再度主編「大陸先鋒詩叢第二輯」，由唐山出版社一口氣又推出了唯色（1966-，西藏拉薩）、張執浩（1965-，湖北荊門）、楊鍵（1967-，安徽繁昌）、臧棣（1964-，北京）、龐培（1962-，江蘇江陰）、蘇淺（1970-，遼寧）、鄭小瓊（1980-，四川南充）、

---

[20] 洛夫語，見《大陸當代詩選》一書序言（臺北：爾雅出版社，1989年）。
[21] 沈奇：《拒絕與再造──兩岸現代漢詩論評》，頁164。
[22] 張默與蕭蕭合編；《新詩三百首》（臺北：九歌出版社，1989年），頁1194-1339。

伊沙（1966-，陝西西安）、蘇非舒（1973-，重慶豐都）、車前子（1963-，蘇州）等十冊詩選，地域及年齡均擴延不少，這是臺灣推介大陸詩歌最具規模的兩次展出。由此可見得臺灣對朦朧詩之後出現的詩人，要到九〇年代中後期才有較全面的介紹，而且規模逐漸擴大。因此，兩岸中生代或新生代相互引介的方式和內容始終並不對稱，一先熱後冷，另一先冷後熱，如今大陸中生代在臺灣詩壇知名度尚足，但臺灣中生代在大陸詩壇幾乎是處於喑啞狀態。

　　然而由於大陸詩人眾多，朦朧詩後出現的詩人多到不可勝數，因此不同選集所選的詩人，不論是中生代或新生代，名單經常出入極大，差異性之劇烈令人驚訝，當年初出茅蘆、多如過江之鯽的青年詩人，經過二、三十年生存競爭法則的大幅度淘汰篩選，如今已成為中生代詩人了，進入稍具權威性的選本中，卻仍然「位不安穩」，人選難以有個定數。這在人口有限的臺灣詩人群中，尤其是中生代詩人看來，是不可思議的，臺灣的中堅一代經二、三十年的詩場奮鬥，幾乎已「塵埃落定」，人數所剩有限。因此在比較兩岸中生代詩作時，由於一不必然確定、一幾確定，詩風格也易出現迥然不同的論述和觀念隔閡。大陸學者吳思敬、香港傅天虹、及臺灣簡政珍所選的《兩岸四地中生代詩選》，[23]雖然其中有三分之二的大陸中生代名單不見於2009年同一年出版的《中國當代詩歌前浪》（六十位大陸詩人中絕大多數是40至60歲的中生代）[24]的選本中，但前者畢竟是以較平實、宏觀的角度，首度整體呈現兩岸四地中生代詩人作品的選本，這是過去兩岸「各有所偏」、「頂多將對方納入點綴點綴」的各種選集中較不易見的。卻也可看出兩岸在引介

---

[23] 吳思敬、傅天虹、簡政珍合編：《兩岸四地中生代詩選》（北京：作家出版社，2009年），共選51家，大陸30家、臺灣13家、香港6家、澳門2家。

[24] 參見海岸及傑曼‧卓根布魯特編的《中國當代詩歌前浪》中英對照本，宣稱是「一部縱覽過去30年間中國詩歌全貌的優秀詩集」（見凌靜怡序言，頁15），選入北島（1949）至丁成（1981）共60人，但70後及80後僅選6人。西班牙Point Editions International出版。《兩岸四地中生代詩選》中所選三十大陸詩人中，僅王家新、西川、于堅、韓東、陳東東、歐陽江河、翟永明、楊克、臧棣、伊沙、藍藍等11人見於該集中。

五、六〇年代臺灣前行代詩人及七、八〇年代大陸朦朧詩及第三代詩人之外，其餘世代相互交流的匱乏不足和資訊不對稱、扭曲的現象極為嚴重。

三、兩岸混沌邊緣的不同時程和影響

　　一時代的文學藝術之大幅度躍升、崛起、乃至質變、或革命，一如科學中有關熱力學第二定律的討論，不可能在封閉系統中完成。因為封閉系統常常只帶來能量的消耗、有序的消耗、組織的消耗等三重消耗，而且其進程是不可逆轉的。封閉系統所產生的熵（Entropy）的增長即系統內無序的增長，而「最高量的熵就是系統內分子的全然無序，它在系統層面上表現為均質和平衡」[25]，「均質和平衡」代表的可能是毫無秩序、組織、動力耗亡殆盡，以致脫序至不可收拾的層面。百年中國歷史中試圖從封閉系統脫困的狀況發生過三次，一次在1911年（清末民初），一次在1949年，一次在1976年，值此年代政治皆處在最動盪難以收拾的情境，於是乃有三次文學的「混沌邊緣」現象發生。

　　此處的「混沌邊緣」系「複雜科學」名詞，指當一系統由混亂無序「開始」進入有序的當頭，大自然或生命「彼此相互作用後，會讓整體『突現』出一個新的、獨特的性質」、「豐富的互動關係使整個體系經歷了自發的自我組織過程」、因此各組成部分乃能「獲得群體特性，例如生命、思想、及意向，這是他們個別可能無法擁有的」、「主動的把發生的情況轉變為自己的優勢」。[26]亦即個人很難單獨躍升，必得「複合」後的群體才有此湧現的效應。[27]

---

[25] 愛德格・莫蘭（Edgar Morin）：《方法：天然之天性》（吳泓緲、馮學俊譯），（北京：北京大學出版社，2002年），頁12。

[26] 沃德羅普（M. M. Waldrop）：《複雜》（齊若蘭譯）（臺北：天下文化，1995），頁6。

[27] 陳天機等：《系統視野與宇宙人生》，香港：商務印書館，1999），頁42。

由此也可約略看出上述百年來三次文學的「混沌邊緣」現象必然產生大規模的文學變革，所謂文學經典也多半誕生於此際：第一次自1917年起的白話文學革命，以是有了包括胡適、魯迅、徐志摩、聞一多等二、三○年代的經典文學作家。第二次自1949年國共內戰、國民黨敗退臺灣起，因而臺灣新詩方面乃有筆者所稱「偏安七子」（周夢蝶、余光中、洛夫、瘂弦、商禽、鄭愁予、楊牧）的五、六○年代經典詩人的產生。[28]第三次是1976年大陸文革結束起，於是乃有了朦朧詩三劍客、以致其後「非非」、「他們」等「第三代」詩人群的誕生。

只有在「混沌邊緣」才易有「突現」（emergence），其前提必須是在「遠離平衡時期」或「遠離封閉系統」（封閉系統如1911年前之清末時期、1949年國民黨敗退時的「孤立系」處境、或1976年文革結束前）的狀態，亦即必須處於非閉鎖性的「類開放系統」、「適度開放或半開放系統」，使得「資訊」仍可透過各種管道取得，但此時卻也是人人惶惶不安、無所適從、又能適度度日的年代，很多不同經歷的「過去」交錯於此，「未來」及下一刻又不知命運會如何下注，無人可以預測，無數的外來的、內發的訊息互以熱情的信件和口傳遞換著，此際可說正處於統計物理學家普利高津（Glandsdroff, I. Prigogine）所謂「遠離平衡狀態的非線性區」時期。「遠離平衡」表示非完全無序，因為整個社會充滿隱藏的動能而可能進入有序，「非線性」表示非一般可預期的進程，而是不可預期其會如何轉折，以是充滿了「突然」和「意外」的躍進。普利高津所謂的耗散結構理論（Dissipative Structure Theory），即認為只有開放系統才能與環境通過物質、訊息和能量的交換，可以從外界吸取負熵（negative entropy）來抵消（在臺灣是因韓戰爆發，美援進入，西化傾向形成，在大陸經濟改革開放政策則使現代文化思潮

---

[28] 白靈：〈游與俠──鄭愁予詩中的遊俠精神與時空轉折〉，2006年4月於廣東信宜舉行之「鄭愁予與二十世紀華文文學研討會」發表的論文。

資訊的取得極為容易），使系統從無序到有序、從簡單到複雜的演化。而兩岸一甲子以來分頭進入不同時程的「經典文學時期」，可以圖二說明之。[29]

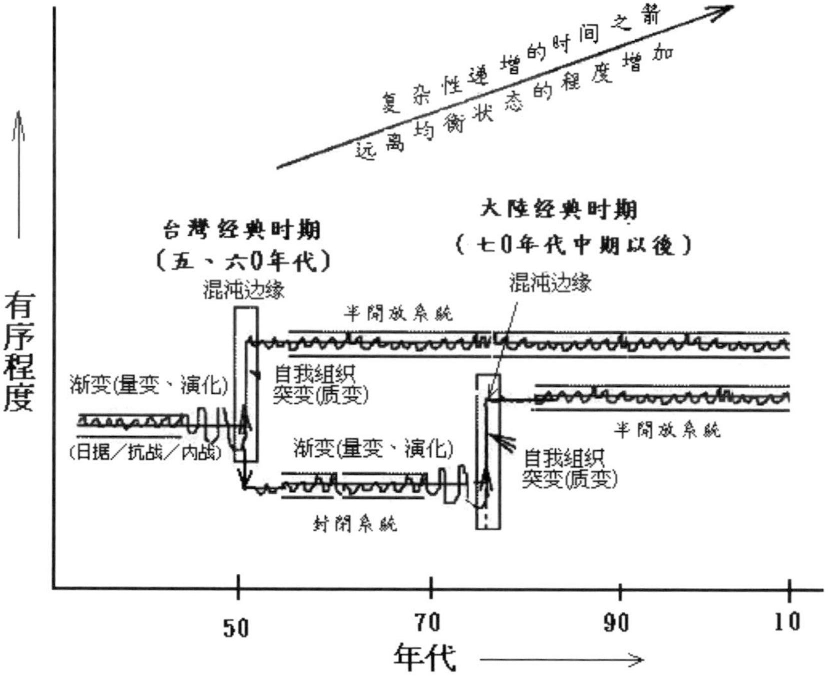

圖二　混沌邊緣與兩岸新詩發展的可能關係

　　雖然由圖二可看出兩岸分別在1949年以後及1976年以後的不同時程產生類似的混沌邊緣現象，但「封閉系統」一語仍不足以清楚解釋同樣在1949年同時進入混沌邊緣時段的兩岸何以一岸可以之後成就經典文學、另一岸則否。尤其臺灣一直要到1956年紀弦發起現

[29]　參考白靈：〈從科學觀點看臺灣新詩經典化的幾個現象〉一文附圖再另行修改製作，此文為2005年8月參與北京之「新詩一百年研討會」發表的論文。

代派大集結、1959年創世紀詩社走向超現實主義，新詩的「混沌邊緣」之「突現」才真正成形，其間也經過漫長的10年。而由北島等人創刊的民間詩歌刊物《今天》也是在文革結束後的1978年才在北京出現，到1980年謝冕推介後才引發「朦朧體」的爭論。原來就突現現象而言，其中隱涵有兩個特質，它們是「突現之花」展露中同時具備的一體的兩面：

　　一是約束原則：突現性質必然伴隨著一個「約束」或「有限度的束縛」，能適應該約束的行動者會依照一些非常簡單的規則進行行動和相互作用，此一過程被稱做「受限（或受約束）的生成過程」（constrained generating procedures）。亦即即使系統具有無限的可能性狀態，但仍會有一些簡單規則在行動者的相互作用中不斷約束或束縛住這個狀態空間，聯繫與作用越多，穩定性便越大，自由度就越小。當組成部分相互聯結或形成一個網路時，就獲得了一個「受約束的生成過程」，突現與複雜性便由此而產生。但此種「受約束的生成過程」畢竟是「外鑠」的政經社會時空，若此「受約束」過大時（即自由度幾乎零），則「突現」將窒息而無以產生（如1949年後的大陸文壇），若「受約束」取消，無約束則無突現的可能（如1987年解嚴後的臺灣文壇）。於是五〇年代的臺灣由混亂無序到局部「受約束」而逐漸冷卻為有序化的時空環境，即成了現代主義、超現實主義試驗的溫床；而同一時間大陸文壇卻在有效的、約束力絕大的中央控制下和紅色的高昂的人民情緒中，使本極具可能的「突現之花」脆弱地凋萎。而當1976年後經濟走向改革開放，此「約束力」再度放鬆時，北島的〈回答〉即適時出現，而1980年謝冕〈在新的崛起面前〉、孫紹振〈新的美學原則在崛起〉、徐敬亞〈崛起的詩群〉等「三個崛起」論能排山倒海產生巨大迴響，為大陸文革後的新時期文學之發展掃清了理論障礙，由此可看出「約束原則」成了非個人所能掌握的外鑠的原因。

二是湧現原則：只有在沒有中央控制下，「自組織」[30]適應系統的突現機制才會產生，突現性質是自主地進化的，且遵守「自發的多樣性原理」（the principle of spontaneous variation）。此多樣性指的是，存在著「構型種類的多樣性」（如文學、繪畫、攝影）、和同一種類的構型在「功能、行為上的多樣性」，比如臺灣的五月畫會成立於1957年5月，東方畫會於1957年11月成立，其成員與臺灣文壇、詩壇來往密切，皆在中國傳統與現代西方思潮之間爭辯、掙扎、與搏鬥，臺灣的詩人商禽與二畫會密切的互動，竟成了臺灣式超現實主義於1959年後得以「充分發展」[31]的起源。而大陸則在1979年4月成立「四月影會」，是文革後中國第一個民間攝影組織，1979年9月開始了「星星畫會」的活動，該畫會於中國美術館東側的柵欄上掛滿了雕塑和繪畫，吸引了大批觀眾。1980年2月又在中國美術館展出，參觀者每天達到上萬人，此後，畫展即沒有再被批准，其成員同樣與大陸文壇、詩壇來往密切，皆在中國傳統與現代西方思潮之間爭辯、掙扎、與搏鬥。然則其後稍晚出現的「八五新潮展」到後來卻自稱是「中國第一次當代藝術運動」。於是星星畫會和「八五新潮運動」，究竟誰是中國當代藝術的「原點」遂成了藝術界爭論的焦點之一。[32]而朦朧詩後才沒幾年的「第三代（新生代）詩群」大面積、大範圍、多方位、大效應的爆發，正是形成今日大陸「中生代詩人群」的主力。這正代表了系統的突現類型越多，或行為的多樣性和變異性越大，它就越能對抗環境的干擾，從而存活的機率就越大。[33]

---

[30] 指初始的獨立組成間因相互作用，而導致一個全域的相干模式。

[31] 瘂弦說超現實主義得以在臺灣充分發展，歸功於一個詩社（紀弦的現代詩社）、兩個畫會（東方畫會及五月畫會）、和一名憲兵（商禽）。見瘂弦：〈他的詩他的人他的時代──論商禽《夢或者黎明》〉一文，《創世紀》詩雜誌第119期，1999年6月，頁22。

[32] 參見哈蕾：〈星星畫會PK八五新潮〉一文，該網頁文章見http://www.ionly.com.cn/nbo/5/51/200712131/1506541.html。查詢日期2010年5月23日。

[33] 顏澤賢：〈突現問題研究的一種新進路〉，見中國社科院哲研所網頁http://

目前臺灣的中生代以1950年至1959年出生為主力，加上少部分出生於1965年前後的詩人。由於其生也晚，多半出道於七〇年代初至八〇年代初之間，已過了前述臺灣「混沌邊緣」之「突現」期（五、六〇年代），又值臺灣鄉土文學運動的前後，故其詩作一方面要擺脫前行代眾多詩人光芒照耀的影響，一方面思索如何在大小鄉土的現實意識型態中掙扎和求取解脫。而大陸的中生代顯然以1960年至1969年出生為主力（於此詩選中約占三分之二弱），加上三分之一稍早出道之1955年前後出生的詩人（知名度較高），他們的出現正逢大陸「混沌邊緣」之「突現」期間，參與了「朦朧詩後」大規模現代主義詩潮的爆發期，可以說躬逢盛會，本來處於「原點」的朦朧詩群的光芒也無法抵擋或壓抑這樣的大潮：這就如同當年把現代詩火種帶到臺灣的「詩壇三老」紀弦、鍾鼎文、覃子豪即使創立了「現代詩社」、「藍星詩社」，也抵擋不住臺灣「混沌邊緣」之「突現」期由晚出的「創世紀詩社」所輻射出的耀眼光芒，而个得不漸退居二線，於是乃有「這一次現代派運動最大的受惠者應該是《創世紀》的詩人們」（林亨泰）[34]的說法。因此海峽兩岸的中生代詩人的「詩運」其實是不同的，只因為「混沌邊緣」的「突現」出現在不同時點，卻不必然與他們的詩藝有絕對的關聯。

四、兩岸中生代詩人的詩風和影響

然而此後大陸至1999年「盤峰論壇」關於「知識份子寫作／民間寫作」、「書面語／口語」的爭辯之前，大陸詩壇可說在那之前的二十年間正處於第三節所述的「混沌邊緣」的「突現」時期，流派四起、詩人輩出，詩壇極度熱鬧繁榮，那時活躍的第三代詩人還

---

philosophy.cass.cn/chuban/zxyj/yjgqml/05/07/yj0507018.htm。
[34] 林亨泰：〈臺灣現代派運動的實質及其影響〉，見中時晚報《時代文學》週刊，1992年5月31日。

堅持執筆的，到今日都成了大陸詩壇掌握了話語權的中生代。但原來處於「原點」的朦朧詩主將在八〇年代末卻遠走他國、淡出詩壇，許多那時的新生代也在九〇年代初起下港從商，這是政治力量介入民間後使大陸「突現期」產生歧出的特殊現象。而臺灣則在八〇年代中已達到詩刊詩社發展的高峰，詩開始轉向如何傳播、和多元形式發展，比如「詩與多媒體複合」的方向，將詩作品聲光化，結合相聲、雷射、舞蹈、音樂、戲劇等多種媒介，將詩作品當作素材予以舞臺化，其後九〇年代末網路發達後，又在網路中將詩結合圖象、音樂、動畫等，使之電子化、數位化，這一部分也是大陸詩壇在詩傳播和詩教育方面迄今尚未觸及到的。此後臺灣則開始進入民主選舉、族群被政客操弄、統獨極端對立時期，詩人即使不願觸及政治，卻都被動地塗抹上藍或綠的色彩，老一輩詩人受影響最深，中生代次之，但年輕的新生代詩人卻在之後不久跳入BBS中活躍，詩的發展也在九〇年代中期進入網路中，與原有的詩壇開始有了隔閡和斷裂。

依筆者對兩岸詩人初步的研究和理解（包括《兩岸四地中生代詩選》一書），或可以簡略將兩岸一甲子以來的三代詩人粗分其關懷或焦慮的重心列如下表：

兩岸三代詩人分期 （1949-2010）	大陸三代詩人的焦慮重心	臺灣三代詩人的焦慮重心
前行代（60歲以上）	兩個階級（1976年前）	兩個遠方（五〇、六〇年代）
中生代（40-60歲）	兩個語言（七〇年代末起）	兩個鄉土（七〇、八〇年代）
新生代（40歲以下）	兩個制度（七〇、八〇後出生）	兩個詩壇（九〇年代起）

上表顯示了在五、六〇年代時，大陸詩人正陷入紅與黑「兩個階級」嚴重鬥爭的風暴中，無以置身事外、多遭政治漩渦所傷，此時政治力主導之「假性的民間性」始終遠大於乃至澈底摧毀了大陸的「中國性」。而臺灣當時的新生代詩人（今日的前行代）在有限

度的自由中緬懷原鄉、憧憬西方，藉助觸及不到的「兩個遠方」揮旗向現代主義進軍，展現了「混沌邊緣」之突現現象，進入上節所說的「臺灣經典時期」，而其中代表進步的「遠方」之「現代性」顯然大幅壓制了另一代表落後的「遠方」之「中國性」。

到了七、八〇年代，大陸文革噩夢終於結束，改革開放政策使詩人終獲喘息，自由、民主一時成為時髦名詞，在八〇年代末達到頂峰，「現代主義」使語言四處亂竄，各種旗幟爭先競出，大陸詩界也於1978年後首度展現了「混沌邊緣」之突現現象，進入上節所說的「大陸經典時期」。而敘事、口語寫作運動釋放驚人力道，幾乎有收束不住之勢，書面語與口語的「兩個語言」路線平行而難交錯，成了大陸詩壇爭論不休、卻也是不斷競相實驗的兩個場域，此時代表活力的「民間性」力道略大於代表知識經濟的「現代性」。同一七、八〇年代時期，臺灣當時的新生代詩人（今日的中生代）開始自「現代主義」回歸，進入「兩個鄉土」（中國或臺灣）爭論的「現實主義」階段，統、獨的不同聲音開始出現，但「中國性」始終略大於「臺灣性」，而詩社競出、詩刊旋起旋滅，敘事詩、政治詩（抗爭性而非歌德性）、女性詩、都市詩、生態詩、圖象詩、視覺詩等不同題材四起，在今日的臺灣中生代詩人中，「鮮明地呈現出詩人的主體精神和批判意識與獨立人格，讀者能夠清晰地感受到一個有感情有思想的『人』的真實存在」（王珂）[35]。而這些詩的出現其實都還在臺灣處於戒嚴時期（至1987年）。至於九〇年代以後的「兩個詩壇」（臺灣）和「兩個制度」（大陸）時期的討論，限於篇幅此處暫略。

為了省掉敘述上的繁瑣，或可將兩岸三代詩人的處境、心境、關心目標或憧憬歸結為下列二表：

---

[35] 參見王珂：〈隱與秀：近年兩岸「中年詩人」寫作方式的差異〉，《詩探索》，2008年第一輯，頁26-34。

大陸三代詩人	處境	心境	關心目標或憧憬
前行代	極意識型態的紅色	絕望性的黑色	土地、人民（現實）
中生代	有限度自由的白色	抗爭性的紅色	自由、西方（現代）
新生代	「資」「社」相左的雜色	本質性的灰色	欲望、自我（後現代）

【一甲子以來大陸詩人焦慮的可能變化】：

民間性＞＞中國性　　　　　民間性＞現代性　　　　　　　現代性＞中國性

（兩個階級（紅／黑）時期）→（兩個語言時期）→（兩個制度（資／社）時期）

前行代　　　　　　　　　　中生代　　　　　　　　　　新生代

臺灣三代詩人	處境	心境	關心目標或憧憬
前行代	有限度自由的白色	孤絕性的藍色	老家、西方（現代）
中生代	批判意識的黃色	理想性的彩色	土地、文化（現實）
新生代	極度開放的彩色	本質性的灰色	欲望、自我（後現代）

【一甲子以來臺灣詩人焦慮的可能變化】：

現代性＞中國性　　　　　中國性＞臺灣性　　　　　　　臺灣性＞中國性

（兩個遠方時期）　→　　（兩個鄉土時期）　→　（兩個族群／兩個詩壇時期）

前行代　　　　　　　　　　中生代　　　　　　　　　　新生代

　　由上列二表大致可看出，大陸中生代詩人由於童年、或青少年時期殘留的政治創傷已內化為他們自身所無法覺察到的潛意識或性格，因此在他們的詩中極易呈現「集體性傷口」的傾向，詩中常以黑夜、血、刀、光、影、淚……等詞隱微地表現他們的受傷或受迫意識，卻也使得他們得以在恰當的時空中於無前人阻擋下展現了集體狂歡似的能量釋放，這也間接使得他們的民間性、口語性、敘事性、運動性格強烈的特質在詩中得以盡情展現。而臺灣中生代詩人由於童年、或青少年時期大多數能完成正常的、完整的教育，對中國傳統文化古典文學有較多的素養，經濟正在轉型起飛期，政治屬於抗爭探索階段，成長期又值鄉土文學運動正起，因此現代與古典、夢想與現實、西方與東方、文化與理想、自由與民主成了他們一生糾葛、關注的重點，表現在詩中則是題材多元而不集中，到末了焦點反而是「不太講究『寫什麼』──即對主題或所謂『主旋律』的抉擇，什麼都可以寫，百無禁忌，他們講究的是『如何寫』」，即對詩法與創意的不斷探究，如何把一首詩營造成一首品質

優良的藝術品,把散漫的語言塑成一首由敘述層次進入美學層次的詩」(洛夫)[36]。

如此由《兩岸四地中生代詩選》及其他相關資料中可看出兩岸中生代在幾方面呈現了極大的差異:

(1) 題材:不論知識份子寫作、民間寫作、神性寫作、紅色寫作等等,大陸中生代詩人均傾向於由不同角度或題材向一點集中,而臺灣中生代詩人傾向於由一點向四周輻射,前者是「收斂式」的,集中向集體內在的傷口或不滿,更講求詩的主題〔如「噬心主題」(陳超)〕和功能性〔如「紅色寫作」(周倫佑)〕,而此與其集體的「身體圖式」或時代創傷有關,那「一點」有可能是一整代人填也填不滿的黑洞。後者是「發散式」的,輻射向凡可觸及的,更講究詩的藝術性和境界;對「怎麼寫」的重視遠勝於「寫什麼」,認為「格局」或「境界」固是「美、思、力」的結合,但「境界高低」與「藝術的完美度」更有關,而非題材或主題。

(2) 語言:尤其在文學語言與口語之間的差異,比大陸知識份子寫作與民間寫作的差別還大。由於臺灣在1979年起流行過長達三、四百行「敘事詩」寫作的競賽,1977年鄉土文學運動又帶入強烈的與土地、工農有關的民間性語言、地方性方言寫作,除了少數詩人和詩作外,成功經驗不多。因此「口語已經使白話詩的語言如涸池之魚」固是過實,「『我手寫我口』絕對是一個錯誤的口號」(鄭敏)[37]卻不能不重予審視和探究。臺灣中生代更重視的其實是詩語言與散文語言的互補、少量文言與多數白話的完美搭配問題。對大陸詩人所謂「回到事物

---

[36] 洛夫:〈大海誕生前的波濤〉,見《兩岸四地中生代詩選》序,頁8。
[37] 參見鄭敏:〈中國新詩與漢語〉一文,《詩探索》,2008年第一輯,頁3-7。

本身」、「拒絕隱喻」（于堅）的看法也認為是「障眼法」（陳仲義）[38]，視為詩的語言策略和自省，是通往詩的語境路徑之一而非唯一。

（3）形式：大陸多數中生代詩人詩作的不分段似乎是「共識」，部分詩人創作喜寫中長型的詩作或組詩。在臺灣除了余光中擅寫不分段的詩作外，詩作分作幾段幾乎也是「共識」，而且並不完全如王珂所說「由於強烈的使命意識和參與現實生活的意識，臺灣詩人感覺到用小詩來表現如此宏大甚至沉重的話題，他們比大陸中年詩人更喜歡寫長詩」，在七、八〇年代可能是如此，九〇年代以後中生代詩人對小詩（10行以內）、俳句（三行）、乃至圖象詩、詩之形式實驗、遊戲性、和於教學、傳播形式的重視和試驗越來越講究。

（4）古典傳統：大陸對「中國性」是由五、六〇年代的「去化」到七、八〇年代的「忽略」，再到世紀之交的重新「認取」或「審視」，但已與原有「中國性」中的「溫良恭儉讓」有了區別和隔閡。臺灣對「中國性」是由五、六〇年代的故意「忽略」到七、八〇年代的「回歸」和重新「認取」，再到世紀之交政權轉移後的有意「去化」，約略可看出兩岸對古典傳統的傳承趨勢。但兩岸中生代也因此在對待「歷史」和「傳統」上遂有了差異性，大陸中生代詩人由於「切膚之痛」太深，乃至無心或無力於「歷史想像力」者甚為普遍，臺灣多數中生代詩人由於濃重的文化鄉愁和較深厚完整的古典文學素養、較能欣賞「古典漢語之美」（鄭敏）[39]，對以文白

---

[38] 陳仲義：《中國前沿詩歌聚焦》（北京：中國社科出版社，2009），頁259。
[39] 鄭氏有「今天為了提高白話文的藝術性，我們不可放棄對繁體字寫成的古典漢語文史哲巨著的賞析」之語，見鄭敏：〈中國新詩與漢語〉一文。

夾雜的語言重鑄白話詩的未來始終有種歷史的責任感。

（5）實驗性：由於網路資訊的「不對稱」，一方單方面封鎖了另一方，使得大陸詩人對臺灣所知極為受限，[40] 以為「臺灣詩人都不建設自己的博客（在臺灣稱部落格）」、「在觀念的前驅性上不如大陸」[41]，殊不知臺灣在各種大小長短「詩型」（包括敘事詩、武俠詩、新聞詩、圖象詩），各種語言語境（包括閩南語詩、客語詩）的試驗，以及各類題材（包括同志詩、批判意識強烈的政治詩）闖蕩早已數十載或十數載，此外如「視覺詩」（與繪畫結合）、「詩的聲光」（結合攝影、舞蹈、戲劇、相聲、表演、裝置藝術）、結合DV的「影像詩」早已實行超過一、二十年，即使是「集文字、圖形、動畫、聲音於一體的文本，在臺灣稱之為數位詩（電子詩）」也都「帶來的視覺革命，影響與日俱增，且很難佔測未來的勢頭」（陳仲義）[42]，而上述各項試驗的帶領人都是臺灣的中生代詩人。因此詩的「全方位化」（不只是語言本身）或是兩岸皆可思索的方向。

由於沒有什麼事物是可以窮盡的，一粒沙或一粒灰都不能，何況是「物自身」或「人自身」涉及或交錯的事事物物、社會現象或文學現象？因此習慣於「以偏概全」甚至「以點概全」乃成了所有人類慣常的思維模式。兩岸詩壇皆是一虛擬的、實際難以規範、確認的場域，詩壇現象涉及複雜的時空和人群，很難以一時一地一人一語就概括，卻常常由於觀照者、研究者能力有限、接觸不足、時間倉促等因素，希望在極短時間內對不瞭解的事物有一簡略式的概念，不能不對涉及不深的範疇予以「快轉」，因此迄今為止，關於

---

[40] 比如有.tw的諸多網頁均無法登入，有「新聞」消息均無法點閱。
[41] 顏艾琳語，乃其與廈門詩人交流所聽聞，見《詩評力》第2期第二版，2010年6月1日。
[42] 陳仲義：《中國前沿詩歌聚焦》，頁146。

海峽兩岸詩壇的論述或評介都不免是「以偏概全式」的，本文或也不例外，但《兩岸四地中生代詩選》一書的出版或是一重新審視反省令人可議的「接枝式」詩史的一新契機。

從斷捨離看小詩與截句
──由東南亞到兩岸詩的跨域與互動

摘　要

　　近幾年東南亞華及兩岸華文新詩的交流互動，因著網路上彼此訊息的交換、大陸及東南亞各國經濟的向上躍升，可說走到了一個高峰，各種研討會議的召開和詩歌活動的頻繁往還、對新詩未來的發展必定產生重要的影響。在詩形式的議題中，以小詩和近兩年截句的跨地域發展最引人注目，而且也最值得持續關注。本文先就二十世紀小詩的困境、新世紀以來尤其近幾年東南亞小詩到兩岸截句風潮的發展作一掃描及探究，再從「斷捨離精神」指出「寫情而不急於抒情，寫一生卻以小事小物出手，寫自己而不及於自身」與過往小詩講究「以小寓大、以明喻暗、以有限呈示無限」的關聯，由此去看小詩和截句形式的可能存在原因，期提供未來新詩創作者努力的方向作一參照。

關鍵詞：小詩、截句、跨域、斷捨離

一、引言：小詩的困境

在二十世紀小詩的發展一直是隱藏的、伏流似的，甚至連地下河都不算，比較像散落的幾口井，彼此連系度不足，只偶然被汲水人提及，在二十世紀中後期、乃至新世紀前十年從來沒有大規模發展過，甚至不入眾多詩人眼裡，更別說有主流詩人將之納入創作主軸。即使五〇年代洛夫的《石室之死亡》均以十行形式呈現，也未嘗視之為小詩作品，因此若說「百年寂寥一小詩」，並不為過。

在臺灣羅青標舉「小詩」一詞時已來到七〇年代末，離大陸冰心二〇年代的小詩時期已約半世紀，中間少有人討論到小詩的形式和重要。即使羅青也以十六行為小詩的上限，此與冰心的小詩形式相距甚遠。而小詩的重要性卻仍要再隔二、三十年後的二十一世紀，才在東南亞華文詩壇及兩岸陸續因相互影響而日益受到重視。一起初想燃熱小詩的羅青編《小詩三百首（一）（二）》（1979，爾雅）時雖曾說：

> 我們看七律五律、七絕五絕在古典詩中的地位，便可明白「小詩」的創作是如何的重要。把白話「小詩」的層次，提升到律詩或絕句的地位，對有經驗的詩人說來，也是一種巨大的挑戰。所以我認為，無論初學也好，老手也罷，都不應忽略小詩的創作。[1]

羅青編此書時野心不小，上文中提出小詩欲與古典詩絕句、律詩並比的企圖，但幾十年來卻從未實現；又說初學或老手均不應忽略小詩的創作，但觀察後來羅青自身的創作，能符合他自訂十六行

---

[1] 羅青編，《小詩三百首（一）》（臺北：爾雅出版社，1979），頁13。

內的小詩創作，其實甚少。如此連提倡者面對小詩的挑戰也未必能終身付諸實踐，何況其他詩人。即使如此，臺灣的小詩選仍絡繹不絕地出版，如1980-1984年的《一頁一小詩》六輯（分別由撫萱閣主、風信子、康原、羊子喬等主編，水芙蓉），1982的《365一日一小詩》二輯（沙靈編，金文），1987的《小詩選讀》（張默編，爾雅），1996《小詩瑰寶》（張朗編，絲路），1997《可愛小詩選》（向明、白靈編，爾雅），1997《葡萄園小詩》（金築主編，詩藝文），2003《小詩森林》、2007《小詩星河》（陳幸蕙編，幼獅），2006《曖·情詩：情趣小詩選》（向明主編，聯經），2007《小詩·床頭書》（張默編，爾雅）。若再加上個人的小詩集，如向陽《十行集》（1984，九歌）、陳黎《小宇宙─現代俳句一百首》（1993，皇冠）、岩上《岩上八行詩》（1997，派色文化）、林建隆《林建隆俳句集》（1997，前衛）及《生活俳句》（1998，探索文化）、洛夫《洛夫小詩選》（1998，小報文化）、周慶華《七行詩》（2001，文史哲），如另再加上以小詩創作為大宗的非馬與蕭蕭的大量小詩（至少500首以上），小詩在1979年羅青登高一呼的號召下，多年來其實已有不錯的成績。但離成為創作風潮仍甚遙遠。

　　況且在小詩傳統的繼承上也卻略顯小心過度，因1987年之前，臺灣仍在戒嚴時期，仍有所謂的政治忌諱，很多詩人名字仍需隱藏或避諱，因此所選的冰心（1900-1999）五首詩均冠以其原名「謝婉瑩」，聞一多（1899-1946）的四首詩均冠以其本名「聞家驊」，而卞之琳（1910-2000）的六首詩甚至還改了他的筆名「季陵」為「紀陵」，乃至艾青（1910-1996）的四首詩既不用其原名「蔣正涵」，或號「海澄」，或曾用過的筆名「莪加、克阿、林壁」等，而是將其號「海澄」直接改為「海頓」，令一般讀者不明所以。其他則都去其姓，如「雪峯」（馮雪峯）、「克家」（臧克家）、「其芳」（何其芳）、「廣田」（李廣田）等均是。其後1981年4月林

明德、李豐楙、呂正惠、何寄澎等合編《中國新詩選》（長安出版社）時，「紀陵」（代表卞之琳）、「海頓」（代表艾青）等的名號也均隨從之。由此可知，那時的詩人和學者在傳播1949年前大陸詩人的作品時，一直冒著一定程度的政治風險，卻深深明白，前人的作品對後來新詩發展的重要性。

　　從上述出版物的多寡和集中度來看，1997及1998年可說是臺灣小詩選集及詩集出版品的一個高峰。也正是在1997年，筆者在主編《臺灣詩學季刊》時，特地在第18期集稿了一期「小詩運動專輯」，該專輯中除了小詩作品外，並有白家華、林志彬、非馬、張健、鄒建軍、鄭慧如、謝輝煌、羅門、楊平等詩人學者談論小詩。[2] 此後網路詩壇發展快速，年輕詩人全上網另闢疆土，小詩的聲音再度隱沒，平面媒介的詩刊再一次陷入困境。比如到後來筆者即使於主編《2007臺灣詩選》、《2012臺灣詩選》時，將詩選劃分為「小詩」（十行內或百字內）、「短詩」（十一至三十行）、「散文詩」、「組詩」、「中長型詩」（三十一行以上）等五輯，且故意將「小詩」放在第一輯，結果其他四位詩人陳義芝、蕭蕭、焦桐、向陽卻均未在其輪值主編「年度詩選」時將此分輯方式「作為參考」，可見得即使到今日在推行詩形式的劃分時仍遇極大困境。本文先就二十世紀小詩的困境、新世紀以來尤其近幾年東南亞小詩到兩岸截句風潮的發展作一掃描及探究，再從日人山下英子「斷捨離精神」去與過往小詩講究「以小寓大、以明喻暗、以有限呈示無限」作一關聯性的探索，並以之探討小詩和截句形式可能存在的原因。

---

[2]　白家華，〈詩人看小詩〉；林志彬，〈詩人看小詩〉；非馬，〈隨筆—漫談小詩〉張健，〈小詩十六說〉；鄒建軍，〈試論小詩的美學特質〉；鄭慧如，〈小而冷，小而省？──三部小詩選讀後〉；謝輝煌，〈古往今來看小詩〉；羅門，〈短詩短論〉；楊平，〈驅動小詩的22種誘因〉。參見《詩學季刊》第18期，1997年3月，頁12-141。

二、東南亞小詩到兩岸截句風潮

　　小詩在二十世紀及新世紀前十年未能釀成主流華文詩人創作的主軸或形成詩壇普遍的風氣，始終是事實。但小詩的「互動力」卻已隱然形成，比如臺灣在小詩的推動就引發了海峽對岸對小詩的注視，「七八十年代以來，臺灣現代詩界又助動過一次時間較長的小詩運動」、「大陸詩界隨之續接了這一小詩熱潮。詩人粥樣選編了《九行以內》，楊景龍編印了一本《短章小詩百首》。2006年，山東一家出版社印行了詩人、詩評家沈奇編選的《現代小詩300首》」[3]，其可能原因是：

> 　　自上個世紀二三十年代小詩運動的風潮過後，多年來小詩「便未再舉盛事，更乏善討論」（沈奇語）也是事實。
> 　　及至上世紀八十年代，先行遭遇大眾消費文化「洗劫」的臺灣詩歌界，面對現代詩的「消費」空缺，開始關注和提倡小詩創作，以求親近讀者而改善現代詩的「生存危機」。而上個世紀九十年代以來的大陸詩歌界，急劇先鋒導致急劇自我邊緣，是以近年來，大陸詩學界也出現小詩創作的提倡者，主張以古典詩歌的「簡約性、喻示性」等，先對現代詩歌的外在形式進行約束，使其既直擊人心又親和可近。[4]

上文是說臺灣挑起小詩運動是為改善「現代詩的『消費』空缺」和拉近讀者以免有「生存危機」，這只達到羅青當年編選《小詩三百

---

[3]　呂剛，〈詩的小與大〉，2014年12月2日新浪博客，見http://www.weibo.com/p/2304184
　　ce10d950102v918
[4]　孫金燕，〈「如何再短一點」──評洛夫的詩《曇花》兼談小詩〉（《華文文學》，
　　2010年第1期。

首》最大目的的一半：「一是為了引起讀者對小詩的興趣，然後再從小詩走入更深廣的白話詩世界之中；二是為喚起詩人對小詩的重視，然後再從小詩出發去建立一個更豐富的白話詩傳統」，如今看來，事隔三十餘年至少第二個目的仍未達成。比如1997年筆者在《臺灣詩學季刊》第18期集稿「小詩運動專輯」的〈前言〉中提到「將來有必要辦個『小詩研討會』（此處先註冊一下），更深入談這個論題」[5]，迄今這樣專門的研討會才在2017年於大陸南京首次召開。即使文中還提到「小詩重要，而且非常重要，文字氾濫，詩有必要領先『逆遊』，尤其在網路文化國際化、智慧化的時代，各大報主辦文學獎者不能不重視小詩未來的發展」。[6]此文中對「小詩獎」的呼籲後來只略略在公車詩捷運詩等有空間限制處偶而被觸及，但臺灣迄自有新詩征獎以來，到2013年為止，從未有正式徵求過十行以內的小詩獎。臺灣徵求詩創作獎是從早年徵求千行詩、一路「降行」到征四百行、兩百行、到六十行、五十行、四十、三十行，可說如瀑布直泄，一直要到明道文藝徵求國中（初中）新詩獎以二十行為度，已是極限了。只有回過頭仍要等到《臺灣詩學季刊》2014年徵求十行以下及百字內的小詩獎，還是詩獎徵文有史以來的頭一遭。足見大多數詩人對「小詩」的抗拒，最多也只願偶一為之。

　　然而大陸人口眾多，主流詩人不見得有意於主攻小詩，但藉助于網路的發達微型詩、小詩的流行仍然有其廣大的讀者和市場。比如1995年雁翼就出版了《雁翼超短型詩選》，1996年重慶《微型詩》刊的誕生，把微型詩（1-3行，50字或30字內）從小詩中分離出來，2004年5月《網路微型詩論壇》把微型詩推向網路媒體集中進行創作和宣傳，2004年11月《中國微型詩網站》誕生和2005年1月《中國微型詩》（詩刊）創刊。其後陸續有《微型詩》刊共出版了

<hr />

5　　白靈，〈小詩運動專輯前言〉，《詩學季刊》第18期，1997年3月，頁7。
6　　同上註。

70期（1996-2007）；《中國微型詩》（詩刊）共出版13期（2005-2008）；《微型詩潮叢書》個人微型詩集30冊（1997-2002）、《華文微型詩叢》個人微型詩集4冊（2004）、《微型詩存》（一、二、三卷）（2001、2005、2007）、《微型詩500首點評》（穆仁主編，1999，重慶出版社出版）、《微型詩精品百首》（郭密林主編，2007，香港天馬出版）、《中國微型詩300首》（蒼山一畫編著，湖南人民出版社）、《中國微型詩萃》（第一卷、華心主編，2006，香港天馬出版）及個人微型詩集9冊（1998-2008）、《微型詩話》（穆仁編、2004，香港天馬出版）、《滴水藏海——當代微型詩探索與欣賞》（寒山石，2006，中國圖書出版社出版）、《微型詩論探》（寒山石，2009，現代出版社）等等，可說熱鬧非常。呂進在主編《中國現代詩體論》（2007，重慶出版社出版）時，還在第四章花了約5萬字專章論述微型詩，包括「微型詩的產生和發展」、「微型詩的文本特徵」、「微型詩的創作和鑒賞」等三節，將之視作一種獨立的詩體，可見得大陸在微型詩體的建構繳出了一定的成績，但仍有其不足：

> 微型詩作為「增多詩體」的一支力量，功不可沒。但真正要作為一個獨立的詩體存在，關鍵還在於大量精品為支撐。微型詩雖然作品數量空前，但缺乏具有強烈社會反響的力作，其原因大概就在於「詩外功夫」了。[7]

可見得好詩的存在與否，仍是一種詩體能否發揚光大的主因。

此外，2009年10「中國小詩網」開壇，由俞小明創建，乃大陸第一個專注於小詩創作和研究的展示平臺，迄今，也擁有小詩會員一萬余人。同時《中國小詩》期刊由中國小詩網主辦，是中國小詩

---

[7] 呂進，〈微型詩創作談〉，2013年2月17日，見http://www.360doc.com/content/13/0217/00/425975_266045044.shtml。

協會的會刊，每季一期，由中國人文科技出版社出版，期刊大16開本，64頁，迄2014年11月已出版11期，且2015年8月在鎮江成功舉辦第三屆中國小詩年會，其成果仍在觀察中，然而這些行動卻均是走在前面的臺灣詩壇迄今仍未能凝聚出的小詩力量。

2013年12月初在泰國曼谷召開的東南亞華文詩人會議上，筆者曾發表了〈小詩風潮之路──從七本《小詩磨坊》談起〉一文，回到臺灣後，感觸良多，尤其是《乾坤》詩刊總編輯林煥彰兄自2003年起在他主編泰國《世界日報》副刊時期，於刊頭上總計推動了三年的「六行小詩寫作」計畫，讓東南亞華人在刊頭發表了大量的六行詩。他在六行小詩上的堅持和努力，與泰華詩人長年密切的合作和用心經營，讓「小詩磨坊」此一「跨地區」的組合（共11人）逐漸在東南亞各國僑界發光發熱，迄今已出版了《小詩磨坊》泰華卷十二冊、以及新華卷、馬華卷、蘭陽卷各一冊，著實令人感佩。加上當時會議上有中國大陸《華文文學》、《名作欣賞》、《詩歌月刊》三刊物的主編均相當認同，擬將「小詩磨坊」在泰、新、馬、菲、印尼等國僑界的活動和影響，有意於2014年在大陸聯合刊出專輯推介並推動小詩。筆者當時即反應予煥彰兄，既是煥彰兄，理應由其回台後在臺灣大力推廣才是，但林煥彰兄非常客氣，希望好事大家一起來。於是回台後再次與其聯繫請益，且徵求個人參與的臺灣詩學季刊蕭蕭社長同意，即聯合了臺灣的《創世紀》、《乾坤》、《臺灣詩學》、《衛生紙》、《風球》包括老中青三代詩人的五大詩刊及《文訊》雜誌等共六個刊物，於2013年12月15日即聯合發起「2014鼓動小詩風潮」運動，各單位分別發佈「聯合訊息」，且「決定在今年度中各自規劃並陸續接棒推出風貌不同及特色多元的『小詩專輯』，且配合小詩創作獎的徵求、與其他藝術形式如書法、音樂、繪畫、影像等多媒體的跨領域活動，分進合擊，期將小詩形式推向高峰」。這是臺灣自有詩刊發行以來，從未有過的「大集合」和「聯合行動」。

臺灣詩壇由於前行代眾多詩人多年的努力和強烈光環，對東南亞各國乃至兩岸四地的華文詩壇始終有不可抹滅的重要影響。如今「鼓動小詩風潮」的發起除了繼踵前賢、布種薪傳，也意識到小詩之重要，卻始終未能形成主流和風潮，此回即是林煥彰先生與泰國「小詩磨坊」和他們帶起的刺激開的端、引的火。可見得一地之詩壇風氣對他地詩壇之無形影響終究有逆流、回饋的可能，這是「跨地區」、「跨時空」的推波助瀾，其效力常非自己所能預知。

　　只是很可惜，大陸方面只有做為主流刊物的《詩歌月刊》在7月至10月號分別刊出了「東南亞小詩大展印尼專輯」（刊出葡汝亮／蓮心／葉竹／北雁／沙萍／符慧平等的作品）、「東南亞小詩大展新加坡專輯」（刊出林錦／周德成／郭永秀／曦林作品）、「東南亞小詩大展之泰國專輯」（刊出曾心／嶺南人／楊玲／博夫／苦覺作品）、「東南亞小詩大展泰國小詩磨坊特輯」（刊出蛋蛋／曉雲／晶瑩／林太深／莫凡作品）。在2014年的《華文文學》上則只見到六行內泰國曾心寫的〈新詩體「創格」的嘗試──以泰華「小詩磨坊」的詩為例〉（2月，頁114）、沈玲〈詩與思──菲華著名詩人雲鶴詩歌研究〉（3月，頁83）、沈奇〈瞬目苔色小詩風──《磨坊小詩》2014序〉（4月，頁50）。而《名作欣賞》更僅見到〈《名作欣賞》《華文文學》《詩歌月刊》三家聯手舉辦東南亞小詩大展〉（2014年10期）及吳昊及孫基林〈現世情懷與彼岸梵音──論泰華小詩〉（2014年22期）二文，期盼中大規模的「東南亞小詩大展」並未見到。

　　而泰華曾心等人堅持「小詩磨坊」（2006～）十一年來所帶動出的小詩風潮，恐再非當年臺灣詩人林煥彰2003年主編泰國世界日報副刊時起心動念帶頭的六行詩（70字內），只是欲藉報刊發行、在泰華一地一區宣導那樣單純而已。如今在臺灣在大陸在菲律賓乃至東南亞華文世界，從小詩「變形金剛」出的微型詩（三行）、閃小詩（六行）、截句（四行以下）正被不少詩人慢慢地納入創作的

視野，這比起上世紀二〇年代乍現冰心小詩、七八〇年代臺灣開始宣導小詩運動的清淡狀態已不知要好上幾百倍，此種改變，顯然與泰華「小詩磨坊」諸君成立有詩史以來唯一的小詩團體，且能堅定立場和力行大量創作，都有直接或間接的關聯。未來華文新詩史上，不能不將泰華「小詩磨坊」好好記上一筆，因為也只有這個團體，曾創造出這種跨地區跨時空、具有驚人力道的小詩風潮。

　　若再加上菲律賓王勇命名的「閃小詩」（六行50字內）、大陸網路的「微型詩」（三行以下）、臺灣詩學季刊聯合六刊物推動的「2014鼓動小詩風潮」，最後再加上北京小說家蔣一談2015年底提出四行以下的「截句」一詞及2016年6月一口氣主編出版的十九本「截句詩叢」（包括於堅、西川、歐陽江河、臧棣……等），以及2017年年初臺灣詩學季刊在fb臉書上開設《facebook詩論壇》，長期徵求截句詩作，並已與聯合報副刊在網路及平媒合作舉辦了兩次「截句限時徵稿」，參與者眾，之後仍將持續，並擬於2017年年底出版15冊截句詩集，看來台灣大規模地提倡有詩題的截句創作已略見成效。2017年4月23日由南京市東南大學人文學院主辦的國際小詩暨小詩磨坊作品研討會，在東南大學舉行。泰華小詩磨坊的位重要詩人曾心、林煥彰、博夫參加了會議，發表論文三十餘篇，這是小詩研究進入學界及受到普遍注目的重要一步。所有以上各項，可說已陸續為「走向小詩天下」的可能性備好了舞臺，雖然離這樣的目標仍極遙遠。而近百年間華文詩壇的此等由小詩而截句的年代變革，可由下圖的關係圖大致見出這種互動的流程：

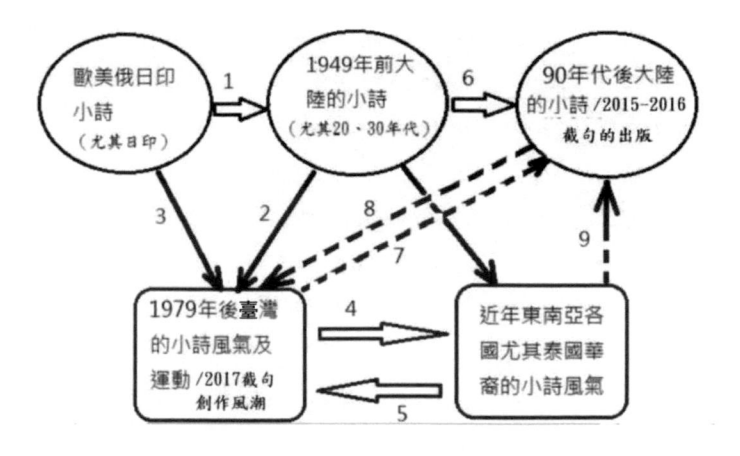

三、斷捨離看小詩形式

　　日本的一位女性山下英子（1954-），2009年起即以「斷捨離」的日常行動精神，教人如何斷絕不需要的東西，捨棄多餘的廢物，脫離對物品的執著，從而整理自己的人生，此系列出版了三十幾本書，總銷售量破三百萬本，使得「斷捨離」成了「減法概念」的整理術和流行語，也是具體可行的步驟。如以「斷捨離」三字對照好的小詩作品以及「小詩磨坊」諸君六行（或四行五行）小詩的極致，或可得出「寫情而不急於抒情，寫一生卻以小事小物出手，寫自己而不及於自身」的方向，看似極度冷、知、淡，其實背後是熱、感、濃，是一種沖淡、清和、自在的反面顯示。

　　「不急於抒情」看似「切斷」抒情，乍看「絕情」，卻蘊情於含蓄中，實則並「不絕情」，可說「絕即不絕」。「小事小物出手」，且只點到為止，看似「捨棄」大視野，集中在「少」數事物上，卻是「少即是多」，隱藏了以有限表現無限的企圖。「不及於自身」看似「離開」自身、推「遠」自身，但「遠即是近」，不說自己反而容易涉及自己。若整理之，則如下三個面向，均指向詩宜短宜小宜大膽地「斷捨離」過去長篇大論的詩寫形式：

斷是絕、是切斷，但似絕卻不絕
捨是少、是捨棄，但雖少即是多
離是遠、是離開，但推遠即是近

　　如此書寫模式並不易為，一開始要常常勒住自己準備滔滔不
絕的衝動，接著要從情理事物中抽離自身，以較高視野審度自己所
曾經，最後只能擇一枝一葉放大顯微，所謂見微知著，明一則明一
切。那像是不斷推開自身，遠角度觀察包含自己在內的一切，將自
己與眾多事物同一。久而久之，這更像削減自身多餘的承載，雕刻
自己成一輕盈之羽之毛之微粒之灰之塵，最後很像是藉助語言的一
種內在修行方式。

　　泰華「小詩磨坊」成員中輩份最高的嶺南人，曾有一首五行詩
〈流浪的藤杖〉：

　　篤、篤，穿過山間小徑
　　回到生它的山林

　　山上的樹不認識它
　　樹上的鳥，噗噗飛走
　　落下幾粒冷冷的鳥聲

　　唐賀知章〈回鄉偶書〉二首其一說：「少小離家老大回，鄉
音無改鬢毛催。兒童相見不相識，笑問客從何處來」，寫的是自身
回鄉景物人事全非的尷尬處境，由「鄉音」不變、「鬢毛」已衰白
入手，仍是以人寫情、貼著自身感懷來寫。嶺南人的詩不然，寫的
卻是一根微不足道的「流浪的藤杖」，藉藤杖寫人而不及於人，只
以「篤、篤」聲顯示有執杖之人，且正「穿過山間小徑／回到生它
的山林」，既顯示了藤杖也彰顯了持杖人出身的野性和寒微。只可

惜「山上的樹不認識它」，新生的鳥「噗噗飛走」、只「落下幾粒冷冷的鳥聲」，用「粒」字有如子彈粒粒都會擊中人，藉聲音的輕脆嘲諷被對待的空曠淒清。如此落寞景象在詩中並不直指人，而人自在其中。「不直指，而自在其中」的表現，很像印度瑜伽中的「斷、捨、離」行徑，即斷行（切斷欲望）、捨行（捨棄執著）、離行（學會放下），儘量抽離想過度表達自身的修行方式。

這種手法也很像菲華詩人王勇堅持「以戒為師」的小詩手法，或如他說的：「極簡生活的表達特徵是：多用名詞、動詞，少用形容詞、副詞。其實，這也即是『閃小詩』的絕殺之技」，而「少用形容詞、副詞」就有上述「不直指，而自在其中」的表現效果。又說：「用六行內的『閃小詩』記錄生活瞬息萬變的時空狀變與生命感悟，用了五手絕招：靈光閃現、借題發揮、哲思禪悟、興詩問道、舉一反三」。

上述「五手絕招」中他最在意「借題發揮」一法，也是他閃小詩的極大特色，他說：

> 我對閃小詩最看重，也是最具特色的不是靈光閃現或哲思禪性，而是「借題發揮」，順勢而為。……詩題出現的文字會儘量不再詩中重複出現，除非有特別作用或不可避免。而我的閃小詩又以擬人化的詠物為主，做到把生活中、身邊的大小物品皆可提煉成為詩的題材，聯想出完全出乎詩題的內容與寓意。
>
> 這也才是平凡題材百書不厭的秘訣。

比如他寫〈手電筒〉一詩：「革命的槍聲響自／天邊，一道道閃電／穿過夜色冒雨奔襲／／你卻在黎明到來前／慷慨就義」，就「聯想出完全出乎詩題的內容與寓意」，而且具有描寫異議份子或革命者抵抗黑暗時代、效法小小手電筒精神、在黎明前身先士卒、

奮身慷慨就義，詩內容借「閃電」的光、「黎明」前的暗黑與手電筒聯想，又有引伸的歧義，詩意乃更飽滿而豐富。又如〈煙斗〉一詩則寓意甚深，像在記敘一個故事：

> 雲霧中
> 那人的嘴角
> 總蕩漾著櫓聲
>
> 千帆閱盡
> 夜色裡，遠方
> 有人又在點火

不寫「嘴角」抽煙鬥咕嚕著口水聲，而是「總蕩漾著櫓聲」，就完全出乎詩題的內容，而有了其他的寓意，彷彿若有所思狀。「千帆閱盡」四字使得櫓聲有了故事性，宛如經歷滄桑波折，此刻正感歎回憶，閱盡千帆也僅櫓聲最近、最聽得明白，其餘盡是過眼雲煙。末兩句「夜色裡，遠方／有人又在點火」的「點火」本是點煙斗，此處或指：雖知滄桑波折後並無所獲，卻仍有新人要點火開船才要上路。有一代新人換舊人，世界依然如故旋轉之寓意。他的手法正符應了「寫情而不急於抒情，寫一生卻以小事小物出手，寫自己而不及於自身」的「斷捨離精神」。

四、由斷捨離看截句

上世紀八〇年代末即與臺灣詩壇來往互動頻繁的大陸「小詩的極力鼓吹者」詩人詩評家沈奇，曾精心編選過《現代小詩三百首》（2006）行世，2010年時他在〈肉身的迷途與靈魂的倒影——讀法蒂哈的詩〉一文中對阿拉伯語系的摩洛哥女詩人法蒂哈寫作大量的

十行以下的小詩大表讚賞，對法蒂哈主張的「我喜歡簡短但含義深刻的詩體比如俳句，我反對詩歌的臃腫現象。也許和我的職業有關。科學的職業訓練讓我崇尚簡潔和精確。」[8]一說極度認同，並對大陸詩壇「當下漢語詩歌在『口語』和『敘事』風潮的鼓促下，越寫越臃腫越囉嗦越寡淡的狀況」甚有微詞，他自己則在此文中對小詩有一套甚是精闢的說詞：

> 寫詩，就是說出我們在日常生命形態和語言形態中「未被說出的」那一部分！而作為生命的底部和語言出發地的這「一部分」的存在，本是不可說也不容易說清楚的，所謂「言不盡意」，「可意會而不可言傳」，這是作為詩人的言說不得不說時，首先要明白和遵從的法則。詩要簡約──不僅是對語言的高度濃縮形式，也是對生命體驗的高度濃縮形式，是以要以少勝多，知繁守簡，以閃電式的穿透，來呈現無邊際的暗涵──如何以最少的語詞和最簡約的形式來說出最不可說的生命底蘊與靈魂密語，實在是所有的詩人在其寫作中時刻要面臨並予以解決的問題。[9]

既然詩要「說出最不可說的生命底蘊與靈魂密語」，則「以少勝多，知繁守簡」的「簡約守則」是可能的，但「本是不可說也不容易說清楚的」詩，又如何做到法蒂哈說的「簡潔和精確」中的「精確」呢？必然有其難度，如改為馬克吐溫（Mark Twin, 1835-1910）所說：「貼切的字和差不多貼切的字的差別，就如同閃電和螢火蟲之間的差別一樣」，「貼切」比「精確」更含蓄且貼近事實。因此

---

[8] 沈奇，〈肉身的迷途與靈魂的倒影──讀法蒂哈的詩〉，2010年12月14日，見http://www.fatihamorchid.com/2012-02-04-02-29-16/2012-03-21-01-20-51/217-ar-reflect-th-lost-of-body-and-soul-2011。

[9] 同上註。

或如筆者所曾強調的：「就詩而言，『貼切』二字應不僅是『字』的精准問題，應該還包括形式的問題（按：指詩的行數多寡）；就算是『字』，用最少的字表達最多的意思，該是古今中外的詩最不易變的原則吧？詩應與『精緻』二字相當，像閃電短而有力，像螢火蟲小而晶瑩，詩之大宗豈非應以此為度？」[10]筆者所說的「精緻」或如洛夫所主張小詩「下字貴響，造語貴圓」[11]，一方面指「字的貼切」，一方面更指「行的貼切」。只因詩本身：

> 它是實與幻相擊之物，黑與白交合出的黎明或黃昏，是當下與永恆斜眼的對峙，是夢向現實低吼的咒語。它當然可能精神分裂似地無所節制或停歇，但最可能的表現是「一擊」、「一吼」、或交錯瞬間的「明」或「昏」，它是動態的、隨機的、偶然的、乍現的、隕落或上升的、幅射或收斂的、爆裂的因此也註定將幻現而熄滅。[12]

筆者「『一擊』、『一吼』、或交錯瞬間的『明』或『昏』」一說，也等於呼應沈奇上述「以閃電式的穿透，來呈現無邊際的暗涵」的說法，有誰能「精確」地或大費周章地去描繪閃電迅急的姿勢呢？「字的貼切」與「行的貼切」才有可能。由此可以知悉何以大陸詩人呂剛會說：「作為詩作者，幾乎人人皆知長詩之難為與可不為。作為讀者，人人也知長詩之難讀與可不讀」、「詩人以寫長詩為能，暗中較勁，完全不顧詩的體征與讀者的耐受力」、「我也贊同美國人愛倫·坡的說法，一首詩是由於它以靈魂的昇華作為刺激，一切刺激都是短暫的（他甚至否認長詩的存在）」（見其在詩

---

10. 白靈，〈閃電和螢火蟲淺論小詩〉，《臺灣詩學季刊》第18期「小詩運動專輯，1997年3月。

[11] 洛夫〈小詩之辨〉（序），見《洛夫小詩選》，臺灣小報出版館，1990。

[12] 白靈，〈五行究竟〉（序），見《五行詩及其手稿》（臺北：秀威資訊，2010），頁11。

生活微博上的〈詩的小與大〉一文）。呂剛這樣對長詩的撻伐並非無的放矢，那是多數詩人仍未徹底地體悟「在詩之前，我相信，讀者才是真正的主人」[13]，也未體悟到沈奇所謂詩「不僅是對語言的高度濃縮形式，也是對生命體驗的高度濃縮形式」一說的「高度濃縮」一詞的真義，其實到最終，是未能理解到詩的形式與宇宙現象相互應的關係：

> 詩是宇宙之花，因此隱涵著宇宙自身乍現乍滅的縮影，既是「花」，因此不可能「大」或「重」。它是質能混沌中短暫的的成、住、壞、空，是宇宙能量無止境的變身和輪轉中必然的精神卻也是偶合的形式，因此短或暫是常態，長或久是變態。包括對它的認識，也不是自然產生的，而是逐步認識的，它的出現是氣泡式的，難以捕捉或重現，它「現」的背後是更龐大永無以明示的「不現」。因此所有的「現」皆是一粒米，背後是無以計數的倉廩，是逗點、破折號或短瞬喘口氣似的休止符，從來無法句點。[14]

筆者所說「詩是宇宙之花」，目前當然無法證明，但宇宙中不可能只有一顆地球，自然不可能只有地球人才寫詩，像春天中不可能只有一朵花，這樣的道理其實是不證自明的。而說既然是「花」就不大可能「大」或「重」，且「短或暫是常態，長或久是變態」，是世上所有花的事實，也應是宇宙所有美的現象皆乍呈乍滅的真正寓意。而說所有的「現」皆僅是「一粒米般的呈現，背後是無以計數的倉廩」，更是如今宇宙間暗能量暗物質才是主角、占95%以上，只是還觀測不到的宇宙事實。這樣的說法皆再度與沈奇「以閃電式的穿透，來呈現無邊際的暗涵」一語暗相呼應。因此以小寓大、以

---

[13] 陳幸蕙，〈讓人間更可愛的一個方法〉（序），見其主編，《小詩星河》，頁5。
[14] 白靈，〈五行究竟〉（序），見《五行詩及其手稿》，頁11-12。

明喻暗、以有限呈示無限，說的正是筆者所強調過的未來仍然「畢竟是小詩天下」[15]，或洛夫所說「小詩才是詩的第一義」[16]的真正意涵。以上說詞，越看越與「寫情而不急於抒情，寫一生卻以小事小物出手，寫自己而不及於自身」的「斷捨離精神」貼近啊！

截句由於行數及用字更省，更與小詩強調的斷捨離呼應，而此一形式在臺灣的出現和發揚，其實與近幾年個人對東南亞地區華文小詩的發展賦予極大的關注有關。2014年的「鼓動小詩風潮」只是個契機，那一年臺灣有八個刊物出版了小詩專輯，舉辦了大致承認十行以內的詩作為小詩的公約數。但「小詩」一詞似乎在彼岸大陸施不上力，甚至不太使用「小詩」一詞。一直到2015年底大陸小說家蔣一談橫空標出「截句」一詞，將一行至四行小詩全涵蓋其中，並在2016年邀得十餘位檯面上叫得出名號的中堅詩人的認同，多數截取舊作之佳句，出版一系列截句詩叢，唯其一方面並未標注出處或附上原作，一方面也未標識詩題，如此所出截句詩集乃成了片語斷章，較為隨興，或有供讀者隨意翻閱之便，卻難知創作之原委。

而截句一詞其實自古有之，與絕句一詞相當，今既增其一至四行的彈性、及可截舊作的模式，又欲繼古來傳承，則當有一首詩的模樣，因此詩題（編號也算）及完整度即成了臺灣提倡截句時的基本要求。比如下列蕭蕭的兩首截句：

〈假裝是俳句〉

五音節跳躍
七言句緊緊跟隨

---

[15] 白靈，〈畢竟是小詩天下──詩獎在行數上的迷思〉，《臺灣詩學季刊》第14期，1996年3月，頁141。

[16] 《洛夫小詩選》的序言《小詩之辯》中說：「我認為小詩才是第一義的詩」，「如說中國詩的傳統乃是小詩傳統也未嘗不可。」洛夫：《小詩之辯》，《洛夫小詩選》，臺灣小報出版館1990年版。

昨夜的簷滴

〈流汗的不習慣說汗液〉

避開唾液，我們使用親吻
絕口不提精液、炒飯或者做愛

專心沿著溪
沿著薰衣草的黃昏

此二詩或跳脫或曖昧，詩意濃郁，完整度足，正是「寫情而不急於抒情，寫一生卻以小事小物出手，寫自己而不及於自身」的「斷捨離精神」展現。

　　可以說，未來新詩形式如果走向小詩的趨勢不變，則它的身高、體重、服飾、髮型、帽子要怎麼訂定、要給什麼名稱、起了多少稱號，並無妨，而且名稱越響亮、越醒人耳目越好，王勇的閃小詩及蔣一談的截句二稱呼，短截有力，大概是近年最富新意的小詩名號和旗幟，使小詩在未來進入主流詩人視域的機率大增，功勞不可小覷。最主要的還在於兩人均能身體力行、呼朋引伴共同實踐，透過大量創作的發表引發注目和討論，如此打鐵趁熱、炒高小詩的聚集漩渦，正是擴張小詩運動影響力的極佳策略。當然若能配合小詩短小精悍，易與繪畫、音樂、動漫、網路、書法、茶具、門聯、屏風、床枕、衣飾、家用器具……等結合的特點，戮力舉辦小詩跨領域文創展、小詩攝影展、微電影小詩展、小詩書法展、小詩篆刻展、小詩繪畫展、小詩造形藝術展、小詩歌曲展……等等一系列有益小詩能見度、與尋常庶民易生互動的各色競賽、展覽和演示，若再能加上各種小詩獎的舉辦和擴大徵稿、小詩學術研討會的加持等等，則「小詩主流化」之事可成矣。至於這些活動的前頭要冠上

「閃小詩」或「截句」、乃至「俳句」或「微型詩」的名稱，均是美事一椿，也均應樂觀其成。

五、結語

　　小詩在二十世紀中後期、乃至新世紀前十年從來沒有大規模發展過，甚至不入眾多詩人眼裡，更別說有主流詩人將之納入創作主軸，其原因之一或與小詩從未有專門的詩社以之為社團的創作主軸有關；原因之二或是因除了小詩、俳句、微型詩等詞外未有更響亮的名號足以引人注目、號召人心；原因之三是小詩的發展過去僅限一地一區單獨發展，少見跨域性的互動和相互影響；原因之四過去新詩的交流多限於刊物詩集的紙本出版互通和詩人友誼聯絡、未有互聯網的行動裝置出現過；原因之五在2017之前的近百年中未見舉辦過詩人學者參與的專門小詩研討會。而由前面幾節的探討可看出，以上五個原因正逐步化解或朝正面發展當中。而小詩和近兩年截句的跨地域發展正對應了「斷捨離精神」，使得其形式正朝「寫情而不急於抒情，寫一生卻以小事小物出手，寫自己而不及於自身」的方向前進之中，此與過往小詩乃至古典詩講究「以小寓大、以明喻暗、以有限呈示無限」有了一些聯繫，也可提供未來新詩創作者努力的方向作一參照。

跨時空現象

我完成我以完成你
——從匱乏說看卞之琳的〈斷章〉

摘　要

在「情詩說」、「哲詩說」、「相對說」、「裝飾說」之外，本文對卞之琳〈斷章〉另提出「匱乏說」，借道拉康欲望、凝視、不在場的理論，重新審視卞氏此詩在後現代時空中可能的意涵。卞氏在他的九十年歲月中見證了他所欲望之安徽姑娘的欲望，正是後來被時代鄙棄、搗毀的事物，最終成了社會中的「無」，卞氏透過他的詩成了「預見者」和「見證者」。

關鍵詞：卞之琳、斷章、凝視、他者、匱乏

一、前言

卞之琳（1910-2000）可能是1949年之前，老大陸詩人寫的情詩中寫得最好的一位，不論1937年之後他沒再寫出更好的詩，不論他的情詩與現實有什麼距離。他語言的委婉乾淨、含蓄而斂聚的氣質，保留了傳統文字蘊藉深情的部位，又受到西方象徵主義主知的影響，雖然委婉含蓄在性格上不見得是優點、占優勢，在詩上卻可能造成凝練晦澀知性的特徵，因而開創了一己的卞氏風格。

更有甚者，他生前一定也沒有想到，他的代表作〈斷章〉一詩到了21世紀有一天會進入DV和數位網路，不以文字而改以影像呈現，被拍成至少10種各式各樣的「影像詩」，於網路上被重新詮釋、解構、重組，加入不同創意，讓不同地域的準詩人們發揮其想像力，豐富、創造、甚至扭曲、變造了他們各自的「斷章」。〈斷章〉一詩成了他們的活水源頭、甚至「借道」、「借名」的利器。

甚至臺灣編舞家林懷民主導之「雲門舞集2」旗下的伍國柱也在2004年、2007年以〈斷章〉之名跳出年輕舞者自己的「斷章」。香港的實驗藝術團體「進念二十面體」（Zuni Icosahedron）在1995年底演出〈斷章記〉，雖然悼念的是當年10月剛去世的張愛玲，批判的卻是全體華人具有「集體意識」的「含蓄」性格。而卞之琳和他的〈斷章〉表現的正是他的「含蓄」，卞氏之所以被評家和讀者普遍性地以〈斷章〉一詩當作他的代表作，會不會是另一種「含蓄」性格之「集體意識」的展現方式？

此詩僅四行，是自有新詩以來，以最少行數卻討論最頻繁的一首詩：

你站在橋上看風景，
看風景人在樓上看你。

明月裝飾了你的窗子，

你裝飾了別人的夢。

　　在過去的賞析、討論、或研究中，除了逐字逐句解外，形式
分類上大致徘徊於「情詩說」與「哲詩說」間；內容討論又可分為
兩「說」，一是「相對說」，從時空的相對、主客的相對之角度切
入，說明沒有什麼是永遠的主體或優勢，據說與愛因斯坦的相對論
學說有關係；一是「裝飾說」，從景對人的裝飾、人對人的裝飾之
角度切入，說明沒有什麼是永恆的，終究均是裝飾物。卞氏一起初
就傾向於「相對說」，對「裝飾說」有所微詞，其堅持，比將此詩
歸於哲思詩還固執。本文另擬提出「匱乏說」，借道拉康欲望、凝
視、不在場的理論，重新審視卞氏此詩在後現代可能的意涵。此文
並對港臺新世代讀者以影像詩或其他形式自行詮釋〈斷章〉、或藉
〈斷章〉之名以影像方式再創作所展現的可能意義略作說明。

二、「相對說」、「裝飾說」、到「匱乏說」

　　一首詩可以讓當世和後世的讀者和評者眾說紛紜，這本身就突
顯了這首詩的多面性和歧義性。但讀者和評者永遠不會滿足，總想
方設法能多挖掘出些內在更深的什麼意涵為樂。比如這首詩究竟是
情詩或哲思詩就有不同說法，是愉悅的詩或悲哀的詩也各有意見。
絕大多數讀者都非常直覺地將它視作「就是情詩」、「根本是情
詩」，卞老當然有話說，這也如同夏濟安在他出版的日記裡所寫年
輕時代的卞氏一樣，幾乎隨心儀對象而波瀾而起伏，或乾脆說，而
「起舞」，卞氏至臨終前仍然說夏濟安「亂寫」，卻是不生氣、微
笑地說的。卞老一生的含蓄、矜持、或者說「愛面子」，其實正是
他的「罩門」所在。

卞老對此詩的自解當然偏向哲思詩，說當年是受到周作人譯永井荷風《尺八夜》裡無常無告無望的一段話所「無端觸動」，這段話是：

> 嗚呼，我愛浮世繪。苦海十年為親賣身的遊女的繪姿使我泣。憑倚竹窗茫然看著流水的藝妓的姿態使我喜。賣宵夜麵的紙燈寂寞地停留在河邊的夜景使我醉……凡是無常無告無望的，使人無端嗟嘆此世只是一夢的，這樣的一切東西，於我都是可觀，於我都是可懷。[1]

這段話題的確傷感，但卞氏說他當時是「信手拈來了那麼四行自由體詩，寫得輕鬆，情調也沒有永井荷風那段文字盛傷」。因此「似乎與愛情了無關係了」[2]。問題是沒有什麼會是「無端觸動」的，尤其沉落到潛意識的東西更不會自我檢查得到。雖然1991年卞氏終於承認自己「現在倒像反受了他們明說或暗示的影響，覺得不能否定這裡無意中多少著了一點我個人感情生活的痕跡」因而不免表現出情愛生活中一種「一清似水，光風霽月式境界」[3]。這幾句話說得很不得已，承認得極為勉強，又以「一清似水」、「光風霽月」等詞遁脫，問題是「光風霽月」是雨過天晴後的明淨景象，卞氏其實未必如此，其前後詩作更多呈現的是欲望的無告、無助、和匱乏，卞先生只是以語言藝術暫時遮掩了它，而欲遮掩的正是他所缺席、不在場的東面，詩中的「你」只是一個替代物。永井荷風「凡是無常無告無望的，使人無端嗟嘆此世只是一夢的，這樣的一切東西，於我都是可觀，於我都是可懷」這一段話正巧觸及其「內在創傷」，因此並非「無端觸動」，反倒是「觸動了某一端」，其

---

[1] 陳丙瑩，《卞之琳評傳》（重慶出版社，1998），頁119。
[2] 陳丙瑩，《卞之琳評傳》，頁119。
[3] 陳丙瑩，《卞之琳評傳》，頁119。

語言表現或是「一清似水，光風霽月式境界」，那是自我期望，借詩的「完成」暫時片刻「完成」此一期望而已，因此只是一時有所領會的跳脫，隨則又深陷、掉落其中。

當這首詩忽略其「無端觸動」的部分，而被歸到哲思詩時，便被切分為兩「說」，一是「相對說」，一是「裝飾說」，卞氏便傾向前者。此詩被認為是其「相對意識隨處可見」的主知詩中，哲理內蘊開掘最深、詩情表達最濃鬱的兩首之一（另一首是〈妝臺〉）[4]。卞氏說橋上的人把橋所面對的一切活動當風景來看，而剛巧樓上的人也把橋上人納入風景的一部分來觀賞，此是相對；而當明月的光華輪廓裝飾了你的窗戶，而你的形象也進入了他人的夢中，裝飾了他的夢，此也是相對，「明白這種相對關係，人就不應該再有怨尤」。[5]屠岸則說這些相對包含了你（我）／人、橋（聯結點）／樓（制高點）、月／你（我）、窗（觀察世界）／夢，觀看是主位／裝飾是客位，於是「主體／客體」、「主位／客位」、「主動／被動」得到「矛盾統一」。[6]但余光中將此「相對說」更進一步推向「空」或「無」之「裝飾說」的邊緣：

　　……它更闡明了世間的關係有主有客，但主客之勢變易不居，是相對而非絕對。你站在橋上看風景，你是主，風景是客。但別人在樓上看風景，連你也一併視為風景，於是輪到別人為主，你為客了。明月裝飾了你的窗子，你是主，明月是客。但是你卻裝飾了別人的夢，於是主客易位，輪到你做客，別人做主。同樣一個人，可以為主，也可以為客，於己為主，於人為客。正如同一個人，有時在臺上看戲，有時

---

[4]　陳丙瑩，《卞之琳評傳》，頁116。
[5]　張曼儀編，《卞之琳》（臺北：書林出版有限公司），頁248。
[6]　屠岸，〈精微與冷雋的閃光〉，袁可嘉等編，《卞之琳與詩藝術》（河北教育出版社），頁92-98。

卻在臺上演戲。

再想一下，又有問題。臺下觀眾若是客，臺上演員果真是主嗎？你站在橋上看風景，果真風景是客，你是主嗎？語云「物是人非」，也許風景不殊，你才是匆匆的過客吧？[7]

「相對說」最後成了「過客說」，「主」的成分和優勢為「客」所居，如此似乎又與「裝飾說」無異。「裝飾說」是李健吾1936年就主張的，特別看重「裝飾」二字，認為此乃詩人對於人生的解釋，「寓有無限的悲哀」，「詩面呈浮的是不在意，暗地裡卻埋著說不盡的悲哀」[8]，其後更被亦門認為「比宿命論更絕望，而他絕望得多嫵媚和吸引」[9]。

亦門的解釋被評傳的作者說是「離奇」、「陷入主觀誤讀」、「背離甚至曲解詩的原意」，其實不論是「相對說」，或是「裝飾說」都是試圖理解原意或再詮解使詩之意涵更豐富吧。江弱水的「縈心之念」[10]四字或是另一途徑，試圖與卞氏詩作更靠近，他說「主體的情感，正須落實在客觀而具體的形象上，否則就浮泛」[11]，並舉〈雨同我〉一詩說「卞之琳喜用『多思』一詞，我們卻覺得他更是『多情』」[12]、再舉〈無題五〉說卞氏：

……詩人太多情，因為躲在這「因為……因為……」的機械的推理之後的，是一個至上的愛情：只因有了你，這世界對我才有意義。……但這個表現方式絕不是遊戲，因為它植根於真實的故事。……卞詩表現技巧上是智力遊戲般

---

[7]　余光中，〈詩與哲學〉，張曼儀編，《卞之琳》，頁253-256。
[8]　引自陳丙瑩，《卞之琳評傳》，頁119。
[9]　陳丙瑩，《卞之琳評傳》，頁120。
[10]　江弱水，〈一縷淒涼的古香〉，袁可嘉等編，《卞之琳與詩藝術》，頁99-105。
[11]　上註，頁102。
[12]　上註，頁101。

的「冷」，這與他詩情與人情的「熱」總是形成豐富的張力。[13]

江弱水說這些詩「是一個至上的愛情」「躲在」「推理」後面，而且「絕不是遊戲，因為它植根於真實的故事」，總算有人說了真話，此說應該歸於「情詩說」中的「縈心說」。

此1989年的「縈心說」與1943年徐遲（1914-1996）的「幻想說」遙相呼應，徐氏說卜氏詩中「一顆晶瑩的水銀／掩有全世界的色相」的「水銀」、或「一顆金黃的燈火／籠罩有一場華宴」的「燈火」和「華宴」，卜之琳都沒得到：

> 而晶瑩的水銀卻只有一顆，老實說，它也是根本不存在的。它是「幻想」的，也只有詩人和大藝術家才幻想，不僅幻想，彷彿還已經見得，還只有一伸手之間隔，彷彿一索即得。
>
> 可是這粒水銀到了詩人的手裡還會從指縫裡漏掉。
>
> ……他想把一場華宴抹去而追求金黃的燈火，以貯藏在圓寶盒裡，他想把全世界的色相踢開而抓住一顆晶瑩的水銀，以貯藏在圓寶盒裡。

徐遲說卜氏所追尋的「是根本不存在的」，是「幻想」的，「不僅幻想，彷彿還已經見得」，「彷彿」說的是所見「非是」，即使「到了詩人的手裡還會從指縫裡漏掉」，說的是根本上的「不能掌握」、「不可掌握」，世上並無此「唯一的」「晶瑩的水銀」或「金黃的燈火」，硬要追索，反倒抹去「華宴」、踢開「全世界的色相」了。旁觀者清，當局者迷，徐氏狠狠揭開卜氏的迷思和神

---

[13] 上註，頁103-104。

話幻覺，但卻徒勞無功，這就接近本文所強調的「匱乏說」了。但幸好他有「把官能的感受還原為知性的特殊天賦」、因為他是「善思索的詩人」，而「思想的詩人所思想的是感情」，他在迷思和幻想的過程中——「能把感情明確起來」以「提煉知性的美」。「提煉」的結果就是我們讀到的這些詩，即使到末了那感情「根本不存在」或只是「幻想」，最好的結果則是成為一片「魚化石」（你真像鏡子一樣的愛我呢／你我都遠了乃有了魚化石）[14]：

> 水銀是沒有得到，卻好比得到了，獻給一個安徽女郎的〈魚化石〉，這一片〈魚化石〉中「懷抱」著並且照出了全世界的各時代的戀，這一首詩應得讀者的銘謝。並且縱然沒有得到水銀，卻得到了「魚化石」，以貯藏在圓寶盒中，已經是彌足珍貴，況且也彷彿沒有其他的更足珍貴的珠寶了。[15]

這安徽女郎今日仍在世，姑且不名。卞氏的「魚化石」就是身姿不一的詩，而不論是「水銀」、「燈火」、「橋」，這些卞氏圓寶盒裡的想望之物，甚至圓寶盒本身，都始終是缺席的，「根本不存在」或只是「幻想」，是卞氏「匱乏」的表徵。

卞氏的「匱乏」正是他與安徽女郎兩者諸多明顯差異的對比，包括了：（1）貧與富的對比：指二者自幼成長物質條件的極大差異；（2）庶民與貴族的對比：指二者出身背景和教育背景的絕大差異；（3）鄉村與城市的對比：指二者生活環境和接觸事物的差異；（4）現代與古典的對比：指二者興趣和喜好的差異；（5）冷肅矜持與熱情灑脫的對比：指二者性格、個性天生的差異；（6）紅色與藍色的對比：指二者政經社會關懷、思想和主義信仰的差異。這些差異包括階級的、觀念的、先天的、後天的、精神的、物

---

[14] 張曼儀編，《卞之琳》，頁27。
[15] 徐遲，〈圓寶盒的神話〉，張曼儀編，《卞之琳》，頁236-240。

質的、學習的、性格的，而安徽女郎所有的正是當時中國正在失去的傳統、古典、貴氣、優雅、閒適、從容、端莊……等等，包括可見、可聽、可聞、可感而不可說的氣質和氣度，而這些正是卞氏年輕歲月中所匱乏的，若有也只在父祖或祖母那些先輩們身上。

從安徽女郎一生所「玩」和「專注」的「古詩詞」、「書法」與「崑曲」等古典樂趣上，大致可窺出她與卞氏的巨大區隔。這些差異都不是兩者感情最終成為「魚化石」的理由，而卻可能是「魚化石後」成為卞氏一生「縈心之念」的部分理由。整個中國正在失去的優雅和氛圍成為那時追逐西方事物者如卞氏所缺乏、匱乏的，安徽女郎是「一顆晶瑩的水銀」而「掩有『全中國』的色相」、是「一顆金黃的燈火」而「籠罩有一場『滿漢全席』的華宴」。然則「掩有『全中國』色相」的人根本是不存在的、「籠罩有一場『滿漢全席』的華宴」的女郎也不可能存在於這世上，安徽女郎只是剛好成了卞氏幻想的對象物罷了。

三、匱乏中的不在場、欲望、和凝視

拉康認為「我」這一指稱或者所謂自我（ego）只是一幻象，它是無意識的產物，而無意識的「簾子後面什麼也沒有」。拉康乃繼承西方「否定性本質」的哲學理論傳統，不僅認為「不在」與存在相關，而且「不在」有決定性力量，這如同今日科學所欲尋找的占宇宙絕大部分之暗物質與暗能量一樣，「不可見的」決定著「可見的」。拉康認為一切決定性作用都是否定性的，以是「不在」也就成了自我獲得存在的內在動力。拉康從「鏡像理論」開始，就幾乎把自我看作成空無，把欲望定義為「存在的缺乏」。正是這種「缺乏」建構我們的自我，將鏡像的他者當成理想自我，促使我們為了我們的存在，在內化他人的欲望的過程中建構自我，因而奮勇而上。這種「缺乏」與「實在域」的「無」及不可觸及有

關:「實在是一種永遠『已在此地』的混沌狀態而又在人的思維和語言之外的東西，因此她是難以表達、不能言說的，它一旦可以被想像、被言說，就進入了想像域、象徵域」。[16]實在域既是一個原初統一體存在的地方（心理的而非物理的），就不存在任何的缺席、喪失、或者缺乏，於其中的任何需要均獲圓滿具足（宛如在母體中與母親的合一）。既如此則不存在也不須使用語言，因圓滿或具足即永遠超越語言的，也不能夠以語言加以表徵。所以拉康才說語言總是涉及喪失和缺席，只有當你想要的客體「不在場」時你才需要言詞。卞氏也因他所欲望的成為「幻想」、「幻相」、或如徐遲說的「根本不存在」，於是乃有了他的〈斷章〉、〈無題〉、和《十年詩草》。如一切具足，需要的皆「在場」，即不需要語言。

「想像域」即他「鏡像理論」所說最初鏡子中（包括他人目光，尤其是母親）的「我」的影像，其後的「我」即向此自身身體形象之「想像」──鏡式形象──認同，使「我」成了「理想自我」（自我之異化）。[17]此處的他者即起初拉康所區分出來的「小他者」，於是想像域成了以假自我與小他者構成的世界。「小他者客體」的缺乏（與母親合一的不可能）也就是缺席的概念。「小他者」向兒童闡釋了缺乏、喪失和缺席的概念，向兒童表明無論是在其自身中還是關於其自身它都不是具足的「需求」（請求）。此一事實也成了一個通向象徵域的秩序、通向語言的門徑，因為語言本身就是由缺乏和缺席的概念所引入的。而拉康的「象徵域」則指人們通過語言交往而構成的世界，其核心是欲望（欲求）、要件是語言或者概念，代表了社會化的部分。所以在象徵域中，個人只有通過語言系統才能尋求自身的主體地位。父母（尤其是父親，泛指社會／制度／文化）通過命名對主體報以期望，主體就在眾人的期

---

16 黃漢平，《拉康與後現代文學批評》（北京：中國社會科學出版社，2006），頁25。
17 沈麗娟，〈從拉康「鏡像說」解讀「他者」的含義〉（《瀋陽師範大學學報》第6期，2008），頁86-87。

望中被建構。從眾人開始用一個名字對孩子進行稱呼時，孩子便踏上了為父母的期望而奮鬥的路途，即把他人的欲望（欲求）當成是自己的欲望。此處之欲望，拉康是指：「欲望既不是對滿足的渴望，也不是對愛的要求，而是來自後者減去前者之後所得的差額，是它們分裂的現象本身」。[18]因此對拉康而言並沒有所謂所指，或沒有一個能指能表出最終所指本身。能指鏈永遠處於遊戲之中，滑動、漂移、循環，一個能指只指向另一個能指，永遠無法指向一個所指。一個自我的過程就是力圖將能指鏈加以固定、穩定──包括「我」之意義──使之得以可能但永不可能的過程。即此一可能性僅僅是一個幻象，於是走向文明化的成年人必然嚴重喪失其原初的統一體、未分化的存在、或與他者（特別是母親）融合的可能，卻又不斷處在欲求之中。

　　相關的說法整理如圖一及表一。

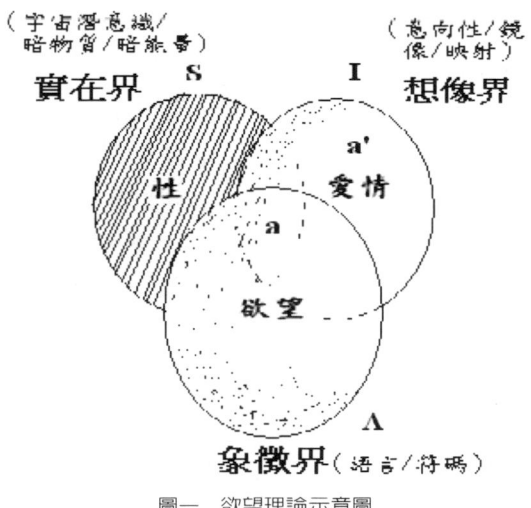

圖一　欲望理論示意圖

---

[18]　拉康，《拉康選集》（上海：上海三聯書店，2001），頁72。

博洛米尼結	實在界	想像界	象徵界（符號界）
	一種內在的統一體的混沌狀態，受本能的驅使，帶著濃厚的生物特性，而又在人的思維和語言之外的東西，因此難以表達、不能言說的、不需要語言的	最初鏡子中（包括他人目光，尤其是母親）的「我」的影像，「我」即向此鏡式形象認同。自我就是他者，認同成為一種期待的、想像的與理想化的關係（小他者）	指通過語言交往而構成的世界，其核心是欲望、要件是語言或概念，代表社會化的部分（大他者）
欲望理論三層次	需要（need）	要求（需求／請求）（demand）	欲望（欲求）（desire）
	人的生理方面，例如吃喝、睡覺等，可以通過物質來滿足	要求是對於愛的需要，屬於中級需要，它打開了欲望不得滿足的缺口。是超出生理需要的額外部分	「欲望」就是「要求」減去「需要」而剩下的東西
	性愛	愛情	欲望
	不存在完美理想的性對稱。維持正常性關係的是主體各自的幻想	愛情就是一方將自身所沒有的（過分的甜言蜜語，奢侈的浪漫行為）去給予並不需要的另一方	欲望處在需要與要求的裂縫處。分裂意味著一種渾然的整體性的缺失，渾然整體性也正是欲望所企圖達到的目標

　　因此卞氏〈斷章〉詩及其他詩作中「在場」的「你」在他的現實是缺席的、「不在場」的，即使「樓」、「橋」、「明月」、「窗」亦然。到晚年卞氏仍堅持他的「相對說」：「它只是表述一種相對、平衡的觀念，絕不可作別的推想！」即使「詩中的『你』與『他』，由『相對』相分到『相對』難分」[19]（指在夢中），詩中「在場」的「相對性」或「平衡性」，卻殘忍地指出了現實中此「相對性」或「平衡性」的「不在場」和「匱乏」，是一方永遠「絕對」地高於另一方（詩中相反，一在樓一在橋），而且是「不平衡」的，現實中卞氏只處於「裝飾」（裝飾的意義在失卻自己）[20]的位置（詩中「你」則「裝飾」了別人（我）的夢）。

　　卞氏說「橋」是「感情的法合」[21]，是「我」的欲望，但詩中

---

[19] 周良沛，〈永遠的寂寞——痛悼詩人卞之琳〉，（《新文學史料》第3期，2001），頁85-90。

[20] 卞之琳，〈妝臺〉，張曼儀編，《卞之琳》，頁33。

[21] 徐遲，〈圓寶盒的神話〉，張曼儀編，《卞之琳》，頁238。

卻讓站在「橋」上的是「你」，因此在詩中期待「法合」的「橋」自然「不過是一句空話」、一顆水銀的「化學程式而已」[22]。拉康則以小客體a（object a）來體現人的存在缺失，說若我們所愛的人是欲望客體，而驅動我們愛上她（他）的欲望原因，並不是如意識上所想的是因為她（他）而愛她（他），而是在她（他）身上的又不是她（他）的東西引發了我們的愛，卞氏即使到了晚境：

> 有次，偶爾講到《十年詩草》張家小姐為他題寫的書名，不想，他突然神采煥發了，不容別人插嘴，完全是詩意地描繪她家門第的書香、學養，以及跟她的美麗一般的開朗、灑脫於閨秀的典雅之書法、詩詞。這使我深深感動於他那詩意的陶醉……。雖然只是夢中的完美，又畢竟是寂寞現實中的安慰。[23]

安徽姑娘的「門第」、「書香」、「學養」，以及跟她的「美麗」、「開朗」、「灑脫」、和「閨秀」「典雅」之「書法」、「詩詞」等等，正是既在她身上的又不是她的東西引發了卞氏的愛，而那些正是卞氏所「缺乏」的，或者說那整個時代正在喪失的東西。於是〈斷章〉詩中的「樓」、「橋」、「明月」、「窗」即是這些小客體a「缺乏」的表徵。

由於個人欲望本質上要不是大他者欲望的欲望，要不就是成為另一個欲望的物件的欲望，即是被另一個欲望所承認的欲望，通過欲望他人所欲望的物件，使得他人承認我的價值所在。[24]卞氏在他的九十年歲月中見證了他所欲望之安徽姑娘的欲望，正是後來被時

---

[22] 同上註。

[23] 周良沛，〈永遠的寂寞——痛悼詩人卞之琳〉，（《新文學史料》第3期，2001），頁85-90。

[24] 嚴澤勝，《穿越「我思」的幻象——拉康主體性理論及其當代效應》（上海：東方出版社，2007），頁152。

代鄙棄、搗毀的事物，最終成了社會中的「無」，而他在年輕歲月卻曾正正經經地「觀看」和「凝視」過它們，卞氏透過他的詩成了「預見者」和「見證者」。

此外，〈斷章〉中的「看」是另一路徑，具重要參考意涵。在拉康的思維中，「看」而「見」之、「視」而「識」之的稱為「凝視」（gaze）。「凝視」是一個過程，主體從這一過程中體悟到了自己的「本質」，或者說體悟到了自己的位置以及自己與物件和世界（包括象徵界和實在界）的關係。起先由「主體之看」，進到「主客的互看」，觀者看著一個不同於自我本身的物件或對象，亦如同看著鏡中的自我，因此審美物件或對象在本質上是一種鏡像，而看的「鏡像」或「審美對象」正是自身所缺乏匱乏的，在「互看」和「回看」中將逐漸看出自身所缺乏或「不在」或「無」的部位，而這正是卞氏在安徽姑娘身上所看到的不見得全屬於她的東西。於是在「互看」和「回看」中，「無」或「不在（場）」將以露曙曝光的方式一一呈現出來，如此「鏡像」或「審美對象」或「安徽姑娘的回看」將昇華為整個想像界整體（鏡像／理想自我）和象徵界整體（社會文化／大他者的欲望）之「回看」。由於「不在」或「無」不是具體物件，最終將成了無處不在的全視、環視，於是「不在」的看者成了一個全方位的環視者。

他者或安徽姑娘的存在等於一參考系，在與此「第一等人物」之新參考系的互動中，將通過我之看／我所匱乏事物和她之回看／不在或無的環視等，將不斷地自我重新定位。因此，可見的被回看和被環視和不可見的全視到末了將促成主體的自看，於是可見的審美對象及其所關聯著的不可見的象徵界（政經／文化／思想體系）和實在界（「不在」和「無」的韻致）即於此凝視之看／被看／環視／全視／自看的互動中，迸出一種新境界，一如〈斷章〉中所展示的互看、全方位的看、自看，一如卞詩在《十年詩草》其他所展現的詩的新「看」和新「境」，過此即再也不能。余光中曾對此種

「互看」以「相向交射」解之：

> 〈斷章〉的前兩句另有一層曲折。你站在橋上看風景，
> 其中的你，是背著樓呢，還是向著樓呢？若是背樓，則你看
> 風景，別人看你，是遞加之勢。若是向樓，則你看風景，
> 也看樓上人，樓上人看風景，也看橋上人（就是說：也看
> 你）。這就不是同向遞加，而是相向交射了。那就變成了對
> 鏡之局，正如辛棄疾所說的：「我見青山多嫵媚，料青山見
> 我應如是。」
>
> 世事紛紜，有時是遞加，有時是交射，有時卻巧結連
> 環。就像過節送禮，最後卻回到自己手中。[25]

此種「相向交射」如今看來可能是余氏幫卞氏構築的「幻
境」，當卞氏說「你真像鏡子一樣的愛我呢／你我都遠了乃有了魚
化石」時，安徽姑娘早已是一不可能擁抱的「鏡像」了，且成了卞
氏一生永恆的「匱乏」了。

四、新世代影像詩中的〈斷章〉

由於以圖象或DV影片處理文學題材已是時代趨勢，未來以圖
文並列形式創作的作品必日益普遍。相對於文字本身，影像詩的出
現似乎更能呼應李歐塔所強調的：一件作品最重要的並非它的意
涵，而是它的「作為」，以及它所「誘發」的。「作為」比如：作
品所包涵的和所傳遞的影響份量；「誘發」如：其轉變成其他事物
或其他作品的潛在能量，包括繪畫、攝影、電影情節、政治行動、
決策、乃至性愛的誘發、反抗行動、經濟動機等。[26]而由於人類文

---

[25] 余光中，〈詩與哲學〉，張曼儀編，《卞之琳》，頁256。
[26] 史帝文・貝斯特・道格拉斯・凱爾納：《後現代理論：批判的質疑》，朱元鴻、李

化史上本來就存在著「詞語」和「圖象」的複雜辨證關係，任何一方均以為自身可更接近或支配「自然」。現在這時代正由於科技的進步，使得「視覺文化」的圖象霸權變為可能，越來越以「圖象符號」為主的「視覺文化」佔據著文化的支配地位，而代表理性主義的語言文字元號的「詞語（或話語）文化」之地位則受到排擠和壓制。[27]以此，似乎更有理由關注圖象與文字文本互動時所形成的現象和發展。

　　而關於2003年以來臺灣影像詩的成因、緣由、和發展，筆者已在〈臺灣新詩的跨領域現象——從詩的聲光到影像詩〉一文中做過簡略掃描和回顧。此節則進一步觀察在網際網路中，新世代的讀者或創作者以〈斷章〉為基材，以比「微電影」（2007-）更自由簡便的「影像詩」形式，處理、再詮釋、或再創作此一近七十餘年前的新詩作品。經過搜索，曾以〈斷章〉為題的影像詩至少有十件。為方便討論及節省篇幅，底下以四件〈斷章〉的影像詩為討論重心，以見出其與卞氏原文本的關係和意涵：

1.ivy yeung的〈斷章〉[28]

　　此影像詩敘述：一對小姊妹放學牽手下階回家→再上另一階梯時遇一時髦女子下階來，一面打手機，狀似愉快（圖1-1）→小女孩與她擦身而過，彷彿有香花自天而降（圖1-2）→二小女孩跑至一天橋旁，由上而下斜看（圖1-3）→該打手機女子在一房門走廊上繼續講手機，但似要求對方回來開門（圖1-4）→半夜十二點多有吵鬧聲（圖1-5）→樓對面白天那女子與男友吵架、摔東西、奪門而出→出現貼著地

　世譯，明麗文化，2005，頁187。
[27]　W・J・T・蜜雪兒：〈圖象轉向〉，《文化研究》第3輯，天津社會科學院出版，2000，頁14。
[28]　ivy yeung的作品，SM1016 Moving Image Workshop，參見http://www.youtube.com/watch?v=viybGh1vclM

面快速奔走的低矮鏡頭，且沿梯而上而下至白天二小女孩待的天橋對面欄杆也觀看她們，最後又跑走　再貼水溝、路面、奔跑追逐，才知是貓（圖1-6，1-7）→撫觸牠的是其中一個小女孩（圖1-8）。

　　此影像詩觸及的是這對小姊妹親情的匱乏，於是打手機的女性成年人成了女孩們對母親情感的想像，並持續加以追逐其行蹤，自高處橋欄旁觀看、傾聽她的一舉一動。直到半夜吵架奪門而出，似仍無損於小姊妹心理內在的幻想，只更突顯了兩姊妹的缺乏。由是影片顯現的是孩子的匱乏和「不在」的部分（她們的父或母均未出現），於是「在場」（成年女性）的與「不在場」（母親）的並不能對等，而只是「香水」小客體引發的想像，而她們所欲望的有可能是社會整體賦予的欲望。其後焦點轉移到小花貓對二女孩的觀看，這是本影片藉助〈斷章〉視角轉變最有創意的部分。而女孩對成年女性是沒有互動的、單方向的，小花貓此一「新能指」（舊能指是成年女性）的出現改變了這關係，使得小花貓與二女孩有了交集或「相向交射」或「回看」「互看」和花貓奔走的世界引發視野「全方位觀看」的機會。雖然「裝飾」二女孩生活的成份多寡有別，但突顯「缺席」「無」「不在場」的機制是相近的。

2.鮑孟德的的〈斷章〉[29]

　　此3分鐘影片曾獲2008年獲臺北詩歌節影像詩特別獎，也曾參與馬來西亞「凝結狀態－臺灣實驗電影展」、參與2009臺北城市遊牧影展、參與韓國首爾實驗電影展等。實驗性質強烈。片中影像層層疊疊，先自手機拍攝睡夢中嬰孩，至以錄影拍攝手機所錄，至用電腦顯現，至電腦外是貓在觀賞，而貓之影像又是另一部電腦顯現的影像之一，於是實體與虛擬之間難有界線，實是虛之一部分，此虛又是另一實的部分，該實是又再度虛化成另一實之部分，於是不知其底線在何處，好像可持續玩下去。而影像之外又有男聲女聲普通話和粵語以朗誦〈斷章〉的不同速度交相疊誦。此片採取了〈斷章〉中風景中有風景、風景中又另有風景的方式，或裝飾中有裝飾、裝飾中又另有裝飾的視角切入，宛如在場的是另一更大在場的在場，此在場相對地又是更大在場之在場，到末了彷彿所有的在場皆可以不在場、不一定需要在場。這是對缺席、無的另一角度解釋。頗能切中〈斷章〉「哲學說」的「相對性」，卻又解構了在場使之成為不在場。

2-1	2-2
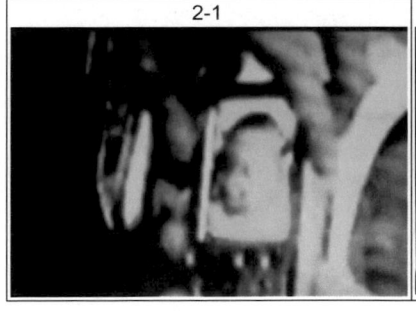	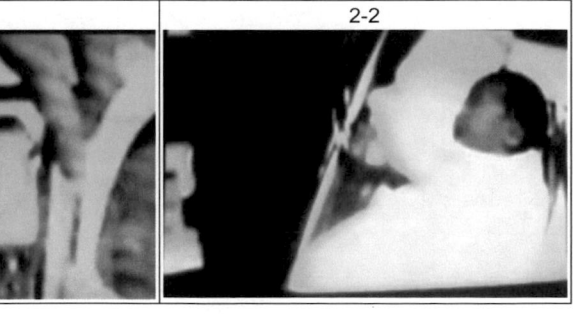

---

[29]　參見http://www.youtube.com/watch?v=DZ6v4ve3IGs

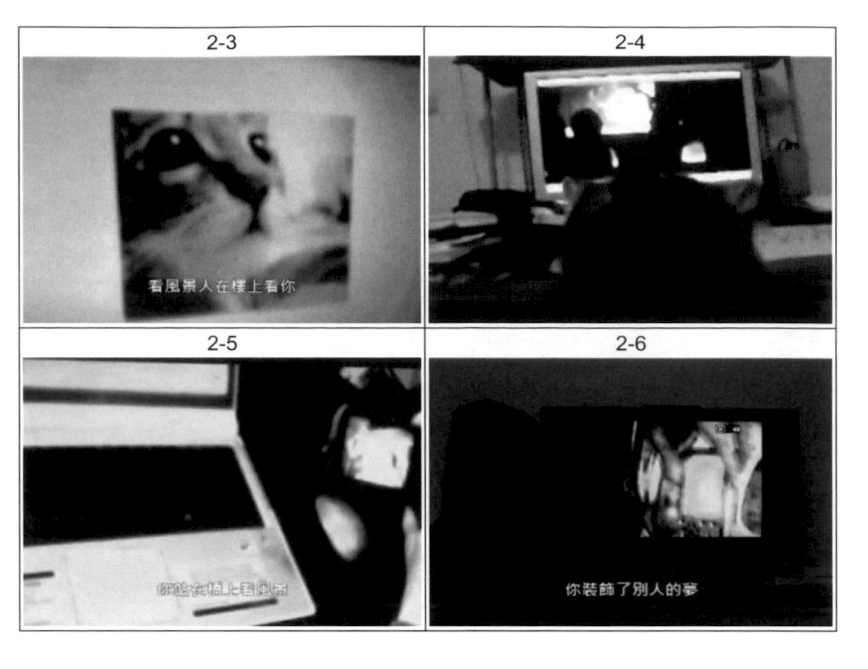

3.Gorillaz的〈斷章〉[30]

　　此影像詩是〈斷章〉之「情詩說」的現代版，表現了現代男女內在的空乏、孤獨、寂寥，因此在繁榮的都城中四處巡索，而所見、在場的人群、電梯、建築、熱鬧、燈火皆可看而不見、視而不識，因為可以對應的「鏡像」（小他者）不在場，於是巡索中腦中不斷出現幻境，並將此幻境與現實人物一一比對，兩人且各以自身手指點過撫觸過都城各個角落，包括已消逝的和正在出現的，突顯了自古迄今而且到未來，每個人皆有相似的缺乏等待填補，而人在都城中更是微渺，只能以手指的點觸去裝飾這城市的一小角落。此片彰顯了人在象徵界的社會中（大他者）成為欲望符號的一小部分，必須藉想像界的情愛幻想才能暫時脫逃。〈斷章〉中的前兩句

---

[30]　Hong Kong 之Gorillaz 的作品，參見 http://www.youtube.com/watch?v=8YAXqWBqFLI

成為另一人的「風景」在此是想像界，後兩句最後只能成為城市的「裝飾」是象徵界。出入此二者間若未對「實在界」的「無」或「不在」有所領悟或凝視，則與動物社會無異。

3-7	3-8

4. hehehahabella 的〈斷章〉[31]

　　此影片宛如驚悚片，一女生在看風景聽音樂當中，突然有幻聽、繼之有幻影出現，一著紅衣旗袍、古典打扮的女子和裸露上半身的持菜刀的凶惡男子交相出現腦中，女生因不安而去搭捷運、走入人群、奔跑，均無以甩脫，幾至抓狂發瘋。其間有圖象畫顏彩不停疊加，一色加上一色，幾似圈圈包圍的漣漪。此片展現的是內心的〈斷章〉，「風景」和「裝飾」是內化的，顯然由外部影響所致，自我主體全寫「鏡像」（紅衣女子）和「大他者」（持菜刀男子）所占領取代，甚至「我」已「空無」、不在場，成了「他者」的占領地，不在場的才在場，在場的反而不在場，「我」成了「他者」的裝飾、而幾乎失卻了自身。

---

[31]　參見http://www.youtube.com/watch?v=8R0WduIJG-Q

| 4-7 | 4-8 |

五、結語

　　〈斷章〉一詩是自有新詩以來，以最少行數卻討論最頻繁的一首詩，過去的研究中，形式分類一直徘徊於「情詩說」與「哲詩說」間，內容討論又以「相對說」為主，「裝飾說」為輔，本文另提出「匱乏說」，借道拉康欲望、凝視、不在場的理論，重新審視卞氏此詩在後現代可能的意涵，並藉新世代讀者作者以影像詩形式自行詮釋〈斷章〉、或藉〈斷章〉之名以影像方式再創作所展現的可能意義加以說明。卞氏在他的九十年歲月中見證了他所欲望之安徽姑娘的欲望，正是後來被時代鄙棄、搗毀的事物，最終成了社會中的「無」，而他在年輕歲月卻曾正正經經地「觀看」和「凝視」過它們，卞氏透過他的詩成了「預見者」和「見證者」。而由新世代讀者作者以影像詩形式自行詮釋〈斷章〉時，或藉有限或無盡視角的轉換、或藉裝飾和風景的新意涵展現了各自的創意，以「我完成我以完成你」[32]的精神豐富了原文本的現代意涵。

---

[32]　卞之琳，〈妝臺〉末句，張曼儀編，《卞之琳》，頁33。

附錄

白靈詩學年表

1951	1月，出生於臺北萬華。祖籍福建惠安。

1951　1月，出生於臺北萬華。祖籍福建惠安。

1966　就讀建國中學。對古典文學興趣濃厚。投稿校刊被退。

1969　大學入學考試因故落榜。考上國防醫學院牙醫系，未就讀。大量閱讀翻譯小說及西洋詩集。

1970　考上國防醫學院醫學系，因病未就讀。入臺北工專三年制化工科就讀。在新生報副刊發表散文作品。筆名「靜生」。

1972　重考，考上中國文化大學中文系文藝創作組，未就讀。

1973　第一首新詩以筆名「白靈生」在《葡萄園》詩刊發表。小說作品於學校刊物發表。
　　　7月，參加復興文藝營，營主任為瘂弦先生。〈巨人〉等詩獲新詩創作第一名。改筆名為「白靈」。參加桃園文藝營，以〈螢火蟲〉一詩獲新詩創作第一名。

1974　自臺北工專畢業。擔任化工廠技術員，至桃園鄉間參與建廠工作。

1975　任光武工專助教。考上臺灣師範大學美術系夜間部，保留學籍一年。參加葡萄園詩社。
　　　9月，參加耕莘青年寫作會。

1976　任臺北工專助教。因〈老〉一詩初識羅青，參加草根詩社活動。至師大美術系夜間部就讀。暑假任耕莘寫作班輔導員。
　　　12月，獲得全國優秀青年詩人獎。

1978　7月，擔任暑期耕莘寫作班主任。認識眾多文藝作家。

1979　出版詩集《後裔》（臺北：林白出版社）。
　　　10月，長詩〈大黃河〉獲得第十五屆國軍文藝金像獎長詩銀像獎（金像獎缺）。聯合報副刊以預告7天方式大幅刊載，主編為瘂弦。

1980　1月，赴美進入紐澤西州史蒂文斯理工學院（Stevens Institute of Technology）

攻讀化工碩士，主修高分子材料科學（high polymer material science）。

2月，〈黑洞〉一詩獲得第一屆時報文學獎敘事詩首獎。

1981　遍遊美、加各地。12月，於史蒂文斯理工學院化工碩士班畢業。

1982　上半年，至聯合報副刊組瘂弦處幫忙聯合副刊「三十年集」做校對工作，認識詩人沙牧。

6月，於《現代詩》發表〈淺析鄭愁予的境界觀──中國現實與理想的藝術導向〉（臺北：《現代詩》復刊號1期，頁34-42）。

7月，進入中山科學院任助理研究員兩年。期間曾被派往德國短期考察，遊荷蘭、黑森林、萊茵河、科隆等地。

9月，任耕莘青年寫作會詩組指導老師。

1983　1月，與德亮、羅青等詩人於來來百貨公司展出「藝術上街展」。

1984　至臺北工專任專任講師。

1985　2月，主編「草根詩刊」，以詩畫藝術海報形式推出，全開本，正面彩色畫作，背面為詩刊。共出九期。

4月，開始於《文訊月刊》及其他刊物大量發表評論文章。

6月，與杜十三策劃「一九八五中國現代詩季」，於新象藝術中心藝廊舉行。首度策劃「詩的聲光」實驗演出，用詩結合音樂、舞蹈、錄影、幻燈、劇場等不同媒介。

7月，任復興文藝營詩組指導老師。

12月，與羅青舉辦「詩的聲光發表會」於臺北耕莘文教院，由草根詩社主辦。擔任策劃及執行工作，冷冬料峭，依然爆滿。後於新竹清華大學另舉行一場。

1986　2月，參加「中義視覺詩展」。

3月，於國立藝術館策劃演出三天之「詩的聲光發表會」，由中國青年寫作協會主辦，三天皆全場爆滿。出版詩集《大黃河》（臺北：爾雅出版社）。10月，於向明主編之《藍星詩刊》（九歌版）開闢「新詩隨筆」專欄。首篇為〈比喻的遊戲〉（臺北：《藍星詩刊》9期，頁68-76）。其後輯為專書《一首詩的誕生》（1990）。

1987　3月，與杜十三共同策劃「貧窮詩劇場」於臺北「春之藝廊」。

9月，於臺北實踐堂策劃演出三天之「詩的聲光發表會」。

10月，於《文訊月刊》發表〈小詩時代的來臨──張默《小詩選讀》

讀後〉（臺北：《文訊》32期，頁225-228）。開始注意小詩形式。

1988　5月，詩集《大黃河》獲第十一屆中興文藝獎獎章。12月，散文〈小朱的嗩吶〉獲得梁實秋文學獎散文首獎。

1989　出版散文集《給夢一把梯子》（臺北：五四書店）。由張默主編、白靈、向陽擔任編輯委員之《中華大系詩卷（一）～（二）》由九歌出版。

　　　擔任臺北工專化工科副教授。

1990　出版詩論集《一首詩的誕生》（臺北：九歌出版社）。

　　　7月，首度前往大陸桂林、西安、杭卅、上海、蘇州、南京、北京等地旅遊。

1991　詩作獲銘刻於臺北松江詩園內。

1992　7月，《一首詩的誕生》獲第十八屆國家文藝獎「文學理論」獎。

　　　10月，於台灣大學，與杜十三策劃演出「詩的聲光——現代詩多媒體演出」發表會，由中華民國筆會主辦。於國家音樂廳舉行之「弘一大師百年冥誕——李叔同歌詩多媒體發表會」中策劃詩的演出節目，並以〈芒鞋〉一詩的合誦向弘一致意。

　　　12月，獲中國文藝協會文藝獎章。與詩友合組台灣詩學季刊雜誌社，擔任主編5年〔至1997年，共編20期〕。

1993　8月，出版詩集《沒有一朵雲需要國界》（臺北：書林出版社）。

　　　9月，隨文曉村等葡萄園詩社同仁參訪大陸北京、洛陽、開封、西安、武漢、重慶等地，與諸多大陸詩人、學者會晤。於重慶西南師大新詩研究所參與「93華文詩歌世界學術研討會」，發表論文〈從躺的詩到站的詩——『詩的聲光』在臺灣〉。

　　　10月，《一首詩的誕生》獲第十一次新聞局中小學生優良課外讀物推介。

1994　出版詩論集《煙火與噴泉》（臺北：三民書局）。

1995　9月，於《臺灣詩學季刊》發表〈詩獎和詩的長度〉（臺北：《臺灣詩學季刊》12期，頁12-16）。

　　　9月，應邀擔任聯合報文學獎新詩類決審委員。

1996　3月，於《臺灣詩學季刊》發表〈畢竟是小詩的天下〉（臺北：《臺灣詩學季刊》14期，頁135-141）。

4月，發表詩論〈小詩是新詩未來主流？——我看張默的《小詩選讀》〉（臺北：《幼獅文藝》508期，頁88-89）。

5月，與辛鬱合編《八十四年詩選》（臺北：現代詩季刊社）。

1997 2月，出版與向明合編之《可愛小詩選》（臺北：爾雅出版社）。

3月，於《臺灣詩學季刊》策劃「小詩運動」專輯，發表〈閃電和螢火蟲——淺論小詩〉（臺北：《臺灣詩學季刊》18期，頁25-34）。

4月，出版第一本童詩集《妖怪的本事——小詩人系列》（臺北：三民書局）。

7月，應菲華詩人邀請，前往馬尼拉參與「菲律賓華文文學研討會」，發表論文。認識白淩、和權等菲華詩人，遊麥堅利堡。與蕭蕭應邀前往福建武夷山，參與「現代漢詩國際研討會」，發表論文。於廈門和武夷山，先後與謝冕、沈奇、劉登翰、陳仲義、舒婷、翟永明等大陸學者、詩人會晤。

10月，應邀於臺北參與「面向21世紀97華文詩歌學術研討會」，發表論文。

1998 1月，出版散文集《白靈散文集》（臺北：河童出版社）。

3月，於《臺灣詩學季刊》發表〈菲華詩中的意象與情境初探〉、〈詩的濃度、明度與長度——兼及中國時報「情詩大賽」作品的幾點考察〉、〈再論詩的濃度〉等三文，（臺北：《臺灣詩學季刊》22期，頁65-99）。編輯出版《新詩二十家》（《臺灣文學二十年集1978-1998》之一）（臺北：九歌出版社）。

5月，出版詩論集《一首詩的誘惑》（臺北：河童出版社）。

7月，《臺灣文學二十年集》（含《新詩二十家》）獲圖書金鼎獎文學創作類優良圖書推薦。

10月，參與「全方位藝術家聯盟」於臺北知新廣場舉辦的「跨世紀多元藝術互動展」，策劃執行「詩的聲光小型詩劇場」。

1999 8月，於《文訊》發表〈新詩矽谷——臺灣，二十世紀華文詩的試驗場〉，（臺北：《文訊》166期，頁31-36）。

8月，應《明道文藝》雜誌邀請，開始擔任全國學生文學獎決審評委。10月，建置個人網頁「白靈文學船」。

11月，《一首詩的誘惑》獲中山文藝創作獎第三十四屆新詩獎項。

2000 1月，散文〈億載金城〉一文被國立編譯館選入國中三年級第六冊國文課文中。

3月，出版與張默合編之《八十八年詩選》（臺北：創世紀詩雜誌社）。6月，策劃執行臺灣詩學季刊主辦之「臺灣新世代詩人會談」，邀請青年詩人發表詩文及座談、朗誦。

6月，出版《白靈‧世紀詩選》（臺北：爾雅出版社）。

2001 2月，出版與辛鬱、焦桐合編之《九十年代詩選》（臺北：創世紀詩雜誌社）。

10月，建置網頁「詩的聲光」「象天堂」。

2002 4月，與方明、張默、向明、辛鬱、管管等人前往越南西貢等地訪問，認識越華詩人。

8月，與蕭蕭合編《新詩讀本》（臺北：二魚文化）。

9月，〈風箏〉一詩被選入翰林版國中（初中）一年級第一冊國文課文中。〈林家花園〉一詩被選入康軒版國中（初中）一年級第一冊「藝術與人文」課文中。

10月，主編《千年之門：學院詩人群年度詩集》（臺北：萬卷樓圖書股份有限公司）。參與編輯之《2000臺灣文學年鑑》由文建會出版。

2003 2月，出版第二本童詩集《臺北正在飛》（臺北：三民書局）。

4月，主編《九十一年詩選》（臺北：臺灣詩學季刊）。

10月，主編《中華現代文學大系（貳）：臺灣1989~2003》（臺北：九歌出版社）。

2004 1月，於《文訊月刊》發表〈臺灣的屋頂——他山之石可否攻「頂」？兼致建築師們〉（臺北：《文訊》219期，頁45-48）。對臺灣的建築師提出嚴厲的批評。

9月，〈風箏〉一詩被選入康軒版國中二年級第四冊國文課文中。同時出版詩論集《一首詩的玩法》及詩集《愛與死的間隙》（臺北：九歌出版社）。

11月，應邀與瘂弦、陳義芝、汪啟疆等前往福建參與海峽詩會，對泉州南音演出印象深刻。建置網頁「童詩之眼」、「意象工坊」。

2005 7月，應邀出席香港大學中文系主辦（召集人黎活仁）、在武漢大

學舉辦之瘂弦詩歌研討會，擔任主題演講。

10月，於金門與多位詩人共同設計並參與碉堡裝置藝術「三角堡詩展」。

11月，於《臺灣詩學季刊》發表〈從科學觀點看臺灣新詩經典化的幾個現象〉（臺北：《臺灣詩學季刊》6期，頁119-140）。於《金門文藝》發表〈碉堡的裝置藝術展——雷與蕾的交叉：金門「三角堡詩歌」引言〉（金門：《金門文藝》9期，頁30-31）。

2006　1月，《一首詩的誘惑》改交由九歌出版。

4月，應邀出席香港大學中文系主辦（召集人黎活仁）、在廣東信誼市舉辦之鄭愁予詩歌研討會，發表論文。

10月，於金門參與「2006坑道藝術節」，於翟山坑道展出多幅螢光畫作。

2007　3月，應邀出席在北師大珠海分校舉行的「中生代與簡政珍詩作研討會」，發表論文。

4月，應邀出席香港大學中文系主辦（召集人黎活仁）、在徐州師大、蘇州大學舉辦之洛夫研討會，發表論文。出版散文集《慢‧活‧人生》（臺北：九歌出版社）。

6月，策劃「向明詩作研討會」，於臺北教育大學舉行。

8月，應韓國新詩協會邀請，代表臺灣參與韓國現代詩百周年紀念國際研討會及「萬海祝典」，發表有關全球化下新詩走向的論文。

9月，於金門與多位詩人共同設計並參與「2007金門碉堡藝術節——長寮重劃區裝置藝術展」。

10月，應邀出席在湖南鳳凰城舉行之洛夫長詩《漂木》研討會，發表論文，提出建構「混沌詩學」的概念。

12月，出版與蕭蕭共同主編的《儒家詩學的躬行者：向明詩作學術研討會論文集》（臺北：萬卷樓出版）。與李瑞騰共同策劃臺灣詩學季刊社15周年紀念，出版系列詩集七冊、選集一冊。包括出版個人詩集《女人與玻璃的幾種關係》（臺北：唐山出版社）。

2008　3月，應邀出席由香港大學中文系主辦（召集人黎活仁）、在徐州師大舉辦之余光中詩作研討會，發表論文。主編《2007臺灣詩選》（臺北：二魚出版社）、主編《臺灣文學三十年菁英選：新詩三十

家》（臺北：九歌出版社）等出版。

5月，應邀出席澳門大學主辦之漢語詩歌及張默詩作研究會，發表論文。率領耕莘青年寫作會女詩人及小說家訪問上海及北京，與諸多青年詩人交流，參與座談及朗誦會。

6月，出版詩集《白靈詩選》（北京：作家出版社）。

10月，應邀擔任自由時報林榮三文學獎新詩決審委員。

11月，出版詩論集《桂冠與荊棘》（北京：作家出版社）。

2009　5月，率領耕莘青年寫作會女詩人訪問安徽及上海，與諸多青年詩人學者交流座談。

8月，應邀出席第二屆青海湖國際詩歌節，在青海西寧舉行。

9月，〈風箏〉一詩被選入南一版國中二年級第四冊國文課文中。

10月，應邀出席明道大學中文系舉辦之管管詩作研討會，發表論文。12月，應邀出席明道大學中文系舉辦之周夢蝶詩作研討會，發表論文。

2010　3月，應邀在臺灣大學參與「五行超連結展」之詩畫聯展。

4月，應邀出席由香港大學中文系主辦（召集人黎活仁）、在廈門大學舉辦之商禽詩作研討會，發表論文。

5月，率領耕莘青年寫作會女詩人群訪問成都，與當地詩人學者交流座談。遊杜甫草堂及金沙遺址。

6月，應邀至北京出席由北京大學及首都師大主辦之「兩岸四地第三屆當代詩學論壇」，發表論文。

9月，〈登高山遇雨〉一詩被選入南一版小學五年級上學期國語課文中。10月，應邀出席由香港大學中文系主辦（召集人黎活仁）、在上海復旦大學舉辦之蕭蕭詩作研討會，發表論文。

10月，應邀前往福州出席女詩人古月詩作研討會，發表論文。

11月，出版詩集《昨日之肉：金門馬祖綠島及其他》（臺北：秀威資訊）。

11月，策劃「燒好一壺夜色──送杜十三」追思紀念活動。

12月，出版詩集《五行詩及其手稿》（臺北：秀威資訊）。出席由香港大學中文系主辦（召集人黎活仁）、在珠海國際學院舉辦之白靈詩作研討會。

2011　4月，應邀由香港大學中文系主辦（召集人黎活仁）、在北師大珠海分部舉辦之林煥彰詩作研討會，發表論文。

6月，應邀至湖北新秭歸城出席屈原故里詩人節活動。應邀出席育達商業科技大學（召集人渡也）舉辦之瘂弦學術研討會，發表論文。應邀出席明道大學中文系舉辦之隱地詩作研討會，發表論文。

9月，出席臺北教育大學兩岸四地中生代詩學研討會，發表關於「詩的聲光」的論文。

10月，應邀由香港大學中文系主辦（召集人黎活仁）、在連雲港高等師院舉辦之向陽詩作研討會，發表論文。

12月，以詩集《昨日之肉：金門馬祖綠島及其他》一書獲國立臺灣文學館舉辦之臺灣文學獎圖書類新詩金典獎。

2012　5月，應邀出席漳州詩歌節，發表討論卞之琳〈斷章〉的論文。

12月，於臺灣詩學季刊20週年慶時出版《詩二十首及其檔案》（臺北，秀威資訊）。

2013　3月，應邀出席路寒袖國際學術研討會，發表論文。

5月，應邀出席鄭愁予八十壽慶學術演講會，發表論文。

9月，應邀出席於荊州舉行的江漢學術研討會，發表論文。

12月，應邀出席在曼谷舉行的第7屆「東南亞華文詩人大會」，因林煥彰及泰國華裔詩人合作的「小詩磨坊」堅持多年，引發於台灣大力「鼓倡小詩」的構想。遂由臺灣詩學季刊出面推動，聯合《創世紀》、《臺灣詩學》、《乾坤》、《衛生紙+》、《風球》五詩刊，及《文訊》雜誌於臺灣詩學年會上共同發表「2014鼓吹小詩風潮」活動的聯合訊息。

2014　3月，策劃展開「吹鼓吹創作雅集」系列活動，至2015年共主持二年十場，乃「2014鼓吹小詩風潮」的單元之一。

4月，應邀出席漳州詩歌研討會，發表關於閩南語詩歌的論文。

6月，應邀出席於臺北舉行的國際華文文學研討會，發表關於杜十三跨領域創作的論文。

6~8月，與書法家陳宏勉策展、由《文訊》雜誌主辦的「詩書共舞——台灣現代小詩書法展」系列活動，選出51首音樂交響的現代小詩，邀請46位台灣書法家揮毫，於臺北、台中、高雄巡迴展出。

12月，於臺灣詩學季刊年會上慶祝並驗收「2014鼓吹小詩風潮」的豐碩成果。全年共有五詩刊一雜誌先後出版了8種「小詩專輯」，也包括了「現代小詩書法展」。

2015　3月，應邀出席由緬甸五邊形詩社主辦的東南亞華文詩人仰光詩會，發表論文。繼續策劃推動全年五回合的「吹鼓吹創作雅集」活動，並以小詩為主。

5月，應邀出席由中正大學主辦、黎活仁召集的渡也詩歌研討會，發表論文。膝蓋髕骨骨折，住院開刀。

10月，韓培娟譜曲的《不如歌》唱片出版，收〈不如歌Ⅰ、Ⅱ、Ⅲ〉、〈風箏〉、〈濁水溪的倒影〉等詩譜成的三首曲子，〈不如歌〉一曲並拍成MTV影片po於youtube。應邀出席韓國光州全南大學主辦之第二屆世界華文文學國際研討會，發表論文。嚴英旭（韓）、王英麗（中）合譯韓漢對照的白靈五行詩集《距離世界不遠的地方》於韓國出版（光州：全南大學）。

2016　1月，出版詩論集《新詩十家論》（臺北，秀威資訊）。

5月，應邀於黎活仁召集、東吳大學主辦之汪啟疆與中外海洋文學研討會專題演講、發表論文。

7月應邀前往泰國參與小詩磨坊十週年紀念，撰寫十年集序文。

8月，自台北科技大學退休。

10月應邀出席黎活仁召集、東吳大學主辦之席慕蓉研討會，發表論文。

2017　1月，策劃臺灣詩學截句系列15冊。並於「facebook詩論壇」開始大量發表截句。

3月，與蘇紹連共同於「facebook詩論壇」及「聯副文學遊藝場」策劃臺灣詩學與聯合報副刊合作三次截句徵文活動。

5月，參加武夷學院之玉山學院博雅論壇及2017閩南詩歌節、參觀龍人古琴村。

8月，前往巴西旅遊一個月。

9月，出版《白靈截句》（臺北，秀威資訊）。至新加坡參與五月詩社主辦之東南亞華文詩會。9月底應邀至菲律賓馬尼拉參與千島詩社主辦之第三屆現代詩講堂擔任主講人。

12月，應邀前往閩南師大參與蕭蕭詩歌創作與教育學術研討會。出版詩論集《新詩跨領域現象》及主編之《臺灣詩學截句選300首》（臺北，秀威資訊）。12月底，與蕭蕭、靈歌、葉莎、葉子鳥、千朔等共同策展之臺灣詩學25週年「無框時代・世紀之跨」詩展於紀州庵古蹟大廣間開幕。

秀威經典　　　　　　　　　　　　臺灣詩學論叢07　PG1933

新詩跨領域現象

作　　　者／白　靈
主　　　編／李瑞騰
責任編輯／徐佑驊
圖文排版／楊家齊
封面設計／楊廣榕

出版策劃／秀威經典
發 行 人／宋政坤
法律顧問／毛國樑　律師
印製發行／秀威資訊科技股份有限公司
　　　　　114台北市內湖區瑞光路76巷65號1樓
　　　　　電話：+886-2-2796-3638　傳真：+886-2-2796-1377
　　　　　http://www.showwe.com.tw
劃撥帳號／19563868　戶名：秀威資訊科技股份有限公司
　　　　　讀者服務信箱：service@showwe.com.tw
展售門市／國家書店（松江門市）
　　　　　104台北市中山區松江路209號1樓
　　　　　電話：+886-2-2518-0207　傳真：+886-2-2518-0778
網路訂購／秀威網路書店：http://store.showwe.tw
　　　　　國家網路書店：http://www.govbooks.com.tw

2017年12月　BOD一版
定價：450元
版權所有　翻印必究
本書如有缺頁、破損或裝訂錯誤，請寄回更換

國家圖書館出版品預行編目

新詩跨領域現象 / 白靈著. -- 一版. -- 臺北市：
秀威經典, 2017.12
　　面；　公分. -- (臺灣詩學論叢；7)
BOD版
ISBN 978-986-95667-6-6(平裝)

1. 新詩　2. 詩評

820.9108　　　　　　　　　　106024231

讀 者 回 函 卡

感謝您購買本書，為提升服務品質，請填妥以下資料，將讀者回函卡直接寄回或傳真本公司，收到您的寶貴意見後，我們會收藏記錄及檢討，謝謝！
如您需要了解本公司最新出版書目、購書優惠或企劃活動，歡迎您上網查詢或下載相關資料：http:// www.showwe.com.tw

您購買的書名：＿＿＿＿＿＿＿＿＿＿＿＿＿＿＿＿＿＿＿＿＿＿＿

出生日期：＿＿＿＿＿年＿＿＿＿＿月＿＿＿＿＿日

學歷：□高中 (含) 以下　　□大專　　□研究所 (含) 以上

職業：□製造業　□金融業　□資訊業　□軍警　□傳播業　□自由業
　　　□服務業　□公務員　□教職　　□學生　□家管　　□其它＿＿＿

購書地點：□網路書店　□實體書店　□書展　□郵購　□贈閱　□其他

您從何得知本書的消息？

　□網路書店　□實體書店　□網路搜尋　□電子報　□書訊　□雜誌
　□傳播媒體　□親友推薦　□網站推薦　□部落格　□其他＿＿＿＿＿

您對本書的評價：（請填代號　1.非常滿意　2.滿意　3.尚可　4.再改進）

　封面設計＿＿＿　版面編排＿＿＿　內容＿＿＿　文／譯筆＿＿＿　價格＿＿＿

讀完書後您覺得：

　□很有收穫　□有收穫　□收穫不多　□沒收穫

對我們的建議：＿＿＿＿＿＿＿＿＿＿＿＿＿＿＿＿＿＿＿＿＿＿

＿＿＿＿＿＿＿＿＿＿＿＿＿＿＿＿＿＿＿＿＿＿＿＿＿＿＿＿＿＿

＿＿＿＿＿＿＿＿＿＿＿＿＿＿＿＿＿＿＿＿＿＿＿＿＿＿＿＿＿＿

＿＿＿＿＿＿＿＿＿＿＿＿＿＿＿＿＿＿＿＿＿＿＿＿＿＿＿＿＿＿

11466
台北市內湖區瑞光路 76 巷 65 號 1 樓

秀威資訊科技股份有限公司　　　收

BOD 數位出版事業部

....

（請沿線對折寄回，謝謝！）

姓　　名：＿＿＿＿＿＿＿＿＿　年齡：＿＿＿＿　性別：□女　□男

郵遞區號：□□□□□

地　　址：＿＿＿＿＿＿＿＿＿＿＿＿＿＿＿＿＿＿＿＿＿＿＿

聯絡電話：(日)＿＿＿＿＿＿＿＿＿　(夜)＿＿＿＿＿＿＿＿＿＿

E - m a i l：＿＿＿＿＿＿＿＿＿＿＿＿＿＿＿＿＿＿＿＿＿